新时期
先锋文学研究

张 闳 著

上海三联书店

同济大学人文学院优秀著作扶持规划资助项目

目 录

导论
先锋文学的"四个四重奏"

前奏：浪得薄幸名

新时期先锋文学通常指的是 1985 年前后中国大陆兴起的一股强大的文学潮流。这一潮流影响到当代中国文学的发展趋向，确定了日后文学写作的基本格局。时隔数十年，重新检视这一潮流，对于我们在整体上理解当代文学的历史和发展前景，是十分必要的。

先锋文学发生于 1980 年代中期，绝非偶然。自 1970 年代末期开始的所谓"新时期文学"，如"伤痕文学""反思文学"等，在政治立场、社会功能、价值论诸方面，与文革的"样板文艺"分道扬镳，但在话语方式上，二者相去不远。旧的意识形态所沾染的话语方式，依然牢固地支配着主流作家的头脑。至 1980 年代中期，年轻一代人开始试图创造属于他们自己时代的文化。从"样板文艺"的僵硬模式的牢笼中逃脱出来，其"反叛"姿态是显而易见的。在现代汉语的文学表达陷于日趋僵死的处境中，年轻的先锋诗人和小说家们艰难地寻找属于他们自己的表达方式。先锋文学不得不在旧文学的废墟上，建立自己的城池。其他各种艺术门类（美术、摄影、舞蹈、电影、音乐等），也都在不同程度上面临这样一个艰难的任务，也都打上了鲜明的"先锋主义"印记。它们共同形成了一场全新意义上的"新文化运动"。新一代人身处一个巨大的文化断裂带上，他们的文化身份被历史地判定为"断裂的一代"。这一"断裂"的征候，首先被"今天派"诗人表达出来。接下来在1980年代中期的所谓"寻根文学"、"八五新潮美术"、"第五代电影"、"现代派音乐"、摇滚乐以及"新建筑"等文化潮流中得到进一步的呼应。"先锋文学"则是这场"新文化运动"的最恰当的精神代言者。

1980年代初期的精神氛围很特殊，从主流媒介上所能看到的文学，依然是围绕着"伤痕""反思""改革"等这样一些主题词而展开。可是，在民间，文学写作却是另一番面貌。在校园，在那些躲在宿舍、教室、图书馆里偷偷书写的文学练习生那里，文学意味着他们个人的精神生活的全部，甚至在某种程度上，个人的名利欲和物欲的满足也与此有关。地下的或半公开的年轻的先锋主义写作者形成了一个庞大的"亚文化"群落。在他们的枕头底下和案头，摆放的是卡夫卡、T.S.艾略特、里尔克、博尔赫斯、加西亚·马尔克斯、罗布-格里耶和米兰·昆德拉的作品。女生们则还要特别地加上玛格丽特·杜拉斯和西尔维亚·普拉斯。这些是他们的"秘籍"，也是这个群落内部得以进行文学沟通的暗号。谈论博尔赫斯或罗布-格里耶，如同一种"江湖黑话"，外界人士很难听懂。在这个文学江湖里，汉语写作酝酿着革命性的骚动。

随着时间的推移，当年的文学顽劣慢慢熬炼成了著名作家、著名学者，逐步赢得了话语权。他们的作品是出版商所青睐的，也是文化媒体所热衷讨论的对象，并进入到大学乃至中学的课堂，被他们昔日的同僚和好友所分析和讲授。更为重要的是，它们成为一种新的写作范式，被许多后继者所仿效。无论如何，昔日的先锋们终于可以坐下来歇口气了。当跑步前进的几十年过去了之后，歇息下来的疾走者的面目让我们得以觑见，他们应该变得稍微清楚一些了。

令人尴尬的是，当今日的人们回头再看当初那些引起震惊和骚动的作品时，多少会觉得有些不可思议——它们竟是那般的幼稚！有一些甚至可以称作浅薄和拙劣。竟是这么一批作品，开创了一个文学的新时代！以致让人不得不怀疑：辉煌一时的"先锋主义"，会不会是一种误判？这一给人带来不快的问题，只有放到历史语境中去加以考察，将可能的"误会"归咎于历史之局限性，惟其如此，方可得出皆大欢喜的结论。

几十年来的当代中国文学，或可概括为几个关键的句子，这些风行一时的句子构成其历史阶段的概貌。

一、"奥斯维辛之后，写诗是野蛮的"

德国思想家阿多诺的名言："奥斯维辛之后，写诗是野蛮的。"这一说法把诗的政治性推向了极端，成为日后中国文学面对严酷政治环境的内在焦虑。但国内作家实际上是在更晚一些时候才知道这样一句名言，而且，对于诗歌的野蛮性，至今依然不甚了然。

然而，问题依然存在。诗与现实之间存在一种隔膜，当现实变得残酷时，诗意的美妙和言辞的优雅非但不能对抗现实，反而因成为残酷现实的粉饰，而被阿多诺视作"野蛮"的同谋。从现实的立场出发，阿多诺发现了诗歌的无用性。但在当代中国语境中，这个问题却有所不同。在中国，"文革"后期，不但有诗歌，而且，写诗的人还越来越多。这一时期的诗歌基本上以"手抄本"形式存在。更为重要的是，这一时期的诗歌显示出强大的政治批判性和道德勇气，而且在很大程度上成为终结"文革"的激越前奏。这一阶段的诗歌形态，印证了中国传统诗学的"兴观群怨"的多功能特性。从这一诗学观念出发，可见阿多诺的诗学的褊狭，或者可以说，他所说的"诗"是一种有限定的特指。但阿多诺诗学以其片面的深刻，揭示了诗歌在现代社会中的尴尬处境。的确，诗在与暴虐现实对抗过程中，习得了某种程度上的"野蛮"特质，北岛的激烈、多多的尖刻、杨炼的喧嚣，都是这种"野蛮性"的见证。即便是舒婷式的甜腻和轻柔，也或多或少可以反衬出一个时代的冷漠和残酷。这种"野蛮性"却是必要的。诗歌以自身的野蛮来对抗野蛮的政治，就好比一个男孩在进入凶险的成人世界之初，往往要以一副夸张的粗蛮形象来，显示出自己的貌似不可侵犯的强大。

文学作为见证，作为政治抗议，这一当代传统可上溯至 1970 年代初期，甚至是 1960 年代初期的"文革"前。郭世英、张郎郎、郭路生（食指）、朱育琳、陈建华、张烨、黄翔，以及稍晚一些的依群、根子、芒克、多多、赵振开（北岛）、刘自立等人，正是在民族的精神暗夜里，艰难地开始了自己的文学写作。这些人以自己的生命，通过诗，通过文学，点亮了精神的灯盏。诗人依群早在 1971 年描述过他们的精神状况：

向戴金冠的骑士

举起孤独的剑

但必须指出的是，虽然对于文学来说，这种抗议性是必不可少的，但它并非文学的全部。甚至，从根本上说，它对文学也会带来某种程度上的伤害。

二、"匮乏时代，诗人何为？"

自"文革"后期起，诗人就是一个特殊的人群，他们仿佛某种秘密教团的教徒一样，依靠信念结成众多的小团体，他们彼此之间通过一些鲜为人知的管道，传播着诗的福音。这一传统一直延续到整个1980年代。1980年代是中国当代诗歌的青春岁月。整个1980年代是诗歌的"江湖时代"。诗人们似乎拥有了标新立异、特立独行的特权，至少他们自认为是这样。诗歌之于青年学生，就好比《国际歌》之于无产阶级。一个有诗才的青年，不管他来到哪个校园，不管命运把他抛到哪里，不管他怎样感到自己是异邦人，言语不通，举目无亲，远离故土，——他都可以凭一摞子诗稿和发昏的谵语，给自己找到同志和朋友。无论写作风格如何，也不管派别怎样，只要呈上自己的诗作，报上某个诗人的大名，以及一个还算不错的酒量，就可以在任何一个诗歌团体中混吃混喝，直至集体断粮。他们有时也互相争吵，甚至斗殴，大多是因为诗歌和女人。而在酒过三巡之后，一切又恢复原样。诗歌、醇酒、美人，听上去一切都像是在传说当中，这些也是构成1980年代"文化神话"的要素。这个时代的诗歌把严肃和玩笑、圣徒式的虔敬和浪子式的放纵、锋芒毕露的现实批判和嬉笑怒骂的言辞嬉戏……统统混杂在一起,形成了与其时代的文化氛围相呼应的奇异景观。

酒、激情、流浪和穷愁潦倒,一种彻底的"波希米亚化"的风格,是一个时代的文化标志,也是一个时代的精神征候。这一阶段诗歌的重要传播渠道,是他们自己创办的油印刊物,即所谓"民刊"。这一阶段可称作当代诗歌的"民刊时代"。用七拼八凑的纸张和劣质油墨印出来的诗刊,却承载着这个时代最华彩和最具活力的精神内容和语言奇观。而这些制作粗陋的刊物,常常遭遇被查抄的厄运。在贩毒尚不那么猖獗的年代里,诗歌以地下和半地下状态,贩运精神的违禁品。诗人们放浪形骸,好像浪迹江湖的游方僧。崔健的《假行僧》多少唱出了这个时代的诗人和歌手的生存状态和精神面貌。这些介乎骗子与天才之间、形迹可疑的人,他们表情痛苦,这些痛苦半真半假,或者弄假成真,但很少为了物质和日常生活。庸俗的事物在诗歌的王国里没有任何地位,即使偶尔声称"做物质的短暂情人"和"关心粮食和蔬菜",那不过是一种故作姿态。在公有制条件下,在一个匮乏的时代,实际上并没有多少物质需要关心,所谓"诗人何为?"一类疑问,实在是一个自寻烦恼的难题。

小说家的情况大致相似,因为不少先锋小说家原本就是诗人,而且往往是不怎么成功的和对自己的诗才缺乏信心的诗人。不过,比起诗人的狂妄自大来,小说家显得本分、务实得多,因而,他们也更容易获得世俗意义上的成功。但小说家们的成功也只是相对于诗人而言,倘若没有电影导演(如张艺谋、陈凯歌等)的青睐,他们就很难出名；没有编电视剧的补贴，他们中的许多人甚至都很难养活自己。这一局面直到 1990 年代中后期独立出版商的出现，才得以改变。

当那些主流作家还在为文学究竟要不要表现人性而犯愁时，徐星、刘索拉、马建、王朔等年轻人已经通过自己的写作，把文学推到了一个至今依然令人晕眩的高度。这些几乎没有任何名分的写作者，他们全新的写作方式和生存方式，不仅是对文学形态的挑战，同时也是对文学制度的挑战。此后的相当长的时间，文学写作都在享用他们所带来的收获。

接下来，先锋派小说家粉墨登场，他们带来了现代主义的秘密武器，要对他们所处的时代施以严酷的解析。

毫无疑问，先锋小说从里到外都是对西方现代主义文学的刻意模仿。但这并不意味着他们的写作是毫无必要的。相反，他们对于现代主义的模仿，在一定程度上打破了传统写实主义业已麻木的硬壳，将感受的触觉伸进了生存的更为深邃和隐秘的角落，从而揭开了被陈旧的话语所掩盖的社会生活的某个真实面。就小说而言，曹冠龙、徐晓鹤、残雪等人笔下的荒诞、疯狂和冷漠，莫言、余华笔下的冷漠和残酷，苏童、格非笔下的不确定的存在感，这一切，与其说是魔幻和怪诞的，不如说是写实的。文革及其相关时代的社会现实，其荒诞性甚至远远超过了小说家笔下所描写的程度。匮乏时代的诗人们理应大有作为，可是，他们却未能真正与这个时代相配。

三、"有何胜利可言，挺住意味一切"

在 1980 年代末之后的若干年里，文学陷于低谷。

1980 年代，人们在文学中所看到的美好应许，如今已显得虚无缥缈。文学非但不能带来预期的荣耀，相反，还常常带来危险。另一方面，汹涌而至的商业化浪潮无孔不入，市场经济的铁律开始渗透到文化艺术领域，文学也真切地感受到了来自开放市场之早春的冷风。

1990 年代初以来，一场作为文学潮流的先锋文学已经成为过去。先锋派群体也旋即作鸟兽散。文学永远需要先锋主义，但没有人能够保证自己永远是先锋。在所有的人尚在匍匐前进的时候，捷足善跑的文学兔子成了先锋。这样的好机会恐怕不会再有第二次了。实际上自身的速度和潜能也有限，但他们却顶着"先锋"的桂冠呼呼大睡。先锋派的作品也终于登堂入室，成为学院讲堂上的催眠曲。先锋主义的原则就像是奥林匹克竞赛，谁跑在最前面谁就是先锋，而不是看谁曾经属于哪个流派，或曾经是冠军。如果依然靠"先锋主义"的团体总分来混饭吃，终将被时间所淘汰。那些享用先锋主义果实的年轻人，很可能一个箭步就超越了他们的前辈。先锋主义的沉寂，使整个文学写作陷于市侩和平庸。一些欺世盗名之徒乘虚而入，构成了这一阶段文学的怪诞景观。

在这样一种情况下，作家要么坚持、挺住，要么随波逐流，融入那个此前被他们视作平庸、市侩的时代潮流当中。大多数人选择了后者。然而，那些选择坚守的作家们，又能靠什么来安抚自己孤寂的心、支撑自己脆弱的信念呢？一些作家则依靠对文学的古老信念，顽强地支撑。在没有胜利的许诺和美好的前景的情况下，顾影自怜。以致有人不得不以殉道的方式，献上自己的生命，以自己的生命作为一个完美的作品，来祭拜文学，挽回文学的神圣荣誉。文学一方面被神圣化，但却是极为脆弱易碎的物品。另一方面，文学则被污卑化，成为市场上最为卑贱的、最廉价的物品。纯粹的文学写作变得格外的艰难，它们在市场上的份额小得可怜，远不如港台过来的一些劣质的通俗文学。一些三四流的作家纷纷选择去为华人商业大亨撰写传记。文学虚构成为为商人涂脂抹粉的化妆品。

当人们发现王小波的时候，忽然感受到文学还有某种力量，既可以对这个平庸的时代构成冲击，又有一种内在的高贵品质，坚韧而又美好。这是一种鼓舞。但远不足以慰藉那些坚守在文学高地上的贫困而又孤寂的心灵。"挺住意味着一切"，无非是在没有盼望的时代聊以自慰的一句口号。

四、"人诗意地栖居……"?

在二十世纪末以来的一些日子里，"栖居"突然成为一个问题。既是肉身栖居的问题，也是灵魂栖居的问题。与这句名言相关联的是海德格尔的另一句名言——"语言是存在的家园"。对于写作者来说，"栖居"之处即是语言。写作者倘若不打算在商业市场残酷而又污秽的地摊上自我兜售的话，那么，写作就只能成为写作者个体心灵性存在的某种依据。

人们意识到，从旧的官方意识形态所沾染的话语方式（被称为"毛话语"或"新华体"），或者这个世界的日常言说，事实上构成了他们的精神氛围，甚至价值内核。如何真正直面个人的内心世界，寻找到表达个人心灵独特经验的话语方式，乃是写作者所要克服的诗学难题。各种艺术门类（美术、摄影、舞蹈、电影、音乐等）都在不同程度上面临这样一个艰难的任务。即便是到今天，这一使命依然不能说是彻底完成了。

可是，现实中的这个栖居场所却并不只是一个"诗意"的乌托邦，相反，它跟现实的生活世界更接近，看上去就像是现实世界的一个缩微的摹本。在诗人们中间，风格和派系不同的团体之间的相互攻讦，是1990年代中后期的风气。为一些微小的名利，钩心斗角，把诗歌圈变成了名利场。话语权力的争夺，甚至比现实生活中来得还要剧烈。这一切，预示了一个追名逐利、唯利是图的时代的到来。

1980年代一度过分膨胀的诗意精神，并非一种正常的文化状况。畸形发展的浪漫诗意，指向的是另一种精神残缺。依靠波希米亚化的精神氛围所建构起来的"诗意乌托邦"，也仅能在校园内部短暂地存在。天堂般的幻觉，一旦触碰到物质化的尘世，往往难以为继。整个时代正在发动奔向物质王国的引擎。物质的生产和财富的积累，才是1990年代以来的核心内容。1990年代以来，一场作为文学潮流的先锋文学已经成为过去。先锋作家们也大多功成名就，一些先锋作家的作品得以登堂入室，成为学院讲堂上的催眠曲的一部分。与此同时，他们也赢得了文化市场的青睐。先锋文学的孤傲和坚定气质，在某种程度上源自他们在文学写作上的"独立精神"，也就是从强有力的政治意识形态的大手里拼死争取过来的所谓"纯文学"的权利。然而，一旦拥抱了市场，所谓"纯文学"的贞操也就难以保全。在混乱的文化市场里，先锋派群体抛开他们引以为傲的"纯文学"可疑的贞操，奔向各自利益的包房。这些曾经捷足善跑的先锋兔子们，如今躺在市场的婚床上呼呼大睡。罗曼蒂克和诗意，降级为偶尔的精神需要，与之前作为生活的全部的状况，大相径庭。"诗意的栖居"不再要求人们在酒醉般的乌托邦幻觉中吟唱诗歌，而是一则房产广告。诗人们已经在商海初试身手，并颇有斩获。他们终于成了"物质的长久夫妻"和"诗歌的短暂情人"。

先锋写作初期的那些语言的习得期，虽然幼稚，拙劣，并且始终有一些不易消化的语言硬块，但它却将写作者从这个时代普遍平庸、粗鄙的话语环境分别出来，成为哽住时代的喉咙的话语之刺。当今的写作，普遍缺乏语言上的造就，也缺乏在这个问题上的信心。当初那些坚硬和尖锐的语言之矛，早已被消磨成"银样镴枪头"。而网络时代的消费性的文学，是一锅文学稀粥，专供那些精神消化功能障碍的人士上班途中，在地铁上享用的。诗人们安享光鲜亮丽的居所，他们的语言已成为被诗意装修一新的、带卫生间的歌厅。"诗意栖居"乃是他们聊以自慰的谎言。纵然有豪气冲天的时刻，也只是在饭饱酒醉之余的干号和呕吐。

——那些青春开放的话语角斗士，那些一无所有、无家可归、那些"腰间挂满诗歌的豪猪"，如今都到哪里去了？！

上编　先锋小说叙事艺术

第一章
先锋小说叙事艺术概观

一

新时期小说至 1985 年始一大变。1985 年是文学界新潮迭起的时期，在所谓"八五新潮"中，小说写作显得特别活跃。起初是"寻根小说"风行于先，继而又有"现代派小说"的兴起，同时，一批在小说文体及叙事方式等方面富于实验性的作品也开始出现。这一切似乎都标志着一个小说艺术繁荣时期正在到来。

从某种意义上说，"寻根小说"大致上仍是更早一些时候的"反思文学"的延续，或者说，是"反思"逻辑进一步深化的结果。"寻根小说"的根本意图乃是在文学所承载的精神内容方面增进一种文化意识，使文学写作显得更加丰富、更加复杂，同时也具有了更加深刻的内涵。小说家的这些努力固然功不可没，但如此丰厚、如此沉重的文化精神内容与现代汉语小说的艺术表达能力极不相称，以致许多

"寻根小说"只能以一些粗劣的艺术手段，来表达一些生硬的文化观念内容。另一方面，"寻根小说"对于文化历史内涵的过分关注，亦使小说丧失了对现代人的现实生存经验的表达力。正因为如此，所谓"现代派小说"以其对现代人的精神状况的关注，引起了人们的兴趣。刘索拉的《你别无选择》、徐星的《无主题变奏》、王朔的《一半是火焰，一半是海水》、陈村的《少男少女，一共七个》等作品均以现代都市青年人的生活为题材，描写他们内心的焦灼、不安乃至幻灭感、荒诞感。这些现代性的主题进入汉语小说，不免有些生硬，加上与当时通行的文学观念格格不入，因而"现代派小说"在当时遭到不少的责难。在这种内外交困的境遇中，"现代派小说"也很快跌入低谷。

同样出现于"八五新潮"中的实验性小说，起初并未引起人们的足够重视，至少可以说，在当初人们尚未真正明白它的深远意义。在最初的评论文字中，这类小说往往笼而统之地划归到"新潮小说"这一大范围之中，与"寻根小说""现代派小说"混在一起。只是到更晚一些时候，批评界才给出了一个边际相对清晰的名称——"实验小说"。接下来，人们又发现这类小说的意义远不只是形式上的实验性，它同时（甚至是更重要的）还体现了一种全新的文学精神，故而，人们才又称它为"先锋小说"。到20世纪80年代的后半期，"寻根文学"，这个古老文化的最后守灵人，也已陷于沉睡。就在这样一个不祥的时刻，"先锋文学"发出了自己的声音。然而，它究竟是末夜的恶枭，还是唱晓的雄鸡？

二

　　马原是"先锋文学"的主要开拓者之一。这位"叫马原的汉人"，在一个不讲汉语的地方（西藏）生活了很长一段时间之后，忽然，"顿悟"出小说写作的三昧。他在自己的小说宣称："我用汉语讲故事。"马原确实是个讲故事的能手，他奇迹般地用汉语讲了一大串关于西藏的故事。马原在努力恢复一个古老的传统：小说的讲故事的功能。诚然，"先锋小说"之前的现代汉语小说也讲故事，甚至，小说看上去也总是被各种各样的故事所充斥。但是，以往的小说，故事外在于叙事。小说家更多的是关注着故事的意义和事件的事实性。还原事件的历史"真相"，一直是现代中国小说家根深蒂固的情结。因此，现代汉语小说在叙事上总是与历史理性的权力结构同构，成为权力意志的载体。小说家的"主体性"，只是局限于体裁选择、人物塑造等极其狭隘的、技术性的范畴之内。小说作为叙事其叙事话语依然被控制在历史性的话语机制之中，小说家不得不采用"公共话语"来讲述自己的故事。因而，以往的汉语小说，看上去大多数都像是一种"集体创作"。

　　马原最初的那些关于西藏生活的小说因其内容方面的传奇性和神秘性而分散了人们的注意力，但很快人们便发现，马原小说的真正意义在于其对于现代汉语小说的叙事方式的探索方面。在《冈底斯的诱惑》《西海的无帆船》《虚构》等一系列作品中，一个独立的叙事主体诞生了。这标志着一个叙事意识自觉的时代的到来。尽管从马原的作品中，我们能够发现博尔赫斯、海明威、罗布一格里耶以及加西亚·马尔克斯的痕迹，但马原的努力仍然为现代汉语小说的叙事方式方面开拓了新的更大的空间，并使汉语小说作为一门关于叙事的艺术成为可能。

对于马原来说，"讲故事"这一短语的逻辑重音不是在"故事"，而是在"讲"字上。是叙述行为，而不是被叙述的事件，构成了"先锋小说"的主体和核心。"我讲的只是那里的人，讲那里的环境，讲那个环境里可能有的故事。"马原的这段表白，道出了"先锋小说"的话语方式的秘密，并为"先锋小说"的言说划定了疆域。讲"可能有"的故事，即意味着事件的事实性在讲述中被消解，重要的是对于"可能性"的讲述本身。从某种意义说，虚构的叙述，才是真正的叙述。正如舍斯托夫所说："文学虚构是为了使人们能够自由地说话。""先锋小说"通过对叙述行为的强调，恢复了叙事性作品的"叙事性"，同时，也将汉语文学言说的一些基本问题暴露出来了。意识形态化的"中心话语"结构，对文学言说的长期控制，导致文学叙事非个人、无主体的状态和虚构叙述能力的丧失。因而，"先锋小说"对叙事方式的关注和不断变换，一方面，是在努力寻找一种摆脱意识形态化"中心话语"奴役的途径，为汉语文学言说谋求更自由、更广阔的生存空间，丰富汉语言的艺术表达力。另一方面，通过对叙述行为的强调，表明叙述主体的"到场"，使小说叙事真正成为一种"主体的叙述"。"先锋小说"叙事学革命，为汉语文学言说的个人化和汉语言说主体的"自我意识"生长开辟了可能性的空间。

莫言是"先锋小说"的另一位开拓性的人物。虽然莫言算不上是一个典型的先锋派小说家。但他的贡献涉及面更广。最初的《透明的红萝卜》以其奇特的表达方式令人震惊，而"红高粱系列"则又有些勉强地被纳入"寻根小说"的范围。但莫言仍有许多小说具有明显的先锋主义色彩。尤其是他在对人的现实生存感受的表达方面，对后来的先锋派作家产生了很大的影响。

与马原有所不同，莫言所开拓的是感受的疆域。莫言的写作努力使感受冲破日常的、公众的、理性的囚笼，把经验恢复到感官的水平。其小说《透明的红萝卜》，在这些方面堪称经典。经验的感官性，维护了生命感受的原初状态。然而，正是这样一种最为原初的生命的本体感受，往往被人们所遗忘。文化模糊了它的鲜明性，权力压抑了它创造性的活力。生命的原初性感受往往发生在那些理性的时间链条断裂的瞬间，发生在感官与事物猝然相遇的刹那。它使我们忆起了自身。文学写作的真实意义，即在于复原这种生命感受。另一位先锋小说家格非写道："小说写作……它给我带来了一个独来独往的自由空间，并给我从现实及记忆中获得的某种难以言传的经验提供了还原的可能。"还原生命在时间中的感受，这是"先锋小说"的一个基本愿望。"先锋小说"的写作总是努力开放自己的感官，尽可能地拓展自己感受的空间。比如，余华、格非的写作，经常把感知的触角伸向更为幽远、更为隐秘的意识深处，梦幻、错觉和神秘现象，经常是他们笔下的主题。时间在叙事过程中也出现了拖延、扭曲、拉长、浓缩、倒错等变形，使自然的时间变成一种被经验的时间，一种经验性的"存在"。对于"先锋小说家"来说，经验首先是个人性的，时间也只有被个体生命所经历、所追忆，才有意义。每一位"先锋小说家"，都有各自不同的生存经验，写作则是为这些经验打上了自己个人性的标志。这些个人性的标志，将写作者个人从历史、民族、国度和公众中甄别出来，它为现代中国人个人的"自我意识"的生长提供了感性的材料基础。

残雪对当代小说艺术的贡献主要表现在两个方面：一是对人的内在经验世界的深刻探索；一是寓言式的叙事结构。残雪对人的内部世界的探索达到了人的无意识领域，她对现代中国人被压抑到无意识深处的经验内容：虚无感、荒诞感、变态的欲望、扭曲的感官经验，等等，作了充分的展示，同时也描绘了一个陌生的、怪异的、病态的现实生活世界和人际关系。另一方面，她的特有的寓言式的叙事结构，也丰富了汉语小说的表达力。此外，作为一位女性作家，残雪也发现了女性经验在内容和方式上的特殊性。这一点，对日后带有先锋主义倾向的女性写作富于启示性的意义。

三

马原、莫言、残雪的写作，基本上为"先锋小说"划定了一个疆域和起跑线。至 1987 年前后，"先锋小说"在更年轻的一代作家那里再一次掀起了高潮。苏童、余华、格非是其中最具有代表性的作家。这些作家在小说的叙事艺术方面作了更大的努力。同时，他们也在不断地寻找更加个人化的主题和表达方式。苏童的写作在表达手段方面富于变化。最初，他致力于处理一些关于"家族——历史"方面的主题，如《罂粟之家》《1934 年的逃亡》等作品中的宿命和逃亡等主题。而从叙事艺术方面看，这些作品体现了"先锋小说"在历史叙事方面的一些基本特征：仿写和解构。这一点，在他的长篇杰作《我的帝王生涯》中体现得最为充分。与此同时，苏童又开始了一种"怀旧式"的写作，如《妻妾成群》《红粉》等。这类作品虽然没有明显的叙事上的先锋性，但仍可以看作是"先锋小说"在叙事艺术上不断追求的一种结果。余华是一个具有极高的叙事才华的作家，同时也是一个喜欢走极端的作家。他最初的一批小说（如《往事与刑罚》《一九八六年》等）对诸如"暴力""荒诞感"等主题作出了最为充分的挖掘。这些主题既是涉及普遍的人性经验，也是对现代中国人的现实生存经验的最直接的呈现。而对这些主题的表现则又与余华在叙事方式方面的探索性是密不可分的。进入90年代，余华在一些现实性的题材方面亦表现出极高的才能，并能将人的某种生存状态推向极端。他的长篇小说《活着》《许三观卖血记》在这些方面堪称经典之作。格非是一个个性鲜明的作家，他最善于表现的是一些幻想性的主题。他的小说既有历史题材的（如《大年》《迷舟》《风琴》等），也有现实生活题材的（如《背景》《傻瓜的诗篇》《欲望的旗帜》等），还有一些幻想性的题材的（如《褐色鸟群》《唿哨》等），但无论是哪一类题材，其深层的主题都指向人的某些抽象的、带有形而上学意味的心理经验，如时间经验、迷宫意识、隐秘的欲望、不可理喻的梦幻、存在的虚幻感，等等。格非小说中的这些奇特的经验内容和他的那种特有的、迷宫式的叙事结构，为当代的汉语小说提供了一种特别的艺术经验，这是值得倍加珍视的。

因而，"先锋文学"根本问题即是：现代汉语如何传达现代中国人个人生存感受？这也就意味着，建立个人化的生存方式和言说机制，是"先锋文学"的根本出路。这是一个艰难的工作，是一种有待学习的能力。"先锋文学"在自己的写作中，留下了种种的"痕迹"，表明了他们为完成一个现代性的"个人形象"所作过的许多努力，然而，这个"形象"仍是"不定式"的和"未完成态"的。那些纵横交错的个人"痕迹"的"文本",看上去更像是一本学童涂鸦的"作业本"——一本"自我意识"的"练习簿"。在这本幼稚的"练习簿"上,"听写"和"看图说话",始终是两道基本习题。

从这一立场出发,我们才能够真正理解,为什么"先锋小说家"偏爱讲述"侦破故事"(如,格非《迷舟》《敌人》,余华《河边的错误》,北村《聒噪者说》等),为什么他们的小说中的人物总是用代码来表示(如,用阿拉伯数码,用"棋""牌""砖""瓦"之类的符号)。这正像学童的智力练习和数学练习一样。在学童的这些习题中,一个"侦破故事"本身是没有意义的,代码也仅仅是作为代码,它们的作用是在于帮助学生练习推理和演算的能力。"先锋文学"的所谓"形式主义"倾向,也正是对于汉语表达能力的练习。这是一种汉语的文学言说的"代数学"。正是在这些练习中,我们找到了现代中国人的"自我意识"的滋生地。如果说,人对于"自我"的意识,即是对于"自我"的记忆,那么,也可以说,"先锋文学"即是关于"自我"的"记忆术"。"先锋小说"对于感觉的历险和反复不断地讲述那些转瞬即逝的个人经验,就是对那些感受和经验的"强化记忆",这也正是疗治母语的"失忆症"和民族"自我意识"匮乏的根本手段。我想,也只有从这样的立场出发,才能够真正确立"先锋文学"在汉语写作史上的地位。

谈论"先锋文学",不可避免地会遇到一个严重的问题——意义问题。"意义问题"经常成为"先锋派"的反对者的口实。现代中国人究竟应该拥有怎样的生存感受呢?究竟应该拥有怎样的"自我意识"呢?这样的问题也许不能算是"先锋文学"所独有的问题,但却是每一个现代中国人所面临的问题,并且,它的确是一个迫切的、不容回避的问题。反对者一有机会，便要攻击"先锋派"作家丧失了起码的艺术良心和文化责任感，把文学写作变成了毫无意义的"语言游戏"。的确，一个学童的牙牙学语，在局外人看来，无非是一场了无生趣的"聒噪"。但是，即使是一个文盲，也绝不会因此而站在学堂门外来指责这种"学习"。当然，一个人不应该始终都不明白自己学习的意义，否则，他只能是一个"朽木不可雕"的老顽童。一些激进的"先锋派"的支持者则无视"学习"的阶段性，他们从"先锋文学"中发现了所谓"后现代自我"——一个"消解性"的"自我"，并将这一发现看作是这中国文化与国际性的"后工业文化"接轨的证据。"上帝死了""人死了""知识分子死了"等口号也在中国大地上此起彼伏。这种说法，能够带来理论上和批评上的许多方便，并且，我们也确实能够从"先锋文学"中寻找出许多"现代性"和"后现代性"的"痕迹"。但这些"痕迹"，在我看来，与任何"后工业社会"文化毫不相干。"先锋文学"中"自我"的形象，"人"的形象，与其说是消解性的，不如说是未完成性的。中国人的现代性的"自我意识"尚未完成，而不是"后现代性"的"老死"。那种对于"人死了"的欢呼，实在显得有些"白痴相"。"先锋文学"有着自身的关于"意义"的焦虑，这一焦虑迫使"先锋派"作家具有更加敏锐的内在听力来捕捉世界和自身生命的"声音"。这也是每一个现代中国人所应该具备的能力。任何置身局外的指责和盲目的吹捧，只会扼杀和麻痹这种生命感知力。

余华在《在细雨中呼喊》中，一开始即引出了一个"倾听"的主题。在一个细雨飘扬的夜晚，远处的黑暗里传来了一阵"哭泣般的呼喊声"，"一个孩子开始了对黑夜不可名状的恐惧"。这个"倾听"，成为小说家记忆的源头和经验的滋生地，它唤醒了小说家内心深处对自身的记忆和理解世界的欲望，这使小说家开始懂得黑暗、恐惧、生命、死亡、痛苦和欢欣，并开始发现自己的存在。"我看到了自己，一个受惊的孩子睁大恐惧的眼睛，他的脸型在黑暗里模糊不清"。尽管这个"自我"的形象模糊不清，但它已开始生长。在这里，我们可以看出，"倾听"的环境与鲁迅的时代已有根本的不同，"倾听"的对象也转向了小说家自己的内心世界。那个黑暗的雨夜里的呼喊声，倒是与鲁迅笔下"垂老的女人"的呼喊声遥相呼应。"先锋小说"接续上了《野草》中开始的心灵旅程。

其他先锋派作家的作品，如洪峰和叶兆言早期的创作，亦在不同的主题范畴和叙事方式方面有所贡献。此外，还有孙甘露和北村值得特别一提。孙甘露称得上是在形式探索方面走得最远的小说家。也是被认为最具"后现代"特征的作家之一。他的写作更接近于一种语言符号的"博弈"。叙事的"总体性"的表意链完全断裂，表现为符号能指集落的自我增殖和播散。这一话语现象，成为"现代性的主体"死亡或解体的证据。

北村则致力于对于更高远处神秘的声音的"倾听"，他将自己的写作看成是对另一个更终极的声音的记录。北村前期的作品与孙甘露的作品有相似之处。他以诡异的叙事迷津的设置，将世界引向支离和混乱。而他后期的作品却突然引进一个神性的意志，对支离破碎的、无意义的世界作出重新整合，并将其引渡到信仰的彼岸。北村曾说过："我的写作的态度很单纯：听从里面的声音，这种声音有一个源泉。"他在《施洗的河》中曾努力追寻着这一"源泉"，并最终引出了一条通往神性的艰难历程。小说家北村本人的精神事变，成为我们这个时代的精神史上的一个象征性的标志。它代表着现代中国人，尤其是汉语文学写作者的一个内在的精神需求：为自己的灵魂寻找最后的家园。

四

新时期小说从 1979 年前后至 1989 年前后的这十来年时间内，经历了一系列重大的变化。这十来年的时间，既短暂又漫长。当我们感到，还有许多文学难题（观念上的和艺术上的）尚有待解决的时候，我们觉得这十来年的确是太短暂了；可当我们回顾一下文学，特别是小说所经历的变化，则又仿佛是经历了整整一个世纪甚至是几个世纪。小说写作从幼稚到成熟，从单调到复杂，从单一模式到多元并存，这一切都不是轻而易举的事情。特别是在 20 世纪已然过去的今天，我们再次回首小说发展的艰难的历程，我们就更有理由感到欣慰。但同在此时，我们的焦虑也在增长。1990 年代以来，尤其是近年来，小说写作的状况可谓危机四伏。尽管今天的小说在技巧上似乎更加圆熟了，在内容上也似乎更加丰富了，在风格和表现手法上也似乎更加多样化了，但是，从总体上而言，它仍然是很难令人满意的。比起 1980 年代来，1990 年代的小说写作普遍缺乏创新精神，或者说，从艺术的创造性方面看，1990 年代的小说是在倒退。1990 年代的小说写作尽管有许多热点，有许多轰动，但从总体上言之，真正能促进小说艺术发展的却寥寥无几。

当然，仍有少数作家依然保持着一定程度上的创造力，并在艺术上追求变化和发展，如莫言、余华、史铁生、王安忆等。除了这些作家之外，特别值得一提的是已故作家王小波。王小波的小说创作与当下的文学潮流之间保持着一定距离，因此，在相当长的时间内，他的创作不为人们所知，而这样，也使得他的创作也很少沾染当下文学的种种恶习。但这种独立的文学品格并不妨碍王小波的写作与我们这个时代的现实生活之间的关系，相反，这种独立性正是文学介入现实生活的最有效的手段。王小波的代表作"时代三部曲"（《黄金时代》《白银时代》《青铜时代》）是当代小说在反映时代生活方面最独特而又深刻的收获。从艺术性上看，王小波的小说也是独特的。他的小说充满神奇的想象力，精彩的反讽艺术和怪诞而又戏谑的风格。通过这些艺术手段，王小波的小说揭示了我们这个时代生活的荒诞性的一面以及人类生存的普遍性的困境。

在1990年代新崛起的一批作家中，也有一些对于小说写作艺术上有一定贡献的小说家，其中最为突出的是韩东和朱文。仅就叙事的艺术性方面而言，他们的小说既避免了一般写实小说在艺术上的粗劣、庸俗，写得相当纯粹、精美；同时，又摒弃了"先锋小说"的那种过于繁复、华丽和虚饰的技巧，变得更加简洁和富于表现力。但他们的格局太小，精致有馀而闳放不足。

1990年代另一个引人注目的文学现象是女性写作的新的崛起。在小说方面，以陈染、林白等为代表的女性小说家成就煊赫。在汉语文学中，女性经验世界显然还是一个尚未被充分了解和呈现的世界。这些女性作家试图寻求一种能充分传达女性对于其自身及世界的感受和理解的途径与方式，因此，她们在叙事上必然要努力摆脱传统的、根据男性中心文化观念所建立起来的叙事话语方式，将一种明确而又自觉的性别意识引入了文学叙事之中。但这不仅仅是一个"性别政治"

问题，它同时也改变了现有的文学格局，为当下的汉语文学写作注入了新的活力，为小说艺术拓展了更加广阔的、充满新的可能性的空间。无论她们的小说有多少的缺陷，仅就这一点而言，其贡献就不可抹杀。

1990年代的小说写作还有一个十分重要的问题，就是关于小说的"现实介入性"的问题。1990年代的小说在这个问题上表现出了相当大的程度上的关注。这一倾向意义重大，从某种程度上说，它应该是继80年代中期"先锋小说"的"叙事自觉"之后，又一重要的转折。但遗憾的是，在大部分小说家那里，"介入性"却是以牺牲"艺术性"为代价，使小说艺术降格为对现实生活和社会问题的肤浅的反映。如1990年代中期轰动一时的所谓"新现实主义冲击波"小说。对"介入性"与"艺术性"的关系如此简单的处理，其结果只能是"两伤"。正因为如此，重新回顾新时期的小说发展历史，认真总结小说写作的艺术经验，更加深刻地理解小说写作与时代之间的复杂关系，就显得十分必要而迫切。唯其如此，才有助于将来真正伟大的小说作品的诞生。

第二章
马原：叙事的历险

　　1985 年前后，当马原在小说界初露头角，即以其独有的叙事方式和文体风格引起了文坛不小的震动。在当时，尽管马原的写作未能得到主流文学界的认可，但在年轻一代的小说写作者的心目中，马原的小说标志着一种新的小说观念和写作模式的诞生，甚至可以说，马原的小说提供了小说写作新的途径和范式。在接下来的几年内，这批年轻的小说写作者很快成长为实力派作家，他们与马原一起在当代的汉语小说写作领域内发动了一场悄悄的革命。人们将这场革命性的变化称之为"先锋文学运动"。先锋文学的成就在今日已是有目共睹，但它的先驱者马原却渐渐被人淡忘。当年风起云涌的先锋文学运动也已进入低谷，小说写作也发生了一系列重大的变化。

　　尽管如此，马原的意义仍不应低估。如果没有 1980 年代中后期的那场小说革命，现今的汉语小说写作状况是无法想象的。并且，直至今日，我们也仍然能够在其他年轻一代的小说家身上看到马原的影响，这些影响潜藏在小说的叙事方式，语体和一些基本主题之中。因而，重新解读马原的作品，这对于理解我们这个时代的文学写作仍然是一件很有意义的工作。

第一节　叙述者出场

众所周知，马原小说最显著的特征即是对叙事方式的探索，这一点，也是马原对汉语小说写作的最重要的贡献。马原的小说在开头（有时是结尾）处，经常会出现一大段文字交代故事的编纂经过。例如：

> 毫无疑问，我只是要借助这个住满病人的小村庄做背景。我需要使用这七天时间里得到的观察结果，然后我再去编排一个耸人听闻的故事。
>
> （《虚构》）

有研究者指出，这种"小说自己谈自己的倾向"，即是所谓"元小说"（Metafiction）。因而，马原的小说被视作"元小说"意识在当代中国小说中诞生的标志。事实上，如果仅限于"小说谈自己"这一点，倒不值得大惊小怪。欧洲近代小说自其萌芽阶段起，就经常出现这种现象。作者有时会声称自己的故事是对听来的故事的一次"偷偷的"记录，或是对偶尔获得的一份无名手稿的披露。在这些情形中，作者本人所扮演的角色无非是一个"转述人"而已。这样的例子，即使是在中国古典小说史上亦不鲜见。比如，《红楼梦》的开头即有对小说来历的交代，并且，在叙述过程中还出现了作者本人（曹雪芹）的名字。因此，马原的这种叙事方法，倒不如视作对古老的讲故事的传统的恢复。从某种程度上说，先锋小说无非是使小说成其为小说。可是，当马原的这种简朴、原始的讲故事的方法在最初却被视作怪异的东西，甚至有人对此加以恶意的攻讦，这足见此前中国文学中的小说写作被扭曲到了什么样的程度。

当然，上述对马原小说的判断仍然过于简单、片面。马原毕竟不是一位单纯的古典传统的继承者，相反，他最初出现于文坛却是以"现代派"的面目出现的。稍加留意就不难发现，马原小说与传统小说之间的差异还是很大的。同样是带有"元小说性"的"关于叙事的叙事"，在传统小说那里是为了制造一个真实的幻象，让读者感到故事是真实可信的。而"元叙事"本身则游离于故事，演变为一种讲故事的成规。通过这一成规，讲故事的人可以与叙事保持一种距离，以维持客观化的效果，或者说，讲故事的人隐身于真实的幻象的背后，来报告（或转述）某一真实事件。实际上，在叙事艺术发展到成熟阶段之后，则完全可以抛开这种成规。成熟的叙事方式本身足以维持对故事真实性的幻觉。比如，以巴尔扎克为代表的十九世纪的现实主义小说，其真实性的幻觉完全可以依靠全能的视角和全景式的描述话语来支撑，从而将"元小说性"降低到最低限度。而在马原的小说中，"元叙事"所指向的却是虚构、是杜撰。马原经常是一边讲述故事，一边不断地提醒读者，不要对故事产生真实的幻觉。例如：

　　　读者朋友，在讲完这个悲惨故事之前，我得说下面的结尾是杜撰的。我像许多讲故事的人一样，生怕你们中间的一些人认起真。

（《虚构》）

　　这本书里要讲的故事早就开始讲了，那时我比现在年轻，可能比现在更相信我能一丝不苟地还原真实。现在我不那么相信了，我像个局外人一样更相信我虚构的那些远离所谓真实的幻想故事。

（《上下都很平坦》）

　　有评论家指出，马原的小说在叙述上总是设置一个又一个"叙述圈套"，好像故意与读者玩捉迷藏的游戏。这样说也是实情，但批评的目的在我看来并不在于猜测写作者主观上要做什么，而在于发现既成"本文"实际上所具有的艺术效果。从上面的引文可以看出，马原通过对叙事程序的主观干预，消解了故事的真实性，这样，便将读者的阅读注意力从对叙事对象的迷恋中唤醒，而转向对叙事主体及叙事行为的关注。这一点，在小说叙事艺术的发展史上有着重大的意义。如果我们将这一现象放到新时期中国小说发展史上来加以考察，它的意义就显得更加引人注目。

　　新时期小说的最大梦想即是对现实世界"仿真式"的重现。在这个伟大的"现实主义的"梦想面前，写作者自觉地抵制个人的主观性对叙事的干扰，以达到想象中的纯粹的客观性。在这类小说中，叙事主体隐匿在故事的背后，而故事则无非是现实世界的客观投影。事物的客观性扮演了一个虚幻的主体。因而，新时期初期的小说在叙事上处于无主体状态。尽管有许多小说也使用第一人称叙事，但其中的第一人称看上去却像是一个傀儡，在其背后，仍有一只无形的手——事物的客观性在操纵。叙事的个体性特征仅仅体现在诸如体裁类型、修辞风格等方面。马原的小说则第一次出现了一个真正的、独立的叙事人。这个叙事人外在于事件，正如马原自己所说的——"局外人"。他成为一个独立的个体。叙事主体自觉到自身的存在，并要求读者注意他的存在，注意到是主体在叙事，注意到其叙事行为本身。小说不再是对客观事件的"仿真式"的重现，而是一种主体的叙事行为。这一点，可以视作当代小说叙事意识自觉的标志。

叙事主体的到场，使世界"叙事化"了，成为一个被讲述的空间。马原的小说传达了这样一种世界观念：世界是无限敞开的和多样可能性的。如果如米兰·昆德拉所说：小说的使命在于对世界的连续不断的"发现"，那么，只有自由的叙事才能做到这一点。不同的叙事（讲故事）的方式，只是"发现"了世界不同的侧面，而提供一种叙事方式，就是提供了世界的一种可能性。马原的下面一段话很好地体现了上述观念：

> 我讲的只是那里的人，讲那里的环境，讲那个环境里可能有的故事。
>
> （《虚构》）

无论如何，马原称得上是讲故事的高手。他的那些虚构作品，不仅为先锋小说提供了许多叙事范式，而且，其本身也显示了非凡的叙事魅力。他就像是一个高明的魔术师，尽管他有意露出破绽，让人们看出他所做的一切只不过是一出把戏，但其高妙的手法仍然激发着人们的好奇心，吸引着人们的注意力。仅就叙事艺术而言，这种魔术师般的叙事能力，正如纳博科夫所认为的那样，乃是一个好作家最重要的本领之一。

第二节　流浪意识与惊险情节

一个优秀的小说家即是一个发现者，一部好的小说就是对一个世界的发现。如果说，叙事方式的转换乃是马原在为这种发现寻找更多的可能途径，那么，决定"发现"的另一个重要因素则是发现者本人的身份。

不同于莫言笔下的北方农村——高密东北乡，或残雪、余华等人笔下的南方小城镇，马原的小说所展示的是另一个世界——西藏。这是一个神奇的地方，有着许多尚不为人所知的事物。西藏故事构成马原小说主要的题材部分，这与马原本人的经历有关。1982 年，马原大学毕业后，即赴西藏工作。他在西藏逗留了整整七年。在这七年中，他的写作生涯从起步走向巅峰。西藏满足了马原小说写作的两个根本性的条件：虚构和流浪意识。对于一个客居的汉人来说，西藏的确就像是一个虚构的"国度"，它永远保持着无可猜度的神秘。西藏本身就像是一部永无结局小说。另一方面，赴西藏工作又部分地实现了马原本人根深蒂固的流浪的梦想，或者说，是对这个梦想的代偿性的实现。批评家胡河清敏感地发现了马原身上的流浪气质，并将他比作瑞典大探险家斯文赫定。这的确是一个极有见地的发现。马原本人也曾曲折地流露出自己对流浪生活的偏爱：

大概我深信流浪的方式是在这个世界上大规模获取人生经验

的最好方式，……或者也许我的骨子里总是一个流浪汉，无论现在我离开我那段流浪汉般的知青生活有多么远！①

　　对流浪生活的偏爱，直接影响到马原本人的写作方式。这种影响最明显地体现在马原小说的体裁方面。马原在谈论对自己影响最大的作家时，经常提及塞万提斯、菲尔丁、哈谢克等作家，尤其是对这些作家的"流浪汉体小说"推崇备至。例如，他在一篇文章中，以提问的方式披露了这一点：

　　　　中世纪的塞万提斯是著名的流浪汉体小说的始作俑者，这种文体长盛不衰是否展示了人类内心永恒的流浪素质？②

　　从严格的小说史角度看，马原的这段话不是十分准确。流浪汉体小说的兴起，远在塞万提斯之前。但这一体裁的真正成熟则的确是从塞万提斯开始。流浪汉体小说往往借某个流浪汉的游历来展开故事。随着流浪历程的进展和变化，故事在空间上不断拓展，并且，往往有多个相互间并不连贯的故事串联在一起。它与十九世纪的现实主义小说不同。十九世纪的小说，如巴尔扎克的小说，空间沿时间顺序展开，并由时间编织成一个单一维度的逻辑序列，在其中，人物成为中心，人物性格在时间中变化、发展、臻于成熟。而流浪汉体小说则以事件为中心。人物仅仅是一个目击者。人物是为了对世界的发现而存在的。流浪的故事即是一个发现的故事：一个陌生的、有着无限多样

---

① 《马原文集》，卷四，第447—448页，作家出版社，1997年。
② 《马原文集》，卷四，第396页。

可能性的世界，不断地在流浪者面前打开。

　　马原的许多小说都在一定程度上遵循了流浪汉体小说的原则。他的早期小说《零公里处》显得较为典型。这个故事叙述了一位少年最初的流浪经历，他跟随着红卫兵的串联队伍流浪到了北京。另外，他的一批反映知青生活的小说，虽然很难说是流浪汉体小说，但由于知青生活本身与流浪汉生活在本质上相去不远，故而也染上了流浪的气质。而长篇小说《上下都很平坦》则似乎是对上述两类小说的综合。该小说一头即是对几位少年远游的描写，接下来则是对知青生活的记述。

　　马原描写西藏生活的小说，如果将它们综合起来看，则基本上也可以看作是以系列小说的方式构成的流浪汉体小说。在流浪汉体小说中，往往有两个主人公共同完成对外部世界的历险，如塞万提斯的《堂吉诃德》中是堂吉诃德及其随从桑丘·潘沙；狄德罗的《定命论者雅克和他的主人》中是雅克及其主人；哈谢克的《好兵帅克历险记》中是帅克及其主人；马克·吐温的《哈克贝利·芬历险记》则是哈克贝利·芬及其好友汤姆·索亚。马原的小说中则设计了一个主人公——"我"，另一个主人公则是"我"的朋友，但马原却将这另一个主人公巧妙地分解为两个人：姚亮和陆高。这一分解并未改变流浪汉体小说对人物设置的原则，而只是满足了马原制造叙事幻觉的需要。在这两个互为影子的人物身上，体现了一种博尔赫斯式的虚实相生的世界观。当然，从更深层的文化心理上看，它还体现了一种东方文化观念。一般流浪汉体小说的人物设置可以看成是"自我意识"的一分为二，而在马原那里则可看成是"一生二，二生三"的观念体现。关于这种观念，马原在《拉萨生活的三种时间》中有过较为明显的流露。

马原的西藏题材的小说通过一个或一群生活在西藏的汉人的见闻来揭示西藏生活的奥秘。但这些生活在西藏的汉人毕竟不是真正的流浪汉，马原本人去西藏也不是出于流浪的原因，其西藏生活的流浪因素甚至比《零公里处》中的"大串联"和其他小说中的知青生活还要少。它仅仅是一次象征性的，或想象中的流浪。这正如《拉萨河女神》中所记述的那样，主人公"我"与他的那些朋友们只是以一次拉萨郊外的野营来作为对流浪生活的模拟。这群"象征性"的流浪汉根据自己在沙地上印出来的人形，用沙子塑出一个女神像，以弥补真正流浪生活和奇迹的不足。无论如何，象征性的流浪不能代替流浪本身，正因为如此，马原的小说尽管受流浪汉体小说的影响很大，但其中缺乏真正的流浪汉体小说中的那种丰富多变的生活场景和经验内容。同时，对流浪汉体小说中的夸张的戏剧化情节也作了弱化处理。马原的小说中也经常出现诸如打架、狩猎之类的戏剧化情节，例如《西海的无帆船》中的"狩猎"。但马原以一种从容舒缓的叙事语气，减弱了这类情节的紧凑性和惊险性，使之看上去像是一场娱乐。可以认为，马原的小说在体裁上是一种"弱化"的流浪汉体小说。尽管如此，"流浪汉体"的特征仍是马原小说的独特之处。人们在研究先锋小说时，一味地注重马原小说在叙事方式上特点，以致抹杀了他在整个先锋小说群体中的个人特征，使单个写作者变成了复数。这样，多少有些委屈了马原。

在"流浪汉体"弱化了的方面，马原小说又从另一方面作了一定程度的补偿，那就是马原小说在体裁上的另一个来源——"惊险小说"（或"侦探小说"）。马原曾毫不隐讳地表达过对侦探小说作家如阿加莎·克里斯蒂的崇敬。很显然，惊险小说和侦探小说满足了人们对外部世界冒险的愿望和对事物更为隐秘、更为复杂的内部关系的发现的愿望。马原的这类小说比较有代表性的是《游神》《虚构》和《大师》。

《游神》中借助了一般侦探小说所惯用的一些技法，黑市交易、神秘的陌生人（神秘女郎印度丽莎）、对宝物（铸古币的钢模）的追寻，以及围绕这一追寻行动而展开的充满悬念的情节，等等。《大师》一篇则加上了走私、命案等情节，更增加了故事的惊险性，几乎达到了惊险小说的扣人心弦的程度。《虚构》中的故事本身倒与惊险故事或侦探故事没有什么太大的关系，但其情节设置却比前两篇更接近惊险小说。故事讲述主人公"我"来到一个神秘的地方——玛曲村。这个地方因为是麻风病区而成为旅游禁区。"我"的行为本身即是一次冒险。接下来的故事按照"历险记"的方式发展。"我"在这个未知的世界里，感觉到危机四伏。一开始便遇见一位想旧梦重温的老强盗。还有古怪如鬼魅的麻风女、心怀敌意的驼背哑老人、令人发怵的恶犬、莫名其妙地出现的"旧军队的大檐帽"、噩梦、疾病、不祥的预感、蓄谋已久的枪声……种种细节构成了一种紧张、惊险的气氛。

但是，马原的小说借助于惊险小说的情节设置，其本身却不是惊险小说。例如，在《虚构》中的惊险情节设置，但并不指向对惊险故事的完成，相反，却在最终指向了对惊险性的消解。种种不祥的预感和危机迹象，在最终都化为乌有。

我说："嗨，出了什么事？"

那个块头大的告诉我，说夜里有泥石流，北边的山塌了半边。

（《虚构》）

　　一切都是一场虚惊。当主人公"我"离开故事的发生地时，"惊险"也随即被抛在身后，生活依旧是一个普通的日子。冒险的经历像一场噩梦一样地消失了。因而，马原的小说的惊险性更多的是指向一种内心经验：对陌生的外部世界的畏惧和不安。虚构的"历险记"当然只能诉诸内心感受。

　　但是，马原的这种"自我消解"式的惊险故事，却把惊险情节中所蕴含的心理经验凸显出来了。它提示人们，熟习的日常生活本身即包含着深刻的危机。这种危机随时会抹脸一变，将我们的生活变成一场恐怖的噩梦。如果说，这一提示在马原那里尚较为隐晦的话，那么，它在后来的先锋小说家（如余华、格非）那里渐渐变得越来越明显和自觉。惊险小说（或侦探小说）的体裁形式更加经常地被用作传达某种深层的心理经验和寓意。

第三节　两个马原

　　人们曾怀着极大的热情，对马原的叙事方式予以关注。的确，马原的叙事方式为先锋小说提供了范式。当在其他作家笔下出现虚构的叙事圈套或带有"元小说"倾向的叙事结构时，人们就会说，这是"马原式"的叙事。甚至，有些作家（如洪峰）被贬斥为马原的模仿者。这也就意味着在某种叙事模式已被写作界所默认的情况下仅从叙事话语方式上，已很难分辨写作者的个人身份。但是，事实上，阅读者仍然能够很容易地从诸多先锋小说家中识别马原。识别的重要标志之一，即是马原所特有的语体。比起叙事模式来，语体可能是更体现马原个人风格的艺术因素。

除了马原之外，其他先锋小说家在修辞上最重要的共同特征即是装饰性。当然，每一位小说家的装饰性又各有特点：莫言的丰繁、残雪的诡谲、苏童的优雅、格非的华美、孙甘露的玄奥……而马原则创造了一种最少装饰性的语体。这一点特别体现在人物对白中。

> 我说："你叫我愤怒。"
>
> 她说："你常说我不懂的话。"
>
> 我说："我为这个恨你，生你的气，瞧不起你！这下你懂了吧？"
>
> 她说："你瞧不起我吧。"

（《虚构》）

这一段是马原小说中比较典型的对白段落，在其他小说中的对白亦大致如此。马原在写人物对白时，极少描述说话人的状态，对话语的性质也没有任何装饰性的描写。人们如果有兴趣的话，可以比较一下其他先锋小说家在同一时期的作品中的人物对白，马原的语体特征就很明显了。先锋小说的前期作品在人物对白方面有一个共同的特征（也许可以看作是缺陷），那就是对白的玄虚化。前期的先锋小说追求叙事的寓言化风格，对白的语体也直接地服务于寓言化，因而，总显得大有深意，而且过于书面化，常常还完全脱离应有的语境。而马原小说中的对白则属于叙事语境中不可分割的部分。像上述引句中那样，甚至是依靠毫无装饰的、直接明快的对白来揭示情节中所包含的更深刻的心理内容。

马原本人在一篇论文中透露了自己在语体上的追求的秘密。在这篇题为《小说》的文章中，他专门论述了海明威，并对海明威关于小说写作的所谓"冰山理论"提出了自己的解释。他认为，所谓"冰山理论"的关键在于"省略"，但不是对情感的"省略"，也不是所谓"含蓄"风格，而是对经验的"省略"，并认为这是"最具效果的方法"。[①] 在我看来，这里所说的"经验省略"，指的正是省略掉对经验的装饰性的描述和分析，以避免过多的作者主观性介入，达到对事件和人物行动的直接呈现。这体现了对小说叙事话语"客观化"理想的接近。正因为如此，马原对海明威的语体推崇备至。海明威的"电报式"的短句将主观性降低到最低限度，并富于简洁、直接的表达力。马原的小说也很少使用描述性的长句。在《虚构》的第二节，他甚至整节均由短句构成。如试录其中一段如下：

> 你肯定不信我有一支枪。二十响盒子。我们一会儿就会看到了。有七发。这么多时间了不知道是不是还能打响。没有一点锈。我放的地方雨淋不到。没人知道。没有人往山上爬。我爬山他们都当我是傻瓜。从这儿往上去。
>
> （《虚构》）

有研究者发现了马原小说的"男性叙事话语"特征，认为它的主

[①]《马原文集》，卷四，第410—412页。

题（如冒险）、情节（如狩猎、斗殴）、意象（如雪山、豹）以及涉及人物性别的描述方式，等等，无不带上明显的男权主义的彩色。这一观点无疑是极有见地的发现。但是，如果脱离了语体（话语风格），所谓男性化意象之类难道能够维持叙事的男性化特征吗？事实上，有许多模仿海明威的男性主题和意象以及所谓"阳刚风格"的作品，却被人们讥为"贴假胸毛"的故作姿态。如果说马原的叙事有所谓"男性化"特征的话（且不管这些特征的意义何在），在我看来倒主要体现在语体上：一种急促、短捷的节奏感和硬朗有力的风格。

在语体上是否接近海明威，倒不是最重要的。值得注意的是马原是一个在语体上有强烈的自觉性的作家。有时候，他在句式上的"马原化"的风格魅力远远超过了故事本身。如下一个段落：

> 我和赵老屁在仔细寻找失败后决定打扰一下同屋的伙伴。我挨个儿搬动十三个已经远在睡乡的脑袋。
>
> "哎，起来一下。"
>
> "哎，起来一下。"
>
> "哎，起来一下。"
>
> "哎，起来一下。"
>
> "哎，起来一下。"
>
> "哎，起来一下。"
>
> "哎，起来一下。"
>
> "哎，起来一下。"
>
> "哎，起来一下。"
>
> "哎，起来一下。"

"哎，起来一下。"

　　"哎，起来一下。"

　　"哎，起来一下。"

（《错误》）

　　这一连串的叫喊声，只是一个句子的重复，但看上去却毫无累赘之感，相反，倒是显得简朴、明朗、富于表现力，甚至是无可替代的表现力，而任何叙事上的其他装饰手段，都无法达到这种效果。它显示了马原杰出的语言才能和对语体的自觉。

　　至此，我们发现了马原的一个矛盾：在叙事方式上追求繁复多变、不断设置圈套，而在处理语言时则表现出一种简洁、质朴、务实的倾向。当人们被马原的语言风格所吸引时，他的叙事圈套却将人们的注意力引向歧途；而当人们迷恋于他的叙事游戏时，马原式的话语风格又给人以另一番景象。也许，始终存在着两个马原：一个饶舌、狡诈、玩花招的马原与一个质朴、直率、硬朗的马原，或者一个奢侈的马原与一个节俭的马原，或者，还可以说是一个"博尔赫斯化"（当然是片面的）的马原与一个"海明威化"的马原。这两个马原一直处于矛盾之中。当矛盾不可调和时，便阻碍了马原本人小说创作的发展。

　　我们在新时期小说史的学术著作中，经常看到的是前一个马原。而这个马原业已成为一尊偶像。后一个马原正如我们在日常生活中所见到的——一个直爽、淳朴的硬汉。这也是一个活生生的马原。我始终认为，后一个马原才是真正的小说高手。他也许进不了文学史，但却能赢得读者。

第三章

莫言：感官经验与叙事狂欢

第一节　地理学

莫言是一位从传统乡村走出来的现代作家。乡村世界是他最基本的文学空间。首先是他的故乡——高密东北乡。古老、偏僻而闭塞的高密东北乡，成了实现其雄心勃勃的文学计划的地方，正如托马斯·哈代笔下的英格兰南部的"威塞克斯"地方，或福克纳笔下的美国南部约克纳帕塔法县一样，同样相似的还有加西亚·马尔克斯所描写的南美乡镇——马孔多。这些作家通过对自己故乡的生活方式和一般生活状况的描写，传达了某种带普遍性的人性内容和人类生存状况，将一般的乡情描写转化为对人的"生存"的领悟和发现。在这个意义上，莫言与上述这些作家是比较接近的。这样就使得莫言的作品超越了一般"乡土文学"的狭隘性和局限性，而达到了人的普遍性存在的高度。

从现代性背景下的文化地理学角度看，乡村世界的最显著的特征即是其边缘性。首先是地域上的边缘性。它们在地图上常常只是一块小小的地方——正如福克纳所说的"邮票大小的地方",远离其所属的国度的政治和文化的中心地带。

值得关注的是,当代中国文学及艺术上的先锋主义运动,最初恰恰是从地缘上的边缘部分发动的。首先是西藏。西藏,不仅是一处高原或一个少数民族聚居地,更重要的是,它是文革后的文学想象力的重要来源。从某种程度上说,喜马拉雅山脉,雅鲁藏布江,乃至整个西藏文化,是"文革"后新文艺的发源地。西藏形象进入小说,应归功于小说家马原、扎西达娃和马建。他们差不多同时以西藏为叙事空间。西藏在地理上的边缘位置和在文化上的陌异性,以及其在环境中所产生的特殊的时空经验和心理经验,都是他们构建新小说的基本材料。对于政治地缘区划而言,它是本土的,但对于文学想象和小说叙事而言,它则是陌异的。

1980年代中期,这种自我"边缘化"的文学想象,是当代中国文学的一种普遍征候,以致这一类的文学总是带有浓重的人类学色彩。而莫言笔下的高密东北乡虽然没有什么异域色彩,也很难激起人们特别的美学想象,但其"边缘性"特质却是显而易见的。首先是地理上的边缘性。与地理上的边缘性一致,乡村在文化上也是边缘性的。但对于文学来说,总有一种从边缘冲击中心地带的冲动。乡间的居民长期以来被视作一群固守村社和土地的保守主义者,他们被描述为顽固地拒绝加入现代主流文化所制造的"文明历史进化"运动,依然信奉着古老的生命原则和生存方式——自然的生命。这个边缘的世界一再地被遗忘,被扭曲,被压抑到文明的最底层。他们总是与那些被制度化的文明认为是最污秽、最龌龊、最下流的事物联系在一起。莫言在

《红高粱》中这样评价他自己的故乡——

> 高密东北乡无疑是地球上最美丽最丑陋、最超脱最世俗、最
> 圣洁最龌龊、最英雄好汉最王八蛋、最能喝酒最能爱的地方。
>
> （《红高粱》）

莫言在这个地方度过了自己的童年时期乃至青年时期，这个是他的生存经验的滋生地，也是其美学经验和文学想象力的发源地。

> 是现实的高密养育了我，我生于斯、长于斯，喝了这个地方的水，吃了这里的庄稼长大成人。在这里度过了我的少年、青年时期，在这里接受了教育，在这里恋爱、结婚、生女，在这里认识了我无数的朋友。这些都成为我后来创作的重要的资源。我想我的小说中大部分故事还都是发生在这个乡土上的故事。有的确实是我个人的亲身体验，有的也是我过去生活中的真实的记忆。很多的邻居（男的女的）、我生活的村子中的人，都变成了我小说中的人物——当然经过了改造。另外我们村庄里的一草一木、例如村子里的大树、村后的小石桥，也都在我的小说里出现过。也就是说我在写作的时候，我的头脑中是有一个具体的村庄的——这就是生我养我的村庄。或者说，整个高密东北乡，都是我在写作时脑海中具有的一个舞台。我想，从这个意义上说，真实的高密东北乡，养育了我，也养育了我的文学。①

---

① 莫言、刘琛、Willem Morthworth：《把"高密东北乡"安放在世界文学的版图上——莫言先生文学访谈录》，载《东岳论丛》（济南）2012年第10期。

这是一种人类性的情感经验，正如人文地理学家段义孚所说："更为持久和难以表达的情感则是对某个地方的依恋，因为那个地方是他的家园和记忆储藏之地"[①]。段义孚将这种依恋称之为"恋地情结"（Topophilia）。然而，人们只有在这样一种情况下，才能真正看到自己的故乡中的那些令人依恋之处：他离开了故乡，获得了另一种观察的眼光，但依然对记忆中的故乡怀有热爱。这里是他的现实经验与童年记忆的汇合地，一切经验都成为财富。即便是痛苦和创伤性的经验，也会被改造成值得回味的记忆。当这些经验成为文学写作的基本材料时，即使是描写其他地方的人物，看上去也很像他故乡的人，也可以看到其乡亲们的影子。在带着"异乡"的经验"还乡"之际，这些经验和记忆，重构了他对故乡的感知。

农村的事物也常是莫言笔下的表现对象。首先是农作物，如高粱（《红高粱家族》）、红萝卜（《透明的红萝卜》）、棉花（《白棉花》）、蒜薹（《天堂蒜薹之歌》），农家的家畜（猪、狗）、牲口（如马、羊、驴、骆驼）等动物。此外，农事活动，如修水库（《透明的红萝卜》）、磨面（《石磨》）、摇水浇菜（《爱情故事》）、修公路（《筑路》）、割麦（《我们的七叔》）、耕田（《生死疲劳》）等，也总是其作品中使人物活动得以展开的主要事件。这种种乡间的物和事，构成了莫言作品经验世界里最为基本的感性材料，从而给莫言的作品打上了鲜明的"农民化"的印记。

莫言的作品中的乡村题材，也与土地和农民密切相关。他熟悉当

---

① [美]段义孚：《恋地情结》，第136页，志丞、刘苏译，北京，商务印书馆，2018年。

代文学史中的乡土文学和农村题材文学的传统，在某种程度上，他的写作是对这一文学传统的延续。然而，他更熟悉乡村生活和农民本身，或者说，他更愿意回到农民生活的本真状态和原初经验来展开文学写作。他与当代文学史传统之间，与其说是一种"延续"关系，不如说是"抵御"和"反叛"。他很清楚经过社会主义改造的农村，他更清楚农民与土地之间那种难以用任何外在的力量加以改造的连结关系，也熟悉土地对农民的根本性的制约，以致几经风雨的社会政治运动之后，那种无法摆脱的宿命般的命运轮回。与此同时，他也看到了某种改变的力量，这种力量并非来自农耕文化本身，而是来自外在的、却是诉诸人性深处放纵和贪婪之欲望的商业化大潮。当然，他也在农民们的生活世界里看到了生生死死、忙忙碌碌、热爱与仇恨、痛苦与欢乐诸多的情感变迁。更为重要的是，看到了农民命运与土地相关即是耕种和劳作，同时也往往与贫困和饥饿紧密相连。从这些生存经验出发，莫言的关于乡村的文学也就超越了一般"乡土文学"的狭隘性和局限性，而达到了人的普遍性存在的高度。

莫言的"恋地情结"与其作品在叙事上的"童年视角"密切相关。研究者很容易发现，莫言笔下经常以儿童为故事主角，或故事的叙事人。儿童的经验方式与生活空间之间的关系有其特殊性。段义孚将其总结为一种"开放"的方式。

对于七八岁到十二三岁的孩子们来说，基本上就是生活在一个鲜活的世界中的。与还在蹒跚学步的幼儿不同，少年们已经摆脱了对周边事物的依赖，他们已经可以自己归纳空间的概念，辨识其不同的维度。……所以他们对待世间万物的态度和方式是完全开放的。①

在儿童，尤其是小男孩眼中的世界，有着一种全新的面貌。它既是对于成人眼中的固化的世界形象的改造，又能唤起人们返回生命之原初经验，回到童年时代对环境的好奇心和发现的热情。这种好奇心和热情，正是文学的基本动力。

这一年龄阶段的儿童，尤其是男童，无论是在生理上还是在心理上都尚未成熟。他们急欲进入成人世界，一窥成年人的生活奥秘，却又无法真正掌握成年人的交往规则和生存原则。他们在成人中间，往往只能带来混乱，以致令人厌烦。另一方面，他们没有资格享受成人的权利，却必须首先承受成人世界的生存痛苦，而且，可以说，他们是那个时代苦难生活的最大受害者。《猫事荟萃》《酒国》等作品中对孩子的饥饿感的描写和发育不良的黑孩，均表明了这一点。而莫言本人以及那个时代几乎所有的中国孩子一样，也是如此。这些"小男孩"的共同特征是：十二三岁、倔强、粗野、机敏、沉默寡言、生命力旺盛，而且有时还会恶作剧，差不多就是所谓的"顽童"。

另一方面，同样是在这些小男孩们身上，莫言发现了潜伏在脆弱的外部形象之内的顽强的生命力。严酷的生存环境，让这类小男孩变成了"小精灵"式的人物，以适应丛林原则支配下的外部世界。他们以各种不同的方式表现出生命意志的顽强。与这个小男孩相近的形象还有《酒国》中的那位嘴叼柳叶小刀，身生鱼鳞般皮肤的少年侠

---

① [美] 段义孚：《恋地情结》，第83页。

客。他的存在，一度引起当局的惶恐不安。黑孩同样也显示出坚韧的反抗意志，只不过他以其特有的方式反抗——沉默。这个"被后娘打傻了"的小男孩始终一言不发，与外部世界的聒噪和喧嚣形成了鲜明的对照。黑孩的沉默意味着对外部世界（即成人世界）的拒绝：通过拒绝语言，来拒绝与成人世界交流，拒绝成人世界的文明规则。这是一种出自本能的决绝态度。从另一方面，则反映文明对生命力的压抑的程度。儿童作为文明的"边缘"部分，构成了对主流文化的偏离和反叛。

莫言笔下的乡村世界的另一个构成，便是动物。首先是家畜，其次是乡间常见的小型野生动物。这些动物，或者已被人类驯化，成为人类生活密不可分的部分，如同他们的家庭成员一般，或者长期处于人类生活空间的周边，与人类有着程度不等的接触，它们甚至也多少习得了人性。尤其是家畜，它们被人类驯化，通人性。它们与它们的小主人——儿童、少年——尤为亲近，或者说，人类儿童与它们更接近，无论是心智、行为，还是对文明秩序的接受度。我们甚至可以从它们身上看到人类童年时期的影子，看到了人类自身的某种危险的缺陷。它们就是人类心智和文明进化过程中，被压抑下去的无意识和本能部分。成年人对小孩子的不满的称呼，往往就是称其为"小畜生"。从这种意义上说，动物主题是小男孩主题的变体和延续。

当然，动物虽然可以看和听，但不能说话。这些"沉默的朋友"，在一定程度上成为被伤害与被欺凌，而又缺乏话语权的阶层的象征。只有内心还抱有纯粹的同情心的儿童，才能够听到沉默之幽深处的声音。儿童与动物之间的相通性，甚至比他们与成人世界来得更充分。

动物的沉默无声，与儿童如"黑孩"的那种沉默无声，在深层意义上说，是一致的。他们的命运也是相似的。

莫言同时又写到动物相对自由自在的生活，作为对人类现实生活状况的对照，或动物对人类的抵抗——悲剧性的抵抗或人类面临失败的荒诞可笑的局面。在另一处，仍然是牛这种大型家畜，成为莫言小说中的智勇兼备的形象。《牛》中有一头名叫"双脊"的牛，是一头英武的牯牛，它强壮、勇猛、性欲旺盛，而且满有超常的智慧。但它却与其他公牛一起，面临着被人类阉割的命运。

动物性为人性描绘出了一幅地形图。居于中央位置的是人类理性，动物诸种属处于边缘地区，而且分层级向四周扩散，逐渐脱离理性之光照，慢慢沉入野性的昏昧和黑暗当中。想象某种动物属性，实际上也是关于人性之可能性的想象。想象力的冒险，乃是进入了世界的幽暗部分，来探索人性的未知领地。动物是人类的边界。但这是一道模糊的边界，一道奇妙而又危险的边界。

莫言的《生死疲劳》则展示了一个由不同家畜所构成的世界。而这个世界即是人类世界，不同家畜折射出人性的不同侧面。莫言笔下的动物形象，与他笔下的儿童、妇女、农民，以及整个乡村世界，成为他的文学世界的基本构成。这些空间上的边缘性、政治上的异质性、文化上的草根性和物种上的低端性的事物，以及由这些事物所呈现出来的有别于主流社会的文化秩序，乃是莫言的文学世界基本面貌。莫言本人从这片土地上诞生，也在这里成长，他依恋这片土地。他的全部文学都是这里生长出来的植物。这里是一个虚构出来的、然而却又真实无比的世界，其间充满了世界万物的声响：马的嘶鸣，驴的吼叫，牛的哞鸣，狗的狂吠，猪的唉哼，虫的鸣唱，男人的吆喝，女人的呢喃，孩童的哭喊，少年的嬉笑，情人的呢喃，长者的叹息，艺人的吟唱，还有一种"沉默"的轰鸣，以及一个名叫"莫言"的讲述者的唾沫横飞的聒噪……然而，正是这样一个喧哗与骚动的活生生的人间，成为莫言的生活世界，也是他的文学世界。如果说，莫言是当代中国文学的巨人的话，他与他的故乡——高密东北乡的这片土地之间的关系，就好比是"地之子"巨人安泰与"大地—母亲"之间的关系，大地是他的生命源泉，也是他的力量的提供者。一旦双脚脱离了大地，他将变得软弱无力，不堪一击。

第二节　生理学

在莫言笔下，吃的场面屡见不鲜。在《透明的红萝卜》的开头部分，生产队长正是一边咬着手里的高粱面饼子，一边去敲出工钟的。吃，在这里比一天内的任何一种工作都要来得早。是吃——而不是钟声——召唤着劳动的人群，并提醒着劳动的必要性。在这篇小说中，只是到队长的吃的活动终了之时，钟声才敲响，并且，吃的活动的余绪仍然长时间地延宕，比钟声的余响还要来得更悠长些。莫言特别地写道队长的吃的活动结束时的情形：

　　　走到钟下时，手里的东西全没了，只有两个腮帮子像秋田里搬运粮草的老田鼠一样饱满地鼓着。

（《透明的红萝卜》）

"像……老田鼠一样"，这是一个绝妙的比方。的确，在人的全部生存活动中，唯有在吃的活动方面与动物的差别最小，它体现了人的需求的最基本的和最重要的方面。这个比方提醒人们对自身的肉体需求和动物性因素的关注。正是因为这些原因，村民们才闻钟而动。他们汇集到村口的大钟下，"眼巴巴地望着队长，像一群木偶……一齐瞅着队长的嘴。"而就是这张正在咀嚼的嘴，即将向他们发出劳动分工的指令。

村民们渴望劳动，他们是热爱劳动的人群。但首先他们是饥饿的人群，是渴望食物的人群。事实上，在任何劳动主题的背后，都暗含着一个饥馑的主题，或一个关于粮食的主题。只有那些不事劳作而又能饱食的旧文人和"大跃进"时代的诗人，才常常会不懂得，或者装作不懂得这一点。这些人更乐意将劳动处理为审美的对象，甚至把它想象为艺术本身。

莫言当然很清楚劳动的深层含义，懂得劳动与饥饿之间的内在联系。饥饿，是莫言那一代人最为深刻的记忆。正当他们的身体最需要食物的时候，他们却只能跟父辈们一道挨饿。他们用自己的身体和生命，验证了唯物主义的无比正确性。莫言本人能够真正充分地获取必要的食物，也只能到他参军之后。[①] 也许正是因为饥饿的经验，使得他像那些注视队长的嘴的村民们一样，对粮食有着特别的兴趣。粮食（如高粱、红萝卜、蒜薹等）及其衍生物（如酒等），还有其他农作物（如棉花等），也就自然而然地成为莫言作品中最基本的描写对象。不仅如此，他甚至在描述其他事物的时候，也总是有意无意地要用食物来做比方。例如：

---

① 参阅莫言：《神聊》（北京师范大学出版社，1993年）之"封底"。另见莫言：《吃事三篇》，载莫言：《会唱歌的墙》（人民日报出版社，1998年）。

小福子双唇紫红，像炒熟了的蝎子的颜色。

（《罪过》）

我看到小福子的身体愈来愈薄，好似贴在锅底的一张烙饼。

（同上）

孩子们宛若一大串烤熟的羊肉，撒了一层红红绿绿的调料。

（《酒国》）

这样的比喻在莫言笔下比比皆是。在作者与世界之间架起了一座桥梁，它是主体与对象之间的中介物。在莫言眼里，整个世界犹如一张巨大的餐桌。关于食物的经验，即是关于世界的经验。莫言通过与食物的接触来与整个世界打交道。因而，食物主题是莫言笔下的基本主题。

食物主题（或吃的主题）可谓是一个真正中国化的主题。中国素有"吃的国度"的美誉，人们通常把"吃文化"视为中国文化的重要内容。如果我们抹开这个极度发达的"吃文化"表面的那些（也许是为了掩饰困顿才过分渲染的）绚烂色彩，就会发现，其核心则是"果腹"问题。这一问题，在现代社会一度变得极其严重，以致任何一位只要有起码的道德感的作家在写到那一特殊历史时期的时候，都不得不认真对待。甚至，连张贤亮这样一位颇为罗曼蒂克的作家，也一再地对食物这样一种有些俗气的物质表示关注。当然，在张贤亮那里，食物经过了玄学的烹调，变成了一道"象征性"的菜肴。食物脱离了其物质性，成了一个隐喻，或一个启示。这样，张贤亮像变戏法似的越过了过于物质化的食物，而转向对精神性"食物"的膜拜。食物（还有性欲对象）只是张贤亮精神"升华"的动力和跳板。这一"升华"一旦完成，食物和性欲对象（女人）便变成了渣滓。

莫言对食物的关注则带有明显的农民特征。他所关注的恰恰是食物的物质性。在莫言笔下，食物并不是一个抽象的象征物，相反，它首先是一个物质性的存在。正因为其作为物质的实在性，它才被用来作为其他事物的喻体。食物只有在劳动者那里，首先是在农民那里，才真正显示出其物质性的本质。一般说来，农民并不会劳神去种植任何象征性的粮食。他们只对粮食的质料性因素感兴趣。食物的质料性方面，首先是作用于人的感官，而不是精神。它是感官欲望的对象，而不是什么认知的对象或"升华"的对象。莫言正是如此迷恋于食物的质料方面。他经常十分详尽地描绘食物的感性形式，还不厌其烦地描述某道菜肴的烹调方式及过程。当然，他更感兴趣的还是与食物的具体、实在的接触：进食行为。例如，他在《酒国》①中，就细致入微地描写了食物与器官接触时的感受：

> 喝！酒浆蜂蜜般润滑。舌头和食道的感觉美妙无比，难以用言语表达。喝！他迫不及待地把酒吸进去。他看到清明的液体顺着曲折的褐色的食道汩汩下流，感觉好极了。

> （《酒国》）

这完全是一个饕餮之徒、一个酒鬼的感受。可是，它却出现在高

---

① 《酒国》（湖南文艺出版社，1993年）在收入《莫言文集·卷2》（作家出版社，1996年）中时，更名为《酩酊国》。

级侦查员丁钩儿的身上。依照职业要求，丁钩儿是不应该去体验这种感觉的，何况他还有公务在身，并且这项公务正是对一桩与饮食有关的罪行的侦查。然而，食物和酒破坏了他理智的防线，使他迷失了一个意志的"自我"。但同时，进食的快感促使人们去发现自己的肉体，它唤醒了潜伏在自己身上的另一个"自我"——肉体的"自我"。这是一个意外的"自我发现"。值得注意的是，这一"自我发现"，不同于20世纪80年代以来思想文化界所张扬的那种"自我发现"。后者是在精神领域里的发现，这个精神性的"自我"并不以高粱、玉米为食，而是吞噬"理念""三段论""主体性"，就好像传说中的食风国的居民一样。从表面上看，对肉体性"自我"的发现应该远比对精神性"自我"的发现来得容易得多，但在当代中国，情况正好相反：精神的解放有时可以公开地，甚至是在官方的默许之下，通过大众传媒直接地进行大讨论，而肉体的解放则不得不在民间的、遮遮掩掩的状态下进行。肉体的压抑似乎更深。

在莫言笔下，身体的各部分的组织器官堂而皇之地出现。首先是消化器官。这是一个粗俗的、卑下的和令人难于启齿的器官系统。但是，在莫言那里，它却获得了与身体的其他器官（无论其为"高贵"或是"卑贱"）平等相处的权力。而在消化器官中，首当其冲的当然是口腔。正如《透明的红萝卜》中的村民们注视着队长的嘴一样，《欢乐》中的齐文栋注意到了母亲的嘴。通过那张"破烂不堪"、牙齿脱光、说话漏气的嘴，齐文栋发现了母亲的衰老。嘴的衰老，也就是生命能量的摄入口的机能下降，随之而来的必将是整个机体无可挽回的衰颓。在《丰乳肥臀》中，口腔的机能则显得更为重要。对于上官金童来说，口腔真正成为他的"生命线"。他通过口腔来建立与母亲、他人乃至整个世界之间的联系。在这里，口腔真正是作为一个欲望的器官而存在，用一个弗洛伊德化的表述，则可以说，口腔是人物力比多（Libido）中心。

莫言如此关注所谓力比多的口腔阶段（Oral phase），意味着他对人的"自我意识"的基础的原初性和肉体性的关注。人们很容易发现莫言在修辞上的强烈的感官色彩，他所惯用的比方也好像是只有将事物变成可食用的物质，才能被意识所"吸收"。消化道的机能转化为"自我"的生存机能，仿佛只需从消化道的活动中便可获取关于世界的经验和知识，或者说，他用消化道的活动（这纯粹是一个肉体性的活动）替代了通常的意识活动。在小说《罪过》中，莫言暗示了这一肉体与意识之间的隐秘关联——

> 我每天都跟我的肠子对话，他的声音低沉混浊，好像鼻子堵塞的人发出的声音。
>
> ……
>
> 我伸手抓过那鳖裙，迅速地掩进嘴里。
>
> 从口腔到胃这一段，都是腥的、热的。
>
> 我的肠子在肚子里为我的行动欢呼。
>
> （《罪过》）

这是一位饥饿的少年的感受。在这里，消化器官被赋予了独立的生命，成为主体的另一个"自我"。肠子像头脑一样地思考，并与主体对话。是它驱使着主体去"抓取"和"吞食"物质，而主体则成了这种肉体化的欲望的执行者。或者可以说，肉体化的欲望才是真正的"主体"。

从这段文字中，我们还注意到，"我"对于食物的态度是贪婪的。而贪婪正是莫言笔下感官经验的基本形态之一。这位少年摄食方式是掠夺、饥不择食和吞噬。莫言很少写那种悠闲而体面的用餐。在他的笔下，吃总是如同一场战斗。在《食草家族》的第五章中，二姑的两个莽儿子就是怀抱着顶上了火的枪在"消灭"食物。即使是像《酒国》中所写到几次盛宴，食客们也都是"犹如风卷残云"般地扫荡饭菜。莫言特别地写到那些平素优雅风流的服务小姐们，她们在扫食残羹时"吃相都很凶恶"。这种种不堪的"吃相"，把贪婪的经验推向了喜剧性的高度。它暴露出人性另一面的本质：本能的动物性。中国古代的传说无比深刻地将贪吃的神祇塑造成人兽混合的形象——饕餮。作为贪婪之神的饕餮有着一张巨大无比的嘴和惊人的食量。在这个形象身上，隐含着人对于自身动物性本能（首先是食欲）的恐惧。在《酒国》中，高级侦查员丁钩儿自始至终都在与各种饮食打交道。他所侦查的案发地点酒国市，整个儿就是一个大吃大喝的国度，一个"饕餮国"。这里的人吃各种各样的食物，对同一种食物又有各种各样的吃法。这里的酿酒业也异常发达，甚至还有一所酿造大学。而丁钩儿所要侦查的则又是一桩所谓"吃红烧婴儿"的案件。丁钩儿一俟踏上酒国市的土地，就开始了与可怕的食欲的斗争。一方面是与酒国市人的饮食文化的斗争，另一方面，更重要的却是与自己的食欲的斗争。这位老牌的高级侦查员一直在用自己的强大的理智，去克服肉体的欲望。然而，他失败了。他人的贪婪的食欲也刺激起丁钩儿的食欲，他被自己的食欲所打垮。当他沉湎于饮食的快感时，他的意志则完全被自己的欲望所吞噬了。

在莫言那里，贪婪的欲望同样也在动物身上发展到了极致。《狗道》中的那些饿狗的"吃相"可谓是真正的、登峰造极的"凶恶"。而从食谱方面看，狗的食谱（除了吃屎这一点之外）与人的食谱是最为接近的。更可怕的是，它在饿急了的时候还会吃人。因而，《狗道》中的饿狗的形象，也可以看作是对人的某种本性的暗示。

欲望的贪婪性夸张了器官的机能。但在莫言笔下，被夸张的不仅是消化器官，而是包括全部的感觉器官。在一些特别的情况下，食物并不是作为吃的对象，而是巧妙地转成为"注视"和"嗅"的对象。

> 那是十六只眼睛。十六只黑沙滩村饥肠辘辘的孩子们的眼睛。这些眼睛有的漆黑发亮，有的黯淡无光，有的白眼球像鸭蛋青，有的黑眼球如海水蓝。他们在眼巴巴地盯着我们的餐桌，盯着桌子上的鱼肉。
>
> （《黑沙滩》）
>
> 我闻着扑鼻的香气，贪婪地吸着那香气，往胃里吸。那时我有一种奇异的感觉，感觉到香味像黏稠的液体，吸到胃里也能解馋的，香味也是物质。
>
> （《罪过》）

同样的描写还出现在《酒国》中，如"第一章"中的少年金刚钻即表现出神奇的嗅觉。而在《透明的红萝卜》中，黑孩被扩大了的感官能力则表现在听觉方面。而《红耳朵》中的那个名叫王十千的小孩，则长有一对有灵性、有情感、能自主运动的、硕大无朋的耳朵，就像传说中的老聃一样。这些形状和功能均被夸张的感觉器官几乎脱离了正常状态的身体，而具有了自己的意志，成为独立的机体。被夸张的感官的意志即是贪婪。贪婪的经验支配了主体的整个肉体。我们当然不会忘记，贪婪经验的对象首先是食物。同时，正是在食物不能成为吃的对象的时候，才转而成为视和嗅的对象，也就是说，在无法满足味觉和消化器官的欲望的情况下，贪婪经验才显得更加强烈，并转移到其他的感官上来。莫言在《猫事荟萃》一文中，在描写了主人公异常发达的嗅觉之后，直截了当地点明了这种奇异感觉的根源：

> 在我二十年的农村生活中，我经常白日做梦，幻想着有朝一日放开肚皮吃一顿肥猪肉！

（《猫事荟萃》）

研究者大都注意到了莫言笔下的"感觉的奇异性"和"通感"等艺术手段，并认为，这是作者对生命自由状态的呈现。[①] 但是，感官的异常发达未必都是对生命的自由状态的呈现，有时倒是相反——它恰恰是生命被扭曲和欲望被压抑的结果，至少，可以说是生命的物质条件"匮乏"的结果。在充分自由的生命状态下，"感官"（如庄子所认为的那样）往往被视作意志的累赘而被废黜。而在莫言的笔下，发达的感官所提供的是贪婪经验，在这些经验的背后，却隐藏着一个匮乏主题。从这一角度看，贪婪的经验在莫言那里则又被推到了一个悲

---

① 参阅孟悦：《荒野弃儿的归属——重读〈红高粱家族〉》（《当代作家评论》，1990年第3期）。

剧性的高度。贪婪是饥饿对人的本能的侵犯，而生命则通过其代偿性的机能（"通感"等等），对自身（首先是对肉体的欲望）做出了悲剧性的肯定。这是一种欲望的匮乏经济学。

匮乏经济学本身即是一矛盾体。匮乏所带来的并不仅仅是通常所认为的"消瘦"和"萎缩"，有时却反而是"肿大"和"膨胀"。从有机体的病理学角度看，身体由于某种元素的匮乏，则有可能导致局部器官组织的肿胀和增生。比如，刘恒在小说《狗日的粮食》中所描写的那个女人脖子上的赘肉——也就是所谓"瘿袋"，即是由于身体缺乏碘元素所致。而就像是经济学中的"通货膨胀"一样，在极度饥饿的状态下，机体的反应却是组织的高度水肿。这一点，凡是经历过大饥饿时代的中国人，都十分清楚。

食物匮乏与食欲之间的矛盾，磨砺了人们对食物的想象力。这一点，在当代中国许多作家的笔下有过不少精彩的描写。例如，在余华的小说《许三观卖血记》中，有一个著名的片段显示了中国烹饪的神奇和人对于食物的想象力：在大饥饿的日子里，许三观为全家人口头烹调红烧肉、清炖鲫鱼和炒猪肝，其烹调工艺之精细，令人惊叹。当然，更为触目惊心的还是冯骥才的纪实性系列作品《一百个人的十年》中的一个故事。这篇故事写的是20世纪60年代劳改营中的一位犯人，他在被活活饿死之际给家人的一封信中，通过想象，开列了一份内容庞杂、几乎无所不包的菜单。事实上，古老的"画饼充饥"的寓言已经道出了匮乏经济学的本质。这也许正是中国传统中发达的"吃文化"的真正起因。莫言同样也常常喜欢编制菜单。在《酒国》中，他常常不厌其烦地罗列餐桌上的内容。例如：

第二层已摆上八个凉盘：一个粉丝蛋拌海米，一个麻辣牛肉片，一个咖喱菜花，一个黄瓜条，一个鸭掌冻，一个白糖拌藕，一个芹心，一个油炸蝎子。

（《酒国》）

罗列，或者说对事物（首先是食物）的铺张的叙事，在莫言那里被风格化了，成为莫言话语的醒目标志。它披露了莫言小说叙事之文体学的秘密。对于事物的罗列，是建立有关某类事物的知识系统的初步。儿童在语言习得和事物认知的初期，往往通过童谣来罗列自己所认识的事物。罗列，有助于对事物的计算和显示，并使事物更加直观化。它使得罗列者对于自己所据有的事物能够一目了然。而莫言的这个知识系统，首先是关于食物的知识系统，干脆说，它就是一张"菜单"。在这里，食谱和知识系谱之间有着某种隐秘的相关性。食谱就像是一部辞典。尽管是关于食物系统的辞典，但它却有着与任何一部辞典一样的结构的编排规则，同样体现了人对外部世界事物秩序的理解。在通常情况下，人们总是将知识与食物相提并论，把知识喻为"精神食粮"。对于莫言来说，这两类食粮显然是同样的重要，并且，两者之间有着充分的一致性。一位小学肄业的年轻人要成为杰出的作家，其在知识方面的饥渴无疑是惊人的。莫言只有成为一个"饕餮"，才能补足少年时代在物质和知识两方面的匮乏。两种贪婪的经验形成了莫言文体上的扩张性特征。与此相关的是，他笔下的强盗形象（如《红高粱家族》中的人物）。强盗的特征即是攫取和占有。像强盗们坐地分赃时盘点自己的劫掠所得一样，莫言总是这样清点自己的经验

"账目"。他的经验世界通过食物系统向周边扩张。"强盗"形象是莫言的扩张型的"自我意识"的表征，它与莫言的那种放纵的文体恰恰是互为表里的。

张开"口腔"要么是为了进食，要么是为了说话。而一张巨大的"口腔"的吞入与吐出，则是其功能的两个方面。令人惊奇的是，莫言恰恰是当代作家中语汇最丰富的作家之一。在语言风格上，他滔滔不绝，大肆铺陈，反复重叠的句式和丰富的感性词汇，形成了他特有的挥霍风格。在"大跃进"时代和"文革"时代，汉语经历了一个极度膨胀的阶段，它与那些时代人们在精神上的"匮乏"恰成对照。对此，莫言本人是十分熟悉的。"挥霍"的心理学基础未必是基于"充裕"，相反，倒是出自曾经的"匮乏"。"挥霍"一方面是所有者对自己由"匮乏"变为"充裕"的炫耀。另一方面，"挥霍"即是"浪费"，是对过度"充裕"的所有物的否定性的使用。对于一个经历过极度的"匮乏"的人来说，现有的"充裕"已然全无意义。莫言的这些夸张的言辞只是表达了一种意义的"肿胀"状态。"肿胀"的言辞在被过度"挥霍"之后，终究要归于沉寂。无言的沉寂必将宣判话语的"喧嚣"为无意义。言说在其根本之处往往变成了其意义的反面，成为对自身的否定，正如保罗·瓦莱里所说的："语言正在被雇用来使人沉默，它正在表达无言。"[1] 因而，这些夸张的言辞的真实意义倒不在于话语所表达的语义本身，而在于对其所采用的话语的意义"空虚"的暴露，在于这些空虚的话语"喧嚣"终结之际所出现的"沉默"。我

---

[1] 转引自〔美〕诺曼·布朗：《生与死的对抗》，第 79 页，冯川、伍厚恺译，贵州人民出版社，1994 年。

们注意到，莫言本人的笔名及其个人性格 ① 与其写作的话语风格之间，存在着一种带有讽喻性的矛盾。这一点似乎就是要向人们提示着言辞的意义之空虚。

与成熟时期的作品相比，莫言的早期作品《透明的红萝卜》倒是显得比较克制。这部作品在文体上是有风度的，甚至是羞涩的。它就好像是不愿意让人们联想到过度的"匮乏"，不愿意在众人面前暴露出贪婪的欲望。黑孩显然不会是一个肚皮充实的孩子。从他的头颈与身体的比例来看，属于"二度营养不良"的病孩。但在作品中，这个孩子总是避免开口说话。也许是担心一开口就会涉及"吃"的问题。另一方面，他把红萝卜转化为其梦想的对象。红萝卜并非最好的果腹之物，亦算不上是可口之物。但在这里，作者却赋予它以浪漫主义的色彩。正因为如此，这部作品才在崇尚浪漫诗意的 20 世纪 80 年代中期博得了热烈的喝彩。而像《欢乐》《爆炸》《红蝗》这一类的作品，则完全"暴饮暴食化"了。那些馋相毕露的描写，常常引起神经脆弱和崇尚"优雅"之美学原则的人士的不快。毫无疑问，黑孩的那种纯洁少年的不切实际的幻想，给作品带来了无穷的魅力。它显示了在一个充斥着贫穷和暴力的国度里，"诗意地栖居"之艰难以及"乌托邦"思想生成之可能性。

在《酒国》中，莫言还详尽地描述了一场盛大而又精彩绝伦的"全驴宴"。在这场盛宴中所显示出来的烹饪术之丰富和高明，几乎可

---

① 赵玫在《淹没在水中的高粱——莫言印象》一文中称："莫言不爱讲话，不爱笑，习惯在各方面包括在面部表情上节制自己，那一天我突然想到，'黑孩儿'也是这样的。"（《北京文学》，1986 年第 8 期）。

以同任何一门艺术相媲美，真正是令人叹为观止——

先是十二个冷盘上来，拼成一朵莲花：驴肚、驴肝、驴心、驴肠、驴肺、驴舌、驴唇……全是驴身上的零件。……红烧驴耳，请欣赏！

"清蒸驴脑，请品尝！"

"珍珠驴目，请品尝！"

……

"酒煮驴肋，请品尝。"

"盐水驴舌，请品尝。"

"红烧驴筋，请品尝。"

"梨藕驴喉，请品尝。"

"金鞭驴尾，请品尝。"

"走油驴肠，请品尝。"

"参煨驴蹄，请品尝。"

"五味驴肝，请品尝。"

……

"龙凤呈祥，请欣赏！请品尝！"

(《酒国》)

这一切看上去似乎是莫言在炫耀自己的烹饪学知识。一头驴的身体被按照器官解剖学肢解为若干部分，每一器官都成为一道菜肴的原料。而驴的器官只不过是一个借喻，它们可以是任何一种生命机体的器官的一种替代。这一点，在小说的另一处得到了印证。在酒国市的罗山煤矿的餐厅里，有一道菜，叫作"红烧婴儿"（丁钩儿的调查活动也就是因这一道菜而引起的）。这一次是对人的身体各部分的解剖学展示：

金刚钻用筷子指点着讲解：

"这是男孩的胳膊，是用月亮湖里的肥藕做原料，加上十六种佐料，用特殊工艺精制而成。这是男孩的腿，实际上是一种特殊的火腿肠。男孩的身躯，是在一只烤乳猪的基础上特别加工而成。被你的子弹打掉的头颅，是一只银白瓜。他的头发是最常见的发菜。……"

（《酒国》）

吊诡的是，烹饪学知识与解剖学知识是如此的一致。它几乎就是一门特殊的解剖学。值得注意的是，"全驴宴"不仅是供"品尝"的，而且也是供"欣赏"的。这也就意味着烹饪学不仅是关于身体解剖的知识，而且也是解剖的艺术。在《酒国》的第四章中，有两位女厨师手持利斧去卸一头受伤的骡子的四肢。她们身穿白大褂，看上去像煞"白衣天使"，以致群众都误以为受伤的骡子即将得救。她们肢解骡子的动作准确、麻利，"围观的人似乎都被这女人的好手段震住了"。这种残酷的"艺术"手段也可以用在人体上。《红高粱》中的罗汉大爷被俘后，日本兵强迫屠夫孙五活剥他的皮。"他的刀法是那么精细，把一张皮剥得完整无缺。"就像传说中的庖丁一样，孙五的剥皮技术炉火纯青，堪称杀戮的艺术。而"屠夫之父"庖丁也许就是中国传统医学解剖学的真正祖师。在这里，故事的背后隐藏着一个关于杀戮（吞噬）—医疗的主题。

在另一处，莫言的确就把医学概念与饮食问题混杂在一起，暗示了这二者之间的内在关联。他根据身体的"器官病理学"罗列了一长串各种各样的疾病，并将这些疾病比作一道道美味佳肴——

> 发疟疾、拉痢疾、绞肠痧、卡脖黄、黄水疮、脑膜炎、青光眼、牛皮癣、帖骨疽、腮腺炎、肺气肿、胃溃疡……这一道道名菜佳肴等待我们去品尝，诸多名菜都尝过，唯有疟疾滋味多！
>
> （《红蝗》）

米哈伊尔·巴赫金论及拉伯雷的小说与欧洲中世纪和文艺复兴时期的民间文化之间的关系时，发现了拉伯雷笔下的"解剖学特色、狂欢节厨房气氛和江湖医生的风格。"① 在巴赫金看来，拉伯雷的小说《巨人传》中对身体的解剖学和"厨房化"的处理，乃是视身体为一种完全"物质化"的机构，是一种完全可以由人自身所支配的"物"。拉伯雷以"物化"和"反讽"的方式消解了中世纪教会神学关于"灵魂"对"肉体"的支配的神话，恢复了肉体存在的合理性地位。

巴赫金在拉伯雷那里所发现的风格的诸方面，在莫言的笔下体现得几乎同样的完整而且充分。在莫言那里，这些风格特征集中在"筵席场面"上。"筵席"在鲁迅那里被描述为一个令人恐怖的残酷场面——吃人。② "吃人的筵席"成了中国传统文化扼杀人性的一个悲

---

① ［俄］巴赫金：《巴赫金文论选》第168页，佟景韩译，中国社会科学出版社，1996年。
② "吃人"是鲁迅对中国传统文化的一个基本判断。鲁迅在一篇文章中曾用"吃人的筵席"来指称在传统文化支配下的中国社会生活。参阅鲁迅：《坟·灯下漫笔》，见《鲁迅全集》，第1卷。

剧性的场景。而在莫言那里，"筵席"却被充分喜剧化了。莫言本人的喜剧化风格在筵席场面中达到了极致。但是，莫言的喜剧化风格与拉伯雷有所不同。拉伯雷笔下的筵席（及厨房）的喜剧性是对神学关于生命的精神化的理解的戏谑性反讽。拉伯雷的世界充满了肉欲的快乐，是对肉体和物质性世界的积极肯定。而莫言的世界却更多地包含着现实生活的残酷性，它是一出"残酷的"喜剧。这种喜剧带来的主要并非快乐，而是关于世界的荒诞感，它更接近于尤奈斯库笔下的世界。莫言笔下的餐桌几乎变成了一张解剖台，一块屠夫的砧板。在《酒国》的"魔厨"式的筵席上，黑孩的那些诗意盎然的食物和浪漫主义的饮食观化为子虚乌有。

第三节　伦理学

《红高粱家族》是莫言最著名的作品之一。这是一组有关家族历史记忆的叙事性作品。在维系家族史记忆方面，高粱起到了至关重要的作用。高粱是真正"民族化"的食粮，特别是在中国北方，它至今依然是最重要的作物之一。大片大片火红的高粱维持着人民的生存，同时又以其顽强的、蓬勃的生命力，养育了人民的精神。从某种程度上说，不同的地理环境决定着不同的劳作方式，形成了各民族不同食谱和饮食习惯，而这些最基本的生存活动造成了不同的文明和文化伦理观念。因而，莫言从这种粮食作物中看到了民族的形象，火红的高粱被当作民族精神的象征物。

然而，在 20 世纪 80 年代中期的文化背景下，人们对于作为食物的高粱本身的性质和功能并不感兴趣，倒是高粱的衍生物——高粱酒——格外地吸引了人们的注意力。在莫言的《红高粱家族》中，有一篇的篇名就叫作《高粱酒》。高粱是属于自然的，高粱酒才是文化的。高粱仅仅是一种食物，高粱酒才使饮食具有了文化的内涵。正是因为这一点，莫言的这一类作品才被大众文化媒体——电影所关注，并且，在20世纪80年代中期的"文化寻根"热潮中，成为一部文学"样板"。不过，那场声势浩大的"文化寻根"运动多少有些过于迷恋现代文化人类学的一些理论咒语，这使得运动本身有着巫术般的狂热和仪式化倾向。在这样一种情形下，"寻根"者对于民族文化的真正面目并不十分清楚，也未必有太大的兴趣。他们只需要借助某些象征性的物事和仪式化的行为，来完成对所谓"民族文化精神"的"招魂"仪式。也许这一点也正是莫言本人讲述"红高粱"故事的动机。①

"吃"的文化现象一旦涉及酒，问题就开始变得复杂起来。我们不知道人类是自何时开始发明了酒的酿造。但无论如何，酒是一种了不起的创造。酒的出现，无疑给人类生活带来了一种崭新的面貌。酒是一种奇特的物质，是一种对粮食经过发酵和蒸馏的工艺之后所提取出来的特殊液体。它似乎可以算作饮料，但又不同于一般的饮料。因为它是粮食经过特殊的加工（发酵和蒸馏）后的提取物，故被认为是粮食的"菁华"。这种特殊的粮食衍生物显然不是用来充饥的，但也不完全是用来解渴的。其中所含有的主要成分——乙醇，对人的神经系统有一种特殊的刺激作用，可以使饮者的神经系统高度亢奋，并可产生一种特殊的欣快感（也就是酒徒们所熟悉的"飘飘欲仙"的感觉）。因而，它是一种介乎一般饮料与兴奋剂之间的特殊液体。酒精

---

① 莫言在《红高粱》的"题记"中这样写道："谨以此书召唤那些游荡在我的故乡无边无际的通红的高粱地里的英雄和冤魂。"见《莫言文集》，卷1，"扉页"。

使人产生的特殊感觉，让人感到仿佛可以摆脱自己的肉体的重量，而能够在空气中飘浮，好像只有没有重量的灵魂。酒给人类带来了一种美妙的新体验，它能够制造快乐的幻觉，使人们暂时摆脱生存的压力，逃避生存的责任和忘却生存的痛苦。因而，人们往往十分迷恋这种神奇的液体，会热切地追求它所带来的美妙的体验。正因为酒的这种功能，某些民族的宗教戒律认为酒是可以迷乱人的本性的物质，是魔鬼的饮料，至少也可以说是奢侈品，因而予以限制或禁止。而官方有时也会因此感到麻烦，在某些特定的情形下，官方有可能会将酒（以及含酒精的饮料）定为不合法的饮料而加以禁止，或将酿酒业国有化，以控制酒的生产和销售。

人类的文明史与其饮食的历史总是紧密相连的。在人类文明的初始阶段，火帮助人类走出了蒙昧时代，而火给人类的生存活动所带来的最大变化却是在饮食方面。它导致了饮食上的生食/熟食的分野——这就是人类文明史的开端。人类从此结束了茹毛饮血的时代。生食/熟食的分野为人类的饮食确定了最初的和最基本的原则。这也正是人类文明的伦理学的基础。这一原则使人类在一定程度上摆脱了自身肉体之本能对饮食要求的支配，也就是说，人不再仅仅是依照肉体需求，对食物做出"可食用的/不可食用的"简单区分，而是遵照一定的价值标准，即遵照"应当食用的/不应当食用的"原则来区分。与此相关而形成了人类文明的其他诸多伦理范畴："清洁/污秽""精神/肉体""崇高/卑下"，等等。甚至，身体的"上身/下身"的区分也被打上了伦理的烙印。这在一定程度上也是出自人对于自身肉体欲望（比如食欲、性欲）的恐惧。出于现实生存的需要，生存活动的感官唯乐原则被压抑下去，代之以唯实原则。这同时也意味着对自身肉体的贬低与遗忘。人的感官活动开始有了某种禁忌。在"吃"的活动方面，肆无忌惮地暴饮暴食被转移到诸如饕餮之类的形象上。在这一类形象身上，集中了动物性的和非理性的本能的力量，正如莫言在《红蝗》中所写到的可怕的、无所不食的蝗虫那样。饮食禁忌为"吃"的感官活动划定了一个伦理限度。"吃"的禁忌反映了人对于摆脱自身的动物性的要求。唯有酒能够在一定程度上帮助人们超越唯实原则，而暂时地达到唯乐原则的实现。

饮酒，显然是人类"吃"的活动中的最特殊的和最人类化的行为之一。因为"酒"具有一种特殊的文化功能：它被想象为使文化向自然靠近和沟通的催化剂。饮酒不仅仅是果腹和解渴，而且成为文化的一部分。由于酒的特殊的神经生理方面的功能，它在民间的和国家的仪式化活动中，扮演着某种特殊的角色。比如，在宗教仪式和节日庆典活动中，酒往往是实现"人—神"沟通和肉体与快乐沟通的必不可少的媒介。因而，酒的酿造以及饮用往往有许多复杂的和仪式化的程序。在《高粱酒》中，莫言再现过这种酿造仪式。① 而酒在饮用时的仪式化的程序，则是中国的"饮食文化"中的一种特殊而又讲究的艺术。它几乎是中国人在任何一种饮酒的场合中（哪怕只是几位普通百姓偶尔小酌几杯）的必不可少的，而往往又不堪其烦的程序。另一方面，这种仪式也是营造饮酒气氛，刺激饮酒欲望，以及增加饮酒乐趣的必要而又有效的手段。在酒国市人的盛筵上，这种仪式化的饮酒方式达到了无以复加的程度。

---

① 电影《红高粱》基本上就是根据这一篇的主要内容改编而成的，并且，酿酒过程乃至整个酿酒者的日常生活，在电影中都被有意地夸张为某种"仪式化"的过程。

莫言在其作品中，常常不厌其烦地详尽描写人的神经系统对酒的生理反应——

　　悬在天花板上的意识在冷笑，空调器里放出的凉爽气体冲破重重障碍上达天顶，渐渐冷却着、成形着它的翅膀，那上边的花纹的确美丽无比。他的意识脱离了躯壳舒展开翅膀在餐厅里飞翔。它有时摩擦着丝质的窗帘——当然它的翅膀比丝质窗帘更薄更柔软更透亮——有时摩擦着枝形吊灯上那一串串使光线分析折射的玻璃璎珞，有时摩擦着红衣姑娘们的樱桃红唇和红樱桃般的小小乳头或是其他更加隐秘更加鬼鬼祟祟的地方。茶杯上、酒瓶上、地板的拼缝里、头发的空隙里、中华烟过滤嘴的孔眼里……到处都留下了它摩擦过的痕迹。它像一只霸占地盘的贪婪小野兽，把一切都打上了它的气味印鉴。对一个生长着翅膀的意识而言，没有任何障碍，它是有形的也是无形的，它愉快而流畅地在吊灯链条的圆环里穿来穿去，从 A 环到 B 环，又从 B 环到 C 环，只要它愿意，就可以周而复始、循环往返、毫无障碍地穿行下去。

（《酒国》）

正如酒本身脱离了粮食的物质性一样，饮酒者的意识在酒精的作用下，也脱离了肉体的物质性的形态，从而，使饮酒者的意识中形成了一种"升华"的幻觉。在古代的祭祀仪式中，人们正是通过酒的这种作用，来谋求精神上的"升华"，实现与神明之间的沟通。人们将酒的这一功能称之为"酒神精神"。在《红高粱家族》中，"我爷爷"

余占鳌曾经大醉三天，不省人事。这位不平凡的酒徒似乎有理由漠视自己的肉体，将它抛掷在酒缸里，就像扔掉一件多余的物事一样。也就是说，酒醉者有理由对命运采取一种听之任之的态度，可以逃避现实生存的责任。历史上确有许多人（如阮籍）这样做。在许多评论家看来，余占鳌的酒醉是所谓"酒神"精神的体现，因为在醉酒者身上往往同时也能够显示出超出凡常的勇气、体力和意志亢奋。由于这种特殊的功能，酒在一定程度上被神圣化了。

但酒又是这样一种自相矛盾的物质：一方面它是国家社稷之宗教祭祀和节日庆典仪式（也就是所谓国家"礼仪"）上的必不可少的辅助剂；另一方面，它又具有一种使人精神迷狂的功能，这种功能有时会导致人做出某种"非礼"的举动。酒醉后的狂欢却是任何神圣仪式的最终结局。迷狂状态下的肉体完全不服从意志和理性的支配，它自己支配自己，依照自己的原则——快乐的原则——行动。这种狂欢状态从根本上说是喜剧性的。16世纪的荷兰画家布吕盖尔在他的一些油画作品（如《乡间的宴会》《婚礼舞蹈》等）中，描绘了这种喜剧性的狂欢场面：在盛大的乡间庆典上，酒醉的人群——那些粗俗的农民，一个个都像老饕似的，豪饮狂欢，或是晃动着他们粗重的身躯捉对狂舞。他们的身体看上去大多十分肥硕、笨重，似乎超出了意志所能支配的限度。这样的狂欢场面与其说是精神的"升华"，不如说是肉体的放任、迷醉和颓废。

在莫言的《酒国》中，酒醉的性质体现得甚至更为复杂和充分。已经大醉的丁钩儿尽管依然保持着意志的清醒，但他的身体却完全处于麻醉的状态。丁钩儿蝴蝶般轻盈的意志吸附在天花板上，并看到了自己的肉体被几位服务小姐"像拖一具尸首"一样地拖出了餐厅的情形——

> 我在离头三尺的空中忽悠悠扇着翅膀飞翔，一步不落地跟着
> 我的肉体。我悲哀地注视着不争气的肉体。……我的头颅挂在胸
> 前，我的脖子像根晒蔫了的蒜薹一样软绵绵的所以我的头颅挂在
> 胸前悠来荡去。

（《酒国》）

这个皮囊一样的躯壳把被"醉"所遗忘的肉体的状况充分暴露出
来了。肉体不仅仅与意志脱离了，而且，它完全就像是意志的渣滓。
一方面，我们可以说，"醉"的状态是意志对肉体的否定，而反过来
则也可以说，是肉体否定了意志的"升华"。"升华"在肉体的否定面
前成为一个幻象。丁钩儿在酒国市的精神追求的过程，正是他的伟大
的"升华"幻想不断破灭的过程，也是其意志在其"卑俗的"肉体的
重力牵引之下的不断堕落的过程。

在神圣仪式终结之后，只有酒醉的人群和狼藉的广场。在酒的
"升华"幻象破灭之后，只剩下纯粹的肉体。肉体脱离了意志和理性
的控制，它只能依照自己的机能和需求行动。然而，在酒醉状态达到
最严重的程度的时候，身体就会出现一种特殊的反应——

> 在一阵紧缩的剧痛下，他大张开嘴，喷出了一股混浊的液
> 体，……哇——哇——酒——黏液，眼泪鼻涕齐下，甜的咸的牢
> 的连的，眼前一片碧绿的水光。

（《酒国》）

这里的呕吐并不是存在主义意义上的那种与存在之本体论有关的呕吐（La Nausee），而是一种纯粹的呕吐，是仅仅关涉肉体的呕吐，是消化器官对刺激物之不适（不胜酒力）而致的、纯粹的生理反应。上消化道在横膈肌的帮助下，将食物从胃囊内逆向排空，这一过程构成了对"进食"的反动。呕吐在最根本的意义上标出了"吃"的生理限度。肉体以这种方式拒绝了酒以及与饮酒相伴随的全部进食活动。酒醉以及由此而带来的呕吐，使"吃"的活动的任何神圣仪式，在最终都走向了它的反面，更准确地说，是走向了它的真实的结局——在酒精的作用下所产生的神话的瓦解和消亡。因而，也可以说，呕吐是对"吃"的神话的拒绝和反动。

呕吐是一种逆反的"进食"行为，各种反常的饮食习惯则是它的变体。在小说《十三步》中，莫言就写到过一位嗜食粉笔的教师。"吃粉笔灰的"，这本就是人们对于教师这一职业的卑称。职业性的生存压力，使这位教师形成了一种乖戾的饮食癖好。他常常像猴子似的攀援在公园的铁栏杆上，向人们讲一些荒唐无稽的事情。每讲一节，就会向听众索要粉笔吃。他就像吃豆子一样地"咯嘣咯嘣"很快吃掉了那些粉笔。在小说《铁孩》中，则出现了两个吃铁的小孩。在"大炼钢铁"的年代，父母们都被迫放弃了对自己的孩子的关照，他们忙于冶炼大堆大堆的含铁质的固体。而这两个差不多是被抛弃的孩子就开始将这些毫无用处的金属吃掉——

我半信半疑地将铁筋伸到嘴里，先试着用舌头舔了一下，品了品滋味。咸咸的，酸酸的，腥腥的，有点像咸鱼的味道。他说你咬嘛！我试探着咬了一口，想不到不费劲就咬下一截，咀嚼，越嚼越香。越吃越感到好吃，越吃越想吃，一会儿工夫我就把那半截铁筋吃完了。

（《铁孩》）

小孩子吃铁，以及嗜食其他非食物的物质，比如泥土、煤渣、木炭屑、小石子，等等，在医学临床上是肠道寄生虫病并发营养不良症（俗称"疳积"）的主要症状之一。患者在吃这些"食物"时，就像吃美味佳肴似的，并且，口腔会产生某种快感。在这里所描写的这种反常的饮食癖好，一方面体现了饥馑对孩子们的身体发育的伤害；另一方面，则是孩子们对成人的荒唐行径的报复。铁、粉笔这些古怪的"食物"，与前文所提及的那些被当作食物的疾病一样，是对美味佳肴的否定，也就是说，反常的饮食习惯是对正常饮食的否定。①

在莫言那里，对"吃"的文化的最极端的否定乃是其排泄主题。在通常的文化价值系统中，排泄物的性质总是消极的和否定性的。如果物质系统也有一种伦理秩序的话，那么，排泄物恰好是食物的反面。

在这里出现了一个奇特的意象——粪便。类似的意象在其他地方也出现过。比如，《酒国》中的心怀"崇高"理想的侦查员丁钩儿最后就是堕落在一个粪坑里而被淹死的。在《战友重逢》中，有一段赞美尿液所形成的弧线和它在阳光的映照下所形成的彩虹的美丽。"尿

---

① 莫言在随笔《吃事三篇》中，曾经写到他们全班同学在大饥饿的年代吃煤块充饥的故事。见莫言：《会唱歌的墙》。

"液"与"优美"的形象联系在一起。而在《红蝗》中，粪便意象甚至还与"崇高"的观念产生了联系——

我有充分的必要说明、也有充分的理由证明，高密东北乡人食物粗糙，大便量多纤维丰富，味道与干燥的青草相仿佛，由此高密东北乡人大便时一般都能体验到磨砺黏膜的幸福感——这也是我们久久难以忘却这块地方的一个重要原因。高密东北乡人大便过后脸上都带着轻松疲惫的幸福表情。当年，我们大便后都感到生活美好，宛如鲜花盛开。我的一个狡猾的妹妹要零花钱时，总是选择她的父亲——我的八叔大便过后那一瞬间，她每次都能如愿以偿，应该说这是一个独特的地方，一块具有鲜明特色的土地，这块土地上繁衍着一个排泄无臭大便的家族（？），种族（？），优秀的（？），劣等的（？），在臭气熏天的城市里生活着，我痛苦地体验着渐渐沥沥如刀刮竹般的大便痛苦，城市里男男女女都肛门淤塞，像年久失修的下水管道，我像思念板石道上的马蹄声声一样思念粗大滑畅的肛门，像思念无臭的大便一样思念我可爱的故乡，我于是也明白了为什么画眉老人死了也要把骨灰搬运回故乡了。

……

我们歌颂大便、歌颂大便时的幸福时，肛门里积满锈垢的人骂我们肮脏、下流，我们更委屈。我们的大便像贴着商标的香蕉一样美丽为什么不能歌颂，我们大便时往往联想到爱情的最高形式，甚至升华成一种宗教仪式为什么不能歌颂？

（《红蝗》）

对于粪便的肯定，也就是对于身体的最原始的部位的性质、功能及其产物的肯定。在中国传统关于身体的文化观念体系中，人的消化系统的主要功能归属于"脾"，"脾"主滋养和水谷运化，在五行中属"土"。正如万物之生存依赖土一样，消化器官是人的肉体生存的基础。并且，人在死亡后，其躯体亦终将化作粪土，回归到土地的怀抱。粪便形象与故乡形象在最原始的意义上产生了联系。因而，在莫言的伦理学原则中，是排便的快感形式以及粪便的性质形状，决定着文明的伦理尺度。而决定粪便之性质和形状的则是两类性质不同的饮食方式的食谱。这里出现了古老的饮食方式的分野——食肉／食草。食草家族的饮食原则更接近自然状态。对古老的饮食伦理原则的继承。食物（特别是肉食者和酒醉者的呕吐物）的污秽与粪便（特别是食草动物的粪便）的清香，形成了鲜明的对照。颠倒的饮食伦理观和食物的伦理系谱。它与呕吐一样，是对所谓"吃的文化神话"的否定，或者说，是对通常的饮食方式和饮食伦理的破坏。

　　在莫言的笔下，排泄物与食物常常是并置一处的。例如，在《高粱酒》中，著名佳酿"十八里红"的最为关键的酿造工序，乃是"我爷爷"余占鳌恶作剧地往酒篓里撒了尿。事实上，在民间俚语中，也常有这种雅俗混杂的现象。比如，"马尿"就是人们对酒的戏谑性的称呼。在民间文化中，往往存在着对文明秩序的大胆的叛逆。然而，排泄物与食物还不仅仅是一种并置关系，甚至这二者往往成为一种互喻关系：

　　　　马骡驴粪像干萎的苹果，牛粪像虫蛀过的薄饼，羊粪稀拉拉像震落的黑豆。

（《红高粱》）

五十年前，高密东北乡人的食物比较现在更加粗糙，大便成形，网络丰富，恰如成熟丝瓜的肉瓤。那毕竟是一个令人向往和留恋的时代，麦垄间随时可见的大便如同一串串贴着标签的香蕉。

（《红蝗》）

这些相互悖反的意象的并置和互喻，乃是莫言小说的基本修辞方式之一。在这里隐藏着莫言小说的一个风格学秘密。莫言曾这样表达了自己的写作理想：

总有一天，我要编导一部真正的戏剧，在这部剧里，梦幻与现实、科学与童话、上帝与魔鬼、爱情与卖淫、高贵与卑贱、美女与大便、过去与现在、金奖牌与避孕套……互相掺和、紧密团结、环环相连，构成一个完整的世界。

（《红蝗》）

这是一个"颠倒的世界"。在这个世界中的事物的秩序是对文明世界事物秩序的混淆和颠倒。然而，它却是一个更接近于事物的自然状态的世界。事物超越了其伦理秩序中的位置，而被还原为一种原初的、自然的状态。事物的这一状态可以看作是对事物的自然规则的尊重和肯定，或者说，它在某种程度上打破了文明所构造出来的事物秩序的神话，是感官活动的力量的显现和对文明压抑机制的反抗。

莫言在这里还十分详细地描述了排便时所产生的直肠和肛门的快感。值得注意的是，这种快感与前文所引的对饮酒时所产生的口腔快感几乎完全相同。从生理学意义上看，这两个不同的部位的黏膜组织的解剖学形态和生理功能基本相同。从胚胎发生学方面看，它们也是形成于同一胚胎层。但在身体的文化伦理学范畴之内，这两个部位则有着森严的等级差别。从某种意义上讲，文明即诞生于这种对身体级差的界定。文明社会最初从家庭开始对儿童进行这种身体级差意识的训练，并且首先是对肛门括约肌的控制功能的训练。而在更高级的阶段，则要求儿童将力比多及快感中心从口腔、肛门向生殖器部位转移。但是，莫言似乎是有意混淆和颠倒了身体既定的伦理秩序，将肛门的伦理位置与身体的其他部位的伦理位置并置，肛门快感与身体的其他部位的快感在性质和强度上也是同等的，这就从根本上肯定了肛门快感。这一肯定，也就意味着对力比多中心的转移的拒绝，它使身体的快感中心仍停留在肛门阶段（Anus phase）。就这样，在崩溃的饮食的文化"神话"大厦的废墟之上，莫言建立了自己的快感伦理学。

在儿童那里，肛门常常是其快感发生的主要部位。在青春期，这些力比多中心开始向生殖器部位转移，这标志着个体发育的成熟。在文明的"进化树"上，儿童在位置介于动物和人类之间，他们本性有时与其说属于人类，不如说更接近于动物。成年人就常常直截了当地骂他们为"小畜生"。对于文明社会而言，他们是"人性"的"欠缺"，是有待进化的"亚人类"。他们必须在成年人的"文明监护"和"训诫"之下，习得人性。可是，力比多中心的肛门阶段的固置现象，则是儿童对成长（进化）的拒绝，这就好像有些人在成年之后依然保持吮手指头的习惯一样。对于成人来说，这些当然是一种不文明的"恶习"，是对文明社会的伦理原则的抵制。在莫言笔下的"小男孩"形象身上最充分地体现了这种对文明社会伦理原则的拒绝。他们固执地坚守着人类的原始本性。为此，他们常常受到来自成年人世界的严厉惩罚。对于这些"小顽童"来说，文明即意味着压抑和惩罚。小孩子在莫言笔下总是一种被压抑的形象与反抗的形象。

与肛门快感的固置相关的是儿童们对粪便的兴趣。对于儿童来说，粪便是他们快感的重要来源之一，另一方面，粪便又是他们自己的身体的唯一创造物（产品）。同样，下流话在小孩子那里，有着与粪便相近的功能。下流话将被贬低的身体部位及其产物变成语词和句子，它具有喜剧性的效果和某种攻击性。下流话的喜剧性效果就在于它的伦理上的错误。它常常是对事物的伦理位置的误置：将两个完全不同伦理位置的事物或置于同一水平，或颠倒其位置。另一方面，如果这些"下流话"有具体的针对性的话，那么它就带有某种攻击性的功能，成为骂人话。下流话、排泄幻象都是小孩子所迷恋的，它们既是其快感的来源，又是其攻击的武器。小孩子喜欢运用自己的身体的唯一产品来作为攻击的武器，或故意固守下流话中的伦理错误，故意混淆事物的伦理秩序，以示对成人的伦理原则的反抗，并从中获得快感。如《枯河》中的小虎在遭受父亲和哥哥的残暴殴打时，他唯一的反抗就是不停地高叫："臭狗屎"。

下流话和排泄幻象同时也还带有民间性特征。任何一种民间文化都带有某种程度上的童稚性。它似乎就是人类文明处于"未成年"阶段的残余。其中保持着文明的原初形态和生动性，恰如儿童之于成人一样。因此，尽管人们也会认为民间社会的文化是一切文化的根底和来源，但它又总是被教化的对象，是处于非中心位置的和被压抑的对象。这样，民间社会与主流的文明社会之间始终存在着一种矛盾关系。在特定的条件下，这种矛盾有时会被激化，形成一种对抗性的关系。而在这种对抗关系中，民间社会永远是牺牲品，是悲剧性的对象，而民间社会的特殊之处则在于：它本身却总是以一种喜剧性的方式来对待自己的命运，同时，也以此来对待其对立面。"笑"在民间文化中总是一种最有力的东西。"笑"既是对对手的嘲弄，又是对自身生命的肯定。巴赫金指出："民间的诙谐从来离不开物质和肉体下层。"①腹部、臀部、排泄器官和生殖器，以及与这些下层部位的相关的活动，如消化、排泄、交媾，等等，经常是民间诙谐的基本材料。它就好像是文明的"下腹部"，或者说是"脾"，归属于"土"，主司文明的归藏和化育。巴赫金也表达了这样的观点："下层就是生育万物的大地，就是人体的腹腔，下层始终是生命的起点。"②然而，正是这些所谓"藏污纳垢"的"下层"文明培育了人类文明的强大生命力。

然而，文明在其制度化过程中总是要求建立某种秩序。文明的秩序观首先即是通过对身体（"肛门"首当其冲）的约束而建立起来的。从社会学角度看，制度化的文明秩序需要不断地清除民间文化的"污垢"，使之"清洁化"。而这样便构成了对来自民间的原始生命力的压抑和取消。因而，文明的进程往往以生命力的萎缩为代价。从这个意义上看，人类文明则意味着退化，族群生命力的退化。

退化主题在莫言笔下是一个十分重要的主题之一。这一主题最初

---

① ［俄］巴赫金：《巴赫金文论选》，第119页。
② 同上书，第120页。

出现在《红高粱》中，它是以文化批判的方式出现的，并与所谓生命力主题联系在一起。在这部作品中，莫言对现代人在生命力形式上的退化现象予以了批判。在父辈的强壮及其辉煌的历史面前，子辈显得软弱而又委琐。莫言借家乡的高粱品种的变迁，提出了这一批判。

> 我反复讴歌赞美的、红得像血海一样的红高粱已被革命的洪水冲激得荡然无存，替代它们的是这种秸矮、茎粗、叶子密集、通体沾满白色粉霜、穗子像狗尾巴一样长的杂种高粱了。
>
> ……
>
> 杂种高粱好像永远都不会成熟。它永远半闭着那些灰绿色的眼睛。我站在二奶奶坟墓前，看着这些丑陋的杂种，七短八长地占据了红高粱的地盘。它们空有高粱的名称，但没有高粱挺拔的高秆；它们空有高粱的名称，但没有高粱辉煌的颜色。它们真正缺少的，是高粱的灵魂和风度。它们用它们晦暗不清、模棱两可的狭长脸庞污染着高密东北乡纯净的空气。
>
> （《狗皮》）

在这里，作物物种的退化是对人种退化的暗示。然而，退化这一主题的复杂性在于：现代文明的进步性与原始生命力之间构成了一对矛盾。在莫言笔下，现代文明总是以人的生命力的萎缩为代价来换取器物文明的进步。比如，在《狗皮》和《红蝗》中，作为后辈的"我"的形象与故乡的先辈的形象形成了鲜明的对照。前者代表着现代都市的文明生活，而后者则代表着一种传统的、古老的和原始的乡间生活。前者形象猥琐，性情阴沉，像一只"饿了三年的白虱子"，而后者则显得健康开朗，生机勃勃，敢作敢为。

我们不难看出，对于生命力主题（无论是其破坏性方面还是其生产性方面），莫言都以一种肯定的态度来表现，但值得注意的是，这一肯定性的主题却又是通过父辈形象才得以展开。从《红高粱家族》中我们可以看到，作者乃是站在子辈的位置上来追忆父辈的故事。小说的一开头便写道——"一九三九年古历八月初九"——这一双重的纪年方式标明了"父"与"子"的历史距离。"父辈"的生活状况以过去时态存在，而"子辈"则只能依靠对过去了的"父辈"的辉煌生命的追忆而苟活。在《红高粱家族》中，明显地存在着一个族系级差："爷爷"余占鳌——"父亲"豆官——"我"。这一"族系链"，就生命力角度言之，则表现为"力的衰减"。"爷爷"是一位匪气十足、野性蓬勃的英雄，"父亲"则在一定程度上仰仗着"爷爷"的余威。更加意味深长的是，"父亲"带着"爷爷"杀敌的武器，却只是对一群癞皮狗作战，并且，在这场并不体面的战斗中，自己丧失了两枚睾丸中的一枚。这也就意味着其生殖力（生命力）的减半。至于"我"，一个现代文明社会中的分子，在作者看来，则是更为内在和更加彻底地被"阉割"了。与"父辈"的生机勃勃的感性生活相对照，现代的"子辈""满脑子机械僵死的现代理性思维"，有着"被肮脏的都市生活臭水浸泡得每个毛孔都散发着扑鼻恶臭的肉体"，"显得像个饿了三年的白虱子一样干瘪"。回到"红高粱"的隐喻世界之内，作者则将现代的"子辈"比作劣质、杂芜、缺乏繁殖力的"杂种高粱"。孱弱的不肖之子，在《红高粱家族》中尚且是一个隐匿的形象，而到了《丰乳肥臀》中，则被直接揭露出来。生命力在上官金童那里退化到婴儿状态。

在《食草家族》的《生蹼的祖先》一篇中，莫言对退化主题涉及得更深。小说写了一个手指间长有蹼膜的小女孩。"蹼膜"作为食草家族（进而也是整个种族）的"徽章"，显得十分耀眼。在卡夫卡《诉讼》中，有一个名叫莱妮的姑娘，也生有带蹼膜的手指。"她伸出右手的中指和食指来，在这两个手指中间，有一层蹼状皮膜把这两个手指连结在一起，一直连到短短的手指的最上面那个关节。"① 本雅明认为，卡夫卡的这一细节涉及人的"史前史"记忆。② 从胚胎学角度看，指与趾部位的蹼膜的存在，是胚胎发育不完全的结果，是进化的"遗迹"，原始蛮性的残余，遗传学称之为"返祖现象"，仿佛是对原始祖先的形象记忆的再现。这种令人不安的生理缺陷保存在家族的遗传基因中，它会在某一代身上表现为"显性遗传"。这些"遗迹"暴露了人的原始本性中的动物性的一面。蹼膜在这里是对人种进化之不完全的暗示。《酒国》中的那个将儿童的外貌与老人的智慧集于一身的"小妖精"形象，包含着对民族传统文化和生活智慧的讽喻。他与那个生蹼膜的小女孩属于同一族群。莫言在这里对这个与"文化寻根"理论相关的主题作了一种"反讽"的处理——种族沿着与"进化"相反的方向发展。

第四节　政治学

在短篇小说《粮食》中，莫言讲了一个这样的故事：在 20 世纪

---

① ［奥］卡夫卡：《诉讼》，见《卡夫卡小说选》，第 397 页，孙坤荣等译，人民文学出版社，1994 年。

② 参阅 ［德］本雅明：《弗兰茨·卡夫卡》，陈永国译，见《本雅明文选》，陈永国、马海良编，中国社会科学出版社，1998 年。

50 年代的大饥饿时期，母亲为了养活自己的孩子而将集体的粮食（豌豆）偷偷带回家。因为必须躲过冷酷而又狡猾的保管员的搜查，母亲便将豌豆吞到肚子里，回到家中之后，再进行催吐。这样，母亲练就了一种特殊的本领——她能够大量吞食豌豆，并且无须催吐便可将豆子全部吐出来，就像倒口袋一样。① 与前文所提到的种种"呕吐"不同，这是一种特殊的"呕吐"。它与其说是"呕吐"，不如说更像是"反刍"，或者说得更准确些，是这位人之母对鸟类的哺雏方式的不太高明的模仿。这位母亲以最原始的、动物式本能的方式来哺养自己的孩子。因为现实生存的压力，使人体器官的机能不得不向禽类的水平退化。这是最令人悲哀的，也是最伟大的"退化"。这种"退化"与任何文化学观念无关，它更多的是涉及对中国人的现实生存境况的揭示，是对现实最强烈的控诉。在这里，像"吃"这样一类的感官的生存活动被纳入了政治学领域。这是莫言写作的"中国性"的体现。

政治学领域内的事情——比如革命——当然不是请客吃饭。但"吃"这种表面上看起来属于纯粹的生理活动，有时却不得不带上某种政治色彩，正如"文革"期间人们常说的——"吃吃喝喝绝不是小事。"而在当时，吃上一顿"忆苦饭"往往是对人民进行政治教育的必不可少的手段。这种活动巧妙地寓政治教育于日常饮食之中，可谓教化工作中的一大发明。它抓住了民众对"吃"感兴趣这一心理特点，从而使枯燥的政治教育变得香甜，而且行之有效。政治观念随食物一起充盈到人体内部，被消化和吸收，成为人民的血肉。莫言在短篇小说《飞艇》中，描写过这种吃"忆苦饭"的仪式。在这种仪式

---

① 这个故事的内容在另两篇小说《丰乳肥臀》和《梦境与杂种》中也曾出现，并得到了更进一步的发挥。在后一篇中，人物形象有了一些变化：母亲的形象被改为妹妹。

中，吃饭是为了"忆苦"，是为了唤醒人们对于饥饿的记忆。通过吃的活动本身，当然最容易唤醒这一类记忆。不过，这里所举行的"忆苦"仪式却是为了"思甜"。然而《飞艇》中的那位愚钝的农妇（方家七老妈）却未能领会这一仪式的政治学意图。她仅仅将吃"忆苦饭"的仪式当作对饥饿的回忆，以致她在大会讲台上错误地回忆起 50 年代末 60 年代初的饥饿的经历来。至于像主人公"我"那样的孩子们，当然就更缺乏政治觉悟，他们完全漠视教育者的良苦用心，把集体吃"忆苦饭"当作一次填饱肚子的好机会。每逢此时，他们就会像过节一样地高兴。

从这些描写中可以看出，在莫言笔下存在着两个"中国"：一个是如《酒国》中的盛宴场面所表现出来的"吃"的国度，或者说是"大吃大喝"的中国。而在更多的作品中，莫言所描写的则是"另一个中国"——一个饥饿的中国，苦难和贫困的中国。这个中国也就是他的故乡——高密东北乡。

在本文的一开始，我们就曾与高密东北乡的居民打过交道。这些愚钝的群众有着其特有的生存方式。我们也已经发现了他们奇怪的饮食习惯，也就是莫言所说的——食草。他们就像自己所豢养的那些家畜一样，属于"食草动物"之一种。与之相对立的当然就是所谓"食肉动物"。食肉 / 食草的饮食方式的分野带来了饮食的伦理学原则的分野，这些伦理学原则在进入社会历史活动的过程中，逐步进入了政治的领域，成为一种政治学的范畴。食肉 / 食草这一对立的观念，也是我们这个民族的一种十分古老的饮食文化观念。在战国时期，民间军事家曹刿就表达过"肉食者鄙"的观念。而伟大的诗人杜甫则在他的诗歌中，进一步发挥了曹刿的这一思想，他在一首著名的诗中写道：

"朱门酒肉臭",公开表示对肉食阶层的生活方式的唾弃和批判。莫言则是对这一伟大的批判传统的现代继承人。

食肉与食草这两种不同的食谱之间的差别,造成了生物界中的食草动物与食肉动物两大动物类别。这两类动物在莫言笔下却形成了两种对立的生存方式,从而成为人类不同的生存方式的群体的转喻。在莫言笔下,食肉动物(如《狗道》中的抢食人肉的饿狗)往往表现出凶残的本性。而食草动物(如《罪过》中的骆驼、《酒国》中的驴子、《三匹马》中的马,等等)则在一定程度上表现出温顺、善良的性格特征。这两类不同的动物之间的生态关系在社会政治学意义上转变为生存方式上的权力关系,这二者恰好构成了权力关系中的施虐/受虐的对立项。"吃与被吃"的关系常常被用作权力斗争(政治的或军事的)的譬喻:将对手"吃掉",或者被对手"吃掉"。权力的角斗场所遵循的就是这样一种"丛林原则"。"嘴"这一器官在不同的社会阶层的人那里,有着不同的功能。正如我们在本文的开头所看到的,队长的嘴不仅是他自己的摄食器官,而且,还是向他的子民们发布各项的指令的器官。队长的嘴的这一双重功能,巧妙地将"吃"的官能活动与政治权力结合在一起了。

从人类的文明史上看,食物的分配是初民社会建立族群关系的基础。"吃"不再仅仅是一种个体的生理行为,而是一个关涉族群利益和秩序的社会性的行为。个体的"吃"的行为由食欲所支配,这种本能的欲望在"掠食者"之间引发争斗和杀戮。这对族群生存所必须的秩序构成了威胁。人类文明史的初步即是对自身动物性本能的限制。食物的分配原则的引入和对"吃"的禁忌,使族群的基本生存活动进一步"仪式化"。"礼仪"由此而产生。"礼仪"确立了社群的等级制度和权力关系。中国古代儒家的经典《仪礼》对人的日常起居、社交活动、庆典礼仪，等等，都作了十分具体的规定。比如，对宴会的座次，尊卑的位置之类很讲究。在现代中国人的庆典仪式以及酒宴上，也依然是这样。民间常常为酒宴上的排位问题闹得不可开交。弄错了要赔礼谢罪，有时甚至还会为此而大打出手。可见，"吃"这一表面上看来为一种纯粹的生理性的活动，也包含有明显的伦理秩序意识和政治性。

在"吃"的活动中所表现出来的现实生存的权力关系，意味着一类人的感官享乐往往是建立在另一类人的生存饥渴之上。那些饥渴的人群不得不长期为求得肉体的生存权的斗争。在《酒国》中，有这样一个场景：少年金刚钻一家正处于饥饿的威胁之中，这时，有着神奇嗅觉的小金刚钻却嗅到了远处飘来的一股酒香。他寻着香气找到了村子另一头的队长家。一群村干部正在大吃大喝。《丰乳肥臀》中写到大饥饿年代时候的情形：右派分子劳改农场中的人员差不多全都饿得浮肿了，只有少数几个人，如场长、仓库保管员、公安特派员等，没有浮肿，此外，还有特派员监督犯人的"助手"——狼狗，也没有浮肿。狼狗也和它的主人一样，属于"掠食者"族群，也就是曹刿所说的——"肉食者"。"肉食者"在这里被赋予了政治学意义，它与权力密切结合在一起。在一篇随笔中，莫言写到所谓"官家的酒场"时说：

> 我渐渐地感到，中国的酒场，已经成了罪恶的渊薮；而大多数中国人的饮酒，也变成了一种公然的堕落。尤其是那些耗费着民脂民膏的官宴，更是洋溢着王朝末日的奢靡之气，巨大的浪

费，扭曲的心态，龌龊的言行，拙劣的表演，嘴上甜言蜜语，脚下使绊子，高举的酒杯里，似乎都盛着鲜血。

（《会唱歌的墙·我与酒》）

对于中国人来说，"生存恐惧"始终是他们生存经验中的最大的恐惧。在他们的日常生存中，总是感觉到有一种来自外部世界的威胁性的力量。在《红蝗》中，莫言描写了蝗虫这种毫无理性的生物的可怕的进食能力。在这种无所不食、似乎能吞噬一切的昆虫面前，人类真正感到了恐惧。而另一方面，人类自身又正是这样一种可怕的"食客"。《丰乳肥臀》中的那位劳改农场的警卫周天宝就曾自称煮食过人肉，以致一时间全场的犯人都惶恐不安，"生怕被周天宝拉出去吃掉"。而在同样是无所不食的酒国市市民面前，丁钩儿感到了类似的恐惧。这是对人的身上的那种非人性的本能力量的恐惧。在《十三步》中，这一吃人主题转化为一种怪戾的嗜食火葬场里的死人肉的癖好。人的身体在这个地方变成了一堆肌肉组织、脂肪和骨骼的混合物，为"吃人"提供了最充分的理由。莫言通过对这种极端的环境中的人的变态行为的描述，将人的本能中的残酷的兽性的一面充分揭示出来了。

这种令人恐惧的本能的力量，在"吃"的活动中的表现与在现代政治活动中的表现是极其相似的。莫言在小说《红蝗》的结尾这样写道：

亲爱的朋友们、仇敌们！经年干旱之后，往往产生蝗灾。蝗灾每每伴随兵乱，兵乱蝗灾导致饥馑，饥馑伴随瘟疫，饥馑和瘟疫使人类残酷无情，人吃人，人即非人，人非人，社会也就是非人的社会，人吃人，社会也就是吃人的社会。

（《红蝗》）

吃人主题自从鲁迅在"五四"时期确定下来之后，一直是现代中国文学中的最基本的主题之一。从这一主题领域来看，莫言继承了"五四"新文学的批判性的传统，并将这一传统在新的现实条件下加以发挥，赋予它新的特征。如果说"吃人"主题在鲁迅那里是一个关于民族传统文化的批判性的主题的话，那么，在莫言笔下则主要是一个关于人性的和现实政治性的批判性的主题。

吃人不仅是中国现代文学的基本主题，而且也是人类的意识生成史上的一个重大"母题"。这一母题实际上包含着人类最原始的焦虑：对"被吞噬"的焦虑。这也正是中国人的一种十分古老的恐惧。在上古时代就存在着一种所谓"苛政猛于虎"的观念。而前文所提及的饕餮的形象，最初也是从一个张着大嘴的老虎的形象中演化过来的。[①]作为摄食之通道的口腔，在这里却变成了一个可怕的、会吞噬人的生命的洞穴，就像是地狱的大门。从心理学角度看，人的被吞噬的焦虑与被阉割的焦虑之间有着共同的心理学基础。在儿童的深层心理经验中，"焦虑"经验的复杂性就在于这两类经验之间的混杂和转换。

我们看到，在莫言的作品中很少写到爱情。偶尔出现的浪漫的爱情故事（如《爱情故事》《白棉花》《初恋》等）也往往发生在性机能

<hr>

① 参阅张光直：《商周青铜器上的动物纹样》，见张光直：《中国青铜时代》生活·读书·新知三联书店，1999年。

尚未发育，或发育不成熟的少年人身上。而在另一些故事中，这些微弱的浪漫色彩也很快就消失殆尽了，代之以纯粹的肉欲的呈现。《模式与原型》将这一特征推向了极端。故事中的一些场景涉及一位处于性意识唤醒期的少年的模糊的性冲动。但这位名叫"狗"少年的性唤醒却是通过对动物（牛）的交媾的观察来实现的。莫言极为详尽地描述了这一观察的全过程——

> 这时那长得四四方方的"双脊"在距"白花"几步开外佯装吃草，把老鸹草、蛤蟆皮等毒草往嘴里捣，一看心就不在草上，那胯间的当浪货如蛤的斧足一样慢慢往上搐，紧凑，肚皮下忽喇喇伸出一根，湿漉漉的生龙活虎，果然是一番新气象。狗还愣着呢，那小家伙一个猛扑就上了"白花"的背，滋拉一声，像烧红的炉钩子捅到雪里，很透彻，很深刻，触及狗的灵魂，狗什么都看不到了。

（《模式与原型》）

观察动物交媾，在文化教育普遍缺乏的农村，乃是少年人的最初的和最基本的性教育。这一观察所带来的强烈的感官刺激，对于一位少年人来说，乃是一种强大的、无可名状的心理震撼。动物的交媾唤醒了这位少年人的模糊的性愿望，动物式的本能成为这位农村少年性意识的唯一指标。也为他们这一类人未来的两性交往的方式树立了榜样。

在莫言的那些不多的爱情故事中，有关"性"的描写闪烁可见。比如，《红高粱》中的那个著名的"野合"的片段。尽管这个片段依稀显出罗曼蒂克的色彩，但更为引人注目的却是弥漫于其中的强烈的肉欲气息。而在《酒国》中，侦查员丁钩儿与女司机之间的情感纠葛则完全是成年人之间的、以性吸引为基础的两性交往。他们的关系简单而粗俗，有时看上去更像是一场临时性的性交易。丁钩儿偶尔产生的对女司机的爱和依恋的情感则显得有些荒唐可笑，使他看上去像是一个在心理上尚未完全成熟的大男孩。他像孩子依恋母亲一样地依恋着女司机。

在《丰乳肥臀》中，上官金童的力比多中心始终没有超出口腔阶段，始终与"吃"这一最基本的生存活动密切联系在一起。而在那些成人的性关系中，才表现为某种程度上的性欲或色情特征。《酒国》中的侏儒富翁余一尺的"爱情观"则似乎表达了成年人两性关系的真实面貌，完全摧毁了丁钩儿的这种罗曼蒂克的爱情幻想。余一尺公开表示："有钱能使鬼推磨。世上也许有不爱钱的，但我至今未碰上一个。大哥敢扬言奁遍酒国美女，就是仗着这个！"他完全懂得金钱、权力与性之间的辩证关系。他将男女性爱完全简化为出自性本能的欲望关系。如果不是这样的话，那么，成年人之间的两性交往似乎就变得不真实，变得虚无缥缈了。罗曼蒂克的爱情只不过是一个永远无可企及的幻象而已。小说《怀抱鲜花的女人》写了一名陆军上尉在回乡的途中遇到一个"怀抱鲜花的女人"。她正是他梦想中的情人。他对她一见钟情。但这个梦中的情人只不过是一个幻觉，一个虚幻的、不存在的女人。他在真实中所要面对的依然是自己并不爱的、伦俗的妻子。

莫言作品中这些涉及性爱的描述，我们可以视作为对力比多的生殖器阶段（Genital phase）的表达。在人类行为中，性行为最典型地表现了交往行为中的权力关系。成人（主要是男性）的性器（Phallus）

的社会学含义指向权力。

在现代社会中，人的"吃与被吃"的关系只能依靠权力来维持。它是对人与人之间的"权力关系"的隐喻。而人类的性行为也在一定程度上表现出"权力关系"的实质，并常常以一种更野蛮的形式表现出来。《丰乳肥臀》中有一个情节，可以说将在权力关系中的人类性行为的残暴性质表达得无以复加：劳改农场的炊事员张麻子"用一根细铁丝挑着一个白生生的馒头"，以此作为诱饵，诱骗右派分子、前"医学院校花"乔其纱。饥饿的乔其纱在求生本能的驱使下，不得不像狗一样爬行着追逐那个白生生的"诱饵"。最后，张麻子在乔其纱贪婪地吞食馒头的时候强奸了她——

她像偷食的狗一样，即便屁股上受到沉重的打击也要强忍着痛苦把食物吞下去，并尽量多吞几口。何况，也许，那痛苦与吞食馒头的愉悦相比显得是那么微不足道。所以任凭着张麻子发疯一样地冲撞她的臀部，她的前身也不由得随着抖动，但她吞咽馒头的行动一直在最紧张地进行着。她的眼睛里盈着泪水，是被馒头噎出的生理性的泪水，不带任何情感色彩。

(《丰乳肥臀》)

这一场景与瑞典电影《毒如蛇蝎》中的主人强奸其饥饿的女佃户的场面十分相似，[1] 而且显得更为触目惊心。它充分体现了食欲—性—权力"三位一体"的关系。在某种特殊的境遇中，性是某一类人的特

---

[1] 该电影反映的是 19 世纪末 20 世纪初瑞典某一贫困农村的日常生活，其中有一段表现了在某个饥年一位男东家以面包作为诱饵，诱奸饥饿的女佃户的情形。

权。它意味着权力，意味着一类人对另一类人的彻底的征服和奴役。

　　暴力则是人类社会生活的"权力关系"的极端形式。在莫言笔下充满了关于暴力的讽喻性的描写。最为典型的就是作品中经常出现的与枪有关的动机。作为一名军人，莫言对枪械感兴趣是很自然而然的事。但"枪"在作品中的出现方式却很特别。它有一种特殊的象喻性。《老枪》中的主人公顺子是一个普通的年轻人。他扛着父亲（生前是有名的"神枪手"）留下的猎枪，但他打不到猎物。这支神奇的枪如今已经失效了，打不响了。最终，枪是因为"走火"而打响的。但这一次"走火"同时也爆裂了枪身，顺子因此而丧生。《酒国》的丁钩儿身为高级侦查员，自然也枪不离身。丁钩儿随身带着两支枪：一支五四式连发手枪，另一支却是玩具手枪。首先打响的是那支玩具枪，而真实的枪也是因为走火而被打响。这些人物都缺乏一种对"枪"的控制力。他们在心理上是不成熟的，他们无力控制成年人的暴力工具。或者，也可以说，他们对来自成人世界的象征着强权的"武器"，出于本能地拒绝。《酒国》故事发展到后来，丁钩儿的侦破工作屡遭挫折，使他陷于沮丧，他的那支真枪越来越成为多余，像一件装饰品，与玩具无异。它甚至被那个看门的"老革命"讥笑为"娘们的玩意"。

　　正如"老革命"所说的那样，枪确实真的被"娘们"所掌握。《酒国》中的那位女司机趁丁钩儿与她做爱的时机，攫取了他的手枪。她手持驳壳枪，赤身裸体地站在丁钩儿面前，并用枪直指丁钩儿的脑袋。在这一奇妙的场景里，这位神秘的女司机不仅是性诱惑者，同时也充满了暴力的威胁，她将这二者巧妙地结合于一身。她就是一支奇妙的"性手枪"。"性手枪"可以看作是对权力（暴力）与性感之间的关系的一种暗示，这一巧妙的结合，深刻地揭示了暴力的"性感化"的一面。

第五节　语言学

　　除了在上述主题领域之外，莫言小说的"政治性"更重要的是体现在其话语的层面。这一点似乎更加意味深长。正如前文所述，莫言的小说语言是话语活动中的言说与沉默的矛盾的集中体现。无限膨胀的感官性言辞和无节制的意义播散，与现代人不断被消耗的生命意义之间形成了一种微妙的互动关系。人类依靠不断地聒噪，不断地向空气中吐露着话语的泡沫，以掩饰心灵的空虚。然而，任何言辞最终不可避免地指向沉默。这是"沉默的辩证法"。莫言深谙这种辩证法，他通过矛盾的话语暴露了人类言说的悖谬的困境。

　　沉默的政治学含义则显得更加复杂。它关涉对"口腔"的另一种功能的认识。这一功能涉及社会学方面，但它却是一种消极性的功能，即"口腔"被看成是灾祸的根源。民间有谚语云，"祸从口出"。它提醒人们注意言辞在社会交往过程中的危险性。因而，在初民社会往往有着各式各样的关于"言辞禁忌"的观念和仪式。进而，由禁忌又转化为对语言的"神圣化"。在许多宗教仪式上，祝祷与咒诅体现了上述言辞观念的两个基本方面。这一传统在民间依然十分风行。

　　《丰乳肥臀》中有一个情节，写到乡间的"雪集"。这一情节在随笔《会唱歌的墙》一文中得到了更充分的展开。这"是一个将千言万语压在心头，一出声便遭祸的仪式"[①]，是奇特的"禁声狂欢节"，它看上去像是一场节庆游戏。在"雪集"上，"主宰着雪集的主要是食物

---

① 莫言：《会唱歌的墙》，第 76 页。

的香气……女人们都用肥大的棉袄袖口罩住嘴巴，看起来是防止寒风侵入，我认为是怕话语溢出。"[1] 人民对言语感到恐惧，只好尽量用食物将自己的"口腔"填满。他们担心自己会因为口腔的过失（失言）而被"拔舌头"。当然，这并非他们的多虑，而是与他们的（历史的和现实的）政治经验有关。这一恐惧经验进而被上升到宗教的高度。在佛教（特别是被民间化了的佛教）中，令人恐惧的地狱刑罚之一就是"拔舌头"。履行这一刑罚的地狱叫作"拔舌地狱"。"拔舌"刑罚的现代变种则是割喉管和切断声带，这使得"禁声"技术摆脱了简单、原始的身体惩罚形式而转向对言语之危险性的更有效的制止。这一技术上的进步，完全仰赖于现代科学对发音的生理机制的正确认识。

但这一进步仍然是有限的，它依然未能摆脱"控制身体"这种较为原始的"生理政治学"手段。真正现代的"禁声"技术不是对"口腔"的减法，相反，是加法。从某一个"口腔"复制下来，并大量繁殖。在现代通信技术的支持下，它无所不在。在庆典的广场上，在政府的大院里，在工厂的车间里，在军营和学校的操场上，在村头的大树上，乃至在偏远乡村的农舍的屋梁上，只要有人的地方，就有这个夸张的"口腔"所发出的声音。这众多的"人口"就像莫言在《会唱歌的墙》中所描写的那个由酒瓶子筑成的长墙一样。但它们是从同一个机器中制造出来的，有着统一的口径。在强有力的西北风的吹拂下，发出万口一声的呼啸。而随着现代科技的发展，构筑一道"会唱歌的"长墙的理想就更容易实现了。

吊诡的是，肆意膨胀的聒噪言辞，同时又稀释了意义的神圣性。

---

[1] 莫言：《会唱歌的墙》，第 76 页。

莫言以游戏的方式模拟了现代社会的话语膨胀现象。我们不难发现，莫言的小说充满了游戏性。在游戏性原则下建立起来的虚构的话语世界，与制度化的生存世界之间形成了鲜明的对照。在制度化的生活中，游戏即使不是被禁止的，起码是不提倡。比如，在"文革"期间，几乎任何游戏都只能处于隐蔽的状态。公开的游戏被官方认为是不合法的，是对革命的严肃性的抵消。然而，另一方面，严肃的意识形态化的官方活动却又充满了游戏性。而任何官方的意识形态机器所要做的无非是将这些"游戏"改造成"神话"。事实上，在权力的交换关系中，始终存在着某种非公开的、尚未制度化的"游戏规则"，任何一个当权者（甚至那些正在或将要与当权者打交道的无权者）都十分清楚这一规则，并且彼此心照不宣。这是一种戴着严肃的政治假面的社交"游戏"，因此，有时倒是在那些贪官身上反而多少还有一些"人"味（如莫言的新作《红树林》中的女主人公林岚），尽管他们都是些"坏人"。而这种不公开运行的社交"游戏"，实际上成了这个权力化的国度的社会运行的真正的"发动机"，而这个"发动机"的核心装置则是"利益"。在这样一种状况下，真正的"无利害"的游戏几乎纯粹是民间的和私人性的，或者，更多地只存在于儿童的生活之中。

戏仿的修辞规则是游戏性的，这是莫言小说最重要的文体方式之一。在《酒国》中充满了戏仿，它差不多就是一部由各种各样的戏仿的文体所组成的文本集合。故事的主要线索——高级侦查员丁钩儿的故事是通俗传奇中的侦破故事的戏仿，写作爱好者、酒国市酿造大学的勾兑学博士李一斗与莫言老师之间的通信则是对官样文体和现代人的私人性匮乏的社交辞令的戏仿，而托名李一斗所作的一系列穿插性的短篇小说，则将 20 世纪中国各种主题、题材和叙事样式的小说差不多都戏仿了一遍。戏仿构成了《酒国》的最基本的文体特征。

戏仿的重要的美学效果之一是其"戏谑性"。戏谑的言辞、动作和仪式，构成了制度化话语方式的严肃性的反面。在莫言的小说中，经常能见到一些粗俗的骂人话，如《透明的红萝卜》中生产队长骂骂咧咧的训话；色情的比喻，如《丰乳肥臀》中对云彩的色情化描写；对性欲的描写，如《模式与原型》中对动物交媾的描写以及由此引发的主人物的性激动；对秽物的描写，如《高粱酒》中往酒缸里撒尿，《红蝗》中食草的乡民的粪便，等等。这类物质主义的描写，通常也正是产生戏谑效果的基本手段。正如巴赫金所认为的，戏谑就是贬低化和物质化。[①]戏谑化的话语（如骂人话）将意义降落到肉体生命的基底部，而这个基底部，则恰恰是生命的起点和始源。因而，从这个意义上说，戏谑又包含着积极的、肯定性的因素，它是对生命的物质形态和生产力的肯定。

戏仿另一个重要的美学效果就是"反讽"。"反讽"是一种否定性的美学。戏仿文本以一种与母本相似的形态出现，却赋予它一个否定性的本质。它模拟对象话语特别是对政治意识形态话语的严肃的外表，同时又故意暴露这个外表的虚假性，使严肃性成为一具"假面"。这也就暴露了意识形态话语的游戏性，或干脆使之成为游戏。在剥下"假面"的一瞬间，产生喜剧性的效果。对那些制度化的文体进行"戏谑性模仿"。戏仿使制度化的母本不可动摇的美学原则和价值

---

① 参阅［俄］巴赫金：《巴赫金文论选》，第 119 页。

核心沦为空虚，并瓦解了制度化母本的权威结构所赖以建立的话语基础。因而，可以说，戏仿的文本包含着至少是双重的声音和价值立场，它使文本的意义空间获得了开放性，将意义从制度化文本的单一、封闭、僵硬的话语结构中解放出来。从这一角度看，戏仿就不仅仅是一种否定性的美学策略，它同时还是一种新的世界观念和价值原则。

正如对身体的秩序的颠倒一样，文体在莫言笔下也表现为一种"混杂"和"颠倒"的倾向。这一点集中地体现在小说《欢乐》中。《欢乐》可以看作是莫言小说话语方式成熟的标志。整部作品从头至尾记录了一位有心理障碍的中学生齐文栋的意识活动。下面是一个比较典型的话语片段——

> 你的耳朵里混杂着各种各样的机器声和喇叭声，牛叫马嘶人骂娘等等也混杂在里边；你的鼻子里充斥着脏水沟里的污水味道、煤油汽油润滑油的味道、各种汗的味道和各种屁的味道。小姐出的是香汗，农民出的是臭汗，高等人放的是香屁，低等人放的是臭屁，（"有钱人放了一个屁，鸡蛋黄味鹦哥声；马瘦毛长奔拉鬃，穷人说话不中听。"）臭汗香汗，香屁臭屁，混合成一股五彩缤纷的气流，在你的身前身后头上头下虬龙般蜿蜒。你知道要毁了，蹢躇了，这是最后的斗争，电灯泡捣蒜，一锤子买卖，发生在公路上的大堵塞，是每个进县赶考的中学生的大厄运。（引者按——着重号为原文所有。）

（《欢乐》）

在上面这段引文中，我们可以看出，存在着多重"声音"，或者说，是多重话语系统：中学生齐文栋的生理感受和心理活动、瞬间场景的描述、各种知识话语片段、俚语、俗话、顺口溜、民间歌谣，等等。这些话语的碎片相互嵌入、混杂，在同一平面上展开。卑俗与崇高的等级界面消失，被淹没在多重"声音"混响的话语洪流之中。这种混响的"声音"，杂芜的文体，开放的结构，形成了一种典型的（如巴赫金所称的）狂欢化的风格，既是感官的狂欢，也是话语的狂欢。狂欢的基本逻辑，它构成了制度化生活的权威逻辑的反面，它从话语的层面上否定和瓦解了制度化的世界秩序。

狂欢化的生活与制度化的生活有着迥然不同的逻辑。前者遵循着生命本能的唯乐原则；后者遵循着理性的唯实原则，它在一定程度上可视作生活的文明化的结果，是对唯乐原则的限制和压抑。制度化的文体和话语方式与制度化的生活在表现形式上是极其相似的。它们都要求一个外在的权力意志赋予它们以秩序和价值尺度。制度化的话语结构是对现存的世界秩序的内在维护。它肯定了现存的等级制（事物的秩序、人物的价值等级，等等）和价值规范。

从叙事性作品方面看，制度化的叙事话语要求一个外在的总体性的观念构架，借以实现对事件的编织并赋予意义。这一类作品中最典型的是历史故事。一般历史故事的灵魂是"时间"——线性的历时性逻辑，并对这一"时间"观念加以神圣化。在一个封闭的时间段内，历史话语赋予事件在逻辑上的完整性和秩序。另一方面，历史故事还要求塑造英雄。随着时间的顺延，主人公成长为英雄。英雄是对时间逻辑的最终完成，同时，也是时间的意义的呈现。《酒国》的故事正好是一个反面的英雄"成长小说"。它写了一个英雄的没落史：由意志坚定的侦查英雄堕落为行尸走肉的酒鬼。

在莫言更多的作品中，那些过度膨胀的瞬间感觉往往迫使时间暂时中止，形成一个膨大区，如《红高粱》中少年豆官在高粱地里对浓雾的感受。而在另一些作品中（如《爆炸》《球状闪电》等），叙事的时间逻辑干脆让位给感受的空间逻辑，极度膨胀的感觉占据了全部的叙事空间。这些作品在几个瞬间中包含了复杂的时间经验，并且，叙事的话语空间随着感觉的扩散而充分敞开，突如其来的开头和了无结局的结尾是这类作品中经常出现的现象，现时性的经验片段与历时性的经验片段共生共存，并相互穿插和交织。总之，叙事在时间上的完整性、封闭性和单一向度被打破，由时间所建构起来的历史话语秩序也因之而瓦解。

狂欢化的原则是对既定的生活秩序的破坏和颠倒。莫言小说的狂欢化倾向即表现为这种破坏和颠倒。崇高／卑下、精神／肉体、英雄／非英雄、美好／丑陋、生／死，诸如此类的价值范畴的分界线模糊不清，价值体系中的等级制度被打破，对立的价值范畴在一个完整的生命体中共生。在《红蝗》的结尾处，莫言明确地道出了自己的写作理想就是将那些在意义和价值方面彼此矛盾、对立的事物混杂在一起，"构成一个完整的世界。"然而，这个"完整的世界"并不能在制度化的现实中存在，只能诉诸狂欢化的瞬间。值得注意的是，莫言小说的狂欢化倾向并不仅仅是一个主题学上的问题，而同时，甚至更重要的，还是一个风格学（或文体学）上的问题。从某种意义上说，狂欢化的文体才真正是莫言在小说艺术上最突出的贡献。

无论如何，莫言小说的狂欢化的话语风格为我们展示了一个充满生命活力和欢乐的世界。在这个世界中，我们可以看到，生命的否定性的一面与肯定性的一面同在，正如死亡与诞生并存。这个世界就像乡村、像大地、像季节轮换、像播种与收获，是一个生生不息的世界。

第四章

残雪：梦魇与寓言

第一节　现代性与寓言性

　　按照经典的小说观念，残雪的小说算不上真正意义上的小说，它充其量只能称之为一种"类小说"的文类。英国作家福斯特曾为小说作了一个经典性的定义："故事是小说的基本面。"[①] 故事性，可以说是小说的本质。而残雪的作品总的说来，没有什么故事性可言。例如，在《黄泥街》中，我们只能看到一些似是而非的事件线索，而且，这些线索往往又不时地被突如其来的人物谈话和一些描述性的片段所打断，叙述开始顺着这些片段扩散，而事件本身却了无进展。那么，这些人物的谈话及其行为在残雪的小说中是否变得很重要呢？是否可以这样认为：残雪的小说不是以事件为中心，而是以人物为中心呢？我

[①] ［英］福斯特：《小说面面观》，第 23 页，苏炳文译，花城出版社，1984 年。

们知道，塑造人物形象，亦是经典小说的基本功能之一。在一些传统小说中，对人物的行为和性格的描写仍可以代替故事和情节来支撑叙事，即所谓"情节淡化"，如孙犁、汪曾祺的一些小说。但是，残雪笔下的人物却不同于传统小说中的人物，比如，齐婆、张灭资（《黄泥街》），X女士、Q男士（《突围表演》），虚汝华、更无善（《苍老的浮云》），等等，这些形象看上去面目模糊，飘忽不定。他们缺乏明确的性格特征，甚至可以说，基本上没有什么个性，只有一些共同的心理特征和行为方式，如窥视癖、多疑症、流言癖，等等。

根据上述辨析，我们有充分的理由将残雪的小说归入"现代派"小说一类。的确，残雪的小说的现代性特征是相当明显的。不过，现代派小说并非绝对不讲故事，只不过它的"讲故事"所强调的不是故事本身，而是讲述行为。例如，法国"新小说"以及残雪同时代的小说家马原等人的小说，通过对讲述行为的强调，改变了叙事话语的结构。这些小说设置悬念，虚构情节，又通过对悬念、情节等叙事因素的消解，将读者的注意力从故事本身中解放出来而转移到讲述行为上。这类"反小说"，消解了"故事"，但保持了"故事性"，甚至是更好地保持了"故事性"。但是，在残雪的小说中，这些特征也不明显。残雪的小说缺乏叙事方式的转换，只有一个固定的讲述人（往往是"我"），一种固定的叙述逻辑，叙事时空和频率也没有什么变化。总之，没有比残雪的小说更不像小说的了。

必须说明的还有一点。现代艺术世界无奇不有。乔依斯的《尤利西斯》不也是没有小说基本特征的作品吗？的确如此。但《尤利西斯》在我看来也算不上真正意义上的小说。它充其量也是一种"类小说"，甚至连"类小说"都不是，而应称作"类戏剧"。如此看来，

Wedell-Wedellsborg 将残雪的小说叫作"散文诗",[①] 并非毫无道理。

然而,问题在于,残雪的小说就是小说。它在当代的汉语小说史上占据了重要的一席之地,而更为重要的是,残雪的小说对 80 年代中期以来的汉语小说写作的变化和发展,起了相当重要的作用。随着时间的推移,它的影响(在我看来)仍将延续并有可能进一步扩大。这样,我们就仍然必须将残雪的作品放置到中国当代小说史中加以考察,只不过我们不能以通常的方式来进行考察。残雪的小说作品的意义并不主要表现在一般的叙事性方面,而是另有其意义。

残雪的小说不仅缺乏严格的意义上的故事性,而且,她的几乎所有小说看上去都像是在讲同一个故事,这个共同的故事包含着一系列共同相关的主题。因而,我们可以总结出残雪小说的总体结构特征:它是一个双重结构。不完整的叙事构成了其外在结构,而在这个结构的背面,则存在着一个深刻的内在结构,即它们的相关寓意和主题。这种双重结构,粗略地说,即是所谓"寓言式"结构。其实,要发现这一点并不难。如果残雪的小说不具有这种"寓言式"结构的话,那么,其混乱而且不完整的叙事也就真正变成了一堆不可理喻的梦呓了。残雪作品的"寓言性"是显而易见的。在这里,我们暂且只是初步地涉及"寓言"(allegory)这一概念,至于其更为复杂的含义和功能,容待后文详加辨析。

毋庸置疑,借助"寓言"这一概念来阐释残雪的作品,在相当程度上是有效的。然而,问题的关键在于,如何理解残雪式的"寓言"之独特的内涵、结构及其呈现方式,也就是说"寓言"在残雪作品中

---

① Wedell-Wedellsborg:《当代中国文学中的自我寓言》,姜韧译,载:《今天》(纽约),1993 年第 2 期。

的独特性。我们不妨以《山上的小屋》为例，来看看残雪的作品包含了怎样的"寓言性"。

从表面上看，《山上的小屋》写的是一个家庭内部的故事。主人公"我"与家庭其他成员之间自始至终存在着一种紧张的敌对关系。她时时感到自己处于敌意的包围之中，她的个人的一切权利（特别是隐私权）都受到侵犯，生活在家里如同生活在地狱中一般。为此，她在幻觉中寻求另一种空间（"山上的小屋"）。这个故事很容易使我们联想起鲁迅的《狂人日记》。事实上，在这篇小说发表后不久，确有批评家将它与《狂人日记》相提并论，并且认为残雪（还有余华）在某种程度上可以看作是鲁迅的文学精神的继承者。[①] 仅就所表现的对象而言，这一观点应该是很有道理的。这两部小说的主人公都有一种"受迫害狂"的感觉，一个是在封建文化的环境中，一个则是在"文革后"的环境中。鲁迅的《狂人日记》借此披露了封建礼教"吃人"的本质，而残雪的《山上的小屋》则是对现实生活中人性压抑和扭曲的讽喻。

但是，值得注意的是，这两部作品中的主人公与他人之间的冲突的原因却有所不同。鲁迅笔下的"狂人"与他人之间的冲突基于对历史的合理性的理解上的差异，而残雪笔下的"我"与他人之间的冲突则涉及个人的隐私权，或者，更进一步说，是关于个体的人的存在价值问题。"狂人"是通过不断的"读史"活动发现了历史的不合理性，而《山上的小屋》中的"我"则是通过不断地清理自己的抽屉，来发现自我与他人之间的界限以及他人对自我的侵犯。抽屉，一般说来，

---

① 李劼:《论当代新潮小说》，载《钟山》(南京)，1988 年第 4 期。

是用于收藏个人隐秘的容器，它与用于记载种族集体的历史经验的史籍有着完全不同的功能。这两种物件在功能上的差别，事实上也决定了这两部小说在寓意上的根本差异。如果说《狂人日记》是一个关于"历史意识"的寓言，那么，《山上的小屋》则只能说是一个关于"自我意识"的寓言。

也有一些论者注意到鲁迅与残雪这两位不同时代的作家之间的差别，并反对将二者相提并论。但他们往往将差别定位在对人性的理解上，并站在道德的而非美学的立场上指责残雪作品中的所谓"溢恶"倾向。[①] 这种观点在我看来不仅与小说艺术无关，而且，在道义上也未必十分可靠。

第二节 "无意识自我"与生存处境

以道德的方式进入残雪的世界是困难的，以理性的方式也同样的困难。当人们企图从残雪的作品中寻找自己熟悉的主题和意义的时候，却往往会发现，那里是一个陌生而又混乱的世界。它更接近于某种令人不安的梦境。在《黄泥街》的结尾部分，就有关于梦的提示——

> 我曾去找黄泥街，找的时间真漫长——好像有几个世纪。梦有碎片儿落在我的脚边——那梦已经死去很久了。

---

① 王彬彬:《残雪、余华:"真的恶声"? ——残雪、余华与鲁迅的一种比较》，载:《当代作家评论》(沈阳)，1992 年第 1 期。

而她的以《天堂里的对话》为题的一组短篇作品则基本上可视为"仿梦体"。评论界也注意到了残雪作品中的梦幻倾向，例如，程德培即直接以"梦"来指称残雪的作品，并借助释梦理论来对作品进行解读。① 尽管描写梦幻的艺术作品并不能完全等同于真实的梦，但残雪的"仿梦"作品却的确明显地带有梦的一般特征：荒诞、混乱、支离破碎，充满了隐喻和意义的不确定，等等。或者说，它所反映的并非常规状态的外部世界和一般意义上的心理状态，而更多的是对人的无意识领域内的经验内容的泄露。

　　我们通常将新时期文学的精神特质理解为对"人"的发现，或"人的意识"的觉醒。新时期最初的文学呼吁人性的回归，表现人性中最具普遍性的内容：基本的道德感、良知、同情心、爱的能力，等等，并将这些普遍的人性内容置于特定的历史背景中，以呈现人性与外部世界及其历史文化之间的复杂关系。1985 年前后的新潮文学则更加强调人的个体性，强调作为个体的人在历史与现实中的主体地位。因而，新潮文学注重表现普遍人性中的个体性的部分，表现个体的人的精神复杂性、与外部世界的冲突、存在的价值感、自由选择和自我超越意识，等等。而残雪的作品则深入到"自我"的内部的深处，表现了依靠通常的艺术手段所难以企及的无意识领域的状况。如果说，新潮文学发现了人的主体性，主要是主体性的理性部分，那么，残雪的小说则发现了主体性的无意识部分，发现了一个"无意识自我"。残雪的小说开拓了人的内在经验的深层空间——这，正是残雪对当代的汉语文学的重大贡献之一。

---

① 程德培：《折磨着残雪的梦》，见残雪小说集《天堂里的对话》的"序言"，作家出版社，1988 年。

梦总是表现着人的无意识内容，反映着主体内部的状况，并且，梦的一个重要功能，就是使熟习的事物陌生化，同样地，也使陌生的事物熟习化。它有着与日常的理性的意识截然不同甚至是相反的逻辑。借助梦的这种反常的功能，残雪发现了"自我"的晦暗的一面。《山上的小屋》讲述的是一个家庭内部的故事。家，在通常看来，是人最为熟习、最觉安全的地方，同时，家人亦是人的社会关系中最为亲密的成分。一般说来，家族关系构成了人的"自我"形象的周边，也就是说，"自我"在一定程度上是由与他人，特别是与周围的人之间的相关性所构成的。可是，在残雪的作品中，这个熟习的周边世界却成了一个最危险的空间，一个陌生的世界，或者说，是"自我"的陷阱。

　　　　我心里很乱，因为抽屉里的一些东西遗失了。母亲假装什么也不知道，垂着眼。但是她正恶狠狠地盯着我的后脑勺，我感觉得出来。每次她盯我的后脑勺，我头皮上被她盯的那块地方就发麻，而且肿起来。

　　母亲的形象通常总是代表着慈爱，象征着人性的爱的精神。但在这里，母亲却是恨和恶毒的象征。至于父亲的形象则更可怕——

　　　　父亲用一只眼迅速地盯了我一下，我感觉到那是一只熟悉的狼眼。我恍然大悟。原来父亲每天夜里变为狼群中的一只，绕着这栋房子奔跑，发出凄厉的嗥叫。

在残雪那里，家庭内部的状况可以看作是对主体"自我"内部的状况的换喻。然而，那个通常被认为是熟习的、可把捉的"自我"，却从内部发生了改变，变成了一个陌生的、异己的世界。温情脉脉的亲情关系变成了敌意，"自我"被疯狂和兽性所包围。不仅如此，更为严重的是，这些异己的力量尚在不断地向主体的空间渗透，改变着主体的内在结构。

> 我发现他们趁我不在的时候把我的抽屉翻得乱七八糟，几只死蛾子，死蜻蜓全扔到了地上，他们很清楚那是我心爱的东西。

这一段，是对"自我形象"被毁灭的最好揭示。"抽屉"也许是"自我"所残存的最后的空间，但它却处于主体"不在场"的状态。在这种状态中，异己性的力量清了"自我"的空间，并使之有所丧失。除了幻想中的"山上的小屋"之外，"自我"实际上是一个不断被侵蚀、正在点点滴滴消失的事物。

另一方面，残雪又赋予主体以"非人性"的特质。那些在通常看来难以亲近的事物——死蛾子、死蜻蜓，以及出现在《黄泥街》等作品中的蝙蝠、金龟子、蟑螂、蜥蜴、蛇，等等，或成为人物的"心爱的东西"，或作为人物的梦的对象而存在。这些昆虫类和爬行类的动物，与人性的本质相距遥远，或者，因为其生命形态的极端原始性通常作为人性的对立面而存在。然而，正是这种"非人"的因素却与人的"自我"的无意识部分纠结在一起，构成了残雪笔下的"自我"形象的基本要素。

残雪笔下的"自我"从内部发生了变故，它异化为陌生的非人性的事物。这一异化有时则以疾病的现象呈现出来。疾病，是残雪笔下经常性的主题。《黄泥街》的一开始，就有一个小孩跑来报告说："死了两个癌病人。"作品中的人物总是长期经受着毒疮、肢体溃疡症、盗汗症、梦游症之类的疾患的折磨。例如，黄泥街的居民就"大半是烂红眼，大半一年四季总咳嗽"。还有三部小说，残雪干脆就以疾病为题：《一种奇怪的大脑损伤》《患血吸虫病的小人》《双腿像团鱼网一样的女人》。在《黄泥街》中有一段关于躯体病变的详细描写——

> "我的肠子边上长出一团绿东西，"男人指着肚脐边上的肚皮说，"看，这不是。一根肠子已经烂了一个小洞，这边上还有些绿斑点。……"

疾病正是那种使肉体与自我相分离的东西。疾病使肉体脱离了自我意志的控制，而自己据有了本质。肉体的本质遵循着物质性的规则，增生、分解和变质。它最终转变成其他物质：蛋白质分解物以及由其所滋养的微生物和寄生虫。疾病使生命存在的非人性的一面得到了强化，它同时提醒人们生命本质之虚幻和空无的一面。这一点，接近于现代存在主义哲学对存在之本质的理解，也接近于古代东方宗教对世界和生命认识的起点。

但是，这并不意味着残雪像存在主义者那样企图发现存在的普遍本质，或像宗教哲人那样通过对人的生老病死的领悟来寻觅人生拯救之道。残雪对人性异化的描写往往有其特定的历史语境。她除了描写主体内部的变异之外，更注重自我与外部世界的关系。恶劣的生存环境和人与人之间反常的交往方式，亦是残雪笔下的重要内容。

《黄泥街》中的黄泥街一年四季总是煤灰飞扬，满街散布着烂果子、动物的死尸、发臭的水，还有恶浊的空气。残雪还特别写到这里的气候情况，首先是太阳——

一出太阳，东西就发烂，到处都在烂。

太阳底下的黄泥街像一大块脏抹布，上面布满了黑色的窟窿。

"把人都晒出蛆来啦。"

另一些章节则写到下雨的情形——

都说这雨是一场怪雨落下来像浓黑的墨汁，还有股臭味，像流泥井里的污水那种味儿。

除了晴雨交替的日子，黄泥街便是刮风——

风一刮，人的眼就迷蒙了，看什么东西都影影绰绰的。人走在风中，像被风刮着飞舞的一团团破布。

在其他一些篇章——如《山上的小屋》《我在那个世界里的事情》《旷野里》——中，亦有类似的气候描写。这种恶劣的外部自然条件，形成了一个非人性的空间，看上去像是一幅世界末日的图像。恶劣的气候是一种不祥的征兆，它既意味着世界的颓败，同时也是人的内部世界病态的表象。在这一点上，残雪的作品接近于表现主义。

与恶劣的自然条件相呼应的是令人不安的人际关系。黄泥街的居民自有其奇特的交往方式。

> 黄泥街人都喜爱安"机关"，说是防贼。每每地，那"机关"总伤着自己。

"贼"的意识，是黄泥街人的社会学基础。它造就了黄泥街人和建立在仇恨、敌意之上的交往方式。在《山上的小屋》中，这种阴谋和敌意出现在家庭内部，在《苍老的浮云》中它扩展到邻里之间，而在《黄泥街》和《突围表演》中，则基本上成为一种社会关系。"防贼"的意识反过来改变了设防者自身，它培养了黄泥街人或五香街人（《突围表演》）"贼"的人格。在这些作品中，每一个人都具备了"贼"的品格和本领，人与人之间的基本联系依赖的是窥视和窃听，当然，还有与此相关的猜忌和流言。"贼"的社会关系和"贼"的人格共同构成了黄泥街或五香街的社会生活和文化精神。从这一角度看，残雪的作品又在一定程度上越出了纯粹的"自我意识"的寓言空间，向较为深广的社会生活空间敞开了，至少是隐含了相当强烈的政治讽喻色彩。另一方面，残雪的寓言方式，又使得其政治讽喻具有更大的普遍性，而不仅限于一时一地的政治生活的批判。

第三节 "仿梦话语"与反讽叙事

残雪的小说的独特性不仅表现在其特有的主题系统方面，更重要的是表现在其奇特的话语方式上。与小说中梦魇性的主题相一致，残雪的话语方式亦带有梦呓般的特征。有评论者指出："残雪很善于以暧昧、朦胧、象征的谵语，将人的潜意识心理跃然纸上。"[1] 这一判断，在相当程度上是准确的。例如《我在那个世界里的事情》中的一个片段——

> 我在想那座冰山。我想，只要海洋解冻，冰山就开始游移，我从水中抬起头来。自见它缓缓而行，像一只庄重的白鲸在沉思……一根通天柱"咔嚓"一声断裂了，碎冰晃耀着梦幻的蓝色，飞快地划出一道道弧线，一眨眼又消失了。

这一段不仅仅是描写一种梦幻状态，而且，它本身即带有梦幻的特征，或者说，它根据"梦的语法"来结构自身。它有着梦的一般规则：幻觉、隐喻、象征，意象的凝置和移位，以及因逻辑关联有丧失而使语义模糊、混乱。在残雪那里，这种说话方式是一基本方式，正如林白芷所指出的，"梦"的象征"作为一种摆脱了直接的、或抑制的意识的视觉，对于残雪的表达装置的所有组成部分是一个关键。"[2] 残雪本人承认自己在写作过程中，总是努力控制理性，将情感"控制在非理性的状态中去创作"。[3] 因而，可以说，残雪的作品不是"关于梦"的话语，而是"梦的话语"本身。更明确一些地说，它不是对梦的描述，而是对梦的直接呈现。对于梦以及类似于梦的意识活动的理

---

[1] 王绯：《在梦的妊娠中痛苦痉挛——残雪小说启悟》，载：《文学评论》(北京)，1987年第5期。

[2] 林白芷：《一个抒情表达的整体——残雪短篇阐释》，残雪、林白芷译，载：《圣殿的倾圮——残雪之谜》，第340页，萧元编，贵州人民出版社，1993年。

[3] 施叔青：《为了报仇写小说——与残雪谈写作》，载：同上书，第437页。

解，则必须赋予它们以某种象征性的意味，否则，就会使人陷于难以索解的混乱之中。残雪的作品通过其"寓言性"结构获得了一种新的秩序。

"寓言性"作为残雪小说的基本特质，既是其成功的关键，也是其局限所在。尽管现代寓言的寓言性"具有极度的断续性，充满了分裂和异质，带有与梦幻一样的多种解释，而不是对符号的单一的表述"，①但这样一种特性的优势在诗歌方面。当本雅明用寓言理解解释文学作品的时候，更多的是适用于诗歌作品，如波德莱尔的诗。残雪作品中具有仿梦特征的大多是一些篇幅较短的作品，上述林白芷的观点主要也是针对残雪短篇作品的阐释。②这些短篇，更接近于"散文诗"。它们常常是对梦的仿写，一些欲望之梦，焦虑之梦、预言之梦。而叙事性作品，特别是那些规模较大的叙事性作品，情况就要复杂得多。叙事性作品在与现实生活相联系的方面，比寓言来得更直接、更广泛、更具针对性。比如，卡夫卡的小说，它也的确像本雅明所认为的那样，具有人的"存在的寓言"的意味，但是，它的叙事却帮助作品超出"寓言"的范畴，超出寓言式的相对封闭的意义空间，而进入到一种更为具体和无限敞开的现实生存空间。卡夫卡笔下的法庭、街道、旅馆，并非仅仅是想象中的、抽象的、只是活动着"绝对存在"的空间，而更重要的，它就是二十世纪初期的布拉格的法庭、街道和旅馆。试比较一下卡夫卡《变形记》中的"窗户"和残雪《天窗》中

①［美］詹明信（F.Jameson）：《处于跨国资本主义时代中的第三世界文学》，见詹明信：《晚期资本主义的文化逻辑》，第 528 页，张旭东编，生活·读书·新知三联书店，1997 年。
② 林白芷：《一个抒情表达的整体——残雪短篇阐释》，载：《圣殿的倾圮——残雪之谜》，第 340 页。

的"天窗"：卡夫卡笔下的"窗口"始终向外部世界——那个灰色的、正在逐渐消失的布拉格——敞开着，而残雪笔下的"天窗"从内到外都是幻境，它与其说是一扇窗，不如说是一面镜子，一面自我重复、自我封闭和自我增殖的镜子。

作为"自我寓言"，残雪的作品是丰富的和复杂的，甚至可以说，它在现代意义上复活了"寓言精神"，使它在传达现代人内在的生存经验方面，有着强大的表现力。但是，残雪也为此付出代价，这个代价即是牺牲了小说的"叙事性"以及由"叙事性"所带来的与现实世界的丰富而直接的联系。这一点，也是现代"寓言诗学"本身的缺陷。

残雪的一些篇幅较大的作品，如《黄泥街》《思想汇报》《苍老的浮云》《突围表演》等相比之下则要丰富些。这些作品虽然在总体上依然保留有仿梦的结构，在话语方式上也带有"梦的话语"的特点，但它们却不仅仅是一个长篇的梦或一连串梦的集合，就其所表现的内容来看，也不仅仅是对所谓"人的潜意识心理"的呈现。或者说，"自我寓言"不能涵盖这些作品的全部内容。在这些作品中，那个作为叙事话语之主体的"我"，基本上隐匿不见了。即使偶尔也出现（如《黄泥街》中的"我"），也不是叙事视野的唯一焦点。在《黄泥街》中，人物的活动（而不单纯是叙事人的内心状况）和外部世界的事件（虽然这些事件是支离破碎的）支撑着整个故事。但它显然又不是传统小说中的全知全能、无限制的叙事视点。叙事主体分散寄寓于人物身上，使视角能较为自由地在叙事人与人物之间穿行，其叙事对象也更丰富并富于变化，在内在感受与外部世界的生存状况之间变换。从而拓展了叙事的表现空间。

从某种程度上讲，《黄泥街》与现实生活之间有着相当密切的关系。在黄泥街人的生活中充满了梦魇、幻觉、子虚乌有的恐惧和令人不适的怪诞，但它们却是现实的。至少，在残雪看来，黄泥街人的现实生活本身就是一种荒诞的生活。因而，不能说残雪的作品使世界荒诞化了，而应该说是荒诞的生活在残雪的作品中更好地被呈现出来。它与其说是"寓言式"的呈现，不如说是"戏剧化"的呈现。因而也是更直接的呈现。不妨看一段作品中人物的谈话——

　　"塘里漂着一只死猫。"宋婆压低了喉咙说，也不望人，鼠子一样贴墙溜行着。

　　"放屁！没什么死猫"。齐婆一把紧紧抓住那矮女人，想了一想，想起什么来，一仰头，一拍掌，涨紧了脸反问她：

　　"千百万人头要落地？"

　　"塘里又漂上了死猫。"

　　"鬼剃头……"

　　"千百万人头……"

　　"血光之灾……"

这些谈话突兀、混乱、吞吞吐吐、彼此缺乏可交流性，甚至是无聊的和无意义的。这是黄泥街人典型的交谈方式。通过这一话语现象，我们可以看出黄泥街人的内心状况和人际关系状况。这是一个彼此隔绝、混乱暧昧而又危机四伏的世界。另一方面，黄泥街人的谈话又是1970年代中国的话语现象的典型体现。这一带有"戏剧化"色彩的谈话段落，直接表现了特定历史时期中国人的语言的现实，当然，也是他们生存的现实。但它不是现实主义的。它更接近于贝克特的戏剧（如《等待戈多》）中的人物对话，也有点儿类似乔依斯的《尤利西斯》中表现混乱的现代生活的"戏剧化"的段落。

必须指出的是，语言在残雪那里并非一种只用于表达某种观念内容简单的工具。在残雪的笔下，语言是一种世界要素，甚至是最根本的要素。通过一种独特的话语方式，残雪建筑了一个完整自足的语言世界。在这个世界里，包含着残雪个人的全部内在经验，有时，也直接呈现着外部世界的某种状况。当然，它有可能是一个完全封闭、自我繁衍的内部世界。而残雪却找到了一条特别的途径，将内部的语言世界与外部的现实生存世界联系在一起。这一途径就是"反讽"修辞。这一手段在残雪那里虽不是随处可见，但也时有出现，并有着至关重要的作用，特别是在那些现实感较强的作品（如《黄泥街》）中。我们不妨来看看如下一段——

> 冥冥之中，守传达的老孙头梦醒过来和人讲起：
>
> "天子要显灵了，有怪事出的。首先应该肯定，形势一片大好……上面有个精神叫好得很，是关于爱国主义精神的。什么叫'好得很'？形势好得很！上级指示好得很！我的意思是睡觉时不要把两只眼全闭上了，要张一只闭一只，要出怪事了。"

这当然也是典型的黄泥街人的话语方式。黄泥街人的话语系统由官方指令、制度化的话语规则和小市民的闲言碎语以及神经质经验混杂而成，而这同样也是黄泥街人的"自我意识"的状况。通过对黄泥街人话语方式的戏谑化的模仿，使作品充满了反讽的色彩。这也是残雪作品中最有力量的部分。反讽的否定性的力量既指向黄泥街人的精神生活，同时也向这种精神生活的来源——外部制度化的"他者"意识对内部世界的渗透。反讽使这两类杂糅在一起的话语变成了一种荒诞、可笑的混合物，从而显露出其空虚、无价值的本质。也正是这个意义上，残雪的某些作品比一般写实主义的作品具有更加强大的现实批判性。一般写实主义的作品在观念上有时对现实生活持否定性的态度，却在语言结构上默认了现实世界的秩序。而残雪的那些反讽性的作品则更加彻底地瓦解了它所抵抗的那个现实。

第五章
余华：暴力的诗学

第一节　作为祭品的血

鲁迅在小说《药》中讲述了一个令人觳觫的故事：在本世纪初的江南某地，一位病者的家属从刽子手那里谋得一死刑犯的鲜血，制成"人血馒头"，用以治疗其患病的儿子。在小说中有一段关于"人血馒头"的描写：

那人一只大手，向他摊着；一只手却撮着一个鲜红的馒头，那红的还是一点一点的往下滴。

这一段描写甚为简略，但是，"血"作为一个意象，仍然相当触目地凸现在读者的眼前。其实，在更早一些时候写成的《狂人日记》中，已有对血的意念的暗示：

还有书上都写着，通红崭新！

在《狂人日记》中，鲁迅用"吃人"来比喻旧礼教在扼杀人性方面的残酷性。在这一点上，《药》与《狂人日记》是一脉相承的。血，通常被视作人的生命之菁华和本原。"吃人血馒头"即是以提喻的手法，更加含蓄而且更加深刻地表达了"吃人"这一基本主题。

《药》使血的意念得以确立，并赋予它以深刻的文化历史内涵，这一点是显而易见的。流血，在中国历史的变迁中，也的确是一道必不可少的程序。然而，更加意味深长的是，在现代中国小说史上，血的意念的最初形态是以"人血馒头"这一奇特的形式出现的。一份普通的食品，蘸上些许（牺牲的）血，立即变成了一份药品；一次普通的摄食行为如是奇妙地转变成为一次性命攸关的医疗活动。这一奇妙的转变，包含着中国传统医学文化的秘密。

鲁迅本人对中国传统医学文化的仇恨是众所周知的。他曾在多篇文章中指责过中医在理论上的荒谬和在实践上的危害。的确，如果站在现代医学科学的立场上看，传统中医理论中夹杂了许多不可理喻的内容。医术有时近乎巫术。周作人曾专门研究过中国传统文化与萨满教之间的关系，并指出这两者之间的同源性。[1] 特别是在人体观念上，中国传统文化更具萨满教色彩。[2] 从"吃人血馒头"作为医疗手段这一点来看，似乎是原始宗教中的"血祭"仪式的残余。事实上，原始

---

[1] 参阅周作人：《萨满教的礼教思想》，见《周作人文选》，第1卷，钟叔河编，广州出版社，1995年。
[2] 参阅周作人：《论女裤》《上下身》，见《周作人文选》，第1卷。

祭祀活动也经常含有医疗的动机。在原始祭祀活动中，人们相信，通过杀死并吃掉"活祭品"，可以攫取牺牲者身上的某种生命因子（比如"魄力"之类），从而使病者康复、体弱者强壮、怯懦者勇敢。很显然，《药》中的治疗故事也是一次带有萨满教色彩的"医疗—祭祀"活动。其中，血的本质乃是祭品。

从较为浅表的层面来看，《药》中的故事是对传统医药文化的否定性的讽喻。可是，在更为深刻的意义层面上，鲁迅则又重新启用了"医疗—祭祀"的巫术功能。在鲁迅看来，在中国的社会变革过程中，革命者不得不成为牺牲品，不得不用自己的血作为一剂良药，来疗治国民精神的麻木症。正如他的诗句中所表示的——"我以我血荐轩辕"。与鲁迅本人特殊的二重身份（医生兼启蒙思想家）相一致，医疗活动与启蒙活动在他那里总是存在着一种隐喻关系。启蒙总是类似于一项医疗活动，如同一次服药，一次注射或一场手术。并且，在其他启蒙思想家那里，情况也大致相同。如梁启超在《论小说与群治之关系》一文中认为，作为国民精神启蒙之工具的小说有"熏、浸、刺、提"等四大功能。这些功能基本上与中医的疗法类似。"治疗"与"启蒙"在这里有一种互为转喻的关系。鲁迅（某种程度上也可以说是五四时代的启蒙思想家）的启蒙思想在这里陷入了一个深刻的悖论之中：在关于肉体的医学层面上被否定的"医疗—祭祀"活动，却在关于精神的启蒙层面上获得了肯定，并被袭用。启蒙就像是一个神话，牺牲者的自觉献祭是其必不可少的仪式。通过血的巫术功能和神圣化倾向，启蒙精神在其所摧毁的神话的废墟之上，建立起了关于其自身的神话。

然而，鲁迅的复杂性在于，他的启蒙意识本身亦充满了矛盾。一方面，他赋予牺牲的主题以悲剧性的力量，使之达到神话的高度；另一方面，他又对启蒙的实际效能在一定程度上持怀疑态度。比如，在《药》中，他安排病者（华小栓）以一个死亡的结局，多少已暗含了对疗救神话的不信任。而在《野草》中，这种不信任得到进一步的加强，甚至达到了绝望的程度。

《野草·复仇》一篇首先设想了一种类似于"血祭"的情形：以利刃击穿皮肤，"将见那鲜红的热血激箭似的以所有温热直接灌溉杀戮者"，并描写了这仪式化的行为所含有的宗教迷狂般的体验。接着，又安排了一对"祭品"的出场：

> 这样，所以，有他们俩裸着全身，捏着利刃，对立于广漠的旷野之上。
>
> 他们将要拥抱，将要杀戮……

这一场景类似于上古时代关于生育神或谷物神的祭祀仪式的一部分。但是，这一仪式在《复仇》中并没有最终完成。"他们俩"既不拥抱，也不杀戮，只是枯立着，仿佛要永远这样下去。结果是"祭品"以及仪式的观赏者一同沦于生命的干枯。而"他们俩"尚且——

> 以死人的眼光，赏鉴这路人们的干枯，无血的大戮，而永远沉浸于生命的飞扬的极致的大欢喜中。

牺牲品的拒绝姿态使祭祀仪式陷于中断，血的动机走向了神话的逻辑之反面。另一方面，因为是"无血的大戮"，仪式的意义核心也就被抽空。这样，一场模拟的祭祀仪式从形态到意义都归于空虚。这也正是"复仇"主题的基础。"祭祀"（或"疗救"）的庆典，变成了"复仇"的荒诞剧。

不过，《野草》毕竟是鲁迅处于思想的非常状态的作品，其特定的"反神话"气息不仅与当时的文学精神格格不入，也与他本人在《呐喊》中所表现出来的精神倾向相去甚远。如前文所述的《药》，则无论是在主题上还是在结构形态上，都带有浓重的神话色彩。不仅如此，从文体学角度看，它同时亦保持着神话所特有的庄重而又神秘的特征。

在叙事上，《药》采用了一种二重的结构。其显性线索为医疗故事，其隐性线索为牺牲故事。或者，也可以说，它是一个通过医疗故事呈示出来的、关于牺牲的"寓言"。寓言性的结构保存了神话式的神秘性。牺牲作为一种仪式是被暗示出来的，其具体的过程包括牺牲品、祭司（或刽子手）、祭坛等，基本上被处理到隐匿状态中。更为奇特的是，在故事的结尾处，鲁迅在牺牲者的坟墓上安排了一个来历不明的花环。这一情节有些突兀，与整部作品的风格不一致，但它却帮助了仪式的完成。这样，一个祭祀仪式就显得更加完整、彻底。神话学的完整性要求比美学的协调性要求更强大。从另一方面看，对仪式过程的隐性处理，避免了仪式本身的残酷性的一面。这也正是神话仪式的必要条件之一。祭祀，尤其是"血祭"，如果不具有起码的神秘性，而是一种过分公开的活动的话，那么，它与杀戮也就没什么两样。如果直接观察祭坛，也就会发现，它几乎就是一个屠宰场。

鲁迅之后，"血"仍在文学中频频出现，或作为意念，或作为主题。不过很少被当成药物。比如，在殷夫的《血字》中，血就奇怪地转化为墨水，用以记载暴力和仇恨。特别是在革命文学中，血不再需要通过"医疗—祭祀"的寓言性的转换来与启蒙发生联系，而是直接成为神话仪式中的象征物。血的某一类特性，比如其颜色和温度，被特别地抽取出来，并得到了强化，而成为一种象征：革命所必须的热情和力量的象征。它更接近于神话对于血的想象。血在神话祭祀仪式中的直接的象征功能，抹去了"血祭"过程本身的残酷性，而成为对热情和力量的单纯的暗示和刺激。当血的意念与国家祭祀仪式紧密地联系在一起时，它的象征性的力量便立刻魔术般地转化为现实。如果说，在殷夫那里，血腥的书写尚为一隐喻的话，那么，在红卫兵那里，它则转化为现实。在"文革"期间，红卫兵小将们曾经真实地、而非象征性地用牺牲者的血在墙壁上大书"红色恐怖万岁！"现实追上了隐喻，实现了隐喻，实现了诗。而诗，反倒显得像是一件多余的，甚至有些可笑的东西。

第二节　作为物品的血

正因为现实超越了隐喻，被超越了的隐喻的神秘性亦不复存在。当祭祀仪式已然成为日常生活，它也就不再是神话了。要么，我们的生活本身就是一个神话。对于血这一事物，在现代社会中人们早已司空见惯，而且，站在现代科学的立场上看，这种神秘的、被认为是隐含着生命之奥秘的体液，无非是含有某些特殊的生化成分（血红蛋白、铁质、卟啉、一定比例的 O_2 和 CO_2，等等）的、红色的液体。神话一旦涉及其物质的基础，也就濒于瓦解了。

在 80 年代中后期的文学作品中，血的意念闪烁可见。比如，在莫言的《红高粱》中，鲜艳的红色总能引起关于血的联想。在莫言笔下，血的意念依然残存着神话学的痕迹。《红高粱》的最初动机和基本意象仍然指向某种神话性。该作品的"题记"即是一段祭文，其内容与祖先崇拜观念有关。"红高粱"这一核心意象也始终在不断地暗示着对先辈热血的记忆，并通过一种象征性的功能转换，成为种族的"图腾"。但是，作品中的另一些描写却使主题的发展悄悄地偏离了原来的方向——

> 流出的鲜血灌溉了大片高粱地，把高粱下的黑土地浸泡成了稀泥，使他们拔脚迟缓。腥甜的气味令人窒息……

血在这里首先是一种黏稠的液体，它的黏稠性造成了对行走的阻碍。当然，它同时也阻碍了自身的神圣化进程，其黏稠的物理特性提醒人们：血不过是一种物质。此外，血的另一类物理特性——"腥甜的气味"则更加直接地作用于人的感官，并造成感受者生理上的不适。这一点，在如下一段中表现得更为充分：

> 父亲伸手摸去，触了一手黏腻发烫的液体。父亲闻到了跟墨水河淤泥差不多、但比墨水河淤泥要新鲜得多的腥气。

这种令人遗憾的物理特性，暴露了事物的"物性"本质，它引导事物走向了神圣化的反面。当然，这也可以说是人的感官生命背叛了意志，生理背叛了伦理。事物的物质性的一面一旦被呈现出来，关于事物的神话也就立即陷入了荒诞和尴尬的境地。要么，神话的实质本就是荒诞，是一幻象和空虚。

在另一处，莫言甚至还有一段十分接近于祭祀仪式的描写——罗汉大爷被活剥皮。尽管这是残酷的杀戮，而非真正的祭祀，但它却具有祭祀所必备的一些基本因素：祭品、祭坛、刽子手、观众，以及必要的程序。也许可以说，祭祀与杀戮从根本上乃是相通的，只不过前者通过一系列带神秘色彩的仪式，使后者成为一个神话。而在莫言那里，神秘性的幕布被无情地揭开，一切都被搬上了前台，祭祀神话的残酷本质便暴露无遗。

比起莫言来，余华似乎更"嗜血"。在余华的处女作《十八岁出门远行》中，那位少年主人公初次出门就尝到了血的滋味。它与"遍体鳞伤"的汽车里漏出来的汽油的味道相仿佛。汽油的味道与淤泥的味道是大不相同的。淤泥固然是一种无生命的物质，但它毕竟还属于土地的一部分。有机生命的血肉终究也会化为淤泥。另外，淤泥还可以通过对生物的滋养而与生命发生间接的联系，甚至，其中常常就滋生着微生物。故而，像莫言那样在血污中嗅到淤泥的味道，这多少还有些人情味。而汽油则完全属于反生命的物质。既然从人体中流出来的血液如同从汽车中漏出来的汽油，这也就意味着人本身亦类似于一种无生命的机械装置。血的意念在莫言笔下显然具有反神圣化倾向，但它仍然在一定程度上维持与生命的关联，或者就是生命激情的象征。而在余华那里，血以及人的身体则完全非人性化了。

《现实一种》讲述了一个残忍血腥的故事。血的动机贯穿始终，并动摇了人性的基础。小说中有一段写到山峰的妻子看到躺在血泊中的儿子时的情形：

她在门口站了一会儿，她似乎看到了儿子头部有一摊血迹。血迹在阳光下显得不太真实，于是那躺着的儿子也仿佛是假的。

　　血出现在这里，没有任何隐喻功能或象征性，也与任何带神话色彩的仪式无关，它仅仅是一摊物质。它的流失，只是意味着一个有机生命的死亡，或者说，失血使躯体转化为虚假的、不真实的生命，转化为物质。而脱离了生命体的血液自身亦只能是一种毫无用处的物品。

　　在《现实一种》的后半部分，山岗由于虐杀自己的兄弟而被处决。如果像通常所认为的那样，这部作品仅仅是一个关于家族伦理的反面的"寓言"的话，那么，故事至此即可宣告结束。但它却节外生枝地多出一段医生解剖山岗的尸体的场面。这一场面与莫言笔下的"活剥皮"的场面有些相像。"活剥皮"作为一种刑罚，其残酷性是不言而喻的。不过，它必须在保持人体的完整性和活力的前提下才能完成，否则，就失去了刑罚的意义。而对山岗的尸体的解剖，则是一次肢解。它首先使对象的身体彻底变成"物"，才能成为医学科学的实验品。

　　山岗此刻仰躺在乒乓桌上，他的衣服已被刚才那两个人剥去。他赤裸裸的身体在一千瓦的灯光下像是涂上了油彩，闪闪烁烁。

　　这一场面可以看作是对祭坛的模拟，只不过祭坛已被改造成了解剖台。医生代替了祭司，科学代替了神话。这个"祭坛"充分暴露在科学理性的光芒之下，它的神秘性彻底消失了。如果说，在神话的范畴内，通过神秘的仪式，牺牲品被神圣化了，那么，在科学的范畴内，则通过对牺牲品的物化，否定了仪式的神圣性。另一方面，祭祀仪式的暴力性质亦充分暴露出来了。事实上，在任何暴力关系中，施暴对象都在一定程度上被物化了。只有将对象（比如人体）视为某种"物"——有用的或无用的、甚或是有害的"物"，暴力才赢得了其合理性，如果它不能被"神圣化"的话。

值得注意的是，在《现实一种》中那些指向身体的施暴者是一群医生。在这里，"暴力"主题与"医疗"主题猝然相遇，并从此建立了牢固的联系。在余华的笔下，医生的活动与其说是疗救，不如说是暴虐的杀戮。医生巧妙地扮演了刽子手的角色。这显然包含着对"医疗"主题的解构，进而，也可看作是对"拯救"神话的反讽。医生的出场，不仅消解了关于身体的暴力关系的神秘性，而且，还将暴力转化为知识的对象。就像任何一门关于事物的科学一样，暴力成了一门关于身体的科学。除了《现实一种》之外，在其他作品中亦涉及这一点。比如，在《往事与刑罚》中，刑罚专家就不无炫耀地显示过自己在酷刑方面的无比渊博的知识。在《一九八六年》中，"疯子"不仅在酷刑方面同样博学，而且还身体力行地将知识付诸实践。关于身体的暴力的知识代替了想象，科学代替了神话。在这里，启蒙精神再一次被逆转。它一度摧毁了神话，而自己占据了神圣的位置，这一回，冷酷无情的知识则摧毁了启蒙精神内部的神话学结构，结束了启蒙的"神话阶段"。

不过，问题至此并未了结。在余华的笔下，暴力不仅仅是知识的对象，同时——也许是更重要的——也是美学的对象。美学的方式是以一种积极的态度在主体与对象之间建立起紧密的联系。它改变了无主体的知识系统与对象与现实之间被动、冷淡的关系，以一种更加主动的方式介入现实。通过一系列积极的修辞手段，残酷被赋予了某种美学特性，更加直接地被感知。例如，在《现实一种》中对山岗的皮肤切口的描写：

> 那长长的切口像是瓜一样裂了开来，里面的脂肪便炫耀出金黄的色彩，脂肪里均匀地分布着小红点。

在另一篇小说《古典爱情》中，亦有一段类似的对伤口的描写：

> 柳生仔细洗去血迹，被利刀捅过的创口皮肉四翻，里面依然通红，恰似一朵盛开的桃花。

这是关于暴力的美学，或者干脆就是"残酷美学"，而不是残酷的"神话学"。这也是余华作品中最震撼人心的地方。但这种震撼力不同于鲁迅《药》的震撼力。《药》的力量主要来自作品的悲剧精神。悲剧脱胎于神话，并保存着神话的结构。在这一结构的末端，敞着一个"净化"的开口。而余华的写作则是对某种现实的客观化的直接模仿。它的标题就叫作《现实一种》。余华这样描写那位深谙解剖技术的女医生对山岗的解剖过程：

> 她没有捏他的胳臂，而是用手摸了山岗胸脯的皮肤，她转过头对那男医生说："不错。"

然后她拿起解剖刀，从山岗的胸脯上凹一刀切进去，然后往下一直切到腹下。这一刀切得笔直，使得站在一旁的男医生赞叹不已。

　　在这位现代"女庖丁"的手下，解剖术变成了一门艺术。事实上，成为艺术的绝不是女医生的这种象征性的施暴。经历了20世纪的现代人对这一点应该是深信不疑的。暴力不仅不曾获得悲剧式的"净化"，相反，它总是变本加厉地使人们关于它的想象显得大为逊色。从这一角度看，所谓"残酷美学"并非对暴力的乖僻的想象，毋宁说它是一种现实的美学。

　　问题在于，当暴力转化为"残酷美学"的内容的时候，它是否得到了克服。正是在这一点上，余华（还有残雪和莫言）受到的指责最多。一些人抱怨他"溢恶"，在艺术的世界里，用丑恶埋葬了人类的"一切希望"，而没有"硬装缀些希望"。现代人类是否真的需要一位诗意的"灵魂保姆"来安抚，这是个问题。不过，要在艺术的"美丽新世界"里装缀希望，实现其内部的和谐、优雅和安谧，似乎并不太困难。但这倒恰恰必须以对狂暴、混乱和残酷外部世界的恐惧或默认为前提。恐惧产生神话。因为神话转移了恐惧，并将恐惧保存在其无意识结构之中，每到适当的时机，就会释放出可怕的恶魔。而关于暴力的"美学"也许没有拯救人类于恐惧的伟大抱负，它只不过是努力追上神奇的、令人震惊的现实。追上，而不是逃离，才有可能模仿。有能力模仿才为否定提供了某种可能。这正如驱魔术士那样，必须通过对魔鬼形象的模拟，并说出魔鬼的名字，才能解除其魔力。否则，希望之为虚妄，正如绝望一样。

第三节　作为商品的血

从"五四"时期到 80 年代中后期，文学中的血的意念经历了从神话阶段到科学阶段的转变，这犹如一个缩小了的"人的历史"。这个历史应该告一段落了。然而，进入 90 年代后，经历了一段短暂间歇，血的意念再一次出现在余华的作品中。1994 年，余华发表了《许三观卖血记》。在这部作品中，血的意念极度地膨胀，扩展成一个基本主题，并且，其功能也发生了重大的变化。

构成暴力关系所依据的是斗争的原则，是人与人之间的直接对抗和征服。比如，在《现实一种》中，即充分地体现了这一斗争原则，它甚至不无极端地产生在弟兄之间。在这篇小说中，有一段关于皮皮因摔死了其堂弟而被迫趴在地上舔血污的场面：

> 他伸出舌头试探了一下，于是一种崭新的滋味油然而生。接下去他就放心去舔了，他感到水泥上的血很粗糙，不一会舌头发麻了⋯⋯

山峰的复仇行动是要征服他的仇敌——侄儿皮皮。他要全面支配皮皮的身体，并将其贬低化，使之像狗或苍蝇一样地趴在地上舐血。在这一暴力征服过程中，血起到了一种辅助作用，帮助完成了复仇行动。除此之外，它别无用途。事实上，暴力关系一旦终结，血立即变成了无用之物，成了一摊令人恶心的、有待清除的秽物。

可是，卖血行为则不然。卖血者首先是自由人，他有权支配自己的身体，他人无法构成对这自由的身体的全面的和破坏性的支配。这显然与祭祀活动中的身体的处境大不相同。人们只能支配卖血者的身体的一小部分（当然是其有用的部分），并且，必须以维持主体的完整性和自主性为前提。这个发生在采血室里的活动，看上去更接近于某种医疗活动。但这又是一项可疑的医疗活动。它并不以对身体的拯救为目的。在这里，护士取代了医生，就像是蚊子取代了苍蝇。手持注射器的护士小姐如同一只美丽的、白色的大蚊子，那金属的尖吻十分有效地刺取了卖血者的血液。这血液被妥善地保存在密闭的玻璃器皿之中，不会泄漏血腥味，又保存了其有用性，这也就保持了它的价值。这样，方使得一种交换关系得以产生。血因其有用性而成为一种资本。卖血，显然是一种商业行为。

血与资本之间的相关性的思想，最初出现于卡尔·马克思的笔下。他在《资本论》中写道："资本来到世间，从头到脚每一个毛孔都滴着血和肮脏东西。"[1]而卖血行为则干脆直接使血本身进入商品交换过程中，不再是一种隐喻。当然，卖血尚只是一种较为原始的商业行为。卖血者除了自身的身体之外，几乎一无所有。他将自己的身体的一部分转化为资本，投入商品交换活动。这种交换活动在许三观那里还只是一种偶然的、简单的活动。他用卖血所获得货币购买必要的生活资料，如食品、衣物之类，支付其他生活消费，如结婚费用、社交费用以及最低限度的情感投资（如他买给情人林芬芳的礼物），等等。这种不能扩大再生产的货币流通，只能依靠血本身的不断自我再生的自然属性才得以维持。因而，血是一种特殊的商品。

---

[1]［德］马克思:《资本论》，第1卷，第829页，中共中央编译局译，人民出版社，1990年。

在《活着》中，也曾有过关于抽血的情节：有庆献血。但这不是商业行为。有庆的献血实际上等同于一种献祭，它最终导致了死亡：献血者的生命被一次性地榨取一空。但作为商品的血不像作为祭品的血那样意味着死亡（当然，它也不像作为物品的血那样毫无用处）。人们依靠血的再生能力，使血液可以反复被抽取。首先，从技术程序上看，抽血属于医学科学的范畴。这一程序看上去显得比较复杂，这在外行人眼里还带有几分神秘性，仿佛是某种神圣的仪式之一部分。它甚至能给旁观者以及卖血者本人带来一种因逼近生命及科学之奥秘而产生的、近乎晕眩的乐趣。许三观及其同伴关于卖血的种种奇谈怪论亦由此而产生。这一程序同时又是温和的。如果护士小姐的技术不至于太拙劣的话，那么它就只有一点点轻微的刺痛，与蚂蚁的叮咬相仿佛。以致少年们往往很乐意忍受这小小的痛苦，以显示自己的勇敢。因而，抽血纵然有些许施暴的残余，但也完全是可以接受的。暴力关系中的残酷性在这里几乎荡然无存，代之而产生的是有几分温情脉脉的，然而又是反复不断的穿刺和抽取。而作为一种商业行为，其所依据的也不是斗争原则，而是自愿的、等价交换的原则。因此，人们有时甚至会相信在现代商业关系中能够天然地滋生平等和人道。

由于对象的残忍性的弱化，《许三观卖血记》在叙事风格上也表现出某种温和性。余华本人也曾表示，在他近期的作品中，和善的人和事正在取代从前那种比较残忍的东西。① 的确，在现代商业社会中，人际关系显得比较缓和，它一般不表现为直接的暴力关系，或者说，它十分巧妙地隐藏了社会关系中的暴力结构，就像一只将坚硬的利爪

① 余华、潘凯雄：《新年第一天的文学对话》，载《作家》(沈阳)，1996年，第3期。

收到柔软的肉垫之中的猫。卖血行为非但没有强制性，相反，它还具有某种魅惑力。反复、缓慢的失血，造成了人体对失血的适应性。有了这种适应性，如果不去抽血的话，反倒会产生生理上的不适。许三观对阿方和根龙说：

> 我看到你们要去卖血，不知道为什么我身上的血也痒起来了。

痒，只是一种不适感，它不像暴力所致的疼痛会给身体带来伤害。它甚至还夹杂着一点点快感，特别是通过搔挠解除了痒感之后。这种痒感，使卖血者更加主动地投入到新一轮被抽取和剥夺之中。它也造成了人对这种剥夺关系的依赖。这也正是现代商业精神的伟大奥秘之所在。

现代社会以一种看不见的控制力支配着每一个个人。正如抽血一样，是以一种温和的、缓慢的、不间断的方式从主体的内部抽取其本质，使之变得苍白、乏力。这一点与在暴力关系中的主体的状态有所不同。暴力有可能激起人的反抗意志，使之走向毁灭或成为牺牲。而一个"失血"的主体则只拥有苍白的本质，或者是一种"依赖性"的本质。从根本上看，许三观的人格即是一种"依赖性"的人格。

在与《许三观卖血记》差不多写于同一时期的另一篇小说《我没有自己的名字》中，余华将这种"依赖性"的人格形象描述得更加充分、更具典型性。这篇小说中的主人公使我们想起了阿Q。阿Q被剥夺的是姓氏。姓氏是对于人的血缘承传的记录。姓氏的被剥夺，意味着这个人与历史之间的联系被切断，他只能成为游离于历史之外的一个游魂。但阿Q尚不曾丧失名字。他的名字尽管模糊，但有一个聊以充数的代码。而余华笔下的这位人物却连自己的名字也丧失了。他的"自我"的本质就是一无所有，是一个空洞、一个虚无。他被剥夺的不仅仅是与历史之间的联系，而是一切联系：与历史、与现实、与他人、与周边世界，甚至是与"自我"之间的联系。

许三观的情况当然要好得多。他的人格的"依赖性"显得更隐晦些。这是一部由人物的"对话"所构成的小说，人物的性格特征和人格本质亦通过这些"对话"得以表现。许三观的言语方式的最基本的特点就在于"重复"。首先是对别人的话的"重复"。在整部小说中，许三观始终像一只鹦鹉。他只能发表一些人云亦云的意见，或者说，许三观的话语只是"他者话语"的空洞的回声。其次是对自己的话的"重复"。在这一点上，许三观又像是一架留声机。他随时随地机械地重复播放着从他人那里模仿下来的声音。"机械性"支配了许三观的谈话原则，以致他丧失了对"语境"的必要的判断。小说中写到许三观在每次卖完血之后，都要去饭店喝黄酒、吃炒猪肝，并且，每次都要喊一声"一盘炒猪肝，二两黄酒，黄酒给我温一温。"可有一次在大热天，他也声称要把酒温一温，结果落下一个笑柄。

"重复"是《许三观卖血记》中的一个引人注目的诗学现象。它的功能首先体现在叙事诗学方面（关于这一点，已有论者专门研究过）。此外，它还具有更为复杂的精神现象学上的意义。"重复"既是时代精神的某种征候，又是个体的人格精神的某种征候。许三观的"重复"动作接近于"强迫症"。似乎有某种神秘的力量支配着他的意识，而他本人则在扮演着这种神秘力量的傀儡。或者说，是有某种机械性的装置戴上了许三观的面具。柏格森指出，"重复"是喜剧的常用手法之一。"重复"的喜剧性品格来自将人的物化的机械性的揭示。"在某种意义上,我们可以说,一切性格都是滑稽的,如果我们把性格理解为人身上预先制成的东西,理解为如果人的身子一旦上了发条,就能自动地运转起来的机械的东西的话。这也就是我们不断地自我重复的东西,从而也就是我们身上那些别人可以复制的东西。"[1]因而,许三观的性格可以说是一种喜剧性的性格。从某种程度上说,现代商业社会与悲剧精神是格格不入的,机械复制时代的社会生活本身从本质上更接近于喜剧性。本雅明从现代工业的汽锤的运动中发现了这一点。[2]许三观的性格正是这种机械性的重复运动的人格化。

现代社会是喜剧性的,但却不是快乐的。"重复"的深层心理学含义与文明压抑机制和人的生命本能之间的关系有关。弗洛伊德对此作过十分深刻的分析,他这样写道:"强迫重复仿佛是一种比它所压倒的那个唯乐原则更原始、更基本、更富于本能的东西。"[3]这个本能即是"死亡本能"。因而,"强迫性重复"乃是对死亡的暗示,或者说是"死亡本能"对人的提醒。许三观的命运亦在一定程度上印证了这一点。不断地失血,也就是不断地失去生命的本质。许三观本人的生理反应提醒了这一可怕的事实——他失血的身体从骨子里感到了寒冷。随着身体的自然衰老,卖血者的身体开始贬值,最终变得一文不值,如同一件过度使用的商品一样被抛弃掉。那位新来的"血头"就曾建议衰老的许三观将自己的血卖给五星桥下的王漆匠。在这位年

① [法]柏格森:《笑——论滑稽的意义》,第90页,徐继曾译,中国戏剧出版社,1980年。
② 参阅[德]本雅明:《弗兰茨·卡夫卡》,张金言译,见《论卡夫卡》,叶庭芳编,北京,中国社会科学出版社,1988年。
③ [奥]弗洛伊德:《超越唯乐原则》,见《弗洛伊德后期著作选》,第23页,林尘等译,上海译文出版社,1986年。

轻的"血头"看来，老许三观的血已然丧失了应有的使用价值，只配当作猪血用来漆家具。这也正是站在经济学立场上对生命价值的理解。

在现代中国文学史中，血的形象的修辞变化，多少反映了现代中国人对生命的理解的变化。这些变化所包含的精神秘密，对于每一个现代中国人来说，并不难理解。困难的是，我们几乎无法预见这些变化将把我们带向何方，未来将把我们的生命之血变成一种什么样的新物质。

第四节　叙事问题

小说写作进入 20 世纪 90 年代中期，出现了一种奇怪的现象：小说家们变得以关注叙事艺术为耻，而以漠视艺术性为荣，只要他们在小说中写了一些貌似重大的主题就行了。有些作家干脆宣称自己的作品中只有"内容"，没有"形式"。这种惊人之语只能理解为有意的"自我标榜"。好像只要是在关注诸如"下岗工人再就业"或"精神家园"之类的大问题，小说家就有权力把小说写得让人读不下去似的。这未免太自以为是了吧。批评家也一样，当年那些滔滔然鼓吹"叙事革命""形式本体"的人士，如今也羞于谈论叙事艺术，而以同他人争"终极价值""精神立场"之类的问题而自豪。可是，正是在这样一种情况下，余华的《许三观卖血记》出现了。这部作品再一次将一系列叙事诗学的难题摊到了人们的面前。这一回，批评家们只好装聋作哑了。好在有余弦写了一篇文章，专门探讨了《许三观卖血记》中的叙事难题，这才让人感到批评界尚未完全变成专供吵架的场所。余弦在其论文《重复的诗学——评〈许三观卖血记〉》①中，有许多深刻的发现，但令人遗憾的是，他的分析以及一些结论却辜负了这些有价值的发现。至少，在我看来，余弦的文章未能对《许三观卖血记》所提供的叙事诗学上的意义作出有说服力的评估。我以为，一些问题仍值得作进一步的探讨。

"重复"问题

叙事方面的"重复"，显然是《许三观卖血记》中最引人注目的现象。余弦在论文中集中探讨了这个问题，并将它上升到了叙事诗学的高度。余弦仔细地区分了两类不同的"重复"现象：主题重复，叙事重复，并将《许三观卖血记》中的"重复"归结为"主题重复"范畴，认为其中的"叙事重复"只是为"主题重复"提供了手段。在我看来，余弦显然是误用了"重复"这一诗学概念。从严格的诗学范畴看，在叙事性作品中是不存在所谓"主题重复"的。叙事性作品是一个或多个主题在叙事进程中不断发展、展开和深化。而抒情性作品，如抒情诗，则经常使用"主题重复"的手段，如爱德加·坡的诗作《乌鸦》中对"不再"这一主题的重复。叙事性作品如果说有什么"主题重复"的话，那只是限制在"叙事重复"的范畴之内（而不是像余弦所说的，是独立于"叙事重复"），才得以成立。即便如此，它也是借叙事中的"事件重复"和"情节重复"来呈现。因而，不如说，它就是事件或情节的"重复"。结合到《许三观卖血记》来谈，余弦所列举的那些"主题重复"的例子：许三观多次卖血的重复，每

---

① 余弦：《重复的诗学——评〈许三观卖血记〉》，《当代作家评论》1996 年第 4 期。

次卖血都要喝黄酒、吃炒猪肝的重复等，在我看来，恰恰是属于"叙事重复"范畴内的"事件重复"和"情节重复"。至于主题，始终只有一个——"卖血"，并一直在发展。总之，叙事性作品中，叙事大于主题，而不是相反。

余弦的另一个结论是对其前一个观点的深化，因而其谬误也就更严重。余弦认为，《许三观卖血记》主要是在进行"主题重复"，并且，不仅仅是在这部作品的内部，而且是扩展到了余华的全部创作，比如，《许三观卖血记》在主题方面，就是对《活着》的重复（许多人在私下里都这么认为，包括陈思和与郜元宝）。因此，余弦的结论是：余华的创作有"雷同的模式化倾向"。我们撇开《许三观卖血记》是否重复了《活着》这一问题不谈。姑且先承认这一点，但这说明不了任何问题。任何一位作家，无论其一生的创作是如何的丰富和多变，但就其主题学范畴言之，其基本主题很可能只有有限的几个，甚至是一个。余弦在这里显然又一次误用了"重复"这一诗学概念，起码可以说，他将诗学范畴的"重复"与一般意义所说的"作家重复自己"的"重复"混为一谈了。在我看来，一个作家在创作上是否在"重复自己"，是否有"雷同的模式化倾向"，并不是看他写了一个什么样的主题，而是看他在其前后创作过程，在表达手段方面是否有创新。如果一个作家在一定数量的作品中，形式单一，缺少变化，沿用陈旧的表达习惯，毫无创新精神，我们才会说，该作家在"重复自己"。这与作家所采用的"重复叙事"的手段毫无关系。余弦本人所说的也正好是"雷同的模式化"，指的应是形式的"模式"，而不是"主题"。而如果从叙事方式方面来看，说《许三观卖血记》是余华对以前作品的"重复"，这恐怕是毫无根据的。

以上对余弦的论文中的一些观点作出了一系列驳诘，但这并非本文的目的所在。《许三观卖血记》所摊出的诗学难题之一，重复叙事问题仍然悬而未决。我承认，这的确是一个大难题。余弦在其文章的结尾处感叹道："我佩服余华繁复的叙事技巧，但他单调的感知方式却令人惋惜。"而我的感叹正是余弦的反面：我佩服余华简单的叙事技巧，但这种简单的技巧中所包含的繁复的经验内容却令人难以索解。"重复叙事"作为一种叙事技巧，在我看来，非但不是繁复的，相反，而是简单的，甚至可以说是极其原始的。问题正在这里。我们也许能够解释许许多多复杂的现象，因为我们到头来总是发现，这些复杂的东西往往很简单，可当我们真正面临一种简单，简单到不可再分割的东西的时候，反倒一筹莫展了。

说"重复"的技巧是原始的，这一点，可以在原始性的叙事作品中得到证实。"重复"是童话、民间故事中最基本的叙事手段。陈思和在《许三观卖血记》中发现了"民间性"成分，看来是有道理的。①可惜，陈思和未能从叙事学方面加以论证，这使得其观点停留在猜测的阶段。童话和民间故事基本上都要采用"重复叙事"，并且，正像余华所做的那样，重复三次。（还有一个叙事特征，就是将内心活动通过"独白"或"对白"直接道出。而在《许三观卖血记》中也是这样做的。）重复三次，也就意味着重复是无限的。从一般神话学来理解，重复的言辞具有巫术般的力量，并且，通过言辞的重复，人赋予事物以本质。这些都是很浅显的道理。从精神分析学角度看，"重复"意味着死亡，"重复叙述"即是关于死亡的叙述。然而，在民间故事

---

① 参阅陈思和：《关于长篇小说的历史意义》，见《当代作家评论》，1996 年第 4 期。

中，又恰恰是关于死亡的叙述才超越了死亡。这是"重复"的辩证法。在《活着》中，题目是"活"，主题却是"死亡"。《活着》虽然也采用了"重复"的技法，如亲人接连死亡，但这只是在事件意义上的重复。《许三观卖血记》更重要的是情节分布和叙述语句上的重复。在这种"重复叙事"中，包含着深刻的"重复性经验"，它与主人公的生活状况也是相吻合的。许三观的生活显然是一种简单的生活，循环的生活，不断"失血"的生活，他的结局也只能是最终被生活抛弃。这种生活，的确是对死亡的暗示，尽管它不像《活着》那样直接谈论死亡。但是，也许正如童话那样，唯有死亡的叙述，才能克服死亡。关于这方面的问题，我相信《许三观卖血记》肯定还包含着更为复杂的寓意，但这显然超出了本文所要谈论的领域。还是让我回到叙事问题上来吧。

余华陶醉于"重复"的游戏中，正如许三观陶醉于反复卖血的行为，之所以说它是"游戏"，是因为"重复"是游戏的根本特征之一。这一特征在儿童的游戏活动中表现得最为充分。童话中的"重复叙事"也正是顺应了儿童对重复痴迷的心理。在这里，余华打破了小说习以为常的叙事惯例，将带有成人特征的、完整的、线性发展的叙事逻辑链，扭转成富于童趣的、循环的重复叙事圆环。更为令人惊叹的是，在这些"重复"中，余华所采用的常常是简单循环、不加变化的模式。如"许三观对许玉兰说……，许三观对许玉兰说……"，如是再三地重复。又如几乎每一次卖血之后，许三观都要去吃炒猪肝，并且都要说上一句："一盘炒猪肝，二两黄酒。黄酒要温一温。"还有一个更典型的例子：在饥饿的年代，许三观的生日，他为三个儿子作了一次精彩的口头烹饪表演。给一乐做的红烧肉，给二乐做的也是红烧肉，给三乐做的居然还是红烧肉。这种简单的重复叙事，起到了一种令人震惊的艺术效果。试问，有哪一位小说家（除了古代那些伟大的民间口头文学家）敢于在一个情节中三次不加变化地重复？这一手段对于那些连一次红烧肉都"烧"不好的作家来说，恐怕是一桩天大的难事。这些简单情节，简朴的句式，充分显示出了作者惊人的叙事能力和语言天赋。莫言在其《丰乳肥臀》中敢于写八位姐姐，这已经是十分了不起的了。但八位姐姐尚且包含了八种变化。在叙事过程中，变化固然不易，但不加变化的重复则尤其难。

总而言之，余华在《许三观卖血记》中，以一种极其简单的手段，将"重复"这种叙事方式的可能性推到了极限，并最大限度地发挥了它的表现力。另一方面，"重复"打破了小说叙事的常规，改造了叙事惯常的节奏和逻辑，为叙事艺术提供了新的可能性，至少可以说，是对古老的叙事艺术的复活。这无疑是一次富于冒险精神和创造性的艺术尝试，不过，这一尝试很可能是唯一的，它本身恐怕再也无可重复。

"对白"问题

《许三观卖血记》所提出的另一个叙事难题是"对白"问题。这一问题容易被忽略，可事实上在这篇小说中，"对白"与"重复"是密切相关的。它们属于同一问题的两个范畴。《许三观卖血记》的基本叙事方式从频率方面看，是"重复"，从语式方面看，是"对白"。或者说，它的"重复"就是一连串的"对白"的"重复"，而它的"对白"又是不断"重复"的"对白"。这两个方面不能脱离开来谈。很明显，在《许三观卖血记》中，其叙事基本上是依靠"对白"来推动的。这一特点，是该作品区别于《活着》以及余华的其他作品的根本标志之一。无论这些作品的主题如何接近，叙事方式上的根本差异足以使我们将它们区别对待。

在小说史上，以对白来推动叙事的作品并不多见海明威是擅长这一手法的作家，如他的《杀人者》《白象似的群山》等，但这些多是短篇小说，或一些中篇小说。基本以对白来完成故事的长篇小说——像《许三观卖血记》这样——则较为罕见。这样做，显然是对作者叙事才能的考验，也是作者对叙事常规的另一方面的冲击。

对比一下先锋小说的"对白"艺术，也许能更好地说明问题。以下是余华本人早期小说中的两段对白：

> 刑罚专家作为主人，首先引出话题是义不容辞的。他说：
>
> "事实上，我们永远生活在过去里。现在和将来只是过去耍弄的两个小花招。"
>
> 陌生人承认刑罚专家的话有着强大的说服力，但是他更关心的是自己的现状。
>
> "有时候，我们会和过去分离。现在有一个什么东西将我们和过去分割了。"
>
> 陌生人走向一九六五年三月五日的失败，使他一次次地探察其中因由，他开始感到并非只是另四桩往事干扰的结果。
>
> 然而刑罚专家却说：
>
> "你并没有和过去分离。"
>
> （《往事与刑罚》）

这时候他问："你看到我女儿的目光吗？"

我点了点头。我看到了自己死去的妻子的眼睛。

他又问："你不感到她的目光和你的很像？"

我没有听清这句话。

于是他似乎有些歉意地说："相片上的目光可能是模糊了一些。"

……他有关铅笔画的讲述，使我感到与自己的往事十分接近。因此我的目光立刻离开彩色的少女，停留在铅笔画上。可我看到的并不是自己，而是一个完全陌生的男人。

他在送我出门时，告诉我："事实上，我早就注意你了，你住在一间临河的平房里。你的目光和我女儿的目光完全一样。"

（《此文献给少女杨柳》）

以上所引的两段对白，也许算不上是最有说服力的例句，但还是能从中看到先锋小说中的对白的一般特征：无具体语境，出现得很突兀，表面上似乎意味深长而又无明确所指，游离于叙事，过分欧化的句式和书面化风格等。从整个"本文"结构中看，这些对白与先锋小说在主题方面的隐喻性和寓言化风格是一致的，或者说，它只服务于主题的寓意需要。人物的言谈并非出自人物自身的对话要求，而是自始至终贯穿着作者的意志。作者的观点、叙述者的话语与人物的对白完全混为一体。因而，这些对白实际上完全是可有可无的，完全可以不将它们当作"对白"来看待。仅就对白这一点而言，不客气地说，这是一些虚假的对白，装腔作势的对白，毫无交谈功能的对白，甚至连"人物独白"都算不上。它只有一个层次的声音，那就是作者的声音。这一点，既可以理解为先锋小说的叙事主体意识的觉醒，也可理解为先锋小说对语言（客体）"施暴"的倾向。这种病症在余华那里还算不上是最严重的。

而在《许三观卖血记》中，情况却不是这样的。

> 许三观躺在藤榻里，两只脚架在凳子上，许玉兰走过说：
>
> "许三观，家里没有米了，只够晚上吃一顿，这是粮票，这是钱，这是米袋，你去粮店把米买回来。"
>
> 许三观说："我不能去买米，我现在什么事都不做了，我一回家就要享受，你知道什么叫享受吗？就是这样，躺在藤榻里，两只脚架在凳子上……"
>
> ……
>
> 许玉兰说："许三观，我正在洗床单，这床单太大了，你帮我揪一把水。"
>
> 许三观说："不行，我正躺在藤榻里，我的身体才刚刚舒服起来，我要是一动就不舒服啦。"
>
> 许玉兰说："许三观，你来帮我搬一下这只箱子，我一个人搬不动它。"
>
> 许三观说："不行，我正躺在藤榻里享受呢……"
>
> 许玉兰说："许三观，吃饭啦。"
>
> 许三观说："你把饭给我端过来，我就坐在藤榻里吃。"

以上所引的对白，构成了《许三观卖血记》的骨干部分。在这里事件是通过对白来陈述的，内心活动也是通过对白来呈现的，甚至人物的特征，性格和行为也都依靠对白来提供。对白成了叙事本身。离开了对白，小说便不复存在。由对白所推动的叙事行为，在这篇小说中远远大于事件和主题，进而可以说，离开了叙事，事件和主题亦不复存在。在我看来，这一点正是叙事艺术成其为艺术的关键所在。

《许三观卖血记》中的"对白叙事"的另一重要性乃在于：由于整个叙事由人物对白来展开，作者和叙述者让位给人物，叙述主体消失在人物的背后，人物成了小说真正的主人公。他不仅仅是叙述的对象，而且是叙述的主体。这样，也就避免了作者过于强大的主观权力对叙事的客观性的干扰。主体在追求"客观化"的路途中，以牺牲自己来换取客体（人物和叙事）的解放——这一直是小说艺术的最高理想，它在艺术的层面上体现了艺术家的"殉道"精神。

前文曾经提到，在《许三观卖血记》中，"对白"与"重复"是密不可分的，这也正是这篇小说在艺术上获得成功的两大秘密。它们除了带来叙事诗学方面的价值之外，还有一种不可忽视的风格学上的意义。先来看一个例子：

这时，许玉兰说话了，她说："我怎么去对何小勇说呢？"

她父亲说："你就去对他说，你要结婚了，新郎叫许三观，新郎不叫何小勇。"

这段对白首先体现了《许三观卖血记》总体上的风格：简朴。最天然的口语，最简洁的结构，然而这种简单性却有着一种令人着迷的旋律感。陈思和在该小说的总体叙事结构中，发现了一种民间音乐般的节奏感（见《关于长篇小说的历史意义》），这显然是一个很有眼力的发现。但《许三观卖血记》中的节奏感不仅仅来自总体的叙事频率的变化，更重要的来自其句式和句式组合的方面。如上面所引的例句，最关键的在后一句："新郎叫三观，新郎不叫何小勇。"这里，"新郎"一词前后两次出现，从表面上看，似乎显得累赘，但要是删去一个，整句话在节奏和旋律上的美感便荡然无存，变成了一句毫无光彩的复句。从一般语法学和修辞学的方面看，《许三观卖血记》的句式几乎可以说是拙劣的，但从诗学和风格学方面看，它的简单和重复则是必要的，它给全篇小说带来了一种简朴有力的表现力和富于乐感的旋律美。正是依靠这些叙事和修辞手段，作者将这篇小说推向了一个叙事艺术的新境界。真正的先锋艺术，就是不断开拓新的艺术疆域的艺术，而不是故弄玄虚的艺术，更不是故作深沉的艺术。

第六章

格非：时间炼金术

第一节　在"水边"

格非在《褐色鸟群》的开头部分写道——

> 我蛰居在一个被人称作"水边"的地域，写一部类似圣约翰
> 预言的书。

这段话，不仅仅是小说主人公的自述，也可以看作是作者对自己的写作生活的一番表白。在这里，格非基本上为自己的写作划定了一个象征性的位置。然而，蛰居在"水边"究竟能写出什么样的书呢？历史上有过一位栖身水泽的约翰——施洗约翰，但他不曾写过书。至于通常被称作"圣约翰"的那一位，与写作之事略有关联，但没有证据表明他是否在水边居留过。问题在于，格非至今也不曾写过任何一

部带预言色彩的书。也许他有过这样一类的梦想，但居住在"水边"这种地方，对于撰写"预言式的书"来说，并无特别的帮助。

孔夫子对于山水有一套精辟的见解，他说："智者乐水，仁者乐山。"很显然，山的庄重肃穆能给人以一种道德上的承诺，并且，登山能远眺，似乎也有助于作预言。古之仁者圣贤，如摩西、耶稣，都爱登山训众。而水则是一种容易诱人陷入沉思的物质。沉思，是智者的品质，并非仁者、预言家、先知之流所必备的禀赋。更为重要的是，水具有一种流动和易变的性质，这似乎颇有悖于先知的道德理想。故而，水在仁者如施洗约翰那里，至多只能当作灵魂的洗涤剂来用。但流水的易变性，却向人们暗示出宇宙万物变动不居的机密，这恰恰是智者所要思考的内容。故孔夫子说：知者动。就孔夫子本人来说，这位倡言"仁"的大圣贤，一俟面对流水，也不由得感慨系之：那流逝的时光就像是这样的啊！像孔夫子这样一个并不愿意作本体论思考而企图建构道德规范的人，他的思想也被流水引向了歧途。

至于格非，我们很容易从他的小说中发现智性的因素。他在许多读者和批评家眼中扮演了一个智者的形象，甚至经常有人会误以为他是一位年事已高的老作家。这位"水边"的沉思者，更感兴趣的是诸如存在、时间、意识、记忆之类的存在本体论问题，而不是灵魂拯救或道德训诫。也正因为如此，他的作品为那些坚持道德原则的批评家所诟病。

第二节　观看

格非在《褐色鸟群》中接着写道——

"水边"这一带，正像我在那本书里记述的一样，天天晴空万里，光线的能见度很好。我坐在寓所的窗口，能够清晰地看见远处水底各种颜色的鹅卵石，以及白如积雪的茅穗上甲壳状或蛾状微生物爬行的姿势。

　　主体首先是作为一位观察者而出现的。"观看"的姿态，表明了主体对外部世界的态度以及他在这个世界中的位置：客观的、非伦理的态度和局外的位置。"水边"首先是一个便于观察的处所。它很好地满足了"观看"的客观条件。良好的能见度使主体能够对大千世界体察入微。他甚至认为自己能够像显微镜一样，观察到各种"微生物"的形状。这种显然是被夸大了的观看能力，表明了主体对"自我意识"的特别的强调。

　　这里的"观看"是一种客观化的行为，但它不是现实主义的行为。这种细致、精巧和繁复的客观化的描写，与其说是在刻画外部世界，不如说是对观看主体的意识状态的显现。事实上，格非笔下的观看主体总是带有幻想的气质，他所观察的客观世界亦带有明显的幻想性。借此，格非凸显了对观看主体的关注。

　　格非笔下的外部世界，通过主体的观看行为，首先表现为视觉的对象（正如莫言的世界首先是听觉的对象）。世界诉诸主体的感官而得以存在，而对于客观世界的充分、细致的描绘，体现了主体的感官系统的敞开程度。对感官不加限制地充分敞开，是先锋小说的一个共同特点。特定的文化观念和意识形态总要在感官与世界之间设置某种屏障，以保证文明的规范和秩序。比如，孔子对视听行为的礼教抑制。这种道德化的视听行为最终走向了其反面。残雪在其作品中对这种反面的、变态的视听行为：窥视和窃听，作出了充分的揭露和讥讽。而格非（以及莫言、余华）则在努力消解感官活动的道德戒律，将视听行为还原为一种客观化的生理活动。在格非的《没有人看见草生长》中，观看变成了一种物理学式的观察。作者不厌其烦地用一种冷静、客观的句式，描述诸如"咖啡罐和盛有柠檬水的杯子"，船码头等场景。

而在此"物"的世界里，主体又如何得以显现呢？格非写道——

> 我的视线停留在河面浑浊的裹挟着泥沙的水线和你之间，炫目的阳光刺得我的眼球一阵阵酸疼。

只是因为外部客面物质的刺激所引起的生理反应，才揭示了主体的存在。这种物化的描写，还原了世界最极端的客观性。在小说《风琴》中，格非让这种纯粹的观看行为面临道德的考验：保长冯金山目击了日本兵凌辱自己妻子的一幕——

> 在腐沤的酒的香气中，冯保长看见日本人推着他的女人朝村里走来……一个日本兵抽出雪亮的刺刀在她的腰部轻轻地挑了一下，老婆肥大的裤子一下褪落在地上，像风刮断了桅杆上的绳索使船帆轰然滑下。女人的大腿完全暴露在炫目的阳光下……在强烈的阳光照射的偏差之中，他的老婆在顷刻之间仿佛成为另一个完全陌生的女人，她身体裸露的部分使他感到了一种压抑不住的激奋。

在道德的法庭上，冯金山应该被判处剜眼的刑罚。但在小说中，通过冯金山的观看行为，揭示出了肉体和无意识的奥秘，或者说，使我们在理性和道德之外，还发现了人的肉体和无意识，而后者，无疑也是"自我意识"的重要部分，有时甚至还是主要的和强有力的部分。

观看解放了视力，尽管这种解放有时必须付出代价。不仅仅是格非，在莫言和余华那里，我们也能发现，他们在解放视觉（观看暴力）的同时，付出了美学上的代价。由此可见，这一代人为了在艺术上解放感性生命，不得不在道德上和美学上进行冒险。

在"水边"的位置和"观看"的姿态，是对格非的写作状况的一个绝妙的比方。对于格非来说，观看（同时也是写作）的困难不会来自道德压力和美学成规。一个纯粹的观看行为，其必要条件无非是事物的能见度和主体的视力。在许多地方，格非一再强调环境的明晰性和气候上的晴朗天气，至少，他必须首先想象这个世界上的任何事物都是明晰可辨的，或者，他必须坚信主体在视力上（理解世界的能力上）是可靠的。可是，要坚信这一点该是多么困难！

在《欲望的旗帜》中，格非终于将他的困惑公诸于世了。首先是世界的明晰性出了问题。哲学副教授曾山在一次通宵失眠之后，只身徘徊在晨雾弥漫的校园。在这样一个时刻，观看遇到了困难，连不远处正在健身的老秦的身影看上去也显得"影影绰绰的"。这位曾山在整部作品中都扮演着一名忧心忡忡的沉思者的角色。作为一名哲学教师，他对理解这个世界缺乏信心。这个时代在他看来是阴晦暧昧的，他的一篇论文的题目就叫作《阴暗时代的哲学问题》。而他阴郁的情绪和无力的理性与这个时代的特征完全相称。然而，作为一个观看者，曾山看到了什么呢？

> 曾山抱臂站在桥头，凝望着远处的河面。

从表面上看，这仿佛是一尊了不起的思想家塑像。可此时此刻，曾山却正处于思想的危机之中。他在无意识中将目光投向了流水本身。然而，对于流水的注目并不能给他的观察和思考带来什么好处。相反，对于流水的长时间的凝视，只能加剧视觉的迷离和意识的昏乱。

《唿哨》将"凝视"的危险性推向了极端。这篇小说精细地描述了老者孙登在一个有利于观察的好时光（"在一个阳光明媚的正午"）里的凝视。但是，观看在这里面临着危机。这位衰老的观察家的目光是呆滞的、昏昧的。尽管有诸多事物进入了他的视野，但他却分不清自己所看到的事物究竟是真实还是幻象。而曾山也面临着同样的困境。当他再一次"走到了河边灿烂的阳光之中"（又是"灿烂的阳光"！）时，他却显得心不在焉，若有所失——

> 一切都恍若梦中的情景。他在这所著名的大学待了整整十年。他熟悉这条河流以及两岸的一树一石。但他无法区分这个午后与记忆中的过去有何不同。

在这里，格非将注意力转向了主体的内部。这样，外部世界的昏昧性就成了主体意识昏昧性的表征。观看从内部出了毛病。观看的障碍披露了主体意识的故障和有限性。对于孙登这样一位年迈的观察家来说，问题的根源则在于时间因素的介入。时间（及其所带来的衰老）使他的目光呆滞，意识迷乱，如同流水使注视者的头晕目眩一样。孙登的"流水"就是"时间"本身。

第三节　时间流逝

在格非那里，河流总是作为时间的换喻而出现的。比如，在曾山的生存活动中，那条小河几乎是无处不在，它既是曾山的存在背景，又是对于时间（以及与此相关的"记忆"）的揭示物。而在《欲望的旗帜》中的另一个主要人物——女主角张末那里，这条河流甚至还是她的无意识领域里的重要部分。她的一个情欲之梦，即是一次发生在小河边的经历。关于时间的经验，构成格非小说中的"自我意识"的核心，也构成了格非小说的基本内容。

以时间经验作为小说的基本内容，在格非的其他一些小说中，甚至无须"河流"意象来引发。《追忆乌攸先生》是格非最早的一部小说，从表面上看，这似乎是一个有关谋杀的侦破故事，但在叙事中起作用的却并非侦查行动。随着故事的进展，案件及其相关的内容部分渐渐消失，化为乌有。遗留下来的只有在侦查过程中，人们尽力追忆往事的一些记忆残迹。时间像流水一样冲刷着人们的意识空间，记忆即是冲刷过后的遗迹。在另一些作品（如《青黄》《褐色鸟群》《陷阱》《迷舟》《嗳哨》等）中，时间亦像洪水泛滥的河流，淹没了故事的堤坝。它以无比巨大的吞噬力，吞没了一切事物，而使自己成为作品的唯一主人公。而事物和人物，在这时间的大书中，只不过是为证明时间存在而设置的一些记号和路标而已。我们看到，在格非的作品（尤其是早期作品）中，人物往往用代码来表示，如"棋""牌""瓦""黑桃""官子"等等，它们只是作为更高的存在者的时间游戏中的一个代码而存在。另一方面，这些形象暧昧、性格扁平的影子般的人物，也是在提醒人们，"人"既不是作品的主人，也不是世界的主人。

由此可见，格非小说中的世界是一双重性的结构，如同镜像结构一样。一面是现实世界：人物、事物、事件；一面是想象世界：时间以及时间中的主体经验，即记忆。不过格非对这一镜像结构作了一个逆向处理。现实世界变成了表象和代码，是一个幻想世界，它只是时间中的主体意识的一个影像。与此相对应，格非的小说亦存在着双重性的结构。其"显性本文"是各种各样的故事：侦破、谋杀、性爱、战争、旅行，等等；其"隐性本文"是关于世界的"时间性"母题，亦即关于人的生存经验中的时间性关系。这一点（无论其观念的来历如何），是格非对现代汉语小说最主要的贡献之一。以往的小说尽管也有关于时间问题的思考，也有对时间的深刻体验，但是，将时间这样一个形而上学化的存在因素当作母题来表现，则是格非小说的基本任务。

根据上述理解，我们可以断言，格非的小说所描写的不是人物，而是人物的"自我意识"。同样也可以说，其所记述的不是事件，而是主体对时间流逝的记忆痕迹。他的小说基本上如同一幅"自我意识"的"地貌图"，其中，《青黄》则是最精确的一幅。

《青黄》虚构了一个语源学调查的故事：主人公"我"赴麦村调查"青黄"一词的本义。这几乎可以看成是一个关于"存在"的寓言。一个又一个被调查者，都竭力回忆着往事，企图还原事物存在的本来面目。可是，时间使他们的记忆出现了偏差，记忆的线索不是突然中断，就是偏离到另外一些事物上去了。时间在这里呈现出扭曲、断裂、延宕或凝滞等各种状态，构成了一个巨大的意识迷宫。而这个迷宫的核心，盘踞着一头可怕的记忆怪兽——遗忘。

> 一个黄昏接着一个黄昏，时间很快地流走了，在村落顶上平坦而又倾斜的天空中，在栅栏和窗外延伸的山脉和荒原中没有留下一丝痕迹。我整日整夜被那个可怜的人谜一般的命运所困扰，当我决定离开这里的时候，我突然有了一种不真实的感觉。

这种感觉在格非笔下经常出现，它显示出时间可怕的力量——"遗忘"。正如《追忆乌攸先生》中所说的："时间叫人忘记一切。"而对于"青黄"（它是"存在"的代名词）的本意的追索，在时间的流逝进程中，变成了对其意义的远离或丧失。

时间所拥有的遗忘的力量，将意识主体抛进了可怕的记忆空洞之中，亦将存在的意义引向"虚无"。正如博尔赫斯笔下的镜子和梦一样，遗忘（或记忆空缺）暴露了存在的虚幻性的一面。格非的小说深刻地触及了"时间"的二重性本质：记忆和遗忘。主体即陷身于这二重性的对立与断裂的间距之中：一方面是记忆的诱惑，另一方面是遗忘的威胁。

第四节　追忆

格非在《陷阱》中这样描述"记忆"的状况——

> 我的记忆就来自那些和故事本身并无多少关联的旁枝末节，

来自那些早已衰败的流逝物、咖啡色的河道以及多少令人心旷神怡的四季景物，但遗忘了事件的梗概。

这段话揭示了"记忆"与"遗忘"之间的关系，并指出了"追忆"的可能性。时间悄悄地将记忆引向遗忘的"陷阱"，而被追忆复现的只是记忆的一些残片。格非在《青黄》中进一步阐发了这一观点——

时间的长河总是悄无声息地淹没一切，但记忆却常常将那早已深入河底的碎片浮出水面……

这些记忆残片，构成了追忆的意识材料。而这些意识材料，并非由理性的时间秩序所组织起来的完整的序列，而是意识主体在现实生存活动中的感性经验和无意识内容。追忆的"逻辑"遵循的正是感性经验和无意识的原则，理性的时间"逻辑"则将追忆引向记忆的反面。格非在小说中用案件的逻辑、语词的意义和文典等来象征理性的时间秩序，如乌攸先生的案件，"青黄"的语义、《麦村地方志》等等。这些物事和符号系统表面上一劳永逸地凝结了记忆、攫取了时间，然而，正像《麦村地方志》一样，这部虚构的文典本身即是记忆混乱的产物，它将追忆引向了万劫不复的歧途，引向了"乌有"和"虚无"。这样，复原时间的努力也就沦为徒劳。

追忆将注意力放到主体的感性经验的方面，或者，不如说，是感性经验推动着追忆的进行。这一转变意味深长。记忆中的一树一石，作为主体的感性活动的标志，为时间的流逝，也为主体的生存提供了证据。至此，我们为格非小说中的主体的"观看"动作找到了存在的依据。视觉的感性活动正是为了识别并记住这些时间标记。观看行为将这些标志存入记忆档案构成对时间流逝的感知，正如通过观察候鸟的迁徙和花事的变化来判断季节的更替（这一点，是《褐色鸟群》中反复指示过的）。这些外部事物的标志性意义在于对个人内在经验的唤醒，并将观察者个人的过去和现在（以及未来的）经验（对这些事物的感知和记忆）联结在一起。因而，可以说，观看为追忆准备了物质材料，使追忆得以穿透时间的迷雾，将主体的存在意识统一到感性经验的基础之上。

没有比《迷舟》的本文能更好地说明这一切的了。这个所谓的"历史故事"（奇妙的是，它同样也发生在河流的两岸），正如它的名字一样，布满了迷雾。故事的时间长度为七天（这个时间长度暗合了"创世纪"的长度），作者特别地用"第一天""第二天"……加以标志，如同钟表的刻度或日历的号码一样。这是一个引人注目的提示，表明时间因素在故事进程中的支配性地位。从表面上看，这个故事记录了主人公萧的生命的丧失过程，但这位心事浩茫的军人从一开始就陷入了记忆的荆棘丛中。往事浮现，搅乱了他的现实感，也模糊了他对未来的预知。在他的肉体消失之前，意识早已迷失。这种观念似乎与中国古老的"魂魄"观念暗合。更为奇妙的是，在小说的一开头，格非干脆直截了当地画起图来：两条交汇的河流和几处地点，记忆和现实中的一切都产生于此。这是一幅粗劣的简图，它出现在作品中并非出于必不可少的理由。但这幅简图却暴露出他的作者无意识中的某些秘密。河流的形状看上去像一段分杈的枯树枝，而分散在河两岸的几个地点则像是几粒散落的石子：圆的和三角的。这些图形正与哲学教师曾山在河边所观看到的事物一致，它们也是格非本人记忆所注重的对象。"树与石"恰好是《格非文集》中的一个书名。格非在该集的"自序"中特别也阐明了这些标志性的自然事物的意义——

> 我随手写下《树与石》这个书名，并无特殊的含义。也许它仅仅能够留下一些时间消失的印记和见证，让感觉、记忆与冥想彼此相通。

感觉、记忆与冥想，不正是意识主体在时间现在、时间过去与时间未来中的状况吗？这段话点明了格非小说写作的基本意图：通过追忆来复现个体在时间中的生存经验。而"树与石"以及本文中的任何事物，都是为这一追忆的过程设立的一些路标。

在本文的开头部分，我们谈到过格非声言关于"预言之书"的写作。不错，格非在叙事时间上采用过一些手段，似乎使所谓"预言"更加名副其实。比如，他在《褐色鸟群》中让主人公"我"追述1992年春天的"往事"，而小说本身的实际写作时期却是在1987年。很显然，这是对"时间未来"的虚拟。即使如此，虚拟的"时间未来"仍然是被纳入到"追忆"的轨道中才得以成立。因而，这只能看作是对"预言"的戏谑性的虚拟（或者说，是"戏拟"）。这样，"预言之书"实际上乃是"追忆之书"。同样，书写着"时间现在"的"观看之书"（如果它存在的话，最好的形式是照片），正如我们在前文所论述的那样，亦是为追忆提供感情经验的记忆材料。任何"观看"都必将成为"追忆"，一如照片随时间的推移而泛黄一样。

格非企图通过追忆来揭示不同时间维度上的主体生存经验（感觉、记忆、冥想）的交织、互渗的共生状态，在"记忆"与"遗忘"之间架设一道桥梁。这样，也就是为了实现了他本人所主张的"复现逝去的时光"和"还原个人经验"的写作理想。但追忆活动本身，从根本上说，仍是关涉现实生存状态的。追忆无非是将逝去的时间召回到现实的生存活动中加以复现，同时，现实的生存经验无时不在介入和改造对于时间的追忆。比如，"突然"出现的现实事件，改造了记忆的内容，也改变了追忆的方向，并在主体的意识内部进行了结构变换。关于这一点，我们在下面还将谈到。这里特别要指出的是，格非对于"时间"和"追忆"主题的偏爱，并不意味着对现实生存的拒绝和漠视。从根本上说，这些被追忆所唤醒的生存经验，构成了我们现实生存意识的基础和"自我意识"的核心。经验的碎片充填了时间的"空洞"，从而改变了"存在"的虚无品质。从这个意义上说，追忆仍是对时间和存在的拯救。

第五节　阴谋与爱情

　　踏上追忆之路，如同踏上一条回故乡之路，它像时间一样漫长，像童年一样美好。在通常情况下，回乡者总是满怀温馨的记忆和甜蜜的憧憬，即使偶有感伤的情绪，但这情绪在追忆之中也变得甜丝丝的。因而，追忆（或回乡）经常是一个带浪漫色彩的主题（比如，在哈代那里和在普鲁斯特那里）。浪漫的回乡甚至不需要理智，双足任凭习惯力量的牵引，即能够自行抵达。可是，这种浪漫的旅行在格非那里变得格外的困难。

格非小说中经常出现"麦村"这个地点，它或者是人物童年生活的场所，或者是故事的原生地。当然，它也可视作故事"追忆"的目的地。可是，格非笔下的人物在踏上这条漫长的追忆之路后，却面临着记忆的歧路丛生的状况，另一方面，"突然"发生的现实事件也往往接踵而至。其结果是，人物或者无可挽回地陷入了迷途（如《陷阱》《夜郎之行》等），或者立即被某种厄运所控制（如《迷舟》等）。追忆之路在格非笔下变成了一条荆棘丛生、危机四伏的道路。

萧（《迷舟》中的主人公）的命运之路被安排在他返回故乡的途中。然而，从一开始他就通向危险。在这篇小说中，格非再一次采用了一个"镜像结构"：萧的命运像在镜子中一样向两个相反的方向展开：一是他追忆中的过去，一是卜卦者预言的未来。而现实则是镜子本身，它使过去与未来在这里重合。但这是一面危险的镜子，它像一个陷阱安排在萧的身边。命运无论向哪个方面发展，都在不知不觉中陷身于这个可怕的死亡陷阱。

通过萧的命运我们可以看出，现实生存处境如同一张巨大的阴谋之网，人物则是猎物。格非笔下的许多故事的背后，都隐藏着这样一场阴谋。比如，《追忆乌攸先生》中的谋杀，《敌人》中的复仇阴谋，《湮灭》中的有预谋的自杀行动，《大年》中的豹子的命运，等等。一般说来，当代先锋派小说家在他们最初的作品里很少直接描写当下的现实生活，但这并不意味着他们漠视现实生存经验对人的意识的影响。这些作家似乎更乐意将现实生存活动处理成一些基本的经验内容，并将这些内容沉降到无意识领域里加以呈现。这样做应该更有利于凸显现实经验对主体的内部世界的改造作用。比如余华，将现实生存中的"暴力"经验处理成一个心理事件，以凸显主体在普遍存在的暴力面前的创伤性的记忆痕迹。格非则将"阴谋"视为现实生存的基本经验之一。从这个意义上说，格非、余华等人的那些表面上看似十分抽象的作品，依然具有现实针对性。而写于1990年代的《欲望的旗帜》，则干脆就是关于现实生活的主题的。这部小说的故事围绕着一次学术会议展开，可这次会议看上去不如说是一场大阴谋。会议成为阴谋的契机和展开场所，这对于任何一位现代中国人来说都不会感到奇怪。事实就是如此：阴谋家开会，老实人上当，敏感者忐忑不安，旁观者幸灾乐祸，而会议的每一项议程都有将局面引向灾难的可能。

从时间特性方面看，"阴谋"与"暴力"有许多相似之处：它们在发生时呈现为"突发性"和"瞬间性"。所不同的是，暴力具有一股强大的冲击力，它如同一枚尖锐的楔子，突然嵌入主体的意识"板块"，造成创伤性的裂隙。阴谋则具有一种软性的形式，像橡皮，它抹擦，在意识上造成"空白地带"。阴谋并不像暴力那样，强行阻断时间，它显得更有耐心，它埋伏、诱导、等待，将时间拉长、变软、无限延伸，直至最后一刻才突然打断时间的链条，露出死神的狰狞的面目。这也就是阴谋对萧的吞噬的过程。格非还特别地描写了萧在面临毁灭的那一瞬间的内心感受——

　　面对那管深不可测的枪口，萧的眼前闪现的种种往事像散落在河面上的花瓣一样流动、消失了。他又一次沉浸在对突如其来的死的深深的恐惧和茫然的遐想中。……他看见母亲在离他不远的鸡坩旁吃惊地望着他。她已经抓住了那只母鸡。萧望着母亲矮小的身影——在抓鸡的时候她打皱的裤子上沾满了鸡毛和泥土，突然涌起了强烈的想拥抱她的欲望。

对于萧来说，这样的感受来得未免太晚了。尽管如此，它毕竟是萧所见到的最后一丝温馨的光，它照亮了七天来（也许是一生）萧的阴云密布的生活，成为他领悟到生命意义的唯一启示。也可以说，这突然涌起的"爱"的愿望，为这个面临毁灭的世界提供了最后拯救的希望，尽管它缺乏现实的可能性。不过，萧对爱的愿望的发现，这在格非笔下却是十分难得的段落。它毕竟是一种在非常情况下才被激发出来的隐秘的愿望。而这种愿望却显示出了爱的一般性质：对永恒的渴望。

在所有的爱当中，情爱是个体生命把捉时间的最极端的方式。热恋中的情侣最充分地体现了人类对时间永恒的要求，他们像饥渴的人一样，疯狂地扑向时间，攫取时间，在瞬间中感受着永恒。格非笔下的爱的主题也更多地被放置到情爱的范畴中来表现，并与他的时间和追忆的主题联系在一起。爱情总是主体追忆的最基本的内容之一。如《迷舟》中萧对杏的回忆，《边缘》中"我"的爱情经历，以及《褐色鸟群》《没有人看见草生长》等作品中的叙述内容。

但是，情爱却包含着比一般的爱更为复杂的成分，它既有爱的普遍属性，又隐藏着其特有的欲望因素——性。情爱之所以在回忆中变得温馨美好，乃是因为时间滤去了其中的欲望内容。但现实的情爱却以欲望作为原动力。欲望具有一股强大的力量来推动情爱的现实完成。但它又是一股带有原始的盲目性的力量。

格非在描写现实情爱内容的时候，注意到了欲望力量的存在。爱情奇妙得像阴谋。它像阴谋一样不期而至，像阴谋一样使时间消失，意识迷乱，或者，盲目的欲望恰好成了阴谋的帮手。萧与杏的爱情经历恰恰是这样：情欲帮助完成了阴谋。而在《欲望的旗帜》中，主人公（张末与曾山）也像陷入一场阴谋一样地陷入爱情。至少可以说，爱情与阴谋有着相同的时间形式和效能。另一方面，对于欲望因素的消除，固然有可能使爱免于盲乱，但却使它沦陷于冷漠。《初恋》描写了一对情侣追述旧日恋情的故事，似乎是让时间来消除欲望的破坏性影响。可是，格非却将他们安排在情感破裂的时刻才使追忆成为可能。爱情产生的过程巧妙地被偷换成爱情消失的过程，或者说，曾经产生的爱情在时间中，在激情被消磨之后便迅速地循原路返回，直至消失。这一时间结构导致了一种反讽的效果。它表明了格非对于现实的爱的不信任。从某种程度上讲，格非对爱的主题的描述，正暴露了我们这个时代的情感生活的困境：疯狂与冷漠相互纠结的悖谬的迷途。

格非的小说通过对时间、记忆及个体的生存处境和"自我意识"的艰难思考，揭示了我们这个时代一系列存在本体论上的重大问题。而作为这个时代的观察者和写作者，他在思考这些难题的同时，自己也不可避免地陷入这些难题之中，这样，便给他的作品带来了晦涩和悖反的文体风格。近年来，他似乎有走向简洁明快的风格趋向。但在我看来，风格的变化并不完全取决于个人才能。

格非的近作《时间炼金术》基本上很好地总结了格非写作的基本主题和艺术成就。在这部作品中，格非将时间分解成感觉的碎片，放置到叙事的熔炉中冶炼。这表明作者在为解除时间悖论所作的最后努力。可在这个"炼金术"中，作为"催化剂"的爱却已失效（它在作品中被性和冷漠感所取代），它充其量只能是一种低效的黏合剂，在后现代背景下对生存进行巧妙的拼贴。时间炼金术不幸沦为时间拼贴术。

我想，格非本人也许根本就不相信"炼金"的神话，他只不过在作一次戏谑的讽喻。在这个暧昧的时代，看来也只好如此了。

第七章
先锋及其之后：虚构与梦想

第一节　扎西达娃、西藏与文学地理学

1985 年，扎西达娃在小说《系在皮绳扣上的魂》的一开头这样写道：

现在很少能听见那首唱得很迟钝、淳朴的秘鲁民歌《山鹰》。我在自己的录音带里保存了下来。每次播放出来，我眼前便看见高原的山谷。乱石缝里窜出的羊群。山脚下被分割成小块的田地。稀疏的庄稼。溪水边的水磨房。石头砌成的低矮的农舍。负重的山民。系在牛颈上的铜铃。寂寞的小旋风。耀眼的阳光。

这些景致并非在秘鲁安第斯山脉下的中部高原，而是在西藏南部的帕布乃冈山区。我记不清是梦中见过还是亲身去过。记不清了。我去过的地方太多。直到后来某一天我真正来到帕布乃冈

山区，才知道存留在我记忆中的帕布乃冈只是一幅康斯太勃笔下十九世纪优美的田园风景画。

这些并非可有可无的描写，它无意中泄漏了1980年代中期新小说产生的灵感来源和叙事秘密。事实上，这篇小说像一根点燃的引信，在短暂的时间里，引爆了当代文学的先锋主义大爆炸。

一位身居拉萨的藏族人，为什么要通过秘鲁民歌来想象自己的故乡？为什么要通过秘鲁和安第斯山脉来比附自己正栖身其中的土地呢？这种地理学和空间形象上的相似性，使得描写西藏的故事，与其拉美原本相比，来得更为相像，更为逼真。

在1950年代的拉丁美洲，风靡一时的"爆炸文学"，不仅激发了拉美文学的复兴，也对西方主流文学构成了强烈的冲击，乃至改变了全球的文学格局。在政治上和经济上处于依附性地位的拉丁美洲，却在文化上赢得了繁荣和支配性的影响，这给80年代的中国作家以极大的刺激和启示。重新反观本土经验，回到本土文化的内部来，成为文学创作的原动力。

如何描述和呈现本土文化和自身的生存经验，这对于1980年代中期的作家来说，并非一件自然而然的事情。既有的文学观念和话语模式，支配着作家们的头脑。观念和叙事的惯性，使得作家们在处理现实经验的过程中，陷于麻木和陈腐的陷阱，而对西方文学的简单模仿，也难以改变这种局面。在此背景下，西藏因其地理上的特殊性和文化上的神秘性，拉开了与当时主流汉语文化圈之间的距离，也在一定程度上摆脱了主流汉语文学的书写惯性和观念约束，因此，它很自然地成为作家们挽救艺术想象力于枯竭的神奇空间，成为新的文化想象力的灵感来源。地理学上的偏移，成为当代文学偏移的一次重大的战略迂回。

西藏它不仅是一处高原或一个少数民族聚居地，更重要的是，它是"文革"后的文学想象力的重要来源。从某种程度上说，喜马拉雅山脉，雅鲁藏布江，乃至整个西藏文化，是"文革"后新文艺的发源地。

事实上，西藏首先并不是作为文学形象出现在"文革"后，而是作为视觉形象出现在陈丹青、陈逸飞、艾轩、何多苓等人的绘画艺术中。当代中国艺术家发现了一个新的形象仓库和灵感源泉。随后出现在诗歌中，杨炼的长诗《诺日朗》，激发了人们对于文化神秘性的想象。一场规模巨大的"文化寻根运动"由是开始隐隐萌动起来。在稍后的所谓"第五代导演"田壮壮执导的电影《盗马贼》，作曲家何训田的音乐《阿姐鼓》，流行歌手郑钧的《回到拉萨》，乃至更晚一些的流行歌曲《青藏高原》等艺术作品中，仍可听到这股文化浪潮所发出的回响。

西藏形象进入小说，则应归功于小说家马原、扎西达娃和马建。他们差不多同时以西藏为叙事空间。西藏在地理上的边缘位置和在文化上的陌异性，以及其在环境中所产生的特殊的时空经验和心理经验，都是他们构建新小说的基本材料。对于政治地缘区划而言，它是本土的，但对于文学想象和小说叙事而言，它则是陌异的。寻根作家和先锋作家在这里知道了由异域经验向本土经验转化的微妙的结合点和中转站。相比之下，这些作家们在处理相似的汉族文化主题时，则要麻烦得多。地理空间的陌异性不存在，只能诉诸时间的陌异性。寻根小说返回到过去，也就不难理解了。韩少功则走得更加极端，他把时空背景设置在古代，甚至是神话传说的年代，以寓言的方式来处理。他们将现实悬置起来，风干为若干文化代码，然后按某种观念模式加以拼接。这样，他们的小说看上去是在"寻根"，实际上往往成为无根的蓬蒿，转眼间就变得干涩枯黄起来。从动机上说，《系在皮绳扣上的魂》，可视作杨炼式的文化寻根意识的延续。但由于他本人的民族身份，他在处理西藏题材的时候，显得轻松自如。实际上是写实，看起来却神奇。单纯而又简洁的叙事，使得这篇小说在当时诸多故作高深"寻根"小说中，显得不同凡响。

但是，这个拉美化了的西藏叙事，一方面提供了新的小说叙事的空间，另一方面，它仍旧是本土文化在西方现代主义文化语境下投射出来的一个模糊的影像。扎西达娃尽管充分地展示了西藏生活的真实空间，依然只是作为现代性语境下的一个有待改造的陌异的空间。尽管扎西达娃不是那个"叫马原的汉人"，但他却是一个"说汉语的藏人"。在小说中，对于西藏的环境主人公"我"想到的却是萨尔瓦多·达利的《圣安东尼的诱惑》，藏人朝圣之地，"我"却是用"托马斯·莫尔创造的《乌托邦》"来比方。他试图用他的收音机里的声音，"一个男人用英语从扩音器里传来的声音"，取代藏人塔贝的"神的声音"。"这是在美国洛杉矶举行的第二十三届奥林匹克运动会的开幕式，电视和广播正通过太空向地球上的每一个角落报送着这一盛会的实况。我终于获得了时间感。手表上的指针和日历全停止了，整个显出的数字告诉我：现在是公元一千九百八十四年七月北京时间二十九日上午七时三十分。""我"在电子手表上获得的时间感，给塔贝和婛等藏族人在皮绳结上的时间感形成反差，作者借此赢得了文化上的强势。更为重要的是，小说中的主人公"我"在最后对那位藏族女孩说:"你不会死。嫁,你已经经历了苦难的历程,我会慢慢地把你塑造成一个新人的。"确实如此,古老的西藏正在被新的文化叙事塑造成了一个"新人"。地理学意义上的西藏,其文化的灵氛正在蜕变和消散。系在皮绳扣上的藏文化之"魂",在新小说叙事中,实际上已经被或者正在等着被"电子化"。

1980 年代中期,这种自我"边缘化"的文学想象,是当代中国文学的一种普遍症候,以致这一类的文学总是带有浓重的人类学色彩。这一点,尤其在受"文化寻根运动"影响的第五代导演那里表现得更为明显。从陈凯歌执导的《黄土地》,到张艺谋执导一批有影响的电影作品,都是这样。张艺谋的电影往往会选取"寻根派"或"先锋派"小说家的作品加以改编,而且往往会夸大其中的带有民俗学色彩的事件和情节,如改编自莫言同名小说的《红高粱》中夸张的酿酒民俗,改编自刘恒小说《伏羲伏羲》的《菊豆》中的畸形家庭,改编自苏童小说《妻妾成群》的《大红灯笼高高挂》中的多妻制和捶脚习俗,等等。借助于电影这种现代媒介,几乎可以视作人类学的人种志资料。因为这一点,张艺谋这一类电影被批评者指责为西方中心主义观念和美学趣味的迎合者。张艺谋在将小说"红高粱系列"改编成电影的过程中,被指过分夸张渲染了乡民的愚昧的习俗和荒谬的礼仪,而且在色彩、器物、仪式等方面,过分突出了其文化象征寓意,因此,张艺谋的电影以及莫言的原著遭到保守的民族主义者的强烈抨击。对于国族劣根性的暴露,让民族主义者极度不适,因而是一种反应过激的民族主义情绪化的批评,而这实际上也同样出自强烈的民族自卑感。

第二节　李洱:《遗忘》的虚构之约

我当然是最有理由给李洱写评论的人。我说的是"最有理由"(这一点,我与李洱都心中有数),但未必是最有资格,特别是当这一篇《遗忘》摆在我的面前的时候。我感到这是一部了不起的作品,它对我的批评能力形成了挑战。我喜欢这种挑战。然而,我还是感到它的意义超出了我的学问所能覆盖的范围。为此,我特地邀请了几位朋友,在我家里举办了一次小型的学术讨论会。这些朋友是有关方面的专家,但他们都爱好文学。他们各自从专业的角度,对《遗忘》提出了自己精辟的看法。以下是这次讨论会的纪要。

抢先发言的是一位名叫昆德拉的音乐家。此人好表现自己。他说:

> 《遗忘》是一部弦乐四重奏。第一小提琴——冯蒙;第二小提琴——罗宓;中提琴——曲平;大提琴——侯后毅。首先,由第一小提琴演奏宣叙调,引出主题。其主部主题是"遗忘",由第二小提琴奏出,"历史记忆"和"知识"是该主题的呈示和变奏。其副部主题是"神话",由大提琴奏出,"现实"是该主题的呈示和变奏。中提琴则演奏其中的谐谑曲。至于其中关于现实的部分,显然包含某种讽喻性,这使作品带上了喜剧性色彩。它的喜剧性风格与遗忘主题结合在一起,就是一本"笑忘录"。

接着发言的名叫佩莱克。他基本上赞同昆德拉的看法。不过，他却作了另一番阐释。由于口吃，他说起话来总是尽量简短。

《遗忘》与其说是一部小说，不如说是一局棋。而且是一个残局。衰老的王，放荡的后，斜行而且善变的象和野心勃勃、凶狠狡诈的卒。他们分别被称为侯后毅、罗宓、曲平和冯蒙。在一张由"神话传说"和"现实"这两种方格拼接起来的棋盘上，按各自的规则走动。结局其实从一开局就已决定了：年轻的卒子吃掉了衰老的王。

佩莱克这样说，因为他是一位象棋大师。他还专门写过一本关于象棋的《使用指南》(*La vie mode d'emploi*)。

这时，性情古怪而又固执的昆虫学家纳博科夫站起来质疑。

你们谈的都有一些道理。但你们又都犯了一个致命的错误。你们忽略了一个至关重要的人物——嫦娥。此人虽然是一个没有出场的人物，但却是该作品的真正的主人公。嫦娥，又名"恒娥"，翻译出来就是"The Eternal-Feminine"（永恒的女性）。何以能够永恒呢？因为她实际上是一种蝴蝶，学名"恒蛾"。不过，它是一种早已灭绝的蝶类。古代人看到蝴蝶年复一年地作茧、化蝶的轮回变化，以为蝴蝶是永恒不死的。故而，梁山伯和祝英台会化作蝴蝶，以纪念他们永恒的爱情。此种蝴蝶每年春天来到平原地带交配产卵，是谓"下凡"。而一到夏季复又远走高飞，不知所终，是谓"升天"。而冯、侯、罗、曲诸人，则是"恒蛾"

的四种状态：虫卵、幼虫（也就是"毛毛虫"）、虫蛹和虫茧。李洱就像一位魔术师，让这些虫子幻化作人形，在世上活动。众所周知，魔术师的本领正是一位小说家必备的本领之一。

一提到魔术师，"巴别图书馆"的馆员博尔赫斯插话了。

这并非一种简单魔术。事实上，任何魔术实际上都包含着关于宇宙的某种秘密。我们"巴别图书馆"里就有不少中世纪阿拉伯的魔术书，它们就包含着古代阿拉伯人的宇宙观，与我们现代人不一样。李洱的《遗忘》也是如此。

宇宙存在于"阿莱夫"。阿莱夫是永恒的。阿莱夫是完美的。然而，阿莱夫又是虚无，是"不在"。嫦娥就是阿莱夫。一个"永恒的美人"。她在，又不在；她不在，又无处不在。等等。所以，侯后毅既看见了嫦娥，又没看见嫦娥。

然而，阿莱夫又是关于记忆的。记忆之路是一条交叉的小径。它看上去通向远方，通向遥远的过去，实际上它却又回到现实中，并与我们的现实经验交叉，使现实看上去就好像是古老历史的一个虚幻的回声。这就是古老的东方的"轮回"观念。诗云：

……那黑色的轮回
一夜又一夜地将我留在世上的某个地方，
……
……它给人们

带来了爱情和黄金时光，只留给我
一朵凋零的月季，一团乱麻似的
街道，重复着我的祖先的古老的名字：

帝俊、后羿、逢蒙、嫦娥、宓妃、钟馗、屈原
……

然而，盘踞在记忆的交叉小径之中心的就是"遗忘"。我早就说过，"所谓写作，就是我们对所读过的东西的记忆与遗忘的混合物。"《遗忘》就是对许多典籍的"遗忘"的痕迹。这就好比词典是人们对事物"遗忘"的痕迹一样。

人老了，就难免啰嗦。况且，这个老头子因为书看多了，便好作玄奥之论，说起话来往往虚虚实实，颠三倒四，叫人难以捉摸。所以，他的话未可全信。

然而，有人从另一个角度证实了这位玄学老头的这一番胡言乱语。他就是建筑师卡尔维诺。他说：

从建筑学角度看，《遗忘》是一个四面体的房屋。它由四面墙所组成：本事、考证、考证者的故事和图片。请注意：你们几位都忽略了图片的存在。然而，没有壁画的建筑，简直就是监狱。

由这四面体所构成的房屋，是一座迷宫，就像是某种蜘蛛的巢穴。在它的中心居住着一位怪客——遗忘。我仿佛看到李洱先

生像一只繁忙的蜘蛛，在编织一张名叫"遗忘"的大网，为的是捕捉不存在的事物。遗忘是这个建筑物的真正主人。因为，没有人知道它的出口何在。也许，它根本就没有出口。当然，也就没有了入口。不过，这种"四面体"的建筑是不可能存在的"城堡"。因而，它也可叫作"看不见的城堡"，或者"不存在的城堡"。我们干脆借用李洱本人最早的一篇小说的名字，把它叫作"惆城"吧。

顺便说一句，所谓"凸凹文体"，也完全符合后现代主义建筑学的原则。"凸"与"凹"正好是两个品种的建材。它并不像某些心理阴暗的家伙所认为的那样，是对色情的暗示。

我以为这句话是针对我的，因为我就是这么看的，当然是在心底里。但我却发现，坐在我对面的大学教授戴维·洛奇的脸微微地一红。他干咳了两声，慢条斯理地开了腔。

一部关于学院生活的讽喻性作品。学院生活就像是一个"小世界"，这一点，我最清楚。并且，在学院里发生某些桃色事件，比如，男教师与女学生之间的恋情之类，也是难免的。至于这是否与"凸凹文体"有关，这就很难说了。

嫦娥就是学者们所追求的事物的意义。语言就像是一匹色狼，总在追逐着意义女郎。而意义在天上，就像遥远的月光，可望而不可即。追求意义的道路是漫长的，为此，我们要上下而求索。上，即"升天"；下，即"下凡"。有时不免还要"下地狱"，像但丁那样。然而，任何意义的界说，都只是一种传说，一种猜测。尽管学术语言貌似科学，但它更像是猜测。

意义偶尔"下凡"到语言中，但旋即又"升天"了。留下的意义空洞，则由语言来充填。知识和学术由是而产生。然而，语言所能引诱的，永远只是意义的替代品，一如冯蒙所引诱的罗宓之于嫦娥。"小世界"里的事情往往如此。

这时，一个名叫艾柯的警探说话了。

诸位，你们为什么不将《遗忘》看作是一桩谋杀案呢？这难道不是明摆着的事情吗？一个名叫冯蒙的博士研究生，因为学位问题而谋杀了自己的导师。历史上也有过相似的案情：逢蒙杀害了自己的师傅后羿。而这个冯蒙的所作所为，无非是对古人的一次拙劣而又卑鄙的模仿。因而，《遗忘》的主题是关于"模仿"，其故事线索则是一桩谋杀案。凶手的日常生活和学术活动中所涉及的点点滴滴，都可以看作是其罪行的蛛丝马迹。最终，罪行昭然若揭。如果让我来写，它的题目就叫作《玫瑰的名字》。况且，该作品中有一处提到了"玫瑰"的名字。

接下来发言的是一位厨师。此人名叫巴特，来自一个叫作"后庖丁"的高级宾馆。他有一手上好的烹调手艺。据说，最近他与社科院的陈博士过从甚密，因而，对文学也颇有些见地，治文学批评若烹小鲜。不过，遗憾的是，在他发言的时候，我正好去了卫生间。我只断断续续地听到他的一些"话语碎片"：切片、拼盘、杂拌儿、欲望（食欲？）、快感、大卸八块、解（构）牛……

讨论到最后，一直沉默不语的无业人员巴塞尔姆终于憋不住了。他跳将起来，扯着尖锐的假嗓子叫道：

谎言！谎言！彻头彻尾的谎言！也许是一个美丽的谎言。那些漂亮的照片，则为这些美丽的谎言作出了有力的伪证。（当然，任何谎言都需要伪证。）这是谎言的艺术吗？抑或是艺术的谎言？

不过，我喜欢谎言，这些艺术中的谎言。我就是一个谎言制造者。因为，谎言正是我们生活的本质。现实的虚伪性总是被"真实"的假面所掩盖。所以，我讨厌那种制造"真实性"幻觉的"艺术"（不如叫作"骗术"更合适一些）。也许，只有相信艺术中的谎言，才不至于被现实生活中的谎言所诓骗。事实上，真正艺术并不像人们所想象的那样能够揭穿生活的虚伪性，相反，它永远只制造新的谎言，并以自身更伟大的虚伪性来为现实的虚伪的"真实"作证。《遗忘》值得称道之处就在于，李洱发现了"话语之虚伪性"这一秘密，他创造性地利用了各种各样的虚伪话语的"断砖碎瓦"——言之凿凿"谎言"和价值连城的"废话"——建构了一座虚幻的"神殿"。从外表上看，它仿佛就是一座真实的"神殿"。但它的存在只是为了证实这种"真实"的虚假性。从而，让居住于其中的"神祇"变成木偶，也让那些膜拜的人群感到不安。

人们说话总难免要受自己的知识所限。我的这些朋友们也不例外。他们说的都是自己的行话。至于能否切中李洱的作品，这还是个问题。于是，我作了如下一番总结性的发言：

> 根据诸位之上述意见，至少可以说明李洱的《遗忘》是一个具有多重可阐释性的"文本"。或者，它只能被称为"文本"。它似乎根本就不能称之为一部"小说"，甚至也不是任何其他通常的文类作品。这也正是一种古老的和最原初的写作方式。我们确实可以说它是一个各种话语和文体的相拼接的产物。但它不也是我们这个民族古老的历史记忆的残余（神话传说）与现代人的生存经验（荒诞感和虚无感）混杂的产物吗？在其中不也正好混合着现代生活的荒诞和焦虑吗？当然，更重要的还是它在形式上的奇特性。它是对各种经典文类的戏谑性的模仿以及对各种经典性的文学主题的戏谑性的改写。它就像是在那些被戏仿的经典的支离破碎的废墟之上生长出来的一朵稀奇古怪而又妙不可言的花儿。当然，事实上任何写作都是改写，而同样，任何阅读都是误读。
>
> 我们看到，在《遗忘》中李洱仿佛习得了一种分身术，他同时变成许多人，然而又不是任何人。可是，哪一个才是真实的李洱——那个我所熟悉的朋友李洱呢？对于我来说，这一点更令人感兴趣。我想起了李洱最初的那些作品，比如《导师死了》之类。在这个有着光怪陆离的形式的文本背后，依然保留着一些李洱所热衷的故事结构方式：学院生活、导师、研究生、学术活动，等等，以及人与人之间的隔阂感。还有李洱所特有的谈话方式：机智而又不乏警辟的句子和在故作严肃的言辞中隐含着诙谐的语调。我阅读着《遗忘》，就仿佛听到了李洱的"呵呵呵"的

笑声，看到了他那狡黠而又俏皮的表情。我能感觉到我所熟悉的那个李洱。从这些方面来看，李洱又似乎没有变……

就在我高谈阔论的时候，我的妻子下班回家了。她一看见屋子里的情形，脸马上就沉了下来。我知道，我们的这场混乱而又无聊的"学术讨论会"不得不赶紧收场。因为，我的妻子素来不喜欢我的这帮游手好闲而又好夸夸其谈的朋友。我的朋友们也很清楚这一点。他们一个个都知趣地溜开了。一眨眼工夫，便全都无影无踪，就像幽灵一般。

第三节　行者与他的南阳梦

我必须在小说中做梦。

——行者《小说》

南阳也许是一个适合于做梦的地方。大名鼎鼎的诸葛孔明先生曾隐居于故乡南阳乡间。或一日，先生忽而吟道："大梦谁先觉，平生我自知……"诸葛先生看上去是那么的清醒，理智，神机妙算，一点儿也不像做梦的样子。但他又深知尘世功业转眼间如过眼云烟，一切恍然若梦。他的梦想总能在现实中实现，而他的现实生活则像是一场幻梦。

蛰居南阳的小说家行者似乎也完全被一种梦幻意识所攫获，他就像是一个"说梦人"一般。行者的小说为当代中国小说提供了一种新的、梦幻的美学。梦幻，几乎就是行者的小说的全部主题。正是依靠这一点，我们可以毫不费力地将行者从当下诸多小说写作者中分辨出来。但与其说这是一种全新的美学，不如说是一种古老的美学。

批评界通常将行者的小说仅仅看成是当代中国"实验小说"之一例，而所谓"实验小说"又往往特指那些在题材、主题、技法和风格等小说艺术诸要素上都是从西方现代派文学中移植过来的小说作品。况且，行者本人也毫不讳言那些西方现代派或后现代派文学大师（如卡夫卡、博尔赫斯等）对自己的启示。的确，从行者的小说（特别是其早期的小说）中，我们可以很容易地读到博尔赫斯式的幻想性主题乃至句式。但是，简单地将博尔赫斯视作"现代主义"（或"后现代主义"）作家，这一想法本身就很愚蠢。作为图书馆馆员的博尔赫斯，他的作品仿佛是遥远的人类文明记忆的回光返照。书籍保存着记忆。在博尔赫斯的小说中，我们可以看到各种古老的人类文明（特别是那些业已消失的东方文明传统）闪烁不定的光芒。从这个意义上说，博尔赫斯的小说与其说是"后现代"条件下的艺术创造，不如说是对遥远的、被遗忘了的叙事艺术传统的复活。先是《一千〇一夜》的传统，继而是日本和中国的传统，特别是《红楼梦》和《聊斋志异》的传统。

西方文明传统中的叙事艺术始终放射着理性的光芒，"梦幻"才真正是东方的叙事传统。从表面上看，我们这个民族是一个务实的民族。至少从我们民族的正统的文学传统和知识分子经典（比如，儒家经典）中，我们可以看到，梦幻色彩总是被淡化到了最低限度。但是，从另一方面看，这种被压抑下去的梦幻意识则较多地保存在民间文化传统中。这个传统由民间口耳相传的"亚文化"系统和与此系统相近的非主流知识分子（如巫师、方士、炼金术士等）的文化经典所构成。古代中国的叙事文学正是从这种民间的文化土壤上生长出来的艺术之花。自《山海经》以来，到魏晋志怪、唐宋传奇，直至《红楼梦》《聊斋志异》，中国文学史中始终有一个断断续续、若隐若现的梦幻的传统。今天的中国文化和文学已将这一传统遗忘了。我们今天看到拉丁美洲的那些带有魔幻色彩的小说，会感到很惊讶。比如像胡安·鲁尔福的《佩德罗·巴拉莫》中的那种生者与死者共处于同一时空的观念，对于今天的人来说，是相当陌生的和不可理喻的。但这在古代中国人的意识中，却是一件习以为常的事。梦幻和鬼神世界，就是古代中国人的现实生活（比如，在冯梦龙或蒲松龄的世界中）的不可分割的一部分。与现代理性相比，梦幻是一种更古老的智慧，甚至也可以说是一种更高的智慧。

行者正是我们民族这一古老智慧的现代传人。

古典与现代的完美结合，是行者的美学理想。在行者的小说中，经常会出现一些典籍，作为引发叙事的动因。比如佛典、《道德经》、古诗词、古代文人字画，等等。这些典籍是行者召唤古老亡灵的道具。从这些古老的典籍中泄漏出点点滴滴的梦幻的消息，唤醒我们对古老的文明的记忆。那些被遗忘了的文化记忆还存留在我们的无意识深处，在梦幻中向我们显现。这是炼金术士的梦幻。在中国人的观念里，文字等有着符咒般的功能。通过这些"符箓"，我们这些现代人穿过日常生活的屏障，与先人的亡灵相遇，并暂时地居住在遥远的空间中。在那里，我们可以看到桃花和桃花般的女人，看到古老的渡口和梦境般的河流。古老的、东方的、农业时代的时间和空间，静止的、梦幻的事物，一个遥远的、业已消失了的世界，在行者的虚构中复活了。

行者的世界是一个与现代生活对立的世界。即使是现代生活题材的故事，也常显出浓郁的古典韵味。但这不是古老文明的简单再现，不是对古典的文人或士大夫式的生存经验的简单复活。在行者的世界中，过去的亡灵是现代精神的载体，现代人的灵魂附着于其上，借助他们传达自己的经验。行者经常在一种静谧的气氛中开始他的叙事，仿佛在叙述一个古老的传说。随着故事的发展，渐渐透露出现代的气息。比如《寇家庄》一篇，既是一个古典的梦幻，又可看作是对现代生活的一种讽喻。现代人的生存焦虑、恐惧和现实生活中的权力关系，在其中得到了充分的表现。通过幻想中的虚幻的世界，我们却看到了现实生活的空虚和荒诞的一面。或者说，现代人突然置身于一个遥远的梦幻中的世界，他的现实生活开始变得可疑和不真实了。"幻想"指控着"现实"，"疏离"恰恰是更有效的"介入"——这就是行者小说的奇妙之处。相比之下，许多表面上热衷于现实题材和写实手法的作家，在对现代生活和人性的洞察与批判方面，反而显得苍白乏力。

对于任何一位有抱负的写作者来说，作一部"伪经"也许是他们的最高梦想。行者在《大化之书》中实践了这一理想。因为是"经书"，写作有可能通向存在的幽深之处；因为是"伪经"，是虚构的文字，写作又永远只能象征性地抵达。存在的意义在写作中出现，但它又是恍惚不定的。行者的语言总能及时地摆脱事物的坚硬的外壳，渐渐地蜕化（有时是突如其来地变幻）出一种透明的"玄学"翅翼。毫无疑问，无论怎样的时代，人都将面临一些同样的存在论难题。时间、真实等界限在行者的梦幻中模糊了、消失了，存在的面目变得真假难辨、似是而非。真实与虚幻就像是埃舍尔画中的那些相向飞翔的黑鸟和白鸟，在它们彼此接近的时候，则在消失自己，或转化成其反面。这既是我们存在的悖谬之处，也是写作的悖谬之处。语言永远只能是像影子一般追随着意义的踪迹，写作也许是写作者的一个梦，或者是事物通过写作者所作的一个梦。从这个意义上说，行者的小说（比如《大化之书》）恢复了写作的原始意义。

第四节 刁斗：现实生存的"证词"

尽管刁斗的小说往往容易为某些理论家提供诸多可加以理论发挥的东西（比如"后现代"因素之类），但我更愿意首先将他的长篇小说《证词》当作一部小说，而不是某种文化理论的说明书来读。小说当然会为某些东西作证，它甚至常常就是一份"证词"，但它并不只是为理论作证。

让我们直截了当地面对这个《证词》吧。这样，我们就会发现，它是一个引人入胜的故事，是一部十分纯粹的小说。《证词》是刁斗的小说艺术的最集中的体现。

动机·书镜·观察

小说的开头部分有一篇"作者的话"，讲述了这个故事的来历。小说家本人应朋友之邀前往西藏，于偶然中得到一部无名手稿。这部无名手稿即构成了小说的正文。这是许多小说的常规套路。像西藏这样的地方本身就具有某种神秘性，发生这种看来有些稀奇的事也是不足为怪的，但这种奇遇给小说带来了一些神秘的色彩。

小说的正文部分——也就是那份捡来的无名手稿——是一位囚徒

的自白。这种讲故事的方法在文学史上也不乏前例，如塞利纳的《茫茫黑夜漫游》，库尔特·冯尼古特的《茫茫黑夜》，以及萨缪尔·贝克特的《逐客自叙》等。塞利纳和库尔特·冯尼古特的小说更接近于西方小说中的"忏悔录"一类，通过一位罪人的内心独白，让有罪的人坦露心迹。这一部分人的内心世界是另一个世界，往往处于一种被遮蔽的状态之中。小说披露了这个晦暗世界的真面貌，使人们看到被遮蔽的人性的另一面。但是，《证词》并非仅仅是这样一部展示一个特殊人物之心路历程的小说，也就是说，刁斗并没有将它写成一部心理剖析小说，虽然故事主要是通过主人公的自述而展开的。

故事的一开头，主人公"我"，一个与某件罪案有关的男子，刚从收容所出来（此时他已改名为"铁军"），到一家名叫"人与书"的小书店应聘。他来到书店门口，迎面看见了一张处决他的同案犯王红旗的布告，他的同伴的名字上被打上了巨大的红色叉叉。——这是一个不祥的预兆。它给故事的进一步发展留下了一个巨大的悬念。

书店与判决布告，这两件毫不相干的事物发生了联系，这是一件很有趣的事情。在这个故事中，书是一件十分重要的道具，它贯穿故事的始终，而且有着特别的功能。主人公"我"从收容所出来之后，决心要隐居起来。他带着他的"罪"的记忆，躲进了书的世界里，像隐士一样。的确，书几乎就是现代人最好的精神隐居地。这个现代隐士隐居在书中，如同隐居在深山老林或沙漠深处。书在这里是一个带有面具性特征的道具，它有着极大隐蔽性。书的外表是知识，而在其内部，则隐藏着人类精神的诸多秘密。主人公"我"也表达了这样的看法："我总认为，书页与书页之间，字词与字词之间，本来就是充满了玄机奥秘的，所以我逮着什么书都能读得津津有味。"（第 231 页）

隐藏于书中的精神秘密当然也会包括罪恶的记忆和欲念。故事中有一个细节似乎暗示了这一点。一本精装本的大部头小说书——麦尔维尔的《白鲸》——它的内芯被掏空。主人公于无意间发现了这个秘密，他隐约觉得这似乎与某个巨大的阴谋有关。

与此相关的是，故事中的一些主要人物的名字几乎都是对其他小说中的人物名字的借用。如白茹是革命历史故事作家曲波的革命惊险小说《林海雪原》中的人物，雅罗米尔是昆德拉的小说《生活在别处》中的人物，米丽亚姆是马莱尔巴的小说《蛇》中的人物，丁梅斯代尔是霍桑的小说《红字》中的人物，赫索格是索尔·贝娄的小说《赫索格》中的人物，安娜是列夫·托尔斯泰的小说《安娜·卡列尼娜》中的人物，阿×是罗布—格里耶的小说《嫉妒》中的人物，等等。通过名字的借用，使人物在某种程度上被隐喻化了，成为某一类群的人的特征的代码。而作者则像一位棋手在搬动棋子一样地调度故事中的人物。这是刁斗小说的"游戏性"的体现。"游戏性"是小说艺术的十分重要的品格。

书与人，这两重世界之间存在着一个微妙的隐喻关系，或者说是一种"镜像"关系。人的世界与书的世界彼此映照，互为隐喻。现实在一定程度上被文本化了，同样，文本也在一定程度上成为对现实的一个讽喻。这与卡尔维诺的小说《冬夜，假如一位旅人……》(又译作《寒冬夜行人》)的艺术效果颇为相似。换一个角度看，则可以说，书是现实的"证词"，现实也是书的"证词"。这一点，在博尔赫斯的小说中也可以找到充分的说明。

另一方面，书又是对现实的某种虚拟。书的虚拟性使故事中的现实产生了一种"间离效果"。从某种意义上说，现实就像是一个发光体，它的强烈的"真实性"的光芒有时会使人盲目。我们以为自己看到了现实的真相，但实际上看到的往往只是一些皮毛，或者某种幻象。如何观察世界，这并非一件轻而易举的事情，它常常是一道考验作家的难题。有许多过于诚实的写实派作家在这一点上付出了真实性的（往往同时也包括美学的）代价。而书和艺术虚构则能够像"镜像"一样，产生一种"间离效果"，避开了现实过于夺目的光芒，从而使我们看得更清楚，也有可能会更真实。这正是艺术虚构的意义所在。

　　小说中有一个细节象征性地印证了这一点。在"布告上的大红叉叉"所留下的悬念之后，故事又开始出现了另一条线索。"我"被书店留下来打工，而在无所事事的状态下，"我"将目光转向了窗外——他看到了对面军区大院一户人家的阳台。隔着玻璃窗，"我看到，此时正有一个白色的身影在上下闪动。"值得注意的是，在此之前，"我"正好在看一本胡塞尔的关于认识论的著作——《现象学的观念》。胡塞尔的现象学认识论的主要观点即是：所有的关于认识的先决条件以及本质论的定见，"都必须被打上可疑的标记"，"悬置"起来，而从对现象的直观的观察开始。小说的主人公似乎就是胡塞尔现象学认识论的实践者。"我对这样一种方式的观察素有经验，不用犹豫，我就能认准，阳台左边的那个房间窗户和这个阳台同属一体……"小说继续写道："我盯着那扇窗户不错眼珠，以看三维立体图画训练出来的目力，一眼便看进了窗玻璃的里边。当然我说的这个里边不像平视时那么深入，这个所谓的里边，只局限于窗内一尺左右的深度，而且是仰角……"（第21页）这一段关于"观察"的描写，有着罗布—格里耶式的效果：纯粹的、精细的、物理学意义上的客观性。

一如其笔下的主人公，刁斗也是一位高明的观察家。刁斗对生活有一种真正的小说家式的关注，这也许与他曾经作为新闻记者的经历有关。在他的另一部小说《私人档案》中，有一章就叫作《取景器》，其中，他像一位记者读新闻图片一样读取生活场景和人物心理。客观性是新闻记者的职业准则，它在某种程度上也是一位优秀的小说家的职业准则。

悬念·线索·人物

也像新闻记者一样，好奇和关切，同样是小说家的天然禀赋，是小说家探索外部世界的原动力。正因为如此，刁斗的小说才显示出了对生活的细节的不同一般的洞察力，充满了对生活现象的更为隐秘的真实性的发现。通过对外部世界现象的观察与发现，故事从主人公的内心经验中走出来，而被引向了更为广阔的生活空间。主人公"我"从那扇窗户向外面打量，他有所发现。这成为另一些故事的开端。他发现了一位陌生女郎的隐秘的生活部分。这就像安东尼奥尼的电影《放大》中的情形一样。生活世界也就如同这样一位陌生的女郎，其模糊不定的身影，充满了不确定的秘密和神奇的诱惑。陌生女郎（在后来的故事中，她始终被称作"米丽亚姆"）的出现，使故事陡增了许多波折。这也是其在叙事上的引人入胜之处。

好奇源自悬念。对"悬念"技巧的熟练而又巧妙地运用，是《证词》在艺术上的又一明显的特征。这一特征是惊险小说最基本的情节模式。而《证词》确实也有惊险小说的外观。从表面上看，主人公只是与书籍打交道，与知识世界打交道，至少主人公本人的意愿是这样。他希望在书海之中寻求内心的充实和安宁，以遗忘自己的令人不快的过去。但过去的生活却阴魂不散。那张就贴在他的书店旁边的刑事判决布告，在时时提醒着他这一点。

《证词》中经常突然出现电话铃声，突如其来的电话在现代小说中往往起着古典小说中的惊险情节一般的功能，就像古典惊险小说中的突然发生的事件或突然出现的人物一样。这些突如其来的电话，总是将正在平缓发展的事件的线索打断，使故事的情形发生陡转。而每一次被打断，都留下一个悬念，故事就这样被推动。比如，一个自称为"刘小松"的人的神秘的电话，打破了"我"的隐居生活的短暂的平静，将他拖到过去的生活中。这个电话甚至还约定了一种间谍式的秘密接头方式。由此则引出一条更像"侦破故事"的线索——他必须去寻找那些神秘的"红旗笔记"，即已被处决的案犯王红旗的几本笔记本。

经典的惊险小说或侦破小说的故事发展需要一个相对比较单纯的逻辑线索。尽管有的侦破小说的线索显得比较复杂一些，可能有多条线索交织在一起，但其核心部分总是围绕着一个基本案情的逻辑在发展。如果沿着主人公寻找"红旗笔记"这一条线索发展，即可构成这样一部"侦破故事"。这样的故事当然也会相当精彩，但它的逻辑是"排除法"，也就是必须在其发展过程中，逐步排除其他事件的逻辑可能性，进而使事件的唯一可能最终得以展现。这样，小说的意义就不是对世界的直观的观察和发现，而是对世界的某个意义的探究和肯定，是为世界的某一部分的意义作证。

但刁斗似乎无意写一部一般意义上的侦破故事。在《证词》中，有多条平行发展的叙事线索，探索"红旗笔记"的秘密只不过是这诸多线索中的一条，而且，还未必是最重要的一条，尽管它给故事增添了许多悬念和叙事上的魅力。

《证词》的每一条线索都带有惊险故事或侦破故事的特点，但这多条线索是平行展开的，又互相重叠在一起，如同一个巨大的疑云密布的迷阵。从其人物关系设置可以看出其结构分布特点。主人公"我"显然是故事的核心人物，以他为中心，构成了一张巨大的人物关系网络。这个网络几乎包罗了现实生活中人际关系的各个方面——"我"—"人与书"书店：知识世界；"我"—白茹：社交空间；"我"—高民生：商业和权力关系；"我"—王红旗、刘小竹以及"我"—雅罗米尔、姜明秀：金钱、暴力和罪恶的欲望；"我"—米丽亚姆以及"我"—安娜：性爱；"我"—赫索格、阿×：暧昧的友情和爱情；"我"—小梅：（破裂了的）家庭关系；"我"—丁梅斯代尔：（像阴影一般的）政治……这就是一个"小世界"。故事即沿着这多条线索展开，并相互交织在一起，构成了一个十分复杂的网络状结构。其中，每一条线索都在揭示着生活的某一部分的状况和可能性，而每一生活方面又都有其暧昧不明的部分。这是一种具有很大开放性的叙事结构。

由此，我们可以看出《证词》的不同一般的意义。它借用了一般惊险故事或侦破故事的情节性，使小说的叙事富于魅力。但它又克服了这类故事在表现空间上的狭隘性，改变了那种封闭式的叙事结构对世界观察的单维方式，而使视野朝着更为广阔的生活空间敞开了。在我看来，唯有这种开放式的结构，才能更好地容纳我们这个时代的现实生活的纷繁状态和复杂性。小说就是现实生活的一份"证词"，小说就是依靠对世界的敞开和展示，为我们这个世界作证。

就是在这样一张迷宫一般的生活网络中，小说的主人公像是一只被捕获的昆虫，一个"被挂起来的人"。他的命运如同转篷，前途未卜。一切是那样的坚固，那样的牢不可破，又是那样的恍惚不定，无可捉摸。他完全无力支配自己的命运，整个儿生活在一种被抛掷的、不确定的，或者说是失重的状态之中。这位主人公一方面是一个被日常的生活世界所抛弃了的人，这使他变得冷漠和空虚，即使是躲进书的世界里，也不能改变这种状况。另一方面，他又不断地被卷入到他所不情愿的生活之中。旧日的孽缘尚未了结，时时像影子一样追随着他，而他又被卷入到新的罪恶（与某桩凶杀案有关的事件）之中。所以，他只能沉湎于富于刺激的情感冒险和性爱游戏之中。似乎只有"堕落"才成了他唯一可以自我支配的行动。然而，从另一角度看，"我"又是我们这个时代的一个清醒者，他清楚地知道自己的精神处境，知道命运的荒诞性，只不过他无力克服这种命运。他只能承担这一切。没有根基的存在之荒诞性，正是对现代人所要面对的现实的生活。这也许可以看作是对现代人的生存状态的真实写照，是对现代人的灵魂困境的深刻揭示。他就是一个现代中国的"局外人"。刁斗以一种平缓、冷静的叙事语调，揭示了生活残酷的一面。最后，这位主人公也像加缪笔下的莫尔索一样，在无可奈何之中，平静而又坚定地承担起自己的可怕的命运。

但是，在小说的结尾处，有一个情节显示出刁斗的另一面。主人公在被警察深夜带走的时候，他同自己已离婚的妻子及其女儿通了一次电话。在电话中，主人公的女儿背诵了他的一封信。这封信是整个故事的华彩部分。令人感动的温情照亮了整个故事的冷漠，这是给主人公创伤累累的内心的温暖和安慰，也是给整个世界的温暖和安慰。这一点不同于加缪的《局外人》。这可以看作是刁斗的性格中温和的、与人为善的一面，但也可看作是其脆弱的一面。

第五节　墨白：底层民众的偶然命运

游离性

墨白的小说显然不是那种只提供给人们躺卧在沙发上打发休闲时光的文学"甜点"，相反，读墨白的小说并不轻松。这倒不是说他的小说晦涩难懂，相反，他的小说特别的具有平民色彩，但却有一种内在的紧张。这一点，正是墨白与我们这个时代流行的精神生活方式格格不入之处。

墨白最初是以"先锋派"的面貌出现的，但他并不属于当时（1980年代中后期）的"先锋派"主流，他的形式感与现实感的一致性，与先锋小说注重叙事方式的写作主流有所不同。墨白的写作的高峰期则是在1990年代，但他的写作的探索性又与90年代的小说趋势形成了明显的反差。这种似乎是"不合时宜"的写作，也许会影响其作品作为出版物的畅销程度，但却使文学的精神在更大程度上得以保存。墨白自己说过，"我是一个游离于主流之外的写作者"。正是因为这种写作上的游离性，使得墨白的作品显示出了不同一般的品质。

墨白，正如这个名字所显示的那样，他的小说就是一个矛盾体。墨白在大学里学的是美术，我不知道他是否熟悉木刻，这种建立在单纯的黑白二色的对比之上的图像，通过矛盾美学完成了图像的内在统一，并显示出力量的美。墨白的小说与这种美术法则恰好吻合。艺术上的探索性和所表达的内容上的现实感，这两者一直是当代中国小说写作上的一对难以调和的矛盾。而在墨白的小说中，这两种特征都同样明显。它们都是墨白小说写作的基本方式。比如，在墨白那里，有一些小说带有明显的幻想色彩，却不失现实感（如《讨债者》《重访锦城》等）；另一些小说则具有强烈的现实针对性，而在艺术上又有较强的探索性。收在本书中的几个中短篇小说基本上都是现实感很强的作品，它们大多是作者在 90 年代写出的。

颍河镇

颍河镇，坐落在颍河边上的一个小镇。虽然是个虚构的地点，却是一个典型的中原地区的镇子。墨白笔下的故事大多发生在这个地方。颍河，一个古老的名字，它与我们这个民族的文化历史一样古老。在传说中它是古代圣贤老子的故乡，而墨白的故乡也在这里。他有理由为此而感到骄傲。也许正因为如此，墨白才选取他的故乡作为自己的小说世界的原型。事实上，任何一个有写作理想的作家都希望建立一个属于他自己的文学世界——哈代、福克纳、加西亚·马尔克斯、沈从文、莫言，等等，莫不如此。

颍河镇这个古老的小地方，是墨白的文学经验的发源地。它一方面联系着遥远的古代世界，其中隐藏着我们这个民族的文化历史的秘密。另一方面，它又是墨白笔下的现实事件发生的场所。这是一个具有象征性的地点，历史记忆与现实经验的交汇地。通过对颍河镇民众生活的描绘，既可以看到当代中国乡间生活的基本面貌，也可以看作是日渐消失的民族传统文化精神和生活观念在现代社会的回光返照。

颍河镇上的乡民们依然保持着古老的生活方式和文化传统。小说《幽玄之门》揭示了他们生活的古老的面貌——野性的本能，生的激情，死的宿命。而在小说《红房间》中，我们则可以看到这种传统的迷人之处。这篇小说是一连串故事的集合，虽然多是现代生活中的事情，但它们更像是古老的民间传奇故事，看上去如同出自民间说书人之口的奇闻趣事，它的神奇是古老的，哀伤也是古老的。

然而，这里的人们的苦难也是古老的——他们是生活在最底层的人群，至今依然面临着巨大的生存压力，饱尝着生存的艰辛。颍河镇就是一个典型的当下中国的底层社会。而今天的颍河镇的生活还面临另一重压力，传统的文化格局和生活方式在现代文明（特别是商业文明）的冲击下，正面临着崩溃的命运，这给这里的民众的生活带来了新的危机。

墨白的小说表现出对这些底层民众现实生活的密切关注。在谈到自己的这些小说的时候，说："叙述我身边的那些忍受着生活苦难和精神苦难的底层人的生存状态和精神状态，应该是我写作《事实真相》里的几篇小说的初衷。"

与时下那些以"关怀底层"为幌子，要求农民与官僚"分享艰难"的所谓"现实主义"小说不同，墨白笔下的底层生活中存在的种种冲突往往是难以调和的。这一点，在墨白的那些以民工生活为题材的小说中表现得尤为充分。

民工

民工，是墨白这部小说集中的主角。民工是当代中国社会特有的产物，这个特殊的群体集中地体现出了当下中国社会生活的特性及其基本矛盾。

在墨白的这本小说集中，有好几篇小说都与民工生活有关。这无疑与作者本人的经历有关。墨白曾经当过农民、搬运工、油漆匠，有过与这些民工相同的经历。也许，墨白是从这些民工身上看到了自己的影子。只不过今天的民工的相对贫困程度和社会地位劣势，恐怕比墨白本人当体力劳动者的时候还要严重。

这些人是在传统农业文明崩溃后，（像颍河镇那样的）贫瘠的土地所吐出来的人口残渣。为了生存，他们不得不转入城市，靠出卖自己的劳动力为生。在他们中的许多人看来，城市无异于天堂。但实际上城市对于他们完全是一个异质的世界。小说《寻找乐园》的一开始，就让那个刚踏入城市土地的年轻人遇到了一个大麻烦——他在这个"人间天堂"里却找不到厕所。这是一个警告——他们连生存的最基本的问题都将难以解决。

《寻找乐园》中的这个年轻人来到了城里，找到了他的同伴，并对他们的生存环境感到惊讶和无所适从。像他一样，民工们来到城市，基本上都聚居于城市的边缘——所谓"城乡接合部"。这不仅是一个城市的地理学位置，更重要的是，它还是一个具有文化学和政治学意义的位置。这个地方有着意味深长的象征性，象征着民工特殊的社会身份。他们是没有归属的群体，既不是农民，也不是市民。他们虽然是城市的建设者，但并没有任何（实际的）权利可言。而这种地方往往是一个城市在生存条件方面最糟糕的地方，它既没有农村的空间上的充裕，又丝毫享受不到现代城市生活的优越性，还必须忍受城市生活的缺陷。城市和农村的好处都没有，坏处却全有了。畸形环境中的畸形生活。特别是在当下社会，体力劳动的价值贬值的情况下，民工的社会地位和生存处境不可避免地每况愈下。

在文化观念方面，民工也有其特殊性。他们身上依然残存着古老的文化观念，与现代社会的生存法则即使不是大相径庭，也是十分隔膜。因此，民工们在文化上也是现代社会的局外人。但为了生存，他们不得不忍受这种文化分裂的痛苦。他们渴望进入现代生活，但他们又对都市生活充满了畏惧和敌意，或者，不如说是都市对他们充满了敌意。他们被现代生活所排斥，无论在政治上、经济上还是文化上，始终都处于边缘状态，而且是被歧视、被剥削和被榨取的对象。

墨白笔下的这些人物，正是处于这样一种矛盾重重的处境当中，他们与现代生活之间始终存在着一种对抗性的关系。有时这种对抗关系还会加剧，引发危机。比如，在《第九十九种冰轮》中，那几位淳朴的民工为了补偿被工头欺诈的损失和报复工头的欺侮，不惜铤而走险，去抢劫工头的家。在生存本能的驱使下，他们不得不为金钱卖命。我更愿意相信墨白的故事更接近于底层生活事件的真相。

民工由于其特殊的社会角色，正好成了当下生活的旁观者和见证人。中篇小说《事实真相》就写了这样一群民工。这些年轻的民工正在修城市的马路，城市并不关注他们的存在，但他们却关注着城市，关注着外部世界的动静。他们像孩童一般好奇，千奇百怪的都市世界在他们的眼前展开。他们恰好见证了一桩离奇的凶杀案。不过，由于他们特殊的社会地位，他们的见证在人们看来没有意义。小说的奇妙之处在于：它既是民工对现代都市生活荒诞性的见证，同时又可以看作是对民工自身生活现状的见证。

偶然性命运

墨白在本书的"自序"《我为什么而动容》一文的开头，谈到"挑战者"号宇宙飞船失事给他带来的震惊，并列举了一系列灾难性的事件。这些事件完全是偶然的，但却改变了人类的命运，给人类带来极大的痛苦。墨白提及这些重大灾难，在我看来，是为了表达他对人类痛苦命运的关注。墨白接着写道："我可能是这样一种人：对世间苦难的人类充满了同情心，或者悲悯之情。"

不过，底层生活的痛苦有时并不在于它有多少灾难降临，也不一定就是他们注定要忍受必然的痛苦，而是在于底层生态的脆弱性。他们是无助的，一个偶然性的事件就可以成为他们的命运，比如，日常生活中的某个细小的疏漏和错误，却会给主人公带来无尽的烦恼和厄运，甚至有可能是致命的。

《夏日往事》中写了一个作者记忆中的少年时代的生活故事：一个调皮的男同学经常以恶作剧捉弄老师，这给同学们带来欢乐。但一次，他无缘无故地露出下体在课桌上睡着了。年轻的女教师一气之下，用教鞭打了他的下体，导致男生的生殖器受伤。人物的命运就这样偶然地被决定了，无可挽回地走向灾难的结局。接下来两个人及其他们双方的家庭为此付出了极其沉重的代价，断送了他们终生的幸福，甚至生命。这似乎就是作者所见到的底层生活的一个隐喻。欢乐是那样的短暂，痛苦却是长久的。

《模拟表演》的故事与《夏日往事》有相似之处，却更加荒诞。生存的痛苦与它的荒诞性联系在一起，有着更加令人震惊的效果。小说讲述的是一位少年的记忆。一桩强奸案就发生在他的身边，而还有更加恐怖的事情他将亲眼目睹。赤脚医生给人们进行性教育，打算用模型给大家模拟相交表演，结果，他本人及其情人却成了这场模拟表演的道具。疯狂的人群强迫这对情侣公开表演性交。残酷、疯狂、荒诞，成为这个少年最初的人生经验，而且影响到他未来的命运，成为他记忆深处难以摆脱的梦魇。这些即使不是我们生活的全部，至少也是我们内心的隐痛。

这些芸芸众生的偶然的不幸，虽然不像"挑战者"号失事那样能震惊世界，但对于一个像墨白这样的敏感而且充满怜悯之情的心灵而言，它们具有同等的震撼力，同样令人悲悯。墨白正是通过对自己他笔下的人物的不幸命运的同情，表达了他对人类命运的深切同情。

第六节　王小波：一只快乐的思想牛虻

小说家、杂文家、批判型知识分子、自由撰稿人、自由主义思想家、特立独行的文人、政治讽喻作家、反乌托邦主义者、理想主义骑士、犬儒式的智者、尖刻的社会批评家、幽默大师、色情描写高手、李银河的丈夫……这些赞誉的，或贬损的，甚至自相矛盾的名称，都指向同一个人——王小波。

1997年4月11日，王小波突然去世。在接下来的几年时间里，王小波被看成是当代中国最重要和最有影响力的作家之一。而在此之前，几乎很少有人知道王小波这个名字。王小波在大陆公开发表的文字，主要集中在1994年至1997年他逝世前的几年间，而且以随笔杂文为主。此前，他的作品大多发表在港台和海外的中文刊物上。

读者和知识界的人士开始打量这个陌生的闯入者。首先是一些年轻的读者，他们从这位英年早逝的作家身上，发现了一种特别的精神光芒，似乎与当下庸碌昏昧的精神氛围格格不入。1990年代中期，正是一个精神文化颓靡、意识形态混乱而物质欲望开始迅速膨胀的时期，而在王小波的作品——尤其是那些思想随笔和文化时评——中，却时时闪烁着睿智的思想光芒，其锋芒毕露的批判性言辞，也格外引人注目。尽管随后有许多知识分子都发现，王小波的思想并无特别明显的原创性，但他的锐利言辞中迸发出来的精神辉光，依然有力地穿透了一个时代昏昧的天空，给许多迷茫中的年轻人以精神鼓舞。

王小波的精神系谱也与其同时代作家有所不同。王小波毫不避讳地肯定现代主义小说的伟大魅力，他差不多是第一个公开和正面肯定汉语翻译作品对自己的写作有决定性影响的作家。而同时代的作家们往往对自己的精神渊源讳莫如深，尽可能掩藏翻译文学的痕迹，用模仿甚至是抄袭来代替原创。许多先锋作家在完成了对西方现代主义文学的"描红"练习之后，转身就刻意贬低先锋精神的意义，装模作样地标榜传统和古典，以抹杀自己练习阶段的痕迹，好像自己从一开始就是成熟的、继承了古典传统的作家。王小波对翻译文学的肯定，正是其诚实的一面，同时也表明，他真正懂得翻译文本的真实意义。

王小波从玛格丽特·杜拉、伊塔洛·卡尔维诺等作家那里，领略了现代小说的魅力，又从乔治·奥威尔等人的作品中，看见了政治讽喻介入现实的有效途径，而在英国维多利亚时代的"地下小说"里，王小波发现了情欲以及对压抑机制的颠覆性的力量。这些都给王小波的写作带来了独特的品格和精神深度。

《黄金时代》和《革命时期的爱情》是王小波的代表作，也称得上是现代汉语文学中的经典之作。革命有其神圣和禁欲的一面，也有其污秽和放纵的一面，王小波笔下的革命时期，则显示出其被崇高理念压抑下的畸形肉欲的一面，或许可以看作表现"文革"时期社会精神生活的新途径。而王小波用人类始祖的黄金时代来比附这样一个畸形的时代，本身包含着强烈的反讽意味。这些作品中主人公王二，以其粗俗的形象，无端被卷入爱情、革命之类的场景中，把这些或优雅或崇高的事业搅乱，化作一出黑色幽默风格的荒诞剧。"文革"期间的一对男女的情欲生活，正如维多利亚时代的"地下小说"中的情欲世界一样，充满了荒诞和狂乱。在一个变态的环境中，情欲本身的纯粹性与外部压抑机制构成了深刻的紧张。情欲以其自身的荒诞和迷乱，挑战了外部世界道貌岸然的秩序，同时也照见了道德家内心的淫秽。

王小波显然是一个喜欢恶作剧的颠覆分子，总体化的历史叙事、完整的记忆，在他的笔下遭遇了前所未有的打击。在王小波笔下，历史与现实总是显示出相似的面貌，构成了相互映照的镜像。无论是写"文革"还是古代历史（如《万寿寺》《红拂夜奔》），时间并不按照既定的顺序来展开，完整的叙事线索经常被主人公（王二或"我"）不断的插叙所打断。主人公仿佛飘荡在过去与当下之间的幽灵，而主人公的情欲，则是联结过去和当下的一种强力黏合剂。情欲本身就是反时间性的，情欲的冲动性和迷狂特质，在王小波那里就是对于外部的物理时间强权的反叛和颠覆，同时也成为对任何外部强权和秩序的反叛和颠覆。

错乱的叙事时间，就是一种"反乌托邦"时间。在王小波那里，这种"反乌托邦"时间不仅指向过去，同时也指向未来。如《白银时代》和《2010》，这两部作品均可归为所谓"反乌托邦"小说一类。一般而言，这两部作品均可归为所谓"反面乌托邦"小说一类，这也正是王小波所偏爱的一种小说样式。真正说来，"反面乌托邦"并没有什么可稀奇的，文学史上曾有过不少这方面的杰作，并且，就对"乌托邦"的描述和批判诸方面言之，王小波也未见得比那些"反面乌托邦"经典更具深度或更有创见。王小波的真正价值，在我看来，却是表现在其独特的语体和文体方面。《白银时代》写的是一个发生在未来世界里的故事。主人公"我"在一个写作公司就职，其主要工作就是写小说。他连日来一直在绞尽脑汁地拼凑一篇《师生恋》的作品，但总是不能使上面满意，每一稿送上去即被"枪毙"了。他本人作为该公司的一位小头目，也总是毫不留情地枪毙其下属的作品。根据公司的原则，"我们得总是枪毙一切有趣的东西。这是因为越是有趣的东西，就越是包含着恶毒的寓意。"这就是所谓"白银时代"的奇怪的文艺政策。当然，对于我们这个时代的写作者来说，它也并不陌生。除了写作上的戒律之外，"白银时代"还有一整套奇怪的日常生活准则。比如，对夫妻生活的规定，还有在《2010》中所写到的"数盲症者"的生活准则等。从中，我们并不难发现王小波的现实批判精神。未来成为当下的一个镜像。

但是，如果据此便将王小波的作品看作是一个简单的"政治讽喻"，恐怕是远远不够的。在《白银时代》中，王小波涉及了一个更为复杂的"存在"难题。这个难题首先表现为写作的困境：在"白银时代"，写作之可能面临的危机。一方面，作为写作者的"我"必须依靠某种写作的幻想才能保证个人的生存，另一方面，写作（首先是"想象"）在现实面前显得苍白无力，它几乎没有可能克服现实政治的权威及其荒谬的写作原则。王小波揭示了这一深刻的"写作悖论"（它同时也是"存在悖论"）。然而，吊诡的是，正是这种对写作的绝望，才使得写作本身充满了希望。这也正是王小波的写作本身的意义。"白银时代"的写作原则不允许揭示生存的危机，也不允许"有趣"，而《白银时代》的写作恰恰是对"白银时代"写作原则的反动：荒诞的情节，混乱的逻辑，支离破碎的想象片段，各种话语规则的混杂、误置和颠倒，对各种"元话语"系统的戏谑性模仿，还有真正"王小波式"的诙谐：机智、放诞，而又恰到好处……这一切，构成了王小波的带有"狂欢化"倾向的话语风格。

王小波正是那种根本不顾忌现行理论时尚的写作者。他的写作的独立性和特殊性，使人们很难将其归类。王小波的写作以其特有的书写"秩序"（它的本质恰恰是"无秩序"），抵制和颠覆了现实的秩序。它不同于一般意义上的"反乌托邦"小说，后者往往在其本身的话语空间之中保护了它所要反对的现实秩序。王小波的写作明显地带有政治性，但它不是那种对抗的政治性，也不是逃避的政治性，而是一种"自由介入"的政治性。它在政治意识形态批判的同时，并未将自己简化为另一种政治意识形态，而是捍卫了艺术的自由原则和丰富性。这或许为"后极权时代"的文学写作提供了某种范式。

王小波是我们这个时代的思想牛虻，他的尖锐的锋芒，深深地刺破了这个时代的麻木的皮肤。但王小波又是一只快乐的牛虻，是无趣的精神规则的死敌。与同时代作家的那种或者有激情无智慧或者有智慧无激情的写作不同，王小波的作品，无论是小说还是随笔，都充满了快乐的智慧和批判的激情。这一精神态度，包含在随笔《一只特立独行的猪》当中。无视生活既定的设置，遵循自主快乐的最高原则，特立独行的精神品质和快乐的生活智慧，构成了制度化的生活的反面。这一精神特质在现代中国文学中并不多见，从中隐约可以窥见英国人斯威夫特和法国人伏尔泰的影子。

在一个需要神话来刺激的颓靡精神的时代，任何不同凡响的形象都有可能被涂上神圣的油彩。"王小波神话"如是诞生。王小波之后，引来一群追随者，号称"王小波门下走狗"。他们以"恋尸癖"式的执着，守护着王小波的遗产和衣冠。这也正是王小波的尴尬之处。一个彻底的反神话的理性主义者，却不得不披上神话般的外衣，坐到圣坛之上受到膜拜。门下走狗们竭力模仿王小波的文风和腔调，一心要做"一只特立独行的猪"。但走狗们只闻到了其间的腥膻。他们抛弃了"特立独行"，留下了"猪"，用油嘴滑舌代替幽默，用插科打诨代替反讽，用拉帮结派代替特立独行，用自以为是代替思考。

在这个世界上，特立独行的猪永远只有一只，而猪群只会在享乐主义的欲望泥淖中幸福地打滚。那个特立独行者早已抽身离去。

下编　先锋诗歌抒情艺术

第八章

当代诗歌中的"星星"隐喻

一闪一闪亮晶晶，

满天都是小星星。

挂在天上放光明。

好像许多小眼睛。

——儿歌

第一节　关于星星一般性的知识及其精神象征

星星与人类关系密切。它们高悬于上空，每一夜都在人类的头顶上闪闪发光。这一奇妙的自然现象，很容易引人注目。虽然它是与人类相距遥远的天体，但却总是跟地上的人类有着或显或隐的联系。

作为一种纯自然现象的星体观念，乃是很晚近的事情。在古典时代，人类并不单纯地将星视作一种自然天体。人类更愿意将这种微光闪烁的发光体，视作关于宇宙奥秘的某种启示。在漫长的人类童年时代，在无数个夜晚，举目仰望那些细小而又遥远的发光体，令人类困惑而又惊叹不已。进而，在天上的繁星与地上的众人之间形成相关性联想，正如神给以色列人的先祖亚伯拉罕的应许中所说的："我必叫你的子孙多起来，如同天上的星，海边的沙。"①

上古时代的天文学以及星象学的源头，大约发端于美索不达米亚的苏美尔和巴比伦。向西传至古埃及和古希腊，向东传至波斯、古印度和古中国。天神掌管地上人间的事务，天上的事常常是地上的事的征兆，是对地上的人的启示。地上将要发生的，天上早有预示。当初，东方星象家就是因为得到了一个特殊星象的启示，来到犹大地来寻找道成肉身、降临人寰的救世主，一颗星引领他们来到了伯利恒，他们见到了诞生在那里的婴孩耶稣。

在古希腊，自毕达哥拉斯以来的宇宙观则认为，星体呈现了宇宙和谐自由之运行的规律。各种已知的星宿，均被视作诸神祇变化而成，或者说，诸星宿对应着诸神的位格。诺斯替主义在星象学方面则有着独特的发挥。在诺斯替主义者看来，地上的人的活动，受制于宇宙律。人的命运是由行星或者星宿之总体来分配的，星象乃是宇宙律的人格化。但丁笔下也常常以星作为隐喻，在其旅程的关键节点上，常常会有明星向他显现，引导他的前路，尤其是在其三界之旅的转折点上，每一次都是重新看见了"群星"，得见全新的世界图景。②

古代中国人将星星与太阳、月亮并举为"三光"，是世上之光线的基本来源，同时，也在一定程度上意味着将星上升至与日和月同等

①《旧约·创世纪》第22章第17节。
② 参阅［意］但丁：《神曲》，田德望译，人民文学出版社，1990年。

的天体崇拜对象，并常常被神格化。事实上，中国古典文化中，日神崇拜倾向并不明显，远古时代的日神崇拜的痕迹鲜有存留。相反，月神崇拜倒是更多地转化和渗透至民间宗教仪式中。诸星宿崇拜也相对较为兴盛。诸星在天上各各占有一席之地，下凡则可成为人间某种异秉之人，并在人间造成不同程度的影响。诸如太白金星、文魁星、牵牛星、织女星，以及降福的吉星或降祸的灾星，等等。古典时代的星与人之间的"对应"观念认为，天上的星宿对应着地上的人群，按人出生时的各个星辰在黄道十二宫的位置来决定人的禄命。据称，这种星象观念大约于南北朝后期从印度传入。《水浒传》中梁山一百单八好汉，就被视作给世间带来动荡的灾星，并以星宿来命名他们。

近代理性主义知识体系当然不会将星视作神秘的事物。理性主义者相信，星乃是宇宙自然律的产物，是浩渺穹苍中的诸物质体。星体的运行固然有其不可改变的规律，但这种规律不属于神秘的灵界，乃是宇宙物质运动的客观自然律。建立在此观念基础之上的天文学，即是认识这一规律的学科。在理性主义知识分子看来，认识这种自然律，乃是人类理性的根本，它呼应着人类内在世界的道德律。因此，康德将自己的哲学归结为两句话："位我上者灿烂星空，道德律令在我心中。"

近代以来的理性主义将星的观念纳入到所谓"科学知识"体系当中来加以考量，星象问题是天文学家的事务，但是，日神（阿波罗）式的理性并不能涵盖人类智性的全部，星星的微弱光源昭示了理性之光的神秘部分，虽然是若隐若现的闪烁与茫茫穹苍，但仍是光的来源之一。人们在无意识深处仍会将星光与自我认知的精神行为联系在一起，作为微小单子的自我观照的表征。尤其是在一些有关神秘启示的知识领域，诺斯替主义的魅力依然不减。对于普通人来说，人们在情感上更愿意接受一种带有神秘主义色彩的星相知识。或者，人们愿意将人生命运的无限奥妙，投射在浩瀚星空中。古典时代各种占星术，在现代则转化为跟世俗社会日常生活相关的占卜游戏。兴盛一时的"星座学"，为地上的人们提供了必要的心理咨询。过于复杂的星象天文学知识被简化为直观的和可阐释的星座学知识，星星仅仅是人的心理表征和主体意识的代码而已。而星星作为一个文学意象，在文学作品中经常出现，并以不同的方式呈现为不同的直观形态及其隐喻性和象征功能。

至于星星在现代中国文学中所扮演的角色，则是一个有趣而待解的问题。一般而言，星星意象在现代文学史上并不多见，或者并不作为一个基本意象群来出现。偶尔也有冰心、陆蠡等诗人以星星作为抒情对象，但其重要性并不突出，而且其含义一般也停留在通常意义上的星星比喻上，大多是作为梦幻、希望、童真等细小事物的象征。而星星意象及其精神内涵的重大变迁，乃是发生在革命文学当中。

第二节　闪闪的红星：革命文艺中的星星隐喻

一般而言，在革命文学中，星星并非至关重要的事物。作为一种发光体，星星固然有一定程度上的光明的含义，似乎符合革命文学的基本主题，但革命文学中关于光的表达，更多的不是借助于星星。"星星之火，可以燎原"中的"星星"，实际上是一个形容词，用以形容细小的火种，跟星体本身无关。少先队队旗所借用的"星星火炬"，很可能是出于误解。

革命文学中关于光的核心意象是太阳。太阳由于其光照的强度和覆盖率，被理解为自然光的来源。同时，还由于其对生物生长的重要性，成为人们讴歌、颂赞的对象。古希腊文化中的日神崇拜，在一定程度上就是理性崇拜的源头。在中国传统文化中，并无明确的日神崇拜传统。非但缺乏崇拜，甚至还可能成为负面的东西。对于农耕文化而言，虽然阳光雨露是必不可少的，但过度的日照的害处，也是显而易见的，上古神话中的"后羿射日"的寓言故事，即是这一文化无意识的表征。"赤日炎炎"有时会成为严酷生活的隐喻。

革命诗人艾青的诗歌《向太阳》，被文学史家称之为"光的礼赞"。艾青在诗中热切地讴歌光，将光比作理性与启蒙的精神。太阳意象尚且是较为单纯的关于"光"的隐喻，太阳崇拜则于1949年之后开始兴起，并在"文革"时期达到了几乎疯狂的极致。作为象征的太阳为革命领袖所专有，不可转让，而且，其含义也是固定的和不可改变的。与太阳相关联的是其他发光体，诸如火把、炉火、灯火、烛火等光源和热源，都相对较为广泛地用来指代革命，象征着革命具有的炽热和明亮。诗人艾青的另一首长诗《火把》，即是这一类文学的代表。

与太阳相比，星星的光芒就显得微不足道了。偶尔出现的星星意象，无非是作为自然之夜间的环境因素，提示一个相对安宁、平和外在的和内在的境况。如当时的革命歌曲，"天上布满星，月牙亮晶晶，生产队里开大会，诉苦把冤申。"（《不忘阶级苦》）"星儿闪闪缀夜空，月儿弯弯挂山顶。"（《老房东查铺》）等。在革命文艺诸星象中，唯独北斗星，被赋予崇高地位，因为它可以指示方向，但这为革命领袖专属的星象。"抬头望见北斗星，心中想念毛泽东。"（《红军战士想念毛主席》）"您是光辉的北斗，我们是群星，紧紧地围绕在您的身旁。"（《毛主席呀，我们永远忠于您》）尽管如此，在现代中国文化的符号体系中，星符号却有着重要的，甚至比日和月更为复杂的功能。红星更为明确地象征着革命。红星——红色五角星——作为革命的标识，乃是从苏联移植过来的象征。克里姆林宫上方就有一个红星标识。红星也是苏维埃武装力量的象征。

红星崇拜带有诺斯替主义的微浅痕迹。从符号学形态上看，五角星源自诺斯替宗教的五角星崇拜，与太阳崇拜（如古希腊）、月亮崇拜（如波斯、阿拉伯），或犹太族群所特有的六芒星（大卫星）标志，均判然有别。中国的共产主义者从苏联继承了"星星"崇拜的观念，从最初的红军军帽徽章开始，就采用红色五角星。美国左翼记者埃德加·斯诺的长篇报道《红星照耀中国》（*Red Star Over China*，一译《西行漫记》），使得"红星"在中国的状况得以广为人知。

由于与红星在外观和色彩上的相似性，革命的根据地江西山区多产的杜鹃花的形象得以强调。杜鹃花多为红色，有浅红、深红和紫红多种，春季开放时，在丘陵地带的井冈山区，漫山遍野尽被染红，故又被称为"映山红"。李心田的小说《闪闪的红星》以及随后根据这部小说改编的同名电影，将这一相似性更为紧密地联系在一起。

但无论如何，星星依然不足以成为革命抒情的主体意象。依照革命的美学逻辑，将星星作为抒情的核心意象，是不恰当的，在某种程度上可以视作革命意志不够坚定的表现。一直对革命和社会主义建设高声讴歌和加油鼓劲的诗人郭小川，在他的诗歌《望星空》中，将本应该献给太阳的热情，献给了星星。这个"光灿灿的晶体"（《望星空》）的光芒，与大跃进时代高亢的社会主义热情之间，有着强烈的反差，而其细小、微弱、迷蒙、恍惚的品质，明显与时代精神不相吻合，更是无助于社会主义建设所需要的热烈、强劲和清晰无误。因而，《望星空》在日后就被批评为是革命意志消沉的表现。身为文化高官，郭小川却在诗中传达出一定程度上的低迷情绪和迷惘思绪。星空引发对未来和世界诸多奥秘的沉思，或者，也可以视作作为诗人的郭小川对另一个自我——作为官员的郭小川的疑惑。

第三节　今夜星光灿烂：1970年代文学中的"星象革命"

1970年代开始，文学写作中对星星的关注逐渐增多。对于新一代的写作者来说，星光是难以抵挡的诱惑。他们从对太阳的仰望，转向了对星星的凝视，进而触发了关于光的主体性，乃至真理性的思考。

最早进入新一代写作者的视线的，是"文革"期间的著名的"黄皮书"之一，苏联作家阿克肖诺夫的《带星星的火车票》。这本来自"苏修"的、"供批判用"的小说，成为今天派诗人及朦胧派诗人的星星迷思的源头之一。"文革"地下文学的星光想象，是一代人集体意识的光学革命。

然而，在当时的语境中，关于星星的凝视和迷思，首先是从对太阳的反思和质疑开始的。太阳意象基本上只停留在官方文学中，在私人化的经验里，太阳要么不出现，要么被扭曲为强权的隐喻。在芒克的著名诗篇《天空》中，有这样的诗句——

太阳升起来

天空血淋淋的

犹如一块盾牌

　　这是对太阳光体的暴力性的批判。一种"光的政治学"在此形成。在物质世界中，光是权力的象征。日神对于光源的地位是垄断性的。日神崇拜总是诸多关于天体崇拜的宗教中最强势的一种。但受制于历史语境，朦胧诗派对光体政治学并不直接关涉光源的权力关系，而是被化约为"光明—黑暗"之冲突的古老范畴，进而与善恶对峙的伦理判断和阶级冲突的斗争哲学结合在一起。

　　"星光隐喻"在这种强烈反差的政治光学对抗中，若隐若现地存在着。首先，作为心灵和情感之隐喻，大量出现在"朦胧诗"，尤其是顾城、舒婷等人的诗歌当中。即便如北岛这样的通常看上去更为坚硬、直露的诗人，也常常借用星星来抒情。《微笑·雪花·星星》一首最具代表性。

一切都在飞快地旋转，

只有你静静地微笑。

从微笑的红玫瑰上，

我采下了冬天的歌谣。

蓝幽幽的雪花呀，

他们在喳喳地诉说什么？

回答我，

星星永远是星星吗？

这首看上去相当“童稚化”的诗篇，显示出星星的天真烂漫的和可爱的一面。不难看出，在这里，太阳的父权形象缺席，甚至月亮的母权形象也诉诸隐匿，新一代人在星星以及一些细小事物的陪伴下逐渐长成。星星尚且只满足于自我嬉戏，尚不足以成为叛逆的子辈。

如此隐秘而且自由自在的状态，固然是美妙的，但同时也是短暂的和危机四伏的。光体之间的权力对抗，一如父子之间的冲突，迟早会发生。

在“朦胧派”诗人江河的《星星变奏曲》一诗中，这种冲突被暗示出来了。不过，它被处理得相对比较温和。

如果大地的每个角落都充满了光明

谁还需要星星，谁还会

在夜里凝望

寻找遥远的安慰

……

如果大地的每个角落都充满了光明

谁还需要星星，谁还会

在寒冷中寂寞地燃烧

寻找星星点点的希望

谁愿意

一年又一年

总写苦难的诗

每一首都是一群颤抖的星星

像冰雪覆盖在心头

谁愿意，看着夜晚冻僵

僵硬得像一片土地

风吹落一颗又一颗瘦小的星

谁不喜欢飘动的旗子，喜欢火

涌出金黄的星星

在天上的星星疲倦了的时候——升起

去照亮太阳照不到的地方

　　以星星的名义提出微弱的抗议，将星星意念的追求，归结为光明的匮乏和太阳的霸权的抗议，以及星星作为细小个体的无奈叹息。另一方面，星星成为光明匮乏的替代品。代际之间的对峙关系，在某种程度上呈现出来了。

　　江河作于文革之后的组诗《太阳和他的反光》，以更为深刻和彻底的反思力量，表达了对阳光的光学强权的批判，并将这种批判推进到历史文化的深度。但对太阳的反思批判，并不意味着可以完全否认光的价值。在太阳落山之后，进入暗夜的时分，恰恰是对光在世界的价值的重新审视和确认的时刻。作为芒克、江河的同时代人的小说家礼平，意识到了问题的重要性，他的小说《晚霞消失的时候》，正是在这种语境下的产物。《晚霞消失的时候》展示了在太阳的余晖所投下的虚幻的绚烂消失之后，一代人的精神困惑和灵魂对于光的焦渴。个体生命价值成为一个问题。与此相关的是，如何在暗夜，在外部光源消失的处境中，看见个体生命的状况，如果生命内在没有光亮的话。个体生命之光，如是成为新一代人的精神难题。由是，作为自发光体的星星，也就成为新一代人关注的光源。

第四节　星星点灯：作为"启蒙隐喻"的星象

1980年代以来，作为"文革后"新文化的表征，星星迷思达到了前所未有的高度，文学中的星星主题也越发地激越起来。首先是"星星画展"，接下来是《星星》诗刊。这两个青年文化阵地，直截了当地用"星星"来命名，成为年轻一代新文化观念的重要代表。更晚一些的如贵州诗人黄翔，则以"天体星团"来命名他和他的朋友们的诗歌社团。很显然，它们都是对文革后期"今天派"诗歌精神的延续。在"星星画展"和《星星》诗刊中，新一代的诗人和艺术家集体发声，一时间呈现出星河灿烂的迷人景观。

与作为冥想对象的星星不同，1980年代的星星意象更强调"照亮"。1980年代的星星公开亮出自身的光芒，强调作为自发光体的星星自身的独立性和自主性，某种程度上可以视作二十世纪下半叶成长起来的新一代人的自我确认。星星或可脱离对日和月的依赖，而独立成为光体。相对于作为父性象征的日与作为母性象征的月，相对于"阳"与"阴"这两种天地万物属性的始源性的要素，星虽然微弱，但仍具独立性。他们对于日光的暴力性和月光的附庸性，均不认同。而星星形象的凸显，这在某种程度上，也意味着青天白日的白昼和月色清朗的晚间，均已过去。世界已进入午夜时分。

这个午夜时分，是属于无眠的年轻人的。在午夜，万籁俱寂，唯有不眠的人和星星。但他们听到耳鼓里的轰鸣，那是自身青春血液的奔流的声音。身体内部无可名状的激情冲动，让他们难以把捉，无所适从，但那又是属于自我的一部分。它是隐秘的，不为人所知的，也是难以启齿和无以言表的。唯有诗的语言的热烈、忧郁、朦胧和晦涩，方可与这种奇妙的感受相匹配。这种静默和欲言又止的时刻，是自我意识和诗的共同的始端。

星星作为自发光体，星是对自我意识觉醒的提示。从直观上，星星显得细小，渺远，而又数量繁多，但又各自独立，或是自主地连结为若干星系。这一点，与现代公民社会的强调个体的特异性以及建立在相互认同基础上的共同体社群的特征相一致。无怪乎康德在研究现代社会的同时，会对宇宙尤其是太空星系加以观察和关注。他的"星云说"与他的宪政哲学及公民社会理论，多少有一些相互映照的关系。

诗人北岛作为那一代人的"精神代言人"而出现在公共视野中，他是文革后灿烂的文化星河中最为耀眼的一颗。他在其著名的《回答》一诗中写道——

新的转机和闪闪的星斗，
正在缀满没有遮拦的天空。
那是五千年的象形文字，
那是未来人们凝视的眼睛。

这是一代人的精神宣言。整篇《回答》几乎就是对康德批判哲学关于"人"的主体性的图像化，也正呼应了"文革后"思想界兴盛一时的主体性理论。围绕着人的中心位置，宇宙论、存在论、批判和反思性的历史观，共同建构起主体性的"自我"。哲学学者李泽厚在其《批判哲学的批判——康德述评》一书中，所努力阐释的也正是这种"主体性哲学"。哲学和文艺遥相呼应，"人的主体性"成为那个时代的文化精神的核心。

另一方面，作为方位标识，星乃是主体价值标准的明确化。更多是作为一种美学象征，星星的那种神秘的、闪烁不定的幽暗蓝光，有一种朦胧的美感，而且还有迷幻和冥想的气质，这一点，恰好呼应了那个时代兴起的"朦胧诗"的潮流。从地球人的视觉出发，星体的细小体量、微弱光芒、温柔梦幻般的蓝色辉光。在美学上，朦胧诗派以一种细微、含混、模糊、暗淡和孤僻的修辞风格，悄悄地避开了日神中心主义的光学强权。

当然，在对严酷现实的反思中，诗人所看到的，绝非幽蓝的梦幻。作为希望的微光，所照见的也并不只是雪花的童话。

从星星的弹孔里

将流出血红的黎明

这种将残酷性与梦幻性扭结在一起的场面，形成了一种怪异的美学效果。"朦胧诗人"是无可救药的浪漫主义美学囚徒，始终不忘在他们的诗章中，加进柔美的梦幻般的美学内容，哪怕是针对那些严酷的现实内容。他们也许知道，星星的微弱的美学辉光，丝毫不能减弱现实中子弹的致命的残酷性。致死的残酷的刺目的光焰，足以让诗人盲目。

朦胧的辉光，改变了之前革命文学中的那种耀眼的、颂歌式的美学，成为一种新崛起的美学原则。即便是在主流文艺作品中，也打上了这种"新美学"的深刻清晰的印记。当初流行一时的电影《今夜星光灿烂》，也借用星星隐喻来烘托气氛，虽然描写的是战争年代的事件，但用星星来作为对死去的战士的象征，既有哀思的意味，同时也在革命性的牺牲主题与古老的星宿观念之间，建立起一种脆弱而隐秘的联系。同时期的歌剧《星光啊星光》亦充分使用光明隐喻，表达在"文革"黑暗时期的人们仍追求光明。其中，最后牺牲的女主人公名叫田茹星，如同一颗流星划过黑暗的夜空。

相比而言，同时期的台港文化中，星星主题则已然是关乎温情和爱的。如电影《鲁冰花》中布满星星的夜空与亲情之间的映照关系。

> 天上的星星会说话，
> 地上的娃娃想妈妈，
> ……

1980 年代末期，由港台传至大陆的诸多流行歌曲，如《昨夜星辰》唱出了类似的感受，一种私人化的、家常的情感。星星的闪亮不再是个令人困惑的事情，而是需要不断地通过跟自我的感受、回忆，以及情爱等情感建立关联，来证明和彰显个体的存在状态。这种星星隐喻所隐含的心理内容，慢慢赢得了大陆民众的认同。1990 年代初期，一度流行一首台湾歌手郑智化演唱的歌，叫作《星星点灯》。这在某种程度上可以说是对 1980 年代的文化精神的总结。星星的温情化趋向已经越来越明显了，越来越趋向于"去政治化"，或者说"去意识形态化"，成为普通人的日常情感的表达。

第五节　流星雨：新世纪小资化的精神微光

20世纪末，一部影视作品《流星花园》，重新激发了公共对于星星的狂乱梦想。流星雨倾泻而下，划过天空，在浩瀚天际留下一道道短暂但又绚丽、耀眼的光芒。这些从台港流传过来的时尚文化中的星象，其迷离、华丽的光线，让世纪末的天空显得绚烂夺目。

在新世纪日益小资化的文化语境中，星星隐喻成为一种越来越柔性的和私人化的东西。在新世纪的流行文化的语境里，星星既不是沉思的对象，也不是自我认知的对象，更不是对抗父权暴力之光的对象，它只是一种时尚和趣味，新一代人自我迷恋心理游戏和自我星体化的幻术。

短暂而绚烂，这是世纪末小资美学的基本特征。小资文化是一种具有较好的自知之明的文化，他们并不打算与诸如太阳这样的光体相提并论，甚至不追求与永恒相关的事物，他们更愿意生活在当下，追求短暂的，甚至是瞬间的快感和美感。流星发出的倏然而逝的辉光，给人们留下惊叹和遐想，它同时还是世事难料、命运莫测的暗示，似乎天然地与某种神秘主义因素联系在一起。小资文化很在意作为个体的人的命运，首先是自己的命运，然而，在纷乱的世纪末，他们的命运观或多或少总带有一些"世纪末"气息，一种前途未卜的迷惑，还有几分忧伤。他们并不喜欢过于切实和物质化的现实，而更愿意将自身的命运与某种飘忽不定的神秘性联系起来，将目光投向不切实际的星空。与此相关的是，诸如星座学、塔罗牌等，古老的占星术得以还魂。

这一亚文化现象，在娱乐演艺圈里更为流行。随着娱乐明星文化日渐兴盛，所谓"追星族"的诞生，"星光大道"熠熠生辉，留下流星般的光痕。明星演艺生命之短暂的焦虑，也通过间或爆发的星族狂欢而展示出来。民主化的星族陷于流星雨般的迷狂和瞬间燃烧的快感当中。

当人们仰望星空时，更多的是希望它给身处地上的芸芸众生带来现时的福祉。"仰望星空"甚至都成为政治领袖的抒情修辞。他发出呼吁，一个民族需要"脚踏实地"的人，同时更需要"仰望星空"的人。很显然，星空意味着某种理想的东西，也在一定程度上是对人文情怀的寄托。一位地质学专业出身的人士，忽然在天文学方面发表了一通议论并大抒其情，这当然，有别于星座学爱好者，也不是出于对天文物理学的爱好。除了政治家需要传达个人情怀之外，亦有某种文化精神的含义。但这与其说是对于康德式的星空的哲学式的仰望，不如说是对 1980 年代的文化天空及其精神氛围的缅怀。这也似乎在暗示：1980 年代所开启的、建立在主体性哲学基础之上的启蒙运动，仍是一项尚未完成、有待持续的文化工程。

第九章
北岛：一代人的"成长小说"

第一部　北岛的学习年代

广场声学练习

首先，让我们来听一段录音：

> 1949 年 10 月。北京。天安门城楼。
>
> 毛泽东：（声音）……

也许是因为当时的录音技术尚较原始，这声音听起来显得扁平、尖利，还带着明显的颤抖。在每一停顿之处，我们还可以听出有一段较长的余音：这是声音在天安门广场上所形成的回声。

天安门城楼，众所周知，是一个古老帝国的皇宫的主要门楼之一，它显示着君主权力的神秘和威严。而天安门广场，同样，它也不是一般意义上的（如近代城市中作为自由贸易之集市的或市民狂欢庆典之场所的）那种广场。天安门广场有其特有的文化意义和政治意义。它是广大的，可以容纳数以百万计的人群聚集和鱼贯而过。它甚至让人感到能够容纳整个民族乃至全人类。然而，它似乎又是窄小的，窄小到哪怕是单独一人也会感到难以穿行。它的空旷带给人的是晕眩和恐惧，正与逼仄和窒息相同。

从声学角度看，城楼和广场的集合，巧妙地构成了一部完善的音响设备，它能产生最佳的音响效果。城楼上的声音经由这个世界上最空旷、最阔大的场地的共鸣和放大，传向它的国度的四面八方，传到每一个角落。当然，只有握有最高权力的人，才是"城楼上的声音"的声源，而这个国度的每一个子民，都将自己的心房变成一个缩微的广场，一个小小的音箱。城楼上的每一次发声，都将在这千千万万的"小广场"上造成强烈不等的振荡和回响。

与高耸的城楼相比，平坦宽阔的广场似乎显得更温和、更富于平民气息一些。的确，在历史上（从五四时期起），这里总是民主之声的发源地。但是，一旦"城楼上的声音"被确立为唯一的声源，"广场"便常常只能起一种共鸣音箱的作用。"广场上的声音"构成了与"城楼上的声音"的应答关系，正如民众之于君主一样：如果不是崇拜的欢呼，那一定是反叛的喊叫。同样都是应答：附和的或反诘的；喜剧性或悲剧性的。在这样一种应答关系中，声源与回声构成了声音系统的等级秩序，前者是后者的最高形态。因而，可以说，几乎任何一次的广场上的言说活动，都可看作为了登上城楼一试喉咙而作的实地演习。

值得注意的是，那位站在城楼上的发言者，通常被认为同时也是一位诗人。这个人以他自己的诗歌写作活动，赋予汉语诗歌以前所未有的最高的荣耀和威力。他是诗美与权力完美结合的典范。他达到了历代中国君主从未达到的诗意的境界，也达到了历代中国诗人从未达到的权力的巅峰。他站在城楼上的发言，这本身似乎就是在朗诵自己的权力的诗篇。这种朗诵——它的威力、它的诗意、它的声音效果，都可以说是登峰造极的。这，对于任何一位汉语诗人来说，该是一种多么巨大的诱惑啊！当代中国的每一位诗人是否也曾在心底里演练过这种朗诵呢？马尔罗曾经说过："诗人总是被一个声音所困扰，他的一切诗句必须与这个声音协调。"①生长在权力的阴影之下的新一代中国诗人，在他们个人的学艺阶段所能听到的最强的（差不多也是唯一的）"声音"，就是那"城楼上的声音"，并且，他们也只有模仿这个声音，模仿它的音调和音强，才能让自己的声音被别人听见。

　　这一说法并非臆断。诗人们确实如此尝试过至少一次。1976年春天，当大批的民众聚集在天安门广场上举行抗议活动时，许多诗人也到了这里，或者，广场上的激情差不多将每一个聚到这里的人都变成了诗人。人们不是来开诗歌朗诵会的，但事实上，这一次却成了人类历史上最大的一次诗歌朗诵会。诗与广场结合在一起，二者相得益彰。诗使广场隐喻化，赋予它美感（尽管这种美感总是与恐怖感相伴随）；广场则给诗的声音以最佳的音响效果，赋予诗以巨大的魅惑力和震撼力，甚至使诗的声音达到了与城楼上的权力的声音相抗衡的声学效果。

---

① 转引自［美］哈罗德·布鲁姆：《影响的焦虑——一种诗歌理论》，第26页，徐文博译，北京：生活·读书·新知三联书店，1989年。

正是在这种"广场诗歌朗诵会"上，我们初次听到了诗人北岛和他的同时代人的声音。

啼哭与吼叫

当一位诗人站在天安门城楼上高诵他一生最伟大的"作品"的时候，在这个世界的另一个角落，一个婴孩呱呱坠地。婴孩的啼哭声应和着那位父辈诗人的声音，仿佛在他们之间有着某种神秘的感应。没有人知道新生的婴孩在当时是否也听见了那个"城楼上的声音"。但是，那个声音的余响却长久地伴随着婴孩的成长。那位诗人将成为新生儿精神上的父亲。

几十年之后，婴孩长大成人，成为新一代的诗人。但是，在自己的精神父亲面前，这些子辈诗人总脱不了孩子气。

> 我猛地喊了一声：
> "你好，百——花——山——"
> "你好，孩——子——"
> 回声来自遥远的瀑涧。

（《你好，百花山》）

这是北岛的诗歌在处理声音效果方面的初次尝试。他把来自大自然的回声想象为长辈的应答和嘉许。这种想象是孩子气的。孩子对于回声现象有着特别浓厚的兴趣，他们总是流连于山谷、峭壁或公园里的回音壁等能形成回音的地方，充满惊喜地一遍又一遍地喊叫，并悉心倾听自己声音的回声。从儿童心理学角度来看，这种现象可以理解为儿童的"自我意识"生成的一个重要阶段——"镜像阶段"（Mirror-stage）。但是，如果只是如此这般地迷恋于大自然所映出的"自我"的影像的话，那么，北岛就变成顾城了。而我们可以看到，在北岛这里，大自然并没有与"主体"完全同一化，相反，它异化为一个"他者"的声音，更为奇妙的是，这个"他者"一个"父辈"。北岛的兴趣并不在山水之间，而是在"父辈"的视界中。这样，他必将带着孩子般的寻求回声的动机，来到父辈的广场上。

> 我需要广场
>
> 一片空旷的广场
>
> 放置一个碗，一把小匙
>
> 一只风筝孤单的影子

（《白日梦》）

　　放置这样一些"搬家家"的小玩意儿，在顾城看来似乎只需要一幢小木屋便绰绰有余了。而北岛却要求得到一个广场。他的"家家"搬得太大了。这位大孩子梦想将父亲的权力的广场改造成他自己的游艺场。这是一场真正的"白日梦"。它当然会引起父辈的警惕。从政治学角度看，这位大孩子的要求也许可以说是某种民主精神的体现，但从心理学角度看，却似乎像是孩子的撒娇，向权力的父亲的一次撒娇。这一回，撒娇的孩子偏偏遇上了一位不耐烦的父亲。他毫不买账，回答是坚决的：

> 占据广场的人说

这不可能

笼中的鸟儿需要散步
梦游者需要贫血的阳光

道路撞击在一起
需要平等的对话

人的冲动压缩成
铀，存放在可靠的地方

（同上）

这简直是预言！

不过，我们暂且不去研究"预言家"的北岛。我们还是先来看看"撒娇者"的北岛吧——他哭了。这是任何撒娇者的最后一招。北岛在这首诗中进一步描述了他们一代人在撒娇未遂时的心态——

……我们是
迷失在航空港里的儿童
总想大哭一场

……

弱音器弄哑了小号

忽然响亮地哭喊

（同上）

　　而一代人集体“啼哭”的秘密在北岛的几首近作中才真正被披露出来。北岛在这些近作中，直接涉及与“父亲”之间的关系——

　　　在父亲平坦的想象中
　　　孩子们固执的叫喊
　　　终于撞上了高山

（《无题·"在父亲平坦的想象中"》）

　　　那时我们还年轻

　　　……

　　　汇合着啜泣抬头
　　　大声叫喊
　　　被主遗忘

（《抵达》）

　　这样一个又哭又闹的形象与我们通常所认识的北岛的形象相去甚远。在当代中国的诗歌史上，北岛总是坚定、刚毅、冷峻风格的代表。至少，当我们最初听到他的声音的时候，他已经是一个“愤怒的青年”了。他的到来是那么的不同寻常——

233

我来到这个世界上，

只带着纸、绳索和身影，

为了在审判之前，

宣读那判决的声音：

告诉你吧，世界，

我——不——相——信！

纵使你脚下有一千名挑战者，

那就把我算作第一千零一名。

（《回答》）

　　这里丝毫看不到任何撒娇的痕迹，只有愤怒和反抗挑战之声。新的一代人成熟了。曾经撒娇和哭闹的孩童，如今喊出了独立的、自我的声音。而作为一代人成熟的标志，倒不仅仅是他们已知道审时度势和懂得事物要害，更重要的是他们已然拥有了自己的原则和信条，那就是"怀疑"，是说出"我不相信！"的勇气和能力。北岛的这些带有"怀疑主义"倾向的诗歌，事实上标志着一个新的启蒙时代的到来。

　　但是，果真是什么都不相信了吗？也许，"怀疑一切"是理性的根本尺度，是"自我意识"成熟的标志。但是，在北岛他们看来，有一样东西却是毋庸置疑的，那就是自己的"声音"。整个世界已进入午夜，一切意义可能已经空洞、虚无。但世界的空洞化恰好为"自我"的声音提供了"回声"的必要条件。

存在的仅仅是声音

一些简单而细弱的声音

就像单性繁殖的生物一样

……

男人的喉咙成熟了

（《白日梦》）

对于声音的自足及永恒性的信任，与对于"自我"的成熟性的自信是完全一致的。这一点，也可以从"卑鄙是卑鄙者的通行证／高尚是高尚者的墓志铭"这一著名的诗句中得到印证。这一诗句以逻辑上的循环论证，构成了一个自我封闭而且又充分自足的"自我意识"空间，它确实"像单性繁殖的生物一样"。[1] 它以自己的封闭和自足，拒绝了父辈的（甚至是任何外在的）权力对一代人之"自我意识"的外在规定性，从而保证了"自我"的充分独立性。[2]

因而，"我不相信！"这样的语句，首先是喊给自己听的，它提醒一代人注意到自己应有的独立自主的"自我意识"。同时（也是更主要的）是喊给城楼上的父辈听的，它宣告了新的一代人的成熟，并表明了自己的反叛性态度。这是一次蓄意的、大胆的挑战。

---

[1] 在杨炼的诗中也常有类似的句式，如：

为期待而绝望

绝望而期待

绝望是最完美的期待

期待是最漫长的绝望

（《诺日朗》）

[2] 参阅本章附录《释（回答）》对该诗句的分析。

但是，正如我们通常所见的那样，一个逆子可以用种种方式和手段反叛自己的父亲，甚至，在极端的情况下会杀死父亲，但并不意味着他从此便一劳永逸地摆脱了父亲的影响。随着时间的推移，我们将会看到，这名"弑父者"变得越来越像他的父亲。他的身体、他的姿势、他的举止，甚至他的声调，都逐渐变得与他年迈的父亲十分相似。怀疑主义的态度和逻辑上的自我循环也许能有效地驱逐父辈的权力的阴影。

北岛之后的更年轻的一代诗人仍在相当大的程度上传承了这种腔调。一批又一批的诗人在自己的诗作和诗歌宣言中，尽量夸张自己的音量，追求最大限度的回声效果。至于读者似乎也早已习惯了这种振聋发聩的叫喊，他们甚至相信，诗歌的发声方式只有一种，那就是"叫喊"。而人们长期处于一种喧嚣之中，事实上对任何叫喊声已经充耳不闻了。当然，也有一些诗人试图改变诗歌的这种喧嚣的习惯，他们在诗歌中学习对自我的灵魂发问，发出了一种低沉、迟缓、细弱的"声音"，有如夜间的密语，遥远的呼唤。然而，这种悄声密响又如何能被听见？又有谁拥有这种分辨力？并且，更重要的是，有谁会有这份耐心？

哈姆莱特或"父子对抗"游戏

卡夫卡的一则随笔讲了这样一件事：一个人有十一个儿子，这十一个儿子分别继承了父亲性格中的某一种特征，并加以发展。① 从表面上看，这十一个儿子性格各异，但他们是兄弟。20 世纪 70 年代

---

① 参阅卡夫卡：《十一个儿子》，见：《卡夫卡小说选》。

末 80 年代初，在中国大陆崛起的青年诗人群体也就像是一个家族中的子辈一样，他们表面上风格各异，但他们是兄弟。在这个"小字辈"的诗人集团当中，有的捣蛋顽皮，像个败家子，甚至放肆地要刨掘祖坟，重修宗谱；也有性情温顺，多愁善感的女儿。顾城是兄弟姊妹中最小的一个。这个任性、乖戾、执拗的小兄弟迷恋于嬉戏、唱童谣和想入非非，撒娇也是一撒到底（到最后，他的小把戏玩过头了，弄到不可收拾的地步）。在这样一个庞大的、喧嚣不堪的大家族中，北岛看上去就像是一位长子。他具有作为长子的所特有的品质：严肃、正直、宽厚和富于责任心。甚至，他的外表也是独特的。诗人柏桦在回忆他与北岛的第一次会面的情形时，这样写道："北岛的外貌在寒冷的天气和书桌前的幽光下显出一种高贵的气度和隽永的冥想，他清瘦的面部更适宜于冬天……安详的冬天在他苍白的脸上清晰地刻下某种道德的遗风，这遗风使他整个形象具有了一种神秘的令人沉醉的魅力。"[1] 从这里我们看到的仿佛是一幅哈姆莱特的肖像。那位丹麦王子意识到，作为家族的继承人，在自己的身上有着不可推卸的职责，这时他才开始变得神情严肃并耽于冥想。而北岛则从一开始就自觉地承担起了重整乾坤的伟大使命，他总是感到历史的目光在注视。

> 新的转机和闪闪的星斗，
>
> 正在缀满没有遮拦的天空，
>
> 那是五千年的象形文字，

---

[1] 柏桦：《日日新》，载：《今天》(纽约)，1994 年第 4 期。

那是未来人们凝视的眼睛。

（《回答》）

但是，无论是哈姆莱特还是北岛，他们同样都处于"家族"的非常时期。他们的长子继承权并非自然赋予的，而是夺得的。等待他们的不是荣耀的冠冕和鲜花，而是残忍的谋杀。父与子的关系在这里与其说是传承的，不如说是对抗的。他们清瘦、苍白的面容，便是这一紧张的家族关系的见证。

在中国历史上，父与子的对抗关系由来已久。20世纪以来，这种关系空前恶化。20世纪的中国历史大体上可以视作子辈对于父辈的反抗的历史。从另一方面来看，它同时也是历史不断将自己的儿子送上祭坛的历史。对于这一历史真相的披露，最早出现在鲁迅的笔下。在鲁迅那里，历史关系被描述为家族关系，历史过程被描述为父子"权力关系"交替的过程。当然，它首先是象征着父亲权力的文化历史传统对于子辈的"吞噬"（吃）的过程。子辈，首先是长子，要么成为古老、没落的家族的殉葬品（如巴金小说《家》中的高觉新，某种意义上还有老舍小说《四世同堂》中的祁瑞宣），要么作为逆子而被送上祭坛。后者在历史上更多的是那些政治上的先觉者（如《药》中的夏瑜）。因而，从某种意义上说，长子意识首先就是献祭意识和殉道意识。这种意识也灌注到了青年北岛的头脑中。

我站在这里

代替另一个被杀害的人

没有别的选择

在我倒下去的地方

将会有另一个人站起

(《结局或开始——献给遇罗克》)

很显然，北岛相信，在他的诗中所哀悼的"文革"期间的先觉者
殉难之后，他就是这个民族真正的长子了。他已自觉地做好了自我献
祭的心理准备。在这位长子面前，暴力，是一笔最丰富的遗产。而在
暴力司空见惯的家族里，孩子们常常会不自觉地模仿父亲的行为，尽
管他们自己首先就是父亲暴力的受害者。面对家族内部的血腥谋杀，
高贵的丹麦王子也不得不拔出了腰间的利剑。而在历史的暴力中，我
们的诗歌学会了什么？阿谀奉承？俯首乞怜？或是为虎作伥？有谁不
甘心"默然忍受命运的暴虐的毒箭"？那么，他将学会更加猛烈的腔
调，使声音比暴虐者更为高亢。诗人们在自己的诗歌中练习着与历史
的暴力相抵抗的"击剑术"。

我不得不和历史作战

并用刀子与偶像们

结成亲属

(《履历》)

哈姆莱特是用剑与差一点成了亲属的莱欧替斯结成了仇家。北岛
在与暴力相对抗的过程中，习得了一种快速、猛烈、招招凶险的"剑
术"，表现在诗歌形式上，就是他的那种节奏急促、音节短促有力、
意象奇崛多变的诗风。激烈和狂暴，这正是时代给北岛的诗打下的烙

印。这种风格所显示出来的"崇高美",反过来给这个平庸的时代带来了荣耀,并唤起了一代年轻人的英雄主义的激情。也正是借助这种狂暴的声音,北岛向上一辈人宣告了他们的历史的终结——

　　　　历史是一片空白

　　　　是待续的家谱

　　　　故去的,才会得到确认

　　　　　　　　　　　　　　　　　　　　　　　　(《空白》)

　　这里明显地流露出了一种对历史的不满情绪,首先是对"故去的"魂灵的不满。伴随这一不满情绪产生的则是自己进入历史的欲望。正因为亡灵所占据的历史空间不过是一个"空白",才有必要,也有可能由"生者"(正在生长的一代)去填充。因而,对于父辈历史的终结性的宣判,在北岛一代人那里,同时也是对于自己一代人崛起的布告。它表明了一代人的"代"的意识已经觉醒。

　　　　谁醒了,谁就会知道——

　　　　梦将降临大地

　　　　沉淀成早上的寒霜

　　　　代替那些疲倦的星星

　　　　罪恶的时间将要中止

　　　　而冰山连绵不断

　　　　成为一代人的塑像

　　　　　　　　　　　　　　　　　　　　　　　　(《走向冬天》)

240

"代"的意识在此表达得再明确不过了。它不仅表明一代人已经主动进入到历史的运作过程之中，而且，还要以一种对"历史"的夸张的模拟——塑像——的方式，强迫历史"确认"这一事实，即，非"故去的"、现实的生存者才是历史的主体。而更为重要的一点还在于：历史在这里并不是子辈对父辈的恭顺的传承，相反，它是取而代之，是在父辈历史的废墟之上矗立起自己的"塑像"。在这里，"代"的概念首先意味着"代替""取代"。由此，我们也可以看出，两代人的历史意识在其根本之处有着极大的同构性，他们都是借助暴力的方式重构自己与历史之间的关系。新一代人在反抗父辈的历史暴力和进入历史进程的过程中，习得了暴力。而在冰山般"连绵不断"的历史进程中，暴力还将成为一代又一代"新人"的难以拒绝的精神遗产。

向石头学习

对暴力关系的历史传承，并不是北岛一代人的全部经验。现实生存教给他们的东西更多。在这一代人当中，除了少数人（如张承志）对暴力的年代仍怀有持久的留恋和充满快感的想象之外，更多的人则是持一种厌恶和拒绝的态度，他们更愿意投入"文化—母亲"的怀抱中去寻找乳汁和安抚（如"寻根派"作家和诗人杨炼等人）。然而，这位"文化—母亲"却因为生育过度，只剩下一个瘦骨嶙峋的胸膛，一对早已干瘪的乳房（就如莫言《欢乐》中所写到的母亲那样）。这些可怜的孩子，这些过早断乳而又饱受暴虐的孩子，他们的绝望将会是多么的可怕！

北岛的成熟性则表现在他比较充分地获得了一种独立于文化历

史之外的"自我意识"。这种意识是复杂的,它一方面与历史暴力关系有着千丝万缕的联系,另一方面,它又经常表现为一种更为深刻的历史和文化的虚无感。正如我们在前文中所看到的,一代人的塑像首先是建立在历史的"废墟"上。诚然,可以说,历史上几乎任何一次"代"的更替,尤其是在一种暴力关系中的更替,都会在一定程度上对上一代人的历史作出一种"空虚化"的处理。但是,在北岛那里,被如此加以处理的不仅仅是上一代人的历史,而是更为长久的历史,甚至是历史本身。它出自一种更广泛意义上的"虚无感",而不仅仅是阶段性的历史反叛意识。当一个独立而成熟的"自我"的塑像突然矗立在一片废墟之上的一刹那,整个世界奇迹般地露出了它的真面目——

　　　　到处都是残垣断壁——

　　　　而背后的森林之火
　　　　不过是尘土飞扬的黄昏

(《红帆船》)

　　这一景象使我们想起了鲁迅笔下的世界——"我顺着倒败的泥墙走路,………微风起来,四面都是尘土。"[①] 还有 T.S. 艾略特笔下的"荒原"。北岛笔下的世界同样也是一片荒凉、破败的风景。到处都是"异象",恶兆丛生:蛛网密布的古庙,龙和怪鸟,残缺斑驳的石碑,

---

① 鲁迅:《鲁迅全集》,第 2 卷,第 167 页。

泥土中复活的乌龟（《古寺》）……

> 或许有彗星出现
> 拖曳着废墟中的瓦砾
> 和失败者的名字
> 让它们闪光、燃烧，化为灰烬

（《彗星》）

这种种的异象、恶兆，构成了一幅末日的图景。历史之路在这里似乎已到了尽头。正如北岛本人所说的：

> 路从这里消失
> 夜从这里开始

（《岛》）

但这不是一般的夜，它是历史的漫漫长夜，似不再有黎明的希望。一切都发生了改变，变得面目全非——

> 历史的浮光掠影
> 女人捉摸不定的笑容
> 是我们的财富

（《可疑之处》）

我们还记得，北岛曾经描述过那星星般的永恒凝视的"眼神"，而在这里，它变成了一个"捉摸不定"的可疑之物。历史有着一副美杜萨（Medusa）的面孔，它变幻莫测，既令人恐惧，又充满诱惑。它的笑容让面对它的人化作石头。

　　　　长夜默默地进入石头

　　　　　　　　　　　　　　　　　　　　　　　　（《关于传统》）

　　　　在黎明的铜镜中
　　　　呈现的是黎明
　　　　水手从绝望的耐心里
　　　　体验到石头的幸福

　　　　　　　　　　　　　　　　　　　　　（《在黎明的铜镜中》）

　　"石头"意识进入到了北岛的头脑中。这是一个危险的信号！从北岛的诗中频频出现的"石头"意象中，我们可以看到，"石头"的性质在逐渐变化。起初，它有着坚固、沉重、不易朽烂的性质。因为这种性质，使之成为纪念碑和塑像的最佳材料。一代人的"自我"形象亦被赋予了如此这般的品质。然而，这座雕像很快便与"石头"融为一体了，并获得了"石头"的全部特质。它同时也体验到了僵硬、冷漠和无生命的感受。而这一切，又恰恰是这一代人所要反叛的，是上一代人的形象的本质。这一荒谬的现象，令人想起了加缪笔下的西绪福斯——"那张如此贴近石头的面孔已经成了石头了！"[1]北岛一代

————————————

① 加缪：《西绪福斯神话》，郭宏安译，载《文艺理论译丛》，第3辑，第25页，中国文联出版公司，1985年。

人在与石头般的历史的搏斗过程中，习得了"石头"的品质。胜利者自身也"石化"了。

> 大理石雕像的眼眶里
>
> 胜利是一片空白
>
> （《空白》）

这是一幅多么奇妙的景象啊！在历史的废墟之上，唯有孤独的胜利者的雕像屹立，就好像复活节岛（Easter Islands）上的那一尊尊太古时代的石像一般。他们那空洞冷漠的眼眶茫然正对着昏黄的夕照和荒凉广漠的世界，映照出这个世界的空虚的本质。然而，他们自身却与这个世界是那样的相像。从这深不可测的眼洞里，我们也可看出，这个永恒的观望者的内心状况——它与它面前的世界一样，也充分"空洞化"了。

这个冷漠的大理石雕像没有喊出"我不相信！"的口号，但我们却能感觉到一种更加深邃的怀疑精神。这一怀疑精神，深入到怀疑者的灵魂深处，就好像射出去的箭，折回来射中了猎手自身。世界的怀疑者被自己射出的怀疑之箭所伤，对外部世界以及猎手的怀疑转而成为对历史中的个体——"自我"的本质属性的怀疑。诗人不得不重新思考一代人的"自我"与父辈及其历史之间的关系。

> 当我们回头望去
>
> 在父辈们肖像的广阔背景上
>
> 蝙蝠划出的圆弧，和黄昏

一起消失

我们不是无辜的

早已和镜子中的历史成为

同谋

(《同谋》)

这也许可视为当时中国所可能达到的最为深刻的自我反思。对"自我"与历史之间的同谋关系的发现，摧毁了一代人"自我意识"的神话。在暴力关系中建立起来的新的"自我"的神像，现出了它的空虚的本相，成为与"历史"一样的可疑之物。北岛写道：

我，形迹可疑

……

当你转身的时候

花岗岩崩裂成细细流沙

你用陌生的语调

对空旷说话，不真实

如同你的笑容

(《白日梦》)

我们注意到这个"声音"，它曾经包含着一代人的全部使命感和神圣感，还有一种成熟男性的自信和尊严，而在这里，它变得那么的空洞、虚假、可疑。"自我"分裂出一个陌生的、异己性的"他者"。同样，我们也会注意到这里的"笑容"。它同样也是不真实的、令人生疑的。这种"笑容"曾经出现在"历史"那张女人般的、变幻不定的脸上。"自我"与"历史"居然有着同样一副面孔。而"石头"、花岗岩等这种坚固不朽的建筑材料——纪念碑和雕像的基座——在这个疑窦丛生的时代里,也正在"风化",逐渐析为虚无的尘沙。

可疑的是我们的爱情

(《可疑之处》)

人只有在某种极端的情形之下,才会怀疑到自己的爱情。这可以说是怀疑精神的一个极限。怀疑精神在这个极限处,与虚无主义便相去不远了,甚至,它往往就导致虚无主义。哈姆莱特也正是在巨大的虚无感的包围之中,才开始怀疑奥菲莉亚的爱情。而北岛这一代人,这不幸的一代人,他们曾经被家庭放逐,被社会放逐,被整个时代的生活放逐,在他们重新返回到历史的河流的时候,已经不是曾经的河流,他们又被自己的爱情所放逐。世界变得更加空旷、更加虚幻了。

这是一座空荡荡的博物馆

谁置身其中

谁就会自以为是展品

被无形的目光注视

如同一颗琥珀爆炸

飞出的沉睡千年的小虫

(《白日梦》)

进入历史的欲望被遏止。虚无之雾笼罩在他们曾经渴慕占据的地盘之上。此刻，他们学会的是拒绝：拒绝成为荒谬可笑的历史展品和"无用的路标"，也就是说，拒绝承担历史长子的责任。然而，他们还将存在下去。他们将如何重塑自己的形象？——这是一个问题。

幸存者及其神话

我倾向于认为，在奥菲莉亚死后，哈姆莱特就没有理由再活下去了。然而，他依然无耻地在那个舞台上走来走去，用夸张的口气朗诵着那些陈词滥调。他有一个好借口，那就是他的复仇使命。他依靠仇恨苟活在世上。为此，他总是一而再、再而三地延宕他的复仇行动。他知道，一旦完成了复仇使命，自己的生命也就随之完结（事实上也正如此）。哈姆莱特最终死于非命，这似乎成全了他的英名。可他的苟活却仍在延续，在另一种意义上延续。那场最后的血腥事件的幸存者霍拉旭仍将存活下去，并以见证人的名义，向后人讲述这段悲惨的故事，传颂着哈姆莱特的英名。由于霍拉旭的存在，哈姆莱特的名字和事迹比他本人活得更为长久。但这在卡夫卡看来，不如说是耻辱存在得更长久些。①

霍拉旭的形象对于北岛一代人自有其魅力。这一代人经历过血腥而又荒谬的时期，又不幸置身于一个不再造就英雄的时代，哈姆莱特式的重整乾坤的梦想化为泡影，世界呈现为空虚的幻象。然而，他们还活着，还将活下去。"幸存"成了唯一的理由。在全部英雄神话归于破灭之后，"幸存意识"则被夸大，虚构成一个新的神话：作为见

---

① 参阅卡夫卡：《诉讼》的结尾，见：《卡夫卡小说选》。

证人，他们有充分的理由活下去，并且向世人说话。历史要求他们进入未来，并向未来的人们发出告诫。20 世纪 80 年代末期，由部分"今天派"诗人发起组成了"幸存者诗歌俱乐部"。诗人们名正言顺地扮演起霍拉旭的角色来。哈姆莱特死去了。霍拉旭则在一代人的想象中复活了。北岛在诗中写道：

回声找到了你和人们之间

心理上的联系，幸存

下去，幸存到明天

而连接明天的

一线阳光，来自

隐藏在你胸中的钻石

罪恶的钻石

（《回声》）

他们仍然需要发言，仍然需要倾听者，并且，仍然需要听到"回声"，因为他们是"幸存者"。他们也能够洞见自己内心的"罪恶"，这是他们的深刻之处。这"罪恶"，也许指的就是自己与荒诞、罪恶的历史之间的"同谋"关系。然而，在幸存者的"炼金术"里，"罪恶"转化为"钻石"，它属于历史之深层的价格昂贵的矿物。这样，也就为"幸存者"的生命存活找到了最堂皇的理由。

幸存者把最后的赌注押给未来。幸存者不相信眼泪，他只相信时间。当时间使记忆渐趋消淡的时候，幸存者的价值才能充分显示出来。作为见证人，同谋就是财富，哪怕是"罪恶"也将作为遗产而被未来的人类倍加珍视。因此，北岛才会认为："也许全部困难只是一个时间问题，而时间总是公正的"。①

"幸存者"发现了时间。然而，对于时间的信赖的另一个原因是因为他们的年龄。与日趋衰朽的父辈相比，"幸存者"一代正值青春。这便是他们的本钱。时间是幸存必胜的保证。这种观念，不仅仅是北岛一代人才具有，甚至可以说，是任何一代新人都可能抱有的最后的希望（或者说是幻想）。活下去，活得更长久些，就必将胜利——这，难道不也是我们这一代人曾经有过的伟大幻想吗？

我们就这样理解时间，相信它的公正，相信它是必胜的保证，是一无所有者最后的护身符。我们还相信，肯定时间也就是肯定自身的青春和生命，除此之外，不存在任何更高的存在尺度。一个现代神话诞生了。

在幸存者的神话中，霍拉旭获得了占有时间的权利。然而，在一场血腥的屠杀之后，这位因领承代言使命而幸存的人又能做些什么呢？他将歌吟？他将叙述？他将以什么样的声调和方式开口说话？阿多诺道破了这一秘密。他认为，在奥斯维辛之后再有诗，就是野蛮。这一断言，可以说是戳破了幸存者诗歌的迷梦。时间能够为仅仅作为幸存的诗歌提供其存在的根本依据吗？诗歌因为其幸存就能拥有在最后的审判中的豁免权吗？在一个暴虐的时代里，诗人作为幸存者和见证人的权利具有不可动摇的优先性吗？这一切都大可怀疑。事实上，我们常常能听到，一些诗歌有着一副作伪证者的虚假而尖锐的嗓门。如果诗人们有勇气真正突入诗之存在的深处，就无须制造任何特殊的

---

① 转引自谢冕：《20世纪中国新诗：1978—1989》，载：《诗探索》(北京)，1995年第2期。

庇护所，无须虚构任何自我夸饰的神话。相反，诗应该可以更加坦诚地敞开自己的疆域，接受更加严峻的、针对诗之本身的驳证，包括对幸存者的时间神话的驳证。幸存者依赖于"时间过去"而摄取"时间未来"。"同谋关系"充其量只是据有一个死去的时间。然而，对于"时间现在"，在现实生存的背后，"同谋关系"却什么也没有看见。可是，在昆德拉看来，诗所要求的恰恰是对"某地背后"的可能性的发现。在上述这些方面，北岛显示了自己的不同一般的意义。在他的诗中，越来越多地呈现出对存在本身的质疑和思考，特别是对"时间"本质的思考。

> 喷水池里，楼房正缓缓倒塌
>
> 上升的月亮突然敲响
>
> 钟声一下一下
>
> 唤醒了宫墙里古老的时间
>
> 日规在旋转，校对误差
>
> 等候盛大的早朝仪式

（《夜：主题与变奏》）

时间被唤醒了。但被唤醒的时间都属于历史。它与历史有着同样的一种特征：古老而且僵死。在这里，北岛体验到了时间的复杂性。它并不必然地指向未来，并不必然地属于青春和个体生命。时间之妖有着两副面孔：一副肯定生命，使生命延续；一副消磨生命，使之衰老、死灭。历史的时间在绵延，可它不属于个体生命。

几个世纪过去了

一日尚未开始

（《白日梦》）

而觉醒的生命意识一旦陷入时间之妖的魔阵，便失去了自主性。在北岛笔下，时间经常成为历史的同谋者，它们同样都是不可逆转的，并带有暴力的性质。它们排挤个体生命，并给生命带来衰老的威胁。

万岁！我只他妈喊了一声

胡子就长了出来

纠缠着，像无数个世纪

（《履历》）

"时间神话"变成了"时间魔术"，而被戏弄的正是时间中的个体的青春生命。在另一首诗中，这种时间体验表现得更为明晰：

挂在鹿角上的钟停了

生活是一次机会

仅仅一次

谁校对时间

谁就会突然衰老

（《无题·"永远如此……"》）

出于对衰老的恐惧，北岛拒绝了时间，在想象中使时间停止在某一瞬，并企图在这一瞬间充分展开自己的生命。这仿佛是一次赌博。只有输光了的赌徒，才会这样孤注一掷。而北岛似乎是很熟悉这样一种赌徒的经验——

> 一夜之间，我赌输了
> 腰带，又赤条条地回到世上

> (《履历》)

赌博者的意识是一种处于麻醉状态的意识。正如本雅明所说的那样，赌博状态麻醉了全部的经验，使人回到赤裸裸的生命本能状态之中。而意识的麻醉又"首先是针对时间的"。[①] 时间神话在此化为泡影。

一代人的精神历程至此告一段落。这是他们学习的历史，也是他们被抛弃的历史。他们被"父辈"抛弃，被历史抛弃，被爱情抛弃，也被时间抛弃，最终，他们被抛弃在路上，像弃儿一样。一位歌手唱出了他们的处境——"一无所有"。而这一无所有的一代人，在日后又变化为各式各样的角色：流浪汉、顽主、唯美主义者、天国幻想狂、道德原教旨主义者、自封的"绛洞花主"、半真半假的"西门庆"……这些形象，构成了20世纪80年代末及90年代的中国文学中的主角。

---

① 本雅明：《发达资本主义时代的抒情诗人》，第171页之"注十二"，张旭东、魏文生译，生活·读书·新知三联书店，1989年。

第二部　北岛的漫游年代

自我的迷失

> 在秋天的暴行之后
>
> 这十一月被冰霜麻醉
>
> 展平在墙上
>
> 影影重重叠叠
>
> 那是骨骼化石的过程
>
> 你没有如期归来
>
> 我喉咙里的果核
>
> 变成了温暖的石头
>
> （《白日梦》）

《白日梦》一诗可以看作是北岛对自己青春时期的精神历程和迄1980 年代后期为止的诗歌创作活动的一次总结，它同时也包含了北岛对这个时代的精神的批判性的理解。从起首几句中，我们可以嗅到 T.S. 艾略特的气息。艾略特的《J. 阿尔弗瑞德·普鲁弗洛克的情歌》是这样开头的：

> 那么我们走吧，你我两个人
>
> 正当朝天空慢慢铺展着黄昏
>
> 好似病人麻醉在手术桌上；①

---

① T.S. 艾略特：《T.S. 艾略特诗选》，第 3 页，查良铮等译，四川文艺出版社，1992 年。

以上所引的两段诗颇有一些相似之处。首先，它们都是由同样的两个动机——"出走"和"麻醉"——引出诗的主题。我们不知道这两首诗中的"出走"是否基于同样的理由，但无论何种理由的出走，都会有相近的感受。不过，在北岛那里的"出走"更像是一次走失。"你没有如期归来"，走失了、迷路了。迷路，意味着空间感的丧失。一切相关联的标志：方向、路标、家园的方位及其与之相联系的周边事物——总之，整个熟悉的世界都退出了视界。与此相关的是时间感也丧失了。被耽搁在路上，不能如期归来，时间就失去了意义，它至多只能带来焦灼感。在诗中，尽管有"秋天""十一月"等表示时间的记号，但这些记号，就其根本而言，只是一个"石化"过程的证据。成为"化石"，也就意味着时间的凝结和死亡。这样便引出了"麻醉"的动机。麻醉是对出走者的意识状况的暗示，麻醉状态使时间和空间变得虚幻。这种情形同样出现在我们上文曾提及的"赌徒"身上。当然，还有醉汉、吸毒者。这些人都是流浪汉的近亲。事实上，任何一个流浪汉往往同时也是赌徒、醉汉、吸毒者。在这里，北岛将他的主人公推向了道德的边缘，甚至是反面。他们反叛历史、反叛现实、反叛时间，最终注定要走到反叛道德秩序的"邪路"上去。可见，家长们对于那些离家出走的孩子们的担心，并非无缘无故。北岛也意识到了他的主人公"永无归宿"的命运，而他本人也在一定程度上与这种命运认同。

流浪者游荡在路上，他完全不同于一般的行人。一般的行人可以根据目的地的不同，而拥有各自不同的身份：差人、信使、旅行家，等等。而流浪者没有目的地。他身份不明，形迹可疑，如果没有引起治安警察和风化民兵的注意的话，那就只有他自己才会注意到自己。流浪者自我关注，自我认知。他将自己一分为二，同时成为"主体"和"对象"。正像艾略特笔下所出现的那样，"你—我"实际上是一个人，是一个个体自我分裂的产物。而北岛则表达得更为直接，明确——

　　我的开端——你

　　或者你的尽头——我

（《白日梦》）

　　在《回答》一诗中，北岛企图在一个封闭的逻辑空间内构建一个完整、自足的"自我"形象，并依靠与外部世界的对立关系来强化这一形象的独立性。可是，在《白日梦》一诗中，这个"自我"从内部发生了分裂，内在地形成了"你—我"关系，就像是一个人同他自己的影子的关系一样。

　　影子，是人的阴影部分。它外在地模拟人的形象，而它的本质却是黑暗和空虚。鲁迅曾敏感到影与形的分离状态。他在《影的告别》一文中写道："人睡到不知道时候的时候，就会有影来告别"。在睡梦中，在时间感丧失之际，亦如在意识的麻醉状态下一样，"影"从"形"的实体内剥脱、分离，带着它的黑暗和空虚，把存在物的虚幻性的一面暴露出来了。"影"的话语，就是对人的存在的虚幻本质的提示。这个关于"影"的主题，也同样经常出现在北岛的笔下。"自我"不再是一个协调完整的实体，而是变成了存在与虚无的角斗场——

或者在正午的监视下

像囚犯一样从街上走过

狠狠踩着自己的影子

（《走向冬天》）

在与自身的影子的搏斗中，北岛才真正将注意力转向了"自我"本身，注意到"自我"内部的复杂性和矛盾状态。"自我"的构建由一代人与外部世界的对立转向了单个的人对自身存在本质的领悟和发现。在另一首诗中，北岛描述了这一转变。该诗的第一节表现的是"自我"与世界之间的隔膜和对立，而第二节则将这种隔膜和对立移植到"自我"的内部空间——

对于自己

我永远是个陌生人

我畏惧黑暗

却用身体挡住了

那盏唯一的灯

我的影子是我的情人

心是仇敌

（《无题·"对于世界……"》）

这个孤独的流浪者，他与自己的影子纠结在一起。影子是他唯一的旅伴，也是他最凶险的仇敌。而影子与他的身体一道，构成了他的完整的形象。也就是说，他的存在与他的存在的虚无性，构成了他的全部本质。黑暗越深，他的"自我"的形象却越明晰。孤独得越彻底，他也就从人群中分离得越充分。这样，一个单个的人的"自我"形象也就真正被勾画出来了。

> 流浪汉的影子从墙上滑过
>
> 红红绿绿的霓虹灯为他生辉

(《夜：主题与变奏》)

这一诗行就像是对柏拉图的"洞穴"隐喻的摹写。它点明了"影像"主题在北岛诗中的意义：流浪者与自己的影子打交道，由此领悟到自身的孤独和无家可归的境遇，也洞悉了周边世界的黑暗。更为重要的是，他借此获得了一种对于"自身"的认知。他无须到人群中去寻找自己的本质，他注定是一位孤独的漫游者。

在路上

漫游者在漫游生活中学到了些什么？首先是关于道路的知识。没有比漫游者更熟悉道路的了。漫游者带着自己的影子行走，而影子就投射在道路上。对于漫游者而言，道路就是家园，另一方面，也只有他才是道路的真正主人。

北岛似乎是一个熟悉道路的人，至少，他对道路怀有特殊的兴趣和热情。他的诗赋予道路以人格化的活力，使之成为有生命的事物——

> 只有道路还活着

那勾勒大地最初轮廓的道路

穿过漫长的死亡地带

来到我们脚下，扬起了灰尘

（《随想》）

并非世界包含着道路，相反，是道路刻划并发明了世界。世界因道路方得以展开，亦因道路而获得生机。没有道路，世界是一个无生命的空间，一个"死亡地带"。

道路对于人意味着什么？道路有着大神秘，至少，对于中国人来说是这样。所谓"道"，包含着深刻的关于宇宙、世界以及生命的哲学。它还可能意味着更多的某些东西。屈原把道路看成是广延，是时间上的长度和空间上的广度。这位中国历史上最伟大的漫游者，他企图用自己的脚和整个生命，来度量这无可度量的"道"。道路在他的笔下成为生命展开的过程和对生命意义上下求索的途径。漫游者被改造成为求索者。这一改造，使行走和漫游获得了一种生存论上的意义。北岛在一定程度上传承了这位诗人祖先的"道"。在他早期的一首诗中，"道"对行走发出了召唤——

走吧，

我们没有失去记忆，

我们去寻找生命的湖。

走吧，

路呵路

飘满红罂粟。

(《走吧》)

　　被唤醒的首先是一种关于道路的古老记忆：在通往远方的道路的某处，隐藏着生命的价值和意义。行走，就是求索，就是寻找。寻找的主题可以看作是"今天派"诗人的基本主题。在顾城的《黑眼睛》和梁小斌的《中国，我的钥匙丢了》等诗作中，这一主题亦曾有过充分的表现。北岛则通过道路与行走的意念来表达这一主题。北岛对于道路的想象是屈原式的。但是，北岛并未踏上一条通往遥远过去的古道。只有一种"道"的神秘性在诱惑着他。行走的欲望被唤醒，与其说是与记忆有关，不如说是因为道路本身的神秘的诱惑力。行走，更多的是一种本能的冲动。这使北岛的行走获得了一种现代性的特征，它更接近于凯鲁亚克式的行走状况。事实上，北岛及其同代人很早就迷上了凯鲁亚克的《在路上》。① 道路因为其神秘的魅惑性而散布着宿命的迷雾。迷雾中的道路未必确凿地通往"生命之湖"。它的前途莫测，变化多端。

---

① 《在路上》早在"文革"期间就对中国读者（主要是"知青"一代）产生了影响。北岛的同时代人，如宋海泉、多多、赵振先等人都曾撰文回忆《在路上》对他们的影响。而芒克和彭刚在读了《在路上》之后，竟然逃离"知青点"，四处流浪（事见唐晓渡：《芒克：一个人和他的诗》，载：民间诗刊《现代汉诗》，1994 年秋冬合卷，北京）。事实上，流浪在"知青"一代那里是一种十分普遍的现象。"文革"期间的"手抄本"小说《逃亡》，反映的就是这一题材（见杨健：《文化大革命中的地下文学》，朝华出版社，1993 年）。另外，阿城、马原等人的一些反映"知青"生活的小说，都在不同程度上涉及了这一题材。对形成这一现象产生影响的除了小说《在路上》之外，可能还有印度电影《流浪者》。这部电影早在 60 年代初期就已在内部上映，一些高干家庭出身的"知青"，有不少人都看过。当时，在小范围的"知青"中间曾传唱过影片中的那首著名的插曲——《拉兹之歌》。

在北岛后来的一些诗作中，道路确实是变得越来越复杂了。北岛经常在道路的某些特殊部位停留下来。比如，"路的尽头"（见《无题·"把手伸给我……"》《岛》等），"十字路口"（见《路口》《见证》《夜：主题与变奏》《你在雨中等待我》等）。在这些特殊的地方，道路发生了变异，它不再是一条直通目的地的途径，而是一处歧路显现、疑窦丛生的场所；不是一条笔直的、连续的线索，而是一道扭曲的、交错的，甚至是断断续续的虚线。在这样一种地方，行走便成了问题。

> ——一条条歧路出没
> 那只年轻的鹿在哪儿
>
> （《同谋》）

对于"年轻的鹿"的关心，毋宁说是年轻的诗人对于自己的关心。自我的位置、处境、前途，等等，一切都成了问题。可以说，"自我"迷失了。而歧路、迷途，既威胁着行路人，也是对"道"本身的威胁。在一首标题为《迷途》的诗中，北岛写到了"迷途"的一种结局——

> 小路上
> 一棵迷途的蒲公英
> 把我引向蓝灰色的湖泊
>
> （《迷途》）

这里的"湖泊",也许就是北岛所要寻找的"生命之湖"。可是,"蓝灰色"的湖又能告诉人们什么呢? 这种古怪的颜色是天空才具有的颜色,实际上,它就是天空的颜色。发现了一片天空,也可以说是什么也没有发现,除了那个永恒的神秘性本身之外。伟大的屈原也在接近天空的地方止步了,留下来的是一串更深的迷惑。北岛在这里所发现的,也恰恰是"深不可测的眼睛"(同上)。在一首近作中,北岛再一次切近了"蓝色"主题——

道路追问天空

一只轮子

寻找另一只轮子作证

(《蓝墙》)

在这首题为《蓝墙》的诗中,"蓝墙"阻断了道路的进一步延伸,实际上,也等于是阻断了对"道"的追问的可能性。"追问"在自身的两只"轮子"上空转、循环,构成了围绕着自身悖谬关系。迷途,对于行走者而言,尚有可能变成一次冒险的经历,并能带来一种梦幻般的体验。可是,迷途威胁到"道"本身。迷途纠结、缠绕在一起,使"道"陷入不确定的混乱当中。求索者的困惑转变为"道"自身的本体论上的困惑。这种困惑在北岛那里表现为"道"的迷宫结构——"网"。网,意味着串联、交汇、错综、纠结,甚至是缠绕和混乱。而无数的相互交叉的小径,如同铺张在大地上的巨大的网。这就是我们的世界,就是生活。北岛的那首著名的"一字诗"所表现的正是这一主题。

对于行走在路上的人来说，这种道路迷宫还意味着围困，正如网对于猎物意味着捕获。凯鲁亚克式的"在路上"的自由，在北岛这里成为一种危险，一个阴谋。捕获之网就埋伏在每一条道路上。这种危险感，也许是北岛一代人所特有的警觉。北岛写道：

自由不过是

猎人与猎物之间的距离

（《同谋》）

漫游者所想象的行走的自由，无非是"年轻的公鹿"在猎人的枪响之前的一个梦。漫游的国度实际上是一个狩猎场。漫游者与其说是在行走，不如说是在逃亡。一种逃亡意识深深地渗透到北岛的意识深处。

尽管影子和影子

曾在路上叠在一起

像一个孤零零的逃犯

（《明天，不》）

逃亡意识改造了漫游者对于道路的经验，它将关于"道"的一般知识和"道"的玄学，还原为现实生存处境中的"道"的政治学，从而打破了一般人对于漫游的罗曼蒂克的幻想，也道出了特定政治境遇中的现代人的生存经验。与同时代及稍晚一些的其他诗人相比，北岛的诗更少谈论抽象的自由和自我实现，也更少文化玄学的气息。这是北岛的诗的浅显性所在。从另一角度看，它的深刻性也正表现在这里。

"道"与"行"

关于道路和行走的玄学，是我们这个民族的一门传统学问，其中蕴藏着民族的精神秘密和祖先们的大智慧。然而，在现代中国是否有可能重建这门古老的"道"的学问呢？这是一个时代的梦想。自20世纪80年代中期始，中国大陆掀起了一场持久不衰的文化反思运动，一些勇敢的精神漫游者踏上了追寻民族文化之根的漫漫古道。在这些跋涉者的前列，可以看到"今天派"诗人的身影。其中，步伐最为坚定的是杨炼和江河。① 即便是逍遥成性的顾城，也有意于在空灵的"自然之境"中寻觅古老的"道"的踪迹。② 在这场"伟大的进军"中，北岛的步伐却显得有些迟缓和游移。这也许是因为北岛的思维过于凿实、刻板，③ 与"道"这一古老的、高深邈远的智慧不相称，也许是因为他始终坚持一种彻底的怀疑主义立场。尽管北岛在一些诗作（如《古寺》《关于传统》《菩萨》《守灵之夜》等）中，也有对民族文化传统的反思内容，但这些反思与关于"道"的玄想关系不大，它至多只是一种怀疑论者的疑惑与现代主义的讽喻的混合物。他的大部分诗作都将注意力转向了对现实的生存处境的关注。他赋予漫游者以政治学的，而不是文化学的眼光。

---

① 杨炼的、江河的《太阳和他的反光》可以视作与"文化寻根"运动有关的重要作品。
② 参阅顾城：《没有目的的"我"》，载顾城：《墓床》，作家出版社，1993年。
③ 黄翔在《狂饮不醉的兽形》一文中称，北岛有一个绰号，叫"木头"（参阅：民间诗刊《大骚动》，1993年第3期，北京），或可见北岛之为人朴讷。

北岛关于道路的知识，主要来自现实的行走经验。现实的行走，将我们引向了现代人的生存领域——城市。

> 我总是沿着那条街
>
> 孤独的意志漫步
>
> 哦，我的城市
>
> 在玻璃的坚冰上滑行

（《白日梦》）

关于城市，并不需要太高的领悟力和过于浪漫的情怀。这些东西不但无助于真正地进入城市，相反，它将遭遇到来自城市的坚硬强大的拒斥力。事实上，具有这种禀赋的人（如顾城），最终被城市所挤压而逃到乡间或荒无人烟之处，因为，只有在那里他才能寻找到他所需要的、熟识而亲切的事物。要进入城市，最重要的是要学会忍受孤独。没有比城市里的漫游者更显得孤独的了。人们行走在大街上，彼此摩肩接踵，但他们却是陌路人。正是在这个人群麇聚的空间里，才使人领会到自己在此世界上永远是个客居者。通过城市，北岛的诗深入到意志之孤独的深处，也真正触到了现代人的生存经验的基层。

城市，与其说是人群的汇集地，不如说是道路的汇集地。然而，城市道路却是奇特的。我们所具有的关于道路的一般知识，在这里完全失效了。那些乡下人，哪怕是再精明不过的乡下人，一俟进入城市的道路网络，便会变得呆头呆脑，无所适从。城市的道路既没有起点，也没有终点。它总是一些片段，是从一个街口到另一个街口之间的一段距离。整个城市就像是由无数个"十字路口"交织而成的一张巨大的迷网，正如卡尔维诺所描述的那种"没有头也没有尾的网状结构"一样。城市的道路，与其说是用来行走的，不如说是用来限制行走的。北岛在一首诗中这样描写城市的事物：

> 误入城市之网的汽车
>
> 爬上水泥的绝壁
>
> 在电线捆缚的房子之间
>
> 夜携带着陌生的来信
>
> （《别问我们的年龄》）

汽车、电线、水泥房子……这些才是城市的真正主人。尤其是汽车，它是现代世界的伟大的行走者。在城市，道路根据汽车的行走要求而规划。只有汽车，才拥有道路的本质。而人则成了道路的赘生物，城市的残渣。因而，在北岛笔下，城市的道路成了一种陌生的事物，它是对于道路一般本质的否定，进而，也是对于行走的否定。北岛在诗中写到了对于道路的疑惑——

> 到处都是残垣断壁
>
> 路，怎么从脚下延伸
>
> 滑进瞳孔里的一盏盏路灯
>
> 滚出来，并不是晨星
>
> （《红帆船》）

在乡间，道路像人一样作息。它在夜间安睡，又在清晨行人的脚步声中苏醒。而城市的道路，它抛开了人类，似乎自己拥有了生命。它自我延伸，并依靠那些彻夜不眠的街灯来显示自己强大的活力，仿佛是对人的生命的嘲讽。

对于城市的漫游者来说，道路是一个异己性的事物。道路存在在那里，但行走在路上的人却不能在上面留下任何个人性的踪迹，也没有任何标志属于行走者个人。他被抛掷在街道上。如果他还在行走的话，那么，他只能像一位观光者一样。沿道路展开的城市，只是一片片风景，而不是家园。北岛经常写到城市的这些风景：地铁车站、十字路口、路灯、公寓、博物馆……还有广场和纪念碑。只有在一位纯粹的漫游者眼里，这一切才成为风景。

北岛显然是不会忽略广场的。但在他的后期诗作中，广场及其相关的其他事物却发生了根本性的改变。

纪念碑
在一座城市的广场
黑雨
街道空荡荡
下水道通向另一座
城市

(《空间》)

纪念碑、广场，这些意义特殊的城市标志，被如此轻描淡写地记下，与其他城市景物（包括下水道）没有什么两样。而且，在通常被这些特殊标志所遮藏的根本之处，却与其他任何一个城市是相通的。

因而，这些特殊的标志可以说是徒有其表。它并不能赋予城市以任何特别的意义和价值。这座城市，只是任何城市中的一座，是抽象的、空洞的城市。北岛还特别地写到了在广场上通行的经验——

> 欲望的广场铺开了
> 无字的历史
> 一个盲人摸索着走来
> 我的手在白纸上
> 移动，没有留下什么
> 我在移动
> 我是那盲人

（《期待》）

对照一下北岛曾经在另一首诗中所描写的广场，会是很有意思的——

> 我曾正步走过广场
> 剃光脑袋
> 为了更好地寻找太阳

（《履历》）

如果说在北岛的这首诗里，广场、纪念碑之类的事物还多少带有一些讽喻性的话，那么在江河的《纪念碑》一诗中，广场上的事物就显得不同一般了——

268

我常常想

生活应该有一个支点

这支点

是一座纪念碑

（江河：《纪念碑》）

广场，曾经是一代人行走的目的地，是生活价值的承受者。但是，当我们回到北岛的《期待》一诗中所描写的广场时，却发现，在这里的广场只是欲望展开的场所，而它的本质却是空虚。北岛似乎是有意要消解广场的特殊含义。可以设想，北岛完全可能以失聪来拒绝声音。他变成了盲人。这双眼睛也许就是顾城所描写的那双用来寻找光明的"黑眼睛"，但现在却失明了。失明暗示着失聪，并否定了广场的特殊性。空虚的广场在盲人脚下，无非是道路的一个变种，是道路的铺张和膨大的部分。对于一位盲者，它毋宁说是一个危险的地方。它过于空旷，使盲者失去了任何可靠的依凭。盲人行走在广场上，只求尽快地通过此地，远远地离开，而不是在此逗留，更不会奢望占据它。重要的是步态。装聋作哑的手指在广场上滑过，它"摸索"着，迟缓地"移动"，好像是漫不经心的滑行，又像是依依不舍的抚摸。这种动作，其特征被淡化了，与正步行走完全不同。但行走者的心情仍然是极其复杂的。他愿意尽快地掠过并遗忘这块地方，但又不无留恋。更加意味深长的是，北岛将盲人通过广场的行走经验转化为对写作行为的一个隐喻。写作之手在这个"空白"之处滑过，但拒绝在这里书写。写作者更多地将注意力集中到手的运动的感受上，正如盲人关注的是行走本身。他不再在这里寻找什么。况且，对于一个盲者来说，又有什么可寻找呢？

> 兀立噩梦中的冰山
>
> 在早晨消融，从残留的夜色中
>
> 人们领走了各自的影子
>
> 让沉重的记忆在脚下
>
> 在行走中渐渐消失

（《我们每天早晨的太阳》）

行走恰恰是为了使对记忆的寻找渐渐消失。在这里，行走的玄学归于终结。行走成为行走本身，或者说，它以自身为目的。北岛在对行走的经验的描述中，取消了行走的玄学，使之变成了一种"行走美学"，从而肯定了行走者的自身经验。而这也意味着对个体生命的生存活动的肯定。

"一个潜入字典的外来语"

1980 年代后期，北岛离开中国，去了欧洲（后来又到了美国）。对于一位诗人来说，这种生活空间的变化未必会有特别的意义。漫游生活总是诗人们喜爱的生活方式之一。漫游异国他乡，也可以看作是在国内的漫游生活的延续。有意义的是，所谓"异国情调"往往会给诗人的漫游生活带来一种距离感。而这种距离感，有可能会改造诗人对故乡生活和母语的经验，使那些习以为常的生活经验获得了一种新的诗性的活力。但是，对于在异国"东方旅行者"来说，却不完全是这样。一种文化上的等级性差异，有时会将这种必要的距离感强化到一个难以逾越的限度，从而抽空了作为东方诗人的生存根基。到了 20 世纪 80 年代末，这种距离达到了一个限度，成为一个断裂带。一夜之间，北岛的身份及其旅居的性质发生根本性的转变。并且，这种身份被框定在不可更改的范围之中。

> 全世界自由的代理人
>
> 把我输入巨型电脑：
>
> 一个潜入字典的外来语
>
> 一名持不同政见者
>
> 或一种与世界的距离

（《走廊》）

西方人需要一个距离来理解东方人，更需要一个距离来保持自己的文化身份。但这个距离既不是心理学上的（不同文化范畴中的心理差距），也不是诗学上的（诗与生活环境的差距），而（首先）是政治学上的。一位东方诗人，这未必能引起他们的注意，而一位政治难民则使他们更感兴趣。北岛不无嘲讽地写道：

> 另一种语言的绅士们
>
> 穿过难民营

（《悲歌》）

"电脑"，这种现代机器，通常被认为是改变了人的时空观念，缩短了世界的距离，但它缩短的只是物理学上的距离，而文化上的距离却反而在加大。一位东方诗人的名字，仅仅是被作为一种外来语的符号，并且主要是因为该符号的政治学含义，才被记录在案。距离（无论是政治上的，还是语言上的）都必须被夸大，而不是缩小，才能被异质文化所认同——这是现代文明的一个奇特的现象。正因为如此，北岛的那些更切近现代意识的诗歌，恰恰遭到西方汉学家们的指责和贬损。他们似乎更喜欢听一位中国诗人用"文革"时期的腔调，或者用中古时代的腔调说话。

异域生活改变了诗人的语境，新的读者所关心的并不是单个的东方诗人的"自我意识"状况，他们要求北岛重新回到一种简单的立场上去，代表一个国度的声音。北岛在一首诗中写到了自己的这种尴尬处境——

　　　我从故事出发

　　　刚抵达另一个国家

　　　颠倒字母

　　　使每餐必有意义

　　　　　　　　　　　　　　　　　　　（《据我所知》）

一位东方诗人，成为一个"天方夜谭"的讲述者，他的写作，只是异国人餐桌上的故事，是一个国度的"寓言"。即使是像就餐这样的纯个人化的生理行为，也不得不成为意味深长的故事。而北岛本人显然不愿意扮演这样一种角色，他提醒道：

哦，同谋者，我此刻

只是一个普通的游客

在博物馆大厅的棋盘上

和别人交叉走动

(《一幅肖像》)

可是，有谁会注意到他的这一重大的提醒？然而，北岛的意义恰恰在于：他在抹杀诗性的语境中，依然艰难地维护诗歌的本性，同时也在维护着一个诗人的权利。诗人有他自己的"政治学"，那就是捍卫语言的个人性和反抗"权力"对于语言的暴行。北岛在他的诗中，对权力提出了控诉：

一个词消灭了另一个词

一本书下令

烧掉另一本书

用语言暴力建立的早晨

改变了早晨

人们的咳嗽声

(《早晨的故事》)

每一个中国人都知道，"咳嗽"绝不是一个简单的生理现象，它经常被看成是某种政治意图的信号。在古代，阴谋也总是以咳嗽为号。这的确是中国人的经验。可是，它难道就不是人类性的经验吗？一个东方诗人来到异国，不是同样也要赋予诸如"就餐"这样的生理行为以某种意识形态化的意义吗？语词与语词之间、书本与书本之间的仇恨、敌对乃至谋杀，难道不也是至迟从中世纪起直至希特勒、斯大林（也许还更晚一些）的西方文明史吗？作为诗人的北岛所面对的是普遍的权力世界。

> 走廊尽头，某些字眼冒烟
> 被偷走玻璃的窗户
> 面对的是官僚的冬天

（《走廊》）

这里的"走廊"，让我们联想起卡夫卡笔下的法庭里的走廊。如果把"官僚的冬天"仅仅理解为北岛对于东方专制制度的讽喻，未免过于目光短浅了。这样，北岛在海外的写作也就变得不可理喻。他仅仅是一种制度敌意的产物吗？"被偷走了玻璃的窗户"，必将使世界上任何一个地域的冬天都会变得更加寒冷。也只有撤除了玻璃的隔膜和伪饰，才真正显示出寒冷的意义。"官僚的冬天"乃是一个全球性的气候。如果西方读者不能从这里感受到他们自己的文化的温度，那么，就只能说明他们自己已被"官僚的冬天"冻得麻木了。他们才真正是"冬天"的牺牲品。

在这里，北岛把对权力的控诉上升到了一个人类性的高度。作为一位诗人，并不仅仅是（至少主观上不是）某一特定制度的批评者，而是人类文明的批评家。诗所要改变的，也并不仅仅是某一区域的外在气候，而是世界的根本性质。诗，永远是任何形式的（直接的或伪饰的）极权制度的敌人。

流亡诗学与话语权力

异域生活究竟给北岛带来了些什么？新的荣耀？新的题材？新的风格？或许都有。可能还有新的幻灭。如果说，在国内时期的北岛，是在同权力的对抗和对权力的逃亡的过程中确立自己的基本形象的话，那么，"在与国家告别之后，权力，即使是被否定的权力，也不再是（唯一的）思维对象。经过几番走向自我的探索，十几年前一代人的我们终于变成了流亡者的我，这个我对着镜子说话或者把影子挂在衣架上。"[1]异域生活将北岛抛掷在与世界的疏离状态中，也将他抛掷在语言的真空中。只能是自己成为自己的倾听者。也许，只有在此状态下，他才真正能够倾听到自己的声音。

> 我对着镜子说中文
>
> ……
>
> 祖国是一种乡音
>
> 我在电话线的另一端
>
> 听见了我的恐惧

> （《乡音》）

在这首诗中，北岛似乎特别地注意到了语言的意义。可是，他却在自己的母语的声音中听到了"恐惧"。是什么使他恐惧？或者说，在他的母语的声音中，包括了什么样的令他恐惧的东西？在另一首诗

---

[1] 转引自 Kubin：《预言家的终结：二十世纪中国思想和中国诗》，成川译，载：《今天》，1993 年第 2 期，第 145 页。

中，他触及了这种令人恐惧的危险的根源——

> 我的影子很危险
>
> 这受雇于太阳的艺人
>
> 带来的最后的知识
>
> 是空的
>
> 那是蛀虫工作的
>
> 黑暗属性
>
> 暴力的最小的孩子
>
> 空中的足音
>
> 关键词，我的影子
>
> 锤打着梦中之铁
>
> 踏着那节奏
>
> 一只孤狼走进
>
> 无人失败的黄昏
>
> 鹭鸶在水上书写
>
> 一生一天一个句子
>
> 结束

（《关键词》）

1980年代末之后，尽管（如北岛所意识到的那样）被否定的权力已不再是唯一的思考对象，或者说，80年代末之后的汉语诗人应该专注于对"自我意识"的发现和重构。但是，当北岛重新审视自己的"影子"，重新进入到"自我"的内部世界的时候，他却发现，"权力"依然是一个大危险，甚至是最根本的危险。正如这首诗中所披露的，权力意识如同蛀虫，蛀蚀着主体的内部世界。北岛对于"权力关系"的理解的深刻性，表现在他并不是仅仅将权力理解为外在的制度，而是将它看作是一个渗透到人的"自我意识"深处的"蛀虫"。权力有它自己的"语法"和"文体"。即便是权力的外在形式在一定程度上丧失了其控制力之后，它也依然可以借助于自己的逻辑，在话语生成过程中滋生着新的权力关系。权力就像"无意识"一样构造着语言，成为一个个"关键词"，支配着话语的秩序。言谈正踏着权力的"节奏"行进。这样，我们重又回到本文开始所讨论的关于"权力声音"的主题上来了。

权力的"语法"，权力的话语规则，正如权力者所喜欢做的那样，它好作断语，拒绝质疑；它喜欢简单、浅陋的逻辑，单调刻板的格式；它讨厌复杂和含蓄，更讨厌深奥。它爱听众口一词的欢呼和喧嚣，唾弃异样的声音和私人化的低语；它嗜好华丽、俗艳和粉饰的风格，却又推行禁欲主义；它好作惊人之语，用夸张和强硬的语调及节奏来慑服听众，却声称自己与民同乐，用粗劣、恶俗的趣味讨好民众。这一切，正好显示出权力者所惯用的恩威并施的手段。而这种种怪僻的修辞手段和美学趣味，不仅仅体现在制度化的话语策略上，更为重要的是，它还在相当大的程度上支配着当代中国知识分子的话语运作方式，或者说，它是现代汉语写作者的基本文体和风格的母本。这一点，同样也体现在以"非非派"为代表的当代诗歌运动中，体现在诸如"新状态""后现代"等文化话题的制作过程中，甚至，还体现在关于"人文精神"等问题的讨论过程中。

"权力语法"渗透到现代汉语写作的话语结构的内部，构成了写作者与权力之间的更为内在的雇佣关系。北岛明确地意识到了诗人的这种雇佣身份的危险性——

> 荒草雇佣军占领了山谷
> 花朵缓慢地爆炸，树木生烟
> 我在诗歌后面
> 射击欢乐的鸟群
>
> （《战争状态》）

任何一位现代中国人，尤其是北岛那一代人，对于这种"射击"的姿势都会十分熟悉。他们曾经作为民兵，向虚构的靶子射出充满仇恨的子弹；或者作为党的文艺战士，将一粒粒具有杀伤力的词句射向党的敌人。而今天，这种作战的状态仍未结束，它转向了知识界内部，射击针对的是"异己者"。它甚至转向了语言自身：用强暴的声音压倒其他的声音，无论其为欢乐的还是忧伤的。正如我们在1990年代一系列文坛论争中所看到的那样，论争的各方尽管在立场和观点上各有不同，但他们的腔调、说话方式、论辩逻辑乃至句式却同出一辙。他们都会以各种美好的或伟大的事物（如"人民""理想""正义""自由""真理""道德""美"，等等）的名义，一个个"正义在手，仇恨在胸"。他们都习惯于用耸人听闻的罪名（如"文化恐怖主义""文化虚无主义""文化流氓""痞子""晚清秀才""皇协军"……）

来审判他人。

在这样一种氛围之中，我们再回过头来看北岛近期诗歌写作，它意义就显得十分重大。在北岛早期的诗歌中，权力始终是一个外在的压力。"自我"构建起一个封闭、独立的意识空间，完成了对外在权力的抗拒。而现在，他发现了权力在话语（或意识）深层结构中的潜在威力。

> 蛀虫是个微雕大师
> 改变了内部的风景
>
> （《风景》）

首先是视角的转变，由对外部世界的关注转向了对内部世界的审视。这一转变，将漫游者对外部世界复杂性的发现带到了内心。这样，诗人与权力之间的对抗，就不再是一种外在的对抗，而是"自我"的内部格斗。诗人欧阳江河在总结1980年代的诗歌写作遗产时，指出："抗议作为一个诗歌主题，其可能性已经被耗尽了，因为它无法保留人的命运的成分和真正持久的诗意成分，它是写作中的意识形态幻觉的直接产物，它的读者不是个人而是群众"。① 欧阳江河的这一观点，基本上宣告了"今天派"诗歌和80年代诗歌写作的终结。而进入90年代的诗歌则有它的新的使命。欧阳江河写道："在转型时期，我们这一代诗人的一个基本使命就是结束群众写作和政治写作这

---

① 欧阳江河：《'89后国内诗歌写作：本土气质、中年特征与知识分子身份》，载：民间诗刊《南方诗志》（上海），1993年夏季号。

两个神话"。^①面对新的时代的挑战，北岛是否感到了自己的写作危机了呢？北岛写道：

> 必须修改背景
>
> 你才能重返故乡
>
> （《背景》）

很显然，北岛已经意识到自己的写作必须改变。对于"背景"的"修改"，从根本上说，就是对既定的汉语修辞习惯的改变，对权力的"语法"和"文体"的抵制。北岛近期写作的责任感即表现在这里，它不再是一种外在的责任，而是作为一个诗人对于母语的责任。对此，北岛写道："权力依赖的是昨天，文学面对的永远是今天；因此，文学用不着和权力比寿命。它的责任之一是从今天俯视昨天，并从中涂掉权力的印记。"^②而国内的诗人萧开愚也对 90 年代的诗歌写作发表了十分相似的看法："到了 90 年代，封闭的结构和残留的语言纳粹色彩严重地阻碍了诗歌的发展……宁愿牺牲诗歌的强度、力度和感染力，也要从思想和意志中排除那种耀眼的纳粹色彩。也许在相当长的时期内这都是一个伟大的目标。"^③

在北岛的近期诗作中，我们可以看到，除了他一贯冷峻和沉郁的风格，简练和坚定的形式之外，越来越多地增进了修辞上的复杂性：

---

① 欧阳江河：《'89 后国内诗歌写作：本土气质、中年特征与知识分子身份》，载：民间诗刊《南方诗志》(上海)，1993 年夏季号。

② 北岛：《致读者》，载：《今天》，1991 年第 3—4 合刊。

③ 萧开愚：《理由和展望：从上海看中国诗歌》，载民间诗刊《标准》(北京)，创刊号，1996 年。

悖谬修辞，如"饮过词语之杯／更让人干渴"（《旧地》）；复义修辞，如"青春的蜡／深藏在记忆的锁内"（《蜡》）；反常化的隐喻，如"历史的诡计之花开放／忙于演说的手受伤"（《不对称》）；反讽修辞，如"客人在墙上干杯／妙语与灯周旋"（《领域》），以及一些充满玄学色彩的、晦涩的主题，如"死亡是从反面／观察一幅画"（《旧地》），等等。这些变化，既是诗人个人内心世界变化的表征，也是现实世界变化的反映，或者，至少可以说是诗人对现实世界的改变的期待。对于一位诗人来说，改变一种话语方式，也就意味着改变一种生存方式和理解世界的方式。诗人总是通过语言内部的自由和丰富。来抵抗外部世界的限制和压力。北岛的近期作品将写作引入到一个更为深邃的内在经验的领域和更为隐秘的私人化的经验空间。这一点，也可以看作是诗人从语言内部改变世界的努力。

　　然而，更为重要的是，他通过自己的写作，重新发现了诗与存在之间的隐秘关系，并赋予写作以更高的意义——

　　　是笔在绝望中开花

　　　是花反抗着必然的旅程

　　　是爱的光线醒来

　　　照亮零度以上的风景

　　　　　　　　　　　　　　（《零度以上的风景》）

第十章
舒婷：世纪末的诗歌"口香糖"

第一节　朦胧家族的"独生女"

一个幽灵，一个"朦胧"的幽灵在中国大地徘徊。它鬼魅般模糊不清的形影，在1970年代末的昏暗的文学天空翻飞，就像一只巨大的蝙蝠。它给刚刚躲过一场政治风暴尚惊魂未定的人们带来了新的不安。这是一个不祥之兆，它预示着一场巨大文学风暴即将来临。

与此同时，祭坛也已经筑好，正统诗歌阵营的人士及其支持者组织起规模庞大的义勇军，祭起"革命"的法宝，念动"主义"的咒语，开始要降伏这个不祥的妖魔。他们得逞了。

但他们只是暂时地得逞了。"朦胧诗"——这个奇迹般的文学"幽灵"却正在悄悄地改变着中国诗歌的格局和前途。并不需要太长的时间，人们就惊讶地发现——"妖魔"原来竟貌若"天仙"。在许多文学读者心目中，"朦胧诗"很快成为新时代的文学样板，吟诵"朦胧的诗篇，也是那一代青年人的时尚。毫无疑问，"朦胧诗"是"文革"后最引人瞩目的文学成就，是那个乍明还暗的时代所放射出来的最为夺目的文学光芒。在年轻一代的文学史家笔下，"朦胧诗"乃是"文革后"中国新文学之崛起的重要标志。在大学的文学讲堂里，"朦胧诗"则是新一代人学习现代汉语诗歌的经典。不仅如此，在今天，"朦胧诗"已经与国家文艺的核心部分和公众文学阅读对象中最具吸引力的部分融为一体。这一富于戏剧性的变化，引起我极大的兴趣。

在庞大的"朦胧诗"家族中，聚集着一群性格各异的"小字辈"诗人。他们有的严肃深沉，富于责任心和道德感，俨然家族里的长子；有的捣蛋顽皮，像个败家子，放肆地要刨掘祖坟，重修宗谱；也有任性、乖戾、执拗，并迷恋于嬉戏和唱"绕口令"的，可视为家族中的小弟弟吧。那么，舒婷差不多可算作这个家族中的"独生女"了。因此，也就格外受到宠爱。比起其弟兄们的激烈、狂躁和喧嚣来，舒婷总是显得性情温顺，而且多愁善感，一点点女孩子所特有的小性子和癖好。如果换一个角度来看，这些无伤大雅的癖好也可以看成是其可爱之处。因此，舒婷很快成为"朦胧诗"群体中最早被正统文艺体系和普通公众所接纳的"朦胧诗人"之一。

就诗歌艺术而言，舒婷无疑是"朦胧诗"群体中最有代表性的人物之一。因而，她的浮沉最能体现"朦胧诗"在这个时代的位置的变化。无论是当初的备受攻击，还是后来的大受欢迎，舒婷都是"朦胧诗"群体中最突出的一员。随着商业时代的到来，昔日那些笼罩在"朦胧诗"上空的政治意识形态迷雾逐渐变得稀薄，"朦胧"的面纱脱落，"幽灵"显形，舒婷式的"朦胧诗"也逐渐显露出其迷人的光彩。出版业及传媒在广大女生那里发现了"朦胧诗"的新卖点，于是，舒婷式的"朦胧诗"开始成为市场时代大众传媒的宠儿。舒婷的诗被配上彩色插图，印在带锁的日记本的彩页和花哨的贺卡上，为广大中小学女生的文化和情感消费提供方便。

更为有趣的是，最近的由代表官方诗歌最高权威的刊物《诗刊》所发起的一次"民意调查"显示，舒婷"无可争议地"被安排成最受欢迎的现代诗人之一。她在60名各种不同身份的"诗人"中名列榜首，就像是草鸡群中混进了一匹孔雀。

第二节　朦胧修辞

舒婷式的"朦胧诗"的崛起，自然有其特殊的历史背景和其自身特殊的艺术手段。对此，当年一批新锐诗评家早已作过大量的分析，从时代精神到美学原则。但"朦胧诗"在诗艺上最明显的特征首先还是其独特的修辞方式。让我们先来看一看舒婷的名篇《会唱歌的鸢尾花》。《会唱歌的鸢尾花》是舒婷的代表作之一，也是"朦胧诗"的典范之作。它集中了"朦胧诗"的基本的修辞手段。

> 在你的胸前
> 我已变成会唱歌的鸢尾花
> 你呼吸的轻风吹动我
> 在一片丁当响的月光下

为什么是"鸢尾花"呢？这种并不怎么常见的花卉，出现在20世纪70年代末80年代初的革命文艺的大花圃里，多少显得有一些突兀，令人惊讶。我不谙园艺，从前也不曾见过鸢尾花，最初在舒婷的诗中见到"鸢尾花"这个词的时候，一时间确实产生过许多缥缈的联想。也许，这正是"朦胧诗人"所需要的效果。后来，我在梵高的一幅著名的画中见到了它。花朵呈蓝色，看上去像张开的鸭子嘴巴，让人觉得它真的会突然开口唱起歌来。

可是，为什么不是别的什么花呢？比如，向日葵，那种并不结籽，也不见得好看，但却永远朝向红太阳的葵花。这种革命诗人所钟爱的花朵，曾经开遍了这个国家的每一个角落。在当时的革命文艺的大花圃里，常常只有为数不多的植物：青松、翠柏和种属不详的光荣花，以及葵花，等等。每一种植物都意味深长，非同一般。曾经，社会主义的"香花"和资本主义的"毒草"势不两立，你死我活。任何混淆和误植，都将带来灾祸。

需要提请大家注意的是，在舒婷的这首诗中，有一个奇妙的修辞结构的转换：革命文学中最常见的向日葵与太阳之间的组合关系转变为鸢尾花与月亮之间的组合关系。这种微妙的组词变化，就是"朦胧诗"诗歌艺术上的一个小秘密。

也许可以这么说，"朦胧诗人"最勇敢的行动之一，就是在革命文艺的大花圃里移栽了一些当时的人们比较陌生的植物：除了鸢尾花之外，出现得较频繁的还有橡树、凌霄花、紫丁香、紫云英、茑萝、三角梅、蒲公英等等，容易让糊涂的人误以为自己是看到了一份园林局的生产报表。这些陌生的、细屑的事物，是构成"朦胧诗"的隐喻结构的基本成分。

隐喻这一修辞格是古典抒情诗的灵魂，也是"朦胧诗"的灵魂，因而，构成隐喻之基本成分的性质也就变得至关重要了。"朦胧诗"

在一定程度上对革命文艺的隐喻模式进行了一番改造和修补，也就是改造了革命文艺的词汇表，并生成了他们自己的词汇表。首先是词汇量增加了。除了上述花花草草之外，"朦胧诗"中经常出现的意象还有诸如船（双桅的、桅数不明的以及搁浅的）、大海、贝壳、沙滩、星星，等等。而提供新的事物品种最多的是舒婷。从表面上看，这似乎只是一道修辞学上的"替换练习"习题，但在这波澜不惊的表面之下，却蕴藏着一场深刻的文学危机。那些粗暴的花园管理员们并不喜欢这些个琪花瑶草，将它们斥之为"毒草"，意欲刈除之而后快。关于"朦胧诗"的斗争，在一定程度上就是围绕着诗歌的"词汇表"的斗争。允许不允许这些花花草草进入诗歌的词汇表，被上升到关涉革命文学之前途的高度来加以对待。但"朦胧诗"却是这场斗争的最终胜利者。

另一方面，词义也变得更加繁复、多变，有时还有意造成意义上的含混、扭曲，甚至悖反。这就形成了所谓"朦胧"的风格。从这个意义上说，"朦胧诗"是对于革命文艺的一次革命。"朦胧诗"在一定程度上改变了革命文艺的美学贫困状态。从一般诗学理论角度上来看，诸如"朦胧""含混""复义""悖谬"等，属于"纯诗"修辞范畴。所以，也有人据此得出结论："朦胧诗"开始了现代汉语诗歌的"纯粹化"的阶段。在我看来，之所以有这样一种过于天真烂漫的想法，是因为对当代中国文学的社会属性缺乏了解。"朦胧"修辞与其说是一种全新的美学原则，不如说是一项重要的话语政治策略。它与革命文艺的制度化的话语秩序之间构成了某种紧张的对抗关系（如北岛）或相对较为平和的替换关系（如舒婷）。舒婷等人应该很明白这一修辞学转换行动的真实意义。这两种修辞关系实际上体现了"朦胧诗"的意识形态的二重性：对抗和妥协。而舒婷则是"朦胧诗"即将开始的妥协及和解行动的"使者"。

舒婷式的"朦胧诗"就这样在坚硬的政治修辞的缝隙之间巧妙地谋求自己的栖身之地。作为特殊时代成长起来的青年，"朦胧诗人"深谙这种中国式的"政治词法"。这是一种当代中国语境下的特殊的"政治修辞学"。风花雪月和青春情爱冲淡了革命诗歌中浓烈呛人的政治意识形态内容。

但"朦胧诗"自身不可避免地也存留着那个时代的美学残余。尽管他们改变了诗歌意象的内容，但在词法上仍然与那个时代的"政治词法"一脉相承。就在前不久，我与一位早年的朋友回忆起二十年前的文学阅读的经历。这位朋友谈到当初他读到舒婷的《致橡树》时的感受，他的激动和感伤。

——多么纯粹的情感啊！他说，一个女人给一个男人的诗。将男人比作橡树，多么奇妙啊！

——为什么男人是橡树，而不是别的树呢？我问道。

——大概诗就是这样吧。朋友说，当然也可以比作青松什么的，意思也一样，但青松已经用得太滥了，没有联想的余地。而且容易引起人们的反感。比作橡树就比较新奇了。

我想，我的这位朋友所说的虽然是大白话，但已经道出了"朦胧诗"在诗艺上获得成功的重要诀窍。它与革命文艺中的政治抒情诗在词法上是一致的，只不过在词义学上作了一些手脚而已。

但无论如何，对于已经习惯了革命诗歌的明白、直接、毫无歧义的修辞方式的读者来说，这种"朦胧"风格简直就是一场灾难。密集的意象群和飘忽不定的语义转换，让一些肺部虚弱的人士感到"气闷"和窒息。既然事关一些人的呼吸系统的健康，官府的干涉和取缔行动也就显得合情合理，有据可依了。

然而，舒婷还是成功地突破了对"朦胧诗"持敌视态度的人士的围剿，并且是"朦胧诗"群体中最早成功突围的诗人之一。

第三节　软性话语

长期以来，"革命的"意识形态以战士式的坚硬形象来要求自己的接班人，要求他们"时刻准备着"，随时准备为革命的理想而投入战斗。"中华儿女多奇志，不爱红装爱武装。"这是革命领袖对那个时代的革命青年形象带有夸赞意味的描绘，也是一代青年人曾经所渴慕的形象。这种形象被大量塑造和复制，充斥于文艺作品中，甚至还支配着人们的日常生活观念。然而现在，这一代人的自我形象如同和生活趣味都发生了转变。对于这一转变，舒婷当然深有体会。

> 紫丁香和速写簿
> 代替了镰刀、冲锋枪和钢钎
>
> 　　　　　　　　　　　　　　　（《群雕》）

从这里我们可以看到一座新时代的"新人"的雕像：年轻人放下镰刀、枪杆之类，捧起花束和速写簿，很浪漫，很有情趣，而且显得有文化、有品位。这是那个时代所需要的。舒婷的诗在某种程度上重塑了这一代人的形象，也完全迎合了一个时代的精神转变。

50年代以来的政治抒情诗依然延续着战争年代诗歌的宣传鼓动的

方式和功能。那个时代的话语方式在总体上崇尚战斗性，革命诗歌以它那种强硬的、战斗式的话语，长时间地敲击着人民的耳鼓，让人耳朵发麻、头脑发胀。而舒婷的诗的出现，在某种程度上改变了这种状况。与修辞学上的革命性转换相关，舒婷式的"朦胧诗"形成了一种特殊的话语风格。这种话语的迷人之处在于它有一种柔软品质，它在人们的耳边软语呢哝地低诉，以它的柔弱、温软战胜了革命诗歌的坚硬、强大。

这一点与当时的文化风尚也是相吻合的。1980年代初以来，来自台湾和香港的软性文化洪流剧烈地冲刷着红色陆地。首先是台湾歌星邓丽君的情歌，还有更晚一些时候的琼瑶小说和台湾校园歌曲。我还记得当时我们同寝室的同学们初听邓丽君时的情形：邓小姐的轻曼的、软绵绵甜腻腻的歌声从我们借来四喇叭收录机里传出来，在破烂拥挤的宿舍里回荡，令我们心醉神迷。我们年级的团支部书记当过下放知青，生活经验丰富。他听了之后，作了一个英明的判断：这就是靡靡之音，不折不扣的靡靡之音！不错，这种声音从前只在看革命战争电影的时候听到过，但它只属于反派角色，属于阶级敌人，属于国民党的女特务和十里洋场上堕落的歌女。它的出现，是作为反动阶级酒绿灯红、腐朽糜烂的生活的证据，为阶级斗争教育和革命传统教育提供反面教材。而革命，就是要消灭这种声音。可是现在，这种被消灭的声音卷土重来，使我们这些前不久还是"红小兵"的人大为迷醉，甚至不能自已。我们陶醉，我们欢呼，我们怪声模仿，这多少有些属于因道德越轨所带来的、近乎邪恶的快感。

舒婷式的"朦胧诗"也有相似的效果。事实上，当时就有人像我们同寝室的那位团支书评价邓丽君的歌那样评价舒婷的诗。在这些诗中，人们看到那些消失已久的所谓"小布尔乔亚情调"重又出现了。然而，这种情调对年轻人总是有着巨大的诱惑力。这也可以看作是年轻一代对其青春期所遭受的情感压抑的补偿，对"革命"的禁欲文化的反拨。

舒婷的诗提供了一种"软性"话语模式，也提供了禁欲的一代人的情感模式，经过了革命的禁欲年代，这些年轻人的个人情欲终于获得了一点点纾解的可能。但比起日后的"新生代"诗人的狂热的情感宣泄来，舒婷一代人的欲望纾解则显得十分可怜。一点点假想的发泄而已。我们不难发现，舒婷非常喜欢使用一种虚拟语态。

> 如果你给我雨水，
> 我就能瞬息苗长；
> 如果你能给我支援，
> 我就能飞旋直上。
> ……

（《茑萝梦月》）

> 我如果爱你——
> 绝不像攀缘的凌霄花，
> 借你的高枝炫耀自己；
> 我如果爱你——
> 绝不学痴情的鸟儿，
> 为绿荫重复单纯的歌曲；
> ……

（《致橡树》）

一种小女生式的感受，从内心里萌生的一点点霓虹般的、甜蜜的梦幻。假想中的情爱和对虚拟未来的憧憬，也许是处于情感的赤贫状态的一代年轻人心中最后的一线希望。这些希望差不多就是精神鸦片，安慰着他们的干渴、枯燥的心灵。

下面一首甚至整篇就由一连串（9个）"也许……"句式所组成——

　　　　　也许我们的心事
　　　　　　　总是没有着落
　　　　　也许路开始已错
　　　　　　　结果还是错
　　　　　……

　　　　　　　　　　　（《也许——答一位读者的寂寞》）

从上面这些诗行中，可以看出舒婷一代人的内心情感状态的另一面——带有清教色彩的道德感和心理上的自我压抑。虚拟语态的使用，实际上可以在一定程度上缓解因"道德犯禁"所带来的心理上负罪感。它等于是在向人们说：我并非真的如此卿卿我我，只不过作了一个假设而已。由此可见，"抒情"在"朦胧诗"（至少是舒婷式的"朦胧诗"）那里，只不过是禁欲者僵硬冰冷的道德面具上的一层玫瑰色的油彩。

无论如何，舒婷以及"朦胧诗"还是将被革命的意识形态所遮蔽的"软性"生活经验浮现出来了。吟咏舒婷的诗成为一代人的情感教育的功课。但值得注意的是，由于是假想的情感，所以，舒婷笔下的情感是可以公共通用的，抒情方式也是通用的。私人化的经验被限制到最低限度。舒婷笔下的情感就像是一枚四海流通的硬币，为公众情感交流和兑换提供了极大的便利。

当然，"朦胧诗"也不仅仅是舒婷式的"软性"话语，其中也不乏音调高亢、激烈的声音，如北岛。北岛给世人一个"愤怒的青年"的形象，喊出了那个时代最强音——"我——不——相——信！"而当怀疑主义情绪在"今天派"诗人那里形成与主流意识形态之间的对抗的时候，舒婷则在孜孜不倦地寻求和解的道路。

严文井有一篇童话，叫作《"下一次开船"港》，其中有一段讲小男孩唐小西被自己身后的影子埋怨得苦。一会儿怪他走慢了，一会儿又怪他走得太快，想拖死影子。一会儿又抱怨小西故意要扬起灰尘到他的脸上。"这个影子非常沉重……现在小西拖着这样一个影子，脚上就像穿上了爸爸的长筒胶皮靴似的，迈一下步都得费好大的气力。"在舒婷的身后，也始终拖着这样一条长长的"影子"，它的名字叫作"大我"。这条"影子"又长又大，古怪得令人恐惧。舒婷在与这个"影子"打交道的过程中，受到的抱怨不比童话中的那位小孩少。没有表现"大我"，曾经是舒婷的诗所遭到的最严重的指责之一。因此，舒婷对这个怪"影子"敬畏有加，小心翼翼地生怕踩着了它，一方面又小心翼翼地取媚于那个"影子—大我"。她希望自己能够被代表"大我"的公众所认同。

> 我是你的十亿分之一，
>
> 是你九百六十万平方的总和；
>
> （《祖国啊，我亲爱的祖国》）

在这种强烈的公众认同要求的驱使下，舒婷写下了一大批歌颂国家、民族、大众的诗。舒婷与"大我"融为一体的愿望是如此的迫切，甚至不惜将个体自我贬低化，以谦卑谋求妥协，以自我取消来获得外部世界的认同。尽管有时这种愿望显得是那样的勉为其难。

我钉在

我的诗歌的十字架上

为了完成一篇寓言

为了服从一个理想

天空、河流与山峦

选择了我，要我承担

我所不能胜任的牺牲

……

可是我累了，妈妈

（《在诗歌的十字架上——献给我的北方妈妈》）

在另一处，舒婷表达得更为明确：

我决不申诉

我个人的遭遇。

……

为了百年后天真的孩子，

不用对我们留下的历史猜谜；

为了祖国的这份空白，

为了民族的这段崎岖，

为了天空的纯洁

和道路的正直，

我要求真理。

（《一代人的呼声》）

　　舒婷以"代"的代言人的身份出现，在诗中塞满了硕大无朋的事物和至高无上的事物。仿佛整个世界的命运都担在他们的肩上。"一代人的呼声"可是够高亢的了。但这依然掩盖不了这个"声音"内在的空洞、乏力。这一代人的"自我"形象是何等的脆弱！

　　由此看来，认为舒婷的诗有"极端个人主义"倾向的观点，显然是对舒婷诗歌最严重的误读。如果像最初的一些批评者那样，将"朦胧诗"界定为文体上的"古怪""朦胧"和难懂，以及思想内容上过分的"个人化"倾向的话，那么，舒婷显然就是一位被错划的"朦胧派"。正因为如此，她也就最早获得了"平反"。

　　至此，正统人士的紧张神经终于可以稍稍舒缓一下了。舒婷的努力当然没有白费，她很快就获得了丰厚的回报。舒婷式的"朦胧诗"所揭示出来的"软性"生活经验的部分，并未构成新的生活价值的有力支撑点。同样，她的"软性话语"也没有对陈旧、僵硬的政治意识形态话语体系构成严重威胁。相反，它很快就与国家美学之间达成了一定程度上的相互谅解，在新的国家意识形态体系内获得了合法性地位，进而成为国家美学的附庸、补充和装饰。舒婷的诗充分体现了"文革"后意识形态和文化的精神特征，也是"文革"后文艺的美学样板。

第四节　撒娇美学

让我们继续关注舒婷的《会唱歌的鸢尾花》。

> 现在我可以做梦了吗
>
> 雪地。大森林
>
> 古老的风铃和斜塔
>
> 我可以要一株真正的圣诞树吗
>
> 上面挂满
>
> 溜冰鞋、神笛和童话
>
> 火焰、喷泉般炫耀欢乐
>
> 我可以大笑着在街上奔跑吗

今天，当我重读"朦胧诗"的时候，一个奇特的现象吸引起了我的注意力："朦胧派"诗人往往会不自觉地模拟儿童式的天真烂漫的腔调。这一发现令我惊讶不已。"朦胧派"诗人大多是红卫兵（知青）一代的人，这些人大多亲身经历过"文革"，是"文革"文化形态的直接缔造者，而且，后来又大多在"广阔天地"里锻炼过许多年，可谓历尽人间艰辛，尝遍世态炎凉。至"文革"结束，他们这些人大的已经 30 来岁了，最小的也 20 岁出头。这一代人在社会生活方面的经验的丰富性和成熟程度，几乎是任何一代年轻人都无法与之相提并论的。但奇怪的是，他们在表达现实生活经验（特别是"文革"经验）

的时候，却常常将自己装扮成孩童。

在"朦胧诗"开始盛行的时期，有一首叫作《草帽歌》的电影插曲非常流行。这首歌曲出自日本电影《人证》，词作者为日本诗人西条八十。这是一首儿童诗。诗中模仿孩子的口吻，向妈妈倾诉着一种孩子式的失落感和忧伤情绪。西条八十的《草帽歌》开头是这样的：

> ——妈妈，我的那顶草帽怎么样了？
> 在那夏日从碓冰去雾积的路上，
> 落在溪谷里的那顶草帽！
> ——妈妈，我爱那草帽！
> 可是，一阵清风将它吹走，
> 那时节，我是多么懊恼！
> ……

奇怪的是，这首诗对中国的"童谣"写作倒没有产生太大的影响，却一不留神成了许多"朦胧诗"的样板。下面是"朦胧诗人"的诗：

> 妈妈
> 我看见了雪白的墙。
>
> ……
>
> 比我喝的牛奶还要洁白、

还要洁白的墙，

一直闪现在我的梦中，

它还站在地平线上，

在白天里闪烁着迷人的光芒，

我爱洁白的墙，

……

（梁小斌:《雪白的墙》）

把我叫作你的"桦树苗儿"

你的"蔚蓝的小星星"吧，妈妈

（舒婷:《会唱歌的鸢尾花》）

　　这些诗看上去就像是对《草帽歌》的直接模仿。其他一些朦胧诗人虽然未必是直接模仿西条八十，但在风格上却有异曲同工之妙。比如，梁小斌的《中国，我的钥匙丢了》《红蜻蜓》，顾城的《生命幻想曲》《我是一个任性的孩子》，舒婷的《小渔村的童话》，江河的《星》，等等。甚至像北岛这样的看上去显得比较成熟、深刻的诗人，也写过诸如《你好，百花山!》《微笑·雪花·星星》等"童谣化"风格的诗。看来，这些新崛起的青年诗人群体也就像是一个庞大家族里的一群孩子，他们表面上风格各异，但他们是兄弟，他们有着同一的精神遗传和心理状态，有一个共同的精神父亲（或母亲）。而且，特别是在装扮成小孩唱童谣的时候，他们的精神血缘的同一性就表现出更为充分的一致性。

　　但这与其说是抒情，不如说是"撒娇"。也许从根本上说，"朦胧派"就是"撒娇派"。

"朦胧诗人"就是一些给大人们唱童谣的人。最极端的唱童谣者是顾城，这个"朦胧诗"群体中任性、乖戾、执拗的小兄弟，迷恋于嬉戏、唱童谣和想入非非，撒娇也是一撒到底。到最后，他的小把戏玩过头了，弄到不可收拾的地步。顾城因他的童谣而被舒婷直呼作"童话诗人"。他的童谣从 70 年代一直唱到 90 年代，只不过后期变成了邪恶小孩的童谣，有点儿鬼气拂拂的梦呓（如"布林"系列等）。

然而，问题是这种童稚心理不仅普遍存在于"朦胧诗人"那里，也全民族共同的心理状态。就像今天的流行"扮酷"一样，那个年代似乎流行"故作天真"和"撒娇"。当时流行的台湾校园歌曲也有这种故作幼稚和天真的倾向（如《外婆的澎湖湾》《走在乡间的小路上》《童年》《捉泥鳅》，等等）。因此，这些歌曲也就很快就风靡大江南北。比如那首《外婆的澎湖湾》，一时间，几乎全国的男女老少都在用同一种声调——稚嫩的、天真的声调，歌颂着一个公共的老外婆。这种"全民撒娇"运动可真是一大文化奇观。

童话总是不可或缺的。即使是国家，也需要童话。奇怪的是，我们这个国度的国民在童年时期缺乏童话教育，却在长大成人之后，面对一些巨大空无的事物，全都变成了孩童。一个在童年时代就丧失了天真的民族，到成年之后开始唱起了童谣。这倒是一件有趣的事情。这难道是对没有童话的童年的心理补偿？

事实上，"文革后"整个民族差不多都处于同样的精神幼稚状态，理解力处于学龄前儿童的水平。大家只要去翻翻当时报纸杂志上所报道的一系列思想文化争论（比如关于究竟要学雷锋还是要学陈景润的争论、著名的"潘晓事件"，等等），就可明白这一点。"文革后"初期的中国文学研究，也许应该由儿童心理学专业的学者来做。我甚至疑心将来的儿童心理学家会以这一阶段的民族精神状况作为成长期儿童心理学研究的经典案例。前些年，我再一次听到了这些歌曲。那是在一家挺豪华的酒店的歌舞厅里，旁边有一伙中年人聚会，唱卡拉OK。经打听，得知是一群"老知青"举行聚会，纪念上山下乡30周年。在他们所唱的诸多老歌曲中，有一首就是《外婆的澎湖湾》。从他们一张张兴奋的脸上，我看到了一种沧桑与幼稚的奇特的混合物，怪异而又荒诞。

从一代人的精神成长史来看，20世纪70年代末80年代初正是舒婷一代人的精神上的"断乳期"。"撒娇"是这一代人的心理特征。撒娇的理由当然很多，其中最重要的也许是精神上的失落感。与"精神失落"相关的是"寻找"主题，这是"朦胧诗"的基本主题之一。顾城寻找"光明"，北岛寻找"蓝色的湖"，舒婷寻找的是"爱情"。但只有"丢失"才与"撒娇"有关。西条八十丢失的是一顶天真童年记忆的"草帽"，"朦胧诗人"丢失的是国家的"钥匙"。对于这一代人来说，"国家"曾经就是他们的玩具和游乐园。这一点北岛在《白日梦》一诗中，以反思的姿态有所披露：

我需要广场

一片空旷的广场

放置一个碗，一把小匙

一只风筝孤单的影子

（北岛：《白日梦》）

这是在玩"办家家"的游戏吗？这个"家家"办得可够大的了。这位大孩子梦想将父辈的权力的广场改造成他自己的游艺场。这是一场真正的"白日梦"。它当然会引起父辈的警惕。从政治学角度看，这位大孩子的要求也许可以说是某种民主精神的体现，但从心理学角度看，似乎更像是孩子气的撒娇，向权力的父亲的一次撒娇。放置这样一些"办家家"的小玩意儿，北岛要求得到一个广场，而在顾城看来也许只需要一幢小木屋便绰绰有余了。舒婷所要求的甚至更少。她只有一些最低限度的要求：分得一份圣诞礼物，像所有节日里的孩子一样。还有一些女孩子之特殊需要的花花草草。如此而已。

"朦胧诗人"与西条八十在有一点上是共同的，那就是一种失落的、被抛弃的经验。这既是他们"撒娇"的最充分的理由，也是"撒娇"（未遂时）的严重后果。北岛在这首诗中进一步描述了他们一代人在撒娇未遂时的失落心态——

> ……我们是
> 迷失在航空港里的儿童
> 总想大哭一场
>
> ……
>
> 弱音器弄哑了小号
> 忽然响亮地哭喊

（北岛：《白日梦》）

那时我们还年轻

……

汇合着啜泣抬头

大声叫喊

被主遗忘

（北岛：《抵达》）

——瞧，他们哭了！这是任何撒娇者的最后一招。这样一个又哭又闹的形象与我们通常所认识的北岛的形象相去甚远。正因为如此，北岛才称得上是一个清醒、真诚的人。他毫不掩饰地披露了这一代人集体"啼哭"的秘密，并且，十分明确地说破了他们的"啼哭"与权力的"父亲"之间的相关性——

在父亲平坦的想象中

孩子们固执的叫喊

终于撞上了高山

（北岛：《无题·"在父亲平坦的想象中"》）

相对来说，舒婷的撒娇是比较成功的。与北岛不同的是，舒婷喜欢向"妈妈"撒娇。在舒婷的诗中，与"母亲"主题直接相关的就有上十首。多少还残存一些爱心的母亲与严厉的父亲相比，当然会有所不同。舒婷的结局也就自然要好得多。

可是我累了，妈妈

把你的手

搁在我燃烧的额上

……

虽然我累了，妈妈

帮助我

立在阵线的最前方

（《在诗歌的十字架上——献给我的北方妈妈》）

与北岛笔下的对抗性的"父—子"关系不同，舒婷塑造了和睦恩爱的"母—女"关系的榜样。从这首中我们可以看到，诗人的这位"北方妈妈"显然是一位善解人意的、完美的妈妈。我想，她的"南方妈妈"甚至更胜一筹也未可知。

希望在"国家—母亲"怀里撒娇，这显然是舒婷一代人的共同的心理特征。因此，仅仅揭示出这一点，尚不足以将舒婷从庞杂的"朦胧诗"家族中甄别出来。作为女性诗人的舒婷，显然还有其特殊的抒情对象——男性。人们也许都记得她的名篇如《致橡树》《双桅船》之类，据说从中可以看出觉醒的女性意识，包含了女性追求两性平等的观念。但这种绚烂的"性别神话"的虚幻性很快就水落石出。

她是他的小阴谋家。

祈求回答，她一言不发，

需要沉默时她却笑呀闹呀

叫人头晕眼花。

她破坏平衡，

她轻视概念，

她像任性的小林妖，

以怪诞的舞步绕着他。

……

（《自画像》）

　　真是一幅绝妙的女性"自画像"！女性的沉默抑或嬉闹，实质上是以"他"（男性）为中心的怪异的（女巫化的）舞蹈，女性更像是歇斯底里发作的怪物。这就是舒婷的"两性意识"的另一面——也许是更真实的一面。舒婷的虚幻的性别平等意识，粉饰了两性关系的真相。在男权文化占绝对主导的病态的"两性文化"中，女性的一些乖僻的"小阴谋"，只不过给男性多一些乐趣。舒婷式的努力，所争取的也无非是一些更充分的撒娇的权利，更好地做一个撒娇的"小乖女"、任性的"小林妖"的权利，如此而已。而病态的"两性文化"笼罩下的女性"自我现象"之庐山真面目，要等到更晚一些的翟永明等新一代的女诗人的出现才真正被揭示出来。

　　毫无疑问，"朦胧诗"确实显示出了诸多与五六十年代的汉语诗歌不同的特质。五六十年代的诗人除了向民众大喊大叫之外，就只习惯于歌功颂德。而"朦胧诗人"则向人们表明了这样一个道理：诗歌并非只能用来献媚，也可以用来撒娇。

长期以来，以"朦胧诗"为代表的当代中国诗歌始终笼罩在"朦胧"的面纱下，致使其"撒娇本质"一直晦暗不明。"朦胧"是"撒娇"的美学遮羞布；"撒娇"才是"朦胧"的现实功能和目的。直到80年代中期，新一代的诗人才无情地揭下了这一层神秘的美学面纱。他们公开宣称自己是"撒娇派"，恶作剧式地将"撒娇"的旗帜明目张胆地插到文学的高地上。

这与其说是"撒娇派"的自白，不如说是对他们的前辈"朦胧派"的嘲讽。"撒娇派"的行径以反讽的方式将当代汉语诗歌的本质属性暴露无遗。这一揭示是令人尴尬的和残酷的，但却道出了当代诗歌的真相。

第五节　道德策略

舒婷在《会唱歌的鸢尾花》中继续写道：

> 我那小篮子呢
>
> 我的丰产田里长草的秋收啊
>
> 我那旧水壶呢
>
> 我的脚手架下干渴的午休啊
>
> 我的从未打过的蝴蝶结
>
> 我的英语练习：I love you，love you

来一两句英语，这在当时是一种时尚。在新的时代，学会几句英语，这也是为了能更有效和更广泛地"撒娇"。试问，当时的年轻人谁没有在树阴下捧读过《英语 900 句》呢？一如他们当初捧读"红宝书"。至于"I love you"，显然是他们首先要学会的例句，而在更早一些的时候则是"Long live chairman Mao！"对时尚的趋同，也是舒婷诗歌成功的秘诀之一。

但也必须注意到，尽管同为"时尚"，80 年代与 90 年代乃至二千年是大不相同的。"I love you"的使用对象和用法，就与今天的情形有很大的差别。电影《庐山恋》中有这样一个场景：男女主人公（分别由演员郭凯敏和张瑜扮演，他们因主演该影片而成为红极一时的明星）在庐山上相识，因学英语而使两人关系密切。当他们的恋情发展到高峰的时候，两位主人公情不自禁，对着群山高声喊叫起来——"I love you——"他们喊道，"my motherland！"群山回响——"motherland，land，land，land……"

罗兰·巴尔特曾经分析过"I love you"的七种用法，自以为已经将该短句的用法穷尽了。但他显然没有料到还有第八种用法。因为他不是中国人，更不是"朦胧诗人"。这第八种用法才是舒婷式的"朦胧诗"抒情的真正目的。"I love you"的第八种用法，是在短句后面加上一个宾语的说明成分，对动词的对象作出明确的界定。在革命文艺中，"爱"一词的施动对象并不带有私人色彩。"you"在这里是复数，这那些公共性的事物，而不是单个的、具体的"人"。人们可以爱国家、爱主义、爱集体、爱党、爱领袖，但要爱一个具体的个人，尤其是异性，则不那么容易。私人性的爱欲是不体面的，更说不上高尚，因此，只能是一个隐秘的存在，只能借助于公共性的高尚事物来想象性地满足。这就像是有"恋物倾向"的人一样，借一些象征性的物件来补偿爱欲对象的阙如，转移那些被限制和被压抑到无意识深处的私人性欲望。如果不是这样的话，那么，它要进入文学的话语空间，则是一件十分危险的事情。在《庐山恋》中，男女主人公改用英语抒情，这本已有某种"间离性"效果，多少可以分散和冲淡青春情欲冲动的焦虑，但被公开喊出来的爱欲的对象，仍然只能是"祖国"。

舒婷的呼唤声与此十分相像。"母亲"（妈妈）这一事物，是舒婷的抒情诗的基本对象之一。让我们来听听她向"国家—母亲"发出的呼唤：

> 中国母亲啊
>
> 给你应声而来的儿女
>
> 重新命名
>
> （《会唱歌的鸢尾花》）

在这里，"母亲"与"国家"是充分一体化的，并且是抒情主人公的存在的依据和本质的命名者。"国家—母亲"，这是"国家美学"的重要母题。在这一点上，舒婷式的"朦胧诗"美学与国家美学达成了共识。无论是在舒婷的诗中还是在国家美学范畴内，"母亲"都不是具体的妈妈，而是一个象征性的事物。在不同的语境里有各种各样的变体，有时是"民族国家"，有时是"土地"，有时是"人民"，等等。但总体上保持着"母亲—国家—人民"的"三位一体"的结构。这就是国家美学的魔术。

但是，这不仅仅是一个美学问题，更重要的是，它还是一个伦理学问题。国家美学与国家伦理总是密不可分的统一体。舒婷一代人所处的时代，是一个集体道德价值体系全面崩溃的时代，他们既是这一崩溃事件的目击者，又是当事人。这是他们的不幸，但也是他们的幸运。不幸之处在于，这一事件给他们年轻的心灵带来了难以愈合的创伤；幸运之处在于，这个巨大的道德真空为他们重构新的价值体系提供了一展身手的广阔空间。"道德"是舒婷一代人的最后的自我心理保护屏障。但在不同的人那里，价值重构的策略却大相径庭。

在以北岛为代表的"今天派"诗人看来，那个社会的价值系统（道德信念、社会理念、制度神话，乃至美学范畴）已然崩溃，新的价值体系是建立在怀疑和颠覆的基础之上的。肯定人的价值和主体地位，反抗制度对人性的压抑，是"今天派"诗歌的重要内容。因而，"今天派"诗歌充满了政治抗议和对既定的社会价值体系的怀疑精神。这是那些经历过"文革"灾难岁月的年轻人的精神觉醒的标志。这一点在北岛和多多的诗歌中表现得最为充分。我们都知道，北岛在《回答》一诗中向世界喊出"我不相信"，传达了一代青年人的心声。政治意识形态和国家主义道德的神话的大厦应声坍塌。

舒婷的诗则包含着另一种"道德承诺"。这也是舒婷诗歌的另一魅力来源。舒婷对集体的道德和信念体系的崩溃感到忧虑，但她似乎更愿意乞灵于古老的"道德"。缝缝补补是女人的天性，但舒婷想要缝补的是整个国家的褴褛的精神外衣上的道德破洞。

怀疑主义声音在北岛那里肇始于他写于"文革"期间的小说《波动》，而到《一切》一诗中，则将这种倾向推向了极端。甚至与当时流行的"伤痕文学"也不同，《一切》所质疑的不仅仅是"文革"时代的政治观念，它的怀疑主义飓风横扫了世间既定的一切价值原则，令人震惊不已。舒婷则写了一首《这也是一切》，对北岛诗中的论点

——作了辩驳，该诗的副标题叫作"答一位青年朋友的《一切》"。舒婷以此作为对自己的诗歌兄长的回应——

> 不是一切大树
>
>> 都被暴风折断；
>
> 不是一切种子
>
>> 都找不到生根的土壤；
>
> 不是一切真情
>
>> 都流失在人心的沙漠里；
>
> 不是一切梦想
>
>> 都甘愿被折断翅膀。
>
> 不，不是一切
>
>> 都像你说的那样！
>
> 不是一切火焰，
>
>> 都只燃烧自己
>>
>> 而不把别人照亮；
>
> 不是一切星星，
>
>> 都仅指示黑夜
>>
>> 而不报告曙光；
>
> 不是一切歌声，
>
>> 都掠过耳旁
>>
>> 而不留在心上。

不，不是一切

　　都像你说的那样！

不是一切呼吁都没有回响；

不是一切损失都无法补偿；

不是一切深渊都是灭亡；

不是一切灭亡都覆盖在弱者头上；

不是一切心灵

　　都可以踩在脚下，烂在泥里；

不是一切后果

　　都是眼泪血印，而不展现欢容。

一切的现在都孕育着未来，

未来的一切都生长于它的昨天。

希望，而且为它斗争，

请把这一切放在你的肩上。

　　差不多与此同时，舒婷还写了一首《也许——答一位读者的寂寞》，在这首诗里，舒婷扮演了公众（主要是年轻人）的"知心大姐"的角色。

　　也许泪水流尽

　　　　土地更加肥沃

也许我们歌唱太阳

也被太阳歌唱着

也许肩上越是沉重

信念越是巍峨

也许为一切苦难疾呼

对个人的不幸只好沉默

......

（《也许——答一位读者的寂寞》）

这与北岛等人的愤怒和抗议之声形成鲜明的对照。人们当然有理
由指责舒婷的平庸、浅薄的乐观主义，但也应该承认，舒婷无疑是正
确的，她的道理充满了"辩证法"，雄辩公正，几乎无懈可击。难道
不是这样吗？相比之下，北岛的想法则显得偏激、片面。因此，人们
在舒婷的明哲而又不乏温情的劝慰面前，就像面对居委会里善解人意
的女干部，感到难以拒绝。然而，问题不在这里。

面对苦难的微笑和感恩，是"文革"后的中国知识分子的共同心
理，他们借此建立起自己的道德形象。其秘诀就是将"公民与国家"
的关系表述为"儿子与母亲"的关系。

舒婷接受了这一逻辑。这使她在某种程度上成了一个时代的主流
精神的代言人。首先是扮演更年轻一代的"知心大姐"的形象。诸如
"知心大姐"这样的谈心类节目，正是80年代中期以来在官方各广播
电台中新兴起的最受欢迎的节目之一。这类节目为年轻人排解内心的
困惑和苦闷，帮助他们树立正确的、符合制度道德规范的人生观。撒
娇心理与国家道德结合在一起，构成了"朦胧诗"的"撒娇美学"的

全部。

年轻人的人生观当然集中体现在他们的爱情观方面。因此，标榜一种正确的、符合制度的爱情观，为年轻一代树立两性道德的楷模，自然也就是舒婷诗歌的重要任务。

舒婷在诗篇（如著名的《致橡树》《双桅船》等）中塑造了一种道德女性形象：柔弱、温顺、坚贞、善解人意和恪守妇道。

> 我们分担寒潮、风雪、霹雳；
>
> 我们共享雾霭、流岚、虹霓，
>
> 仿佛永远分离，
>
> 却又终身相依。
>
> 这才是伟大的爱情，
>
> 坚贞就在这里；
>
> （《致橡树》）

这些并不新鲜，甚至显得有些陈腐的道德教训，就是舒婷津津乐道的爱情呓语。正如《关雎》可以观"后妃之德"一样，《致橡树》则可以说是"文革"后国民两性道德的典范。情爱话语的真正指向是其中所包含的道德价值。宣谕两性道德的金科玉律，才是舒婷的真正意图。舒婷的诗正是借助于这些古老但却行之有效道德戒律，加上浪漫主义的抒情方式，营造一个个美丽的道德神话。这些很快被官方和公众所认可的道德准则，为大众树立了一个道德楷模。或者不如说，她就像是飞翔在堕落的国度上空传播道德福音的天使，试图拯救这个国家的公共道德于沦丧。但并不能因此断定舒婷是一个虚伪的人，不能认为她在道德问题上口是心非，相反，她可以说是一个真诚的人，她总是真诚地相信自己的道德承诺的真实性和可行性。问题正在这里。

舒婷的诗歌中所奉行的道德准则，可以看作是对业已崩溃的道德系谱的修补和代偿，有如失血的国家道德的苍白的面颊上的一抹"道德胭脂"，或者说，是一朵点缀在破败不堪的国家道德衣襟上的会唱小夜曲的"鸢尾花"。因此，它也就迅速融入国家伦理体系当中，成为国家的道德制度大厦的新的黏合剂。对于国家意识形态教化机器而言，舒婷的诗就是最好的德育教材，也就是"德育诗歌"——甜美而有用。这既是中国传统文化中"诗教"的基本策略，也体现了"文革"后公民道德教育和思想政治工作的新特点。她差不多就是诗歌界的李燕杰了。由此看来，舒婷不仅是"文革"后的美学也是其道德的代言人。

但在陈腐的道德熏风的吹拂下，这朵道德的"鸢尾花"的花期并不长久。翟永明等新一代诗人笔下的女性形象，彻底撕碎了蒙蔽在现代女性脸上的"舒婷牌"道德面纱，露出了的阴郁和歇斯底里的真实面目。而在新生代诗人的严酷挑战面前，整个"朦胧"的诗歌之花也很快就面临枯萎凋零的命运。

第六节　诗歌"口香糖"

如果说，在70年代末80年代初舒婷的诗尚且具有对政治化的革命诗歌的对抗功能，称得上是那个时代的精神先锋的话，那么，自80年代中期起，这种精神先锋的功能已经完全丧失了，舒婷式的抒情性已然演化为80年代中期的主流文化精神中的一部分，尽管有可能是最为精彩的部分。也正因为如此，大约自1985年之后舒婷就鲜有新作，偶有所得，也全无新意。她近年转向散文写作，有不少小块文章出现在各类晚报的文艺副刊里，则更是不堪一读。这些文字与前几年文化市场所流行的所谓"小女人散文"颇为接近，只是尚欠了一点点"小女人"的轻灵和日常的脂粉气，而这些正是"小女人散文"的特长和成功之处。看来，当年的"会唱歌的鸢尾花"，确实早已是"明日黄花"。

今天的人们还需要舒婷的诗吗？——这是个问题。

但是，舒婷的诗与这个时代的公众美学趣味之间的关系暧昧。从另一方面看，舒婷早期的抒情诗却在某种上程度被这个时代的文学观念神秘化了，它被一些大众传媒打扮成一个特殊时代的文学奇迹。披着神秘的、美丽的诗学外衣，舒婷式的"朦胧诗"仿佛一只巨大的诗歌蝴蝶，在90年代文学大众的头顶上翩翩飞舞，划出了一道道诗意的弧线，令人眼花缭乱。然而，这种别有情趣的效果，正是世纪末的文化狂欢游戏中必不可少的小节目，有时甚至还会成为其中的华彩片段。

但最为令人尴尬的是：舒婷一度还遭遇到来自假冒货的冲击。大众传媒与蹩脚"诗人"串通一气，炮制大量的舒婷式诗歌的仿制品（比如，"汪国真牌"诗歌）来坑害诗歌消费者。这一现象自然遭到愤怒的文学卫士的猛烈抨击，他们怒斥市场文化对高雅艺术的扼杀。事实上，劣质产品挤垮了优质产品，这是市场经济初级阶段的规律，但并不是永恒不变的规律。我们也不得不承认：汪国真的流行也在一定程度上有利于舒婷诗歌精神的传播。"汪国真现象"的后果之一是启发了文化市场。人们开始觉悟了，开始思考了——既然汪国真这样的"水货"都能抢手，舒婷这样的"品牌"为什么就不能热销呢？文化市场与其让水货泛滥，不如让真品充斥。这样一种商业理念与人文精神完美地结合在一起的文化商品，难道不正是知识分子梦寐以求的好东西吗？既然如此，又何乐而不为呢？这样，就促使舒婷的诗不仅从当初的地下状态中浮现出来了，而且也走下了文学讲堂，走出了文学研究者的书斋，而迅速走进了世纪末纷乱的文化市场，特别是走进了广大中学女生的书包和床头柜。这时，舒婷的诗似乎才真正找到了自己最合适的去处。

大众传媒的发达，也加剧了这一趋势的发展。舒婷的诗又恰好迎合了此后以市民意识形态为主体的大众美学趣味。今天的电台、电视台的诸如"知心大姐""情感热线"之类的节目主持人，大多在其学生年代接受过舒婷诗歌的洗礼，因此，他们就很自然地成了舒婷诗歌精神的传播者。他们很喜欢引征舒婷的诗来与听众谈心，这时，舒婷的诗就起到了一架情感的"按摩器"的作用，用来给这个冷漠时代诸多有情感障碍的听众进行"语言按摩"。

从可疑的"高雅"走向彻头彻尾的"流俗"，成为世纪末大众文化生活中的一道不失为精美的文学"甜点"——这就是舒婷诗歌的最终命运。然而，另一方面还必须看到，如果认为舒婷的诗以及类似的事物，是世纪末的人民必不可少的精神食粮，那我们就大错特错了。毕竟由于年代久远，这份生产于80年代的诗歌"甜点"，到了世纪末难免会变得发硬，并会散发出某种异味。世纪末一代的读者对它的陈腐的道德教谕和生硬撒娇方式显然都兴致缺缺，只不过它作为这个时代"高雅"时尚的一部分，可以成为文化"格调"和"品味"装饰品，有时或许还可以暂时地缓解一下世纪末的"心灵空洞症"。如此而已。

在今天，即使是在舒婷的主要读者群——广大中学女生那里，舒婷诗歌也并非必不可少的文化装饰物。事实上，在更多的时候她们所迷恋的依然还是还珠格格、樱桃小丸子和谢霆锋，只是在特别需要用到文学的场合，她们才会想起三毛、琼瑶和舒婷之类。舒婷的诗（以及其他类似的事物）实际上无非是世纪末广大女生的文学"口香糖"。它确实有着"口香糖"的全部特性——柔软、黏滞、香甜。虽然不是日常生活的必需品，但也并非完全无用，咀嚼它可以使女孩子们口齿噙香，而且是时尚的标志。而且，在嚼过之后，就会立即被吐掉。只有那些黏性的"话语残渣"也许还会在女生们带锁的日记本里保留一段时间。

这大概就是那些试图迎合公共道德和大众趣味的文学所不可避免的共同命运。

第十一章
小海：像河流一样抒情

> "你们不过是这里的外乡人
> 在他乡流连忘返
> 最终你们都要回去，回故乡去……"
>
> ——小海《置换》

自 1980 年代以来，标榜流派是中国诗歌的时髦。众多似是而非的诗歌流派，为文学教师提供了更多课堂上的谈资，除此之外的意义都很可疑。近年来这种状况更是变本加厉：有派别的，顽固地守护着自己的地盘，严阵以待；没有派别的，也纷纷急不可耐地拼凑出一支乌合之众来。"口语派""后口语派""新古典主义""下半身""中间代"之类如是滋生。而一时尚未归属于某个群体的诗人就像是找不到组织的"同志"，多半要陷于迷乱和狂躁。

与其同时代诗人不同的是，除了跟南京的"他们"群体有过一段并不特别亲密的接触之外，小海几乎不属于任何诗歌群体或帮派。特立独行的小海在所谓"新生代"诗歌群体中，却称得上是元老级的人物。他从 1980 年开始发表诗歌，至今已经有二十多年的历史了。这一点使他有理由傲视这个时代的诗歌。

小海在评价当代诗坛时，发表了这样的意见："纵观当代诗坛，投机取巧、苟且钻营、结党营私、盲目短视、夜郎自大……不少诗人忽视了诗歌生产之于诗人个体劳动这种健康、正常的关系，忽略了诗人必须为此付出代价这个关键环节。"（小海：《面孔与方式》）确实，很少有人愿意付出代价，投机取巧地博取名利，是我们这个时代的特征。比起那些将写诗当作自我炫耀的"行为艺术"的人来，比起那些看上去生活得更像诗人的人来，小海的生活并没有什么特别值得一提之处，他不是依靠诗歌之外的东西来博取"诗人"的名声。除了日常生活之外，他就是写诗、写诗。小海自始至终只以自己的诗作来发言。我坚信这才是一个真正的诗人的本分，也是我们这个于诗歌不利的时代里诗人存在的意义所在。

在小海的诗中，最为引人注目的是那些关于"村庄"的篇章。村庄以及一系列与村庄相关的事物：河流、田园、大地，等等，始终是小海诗歌中的主角。如果我们不是肤浅地和表演性地吟唱村庄的话，那么，要悉心倾听村庄的声音不仅需要敏感，而且需要相当的耐心。小海以他的写作经历证明了自己超常的耐心。

就像突然间涌现出无数的村庄：河流、大地、日落日出

我再也见不到人、牲畜，无止境地显形

那些平等而徒劳的岁月

每一片村庄，都有一个神住世，犹如它们的太阳

那是男人国，平等、吉祥、欢爱，绝不错失灵魂

黄金为地，一切依据愿望得以实现

没有夜晚的叹息，也有鸟儿好姑娘般站立枝头

但是，人依然是虚幻的集合

大地山河，犹如沦陷爱欲的男男女女

仅仅依靠了一线朦胧的晨光而暂存

大千世界，仍旧是又聋又哑的白痴

（《作为村庄的表象》）

由长句子所展开的广阔的主题和直接的哲理沉思，史诗般的庞杂格局——这种风格的诗行在小海的笔下是比较少见的，但我们还是可以将它看作小海诗歌主题的概括性的展现。实际上，小海笔下关于村庄的诗歌，更多的是下面这种风格的——

北凌河绕着村庄
月光进入更深的睡眠

在那儿，睡眠
是块沉甸甸的石头
温热的石头　满足的石头
来自天外

（《边缘》）

北凌河，是小海笔下经常出现的一个地点（它有时会变成另外一条河流——串肠河），据称，这是诗人故乡的一条小河。"一条完整的河流好比一个白昼"（《北凌河》），北凌河就是小海的白昼，照亮了他的全部生活。故乡的沉默的事物召唤着诗人，为诗人提供抒情的源泉。从小生活在江南水乡的小海，与贯穿于江南大地的河流之间的关系是如此之密切，以致在他的诗歌中浸透了一种湿润的情绪。如果可能的话，我愿意将小海的诗称之为"河流诗"。这不仅仅因为他的诗作多涉及河流，更主要的是因为其诗作具有河流一般的品格。河流在小海的诗里，既是抒情的动机，又是抒情的通道，促成了小海诗歌的委婉曲折又不失清澈透明的风格。

早晨的北凌河

像影子的幽灵

但又从影子中分离出来

我因为大地成为一个人的囚犯

而幸福无比

深虑静谧的大地

不断摇荡变异的河水……

早起的鸟儿

展示微风中的身体

那些尘土

那些沉浸淫欲中病苦的人

我用我的身体置换心灵的圆满和宁静

（《置换》）

　　"深虑静谧的大地／不断摇荡变异的河水"，这些正是小海诗歌的核心内容。诗人在另一首诗中承认道："载着这个世纪肮脏的河水／降服了我的情感"（《北凌河》）。沉默无言的土地通过诗人之口，发出了自己浊重的声音。很少诗人愿意倾听和表达这种声音，这种声音既不响亮，也不动听，在喧嚣的现代世界里，它极容易被忽略。而在现代社会里，表达关于土地的情怀，就更加危险，即便表达出来，往往难免将平实的土地夸张、抽空和升华为一种抽象的神性，进而使抒情蜕变为一种文人式的、半真半假的田园情怀。小海敏感地警惕到这种危险，他接着写道——

但此刻，这河流

依然只是河流的概念

依然只是漫游者空洞的家园

如同久远累劫以来

惩罚的仅仅是我的生命

北凌河从我的土地上逐渐流失

像那在欢爱中遗失的尾巴

"你们不过是这里的外乡人

321

在他乡流连忘返

最终你们都要回去、回故乡去……"

(《置换》)

古老的还乡情绪在小海笔下变得新鲜。从简单的乡间日常生活经验出发，引申出普遍的存在的真理性主题，这是小海诗歌的基本特征之一。在他看来，质朴的乡间生活更接近于人的生存的本真状态。抒情与村庄和土地的关系，以及这些质朴的诗行，令人想起20世纪的美国诗人弗罗斯特。这位生活在大工业时代美国的老诗人，顽固地坚持写乡村题材的诗歌。

一条路穿过村庄

返回。透明前

熟睡的阴影

把大地捂热

醉酒的村长趴在地上

寻找回家的道路

(《边缘》)

寻找一个空洞的家园、一个家园的概念，是容易的。而面对着实际上正在"逐渐流失"的"河流—家园"，无所适从的人们将不得不沦于精神迷失和虚空。我们看到，在小海的诗中有一种自土地上升腾起来的抒情性，但这不同于那些刻意夸张土地空洞神性的抒情诗。小海并未将关于土地的情绪上升到那种夸张的高度。这些乡间的事物有一种既宁静而又近乎滞重的特征，它不超过村庄的高度，像早晨或黄昏萦绕在村落的雾霭，早出晚归的人们能够嗅到它的带有泥土清新气息的呼吸，引导人们寻找返回的道路。

阅读小海的诗，需要的是听力。小海的诗以一种内在的旋律，而不是语句上的声响效果来维持诗句的音乐性。这种内在的旋律，为现代口语注入了诗性活力。

小海的诗歌语言是一种纯净的口语，但这一点却是我在评价他的时候的最大难题。众所周知，"口语"如今已经是一个被严重污染了的词。今天的诗歌界，那些相互鄙夷、势不两立的两派，无论是故作高深的思考还是哗众取宠的粗鄙，都不约而同地乞灵于"口语"，向"口语"租借语言的活力。在此种情况下来谈论小海诗歌的口语特征，这无论是对于小海还是口语，都是一种轻侮。

　　老山羊再丑也是我的亲人

　　今夜，在这片月色中

　　她已不再贞洁

（《月色》）

自然生长的诗意，简单而又奇特，热忱而又妙趣横生，它来自对乡间日常事物的热爱。热爱，热爱那些单纯的日常生活，是小海诗歌抒情的原动力。他有一首诗，题目就叫《每天都是日常生活》。

日常生活，这是当下中国诗歌最为关注的对象，以日常生活经验

323

进入诗歌，这一说法很有诱惑力。但诗人经验日常生活的能力却并不都是那么可靠。许多表面上看起来很生活化的诗歌，常常是刻意制造出来的。将生存经验刻意地片面化为互相割裂的上下两个半身，诗人们固执地表现任意一截半身，带来生存经验的"半身不遂"。这些诗歌有时纯粹是写给假想的诗歌敌人——作为对立面的另外半截的诗人——看的，一旦这个假想的敌人不存在了，这些诗歌也就跟着死去。

小海笔下的日常生活经验表现出与众不同的品质，诗人个人直接面对世界而生成的情感，与任何观念的东西无关。相比之下，那些依靠某种观念的需要而建立起来的"日常生活"的概念，就显得苍白无力。

小海善于从一种特别的角度来观察日常生活，从日常经验中发现某种精神性的东西，通过浅表的生活细节，揭示内在的精神。

我的父亲要经常敲击他的膝盖

空洞的膝盖。他急于见到

他的长子和两个女儿

从白昼到星辰初上，像水上行舟

他希望有一个孩子留在身边

就像他的膝盖　回荡的共鸣

他多么爱自己的妻子儿女

他止不住经常敲击

膝盖

迷蒙夜色中
我的父亲仍在扶犁耕作
那些天空中陨落的"厕石"
像蚱蜢　蹦向他锋利的犁头

他的膝盖
被一次次砸痛

流星出没的
草原之夜

(《父性之夜》)

　　膝盖，骨骼支撑躯体的关节点。膝关节的疼痛，通常总是对劳损和衰老的暗示。作为家庭顶梁柱的父亲陷于衰老之境，使之难以支撑家庭生活的重负。父亲膝盖的疼痛，提示着家庭生存处境的贫困与艰难。关节动机令人想起了加西亚·马尔克斯在小说《没有人给他写信的上校》中写到的那个身处困境而又性格坚定的上校——"那坚硬的骨头似乎是用螺母和螺栓串连起来的。"

　　我相信，这是小海最出色的诗歌之一。简单的动机、质朴的情感、简练有力的句子、从日常生活中提炼出来的奇特感受和神奇的想象力，使平淡无奇的细小事物获得了强大的表现力。敲击疼痛膝盖的空洞的声响，令人惊讶地揭示了关于孤独、沉默和贫困的主题。这个声音呼吁着关爱与怜悯的情感。

抒情性一直是当代中国诗歌写作的一大难题。狂暴喧嚣的激情带来的美学灾难，以及其与政治狂热的呼应关系，令人警惕。作为纠偏，极度的情感降温和冷淡症，又使得抒情陷于干涸。在这一点上，小海诗歌的抒情尝试，可以说是一个启示。他从古老的抒情诗中汲取了原初的美学经验，与现代人的日常生活经验结合在一起，有的诗作看上去就像《旧约圣经·诗篇》和《诗经·国风》式的质朴、单纯的抒情诗。

令人感动的热情使习以为常的经验变得光彩照人，通过直接来自日常生活本身的感受，传达了一种日常的、乡间式的智慧，就像古老的格言。有时，他的诗句就是对古老格言、老生常谈的直接化用"浪子啊　你前世的罪孽今生不再重犯／像那涉河的白象永不退转"(《命运》)。它兼具弗罗斯特的质朴的智慧和西默斯·希尼的坚硬的力量：点石成金的智慧，"化腐朽为神奇"的力量——这就是小海诗歌的魅力所在。从某种程度上说，小海的诗为解决当代中国诗歌的"抒情性"难题，提供了成功范例之一种。

韩东在评价小海时说，这是一个早熟的天才。天才而又早熟，对于一位诗人而言，应该是一种幸运，但也很可能是一场灾难。我们见过许多早开的花儿迅速悲凉地凋谢。然而，尽管在小海的头上并没有那些荣耀的桂冠，但他却得以幸运地避免了这种"天才的宿命"，这不能不说是一种最大的荣耀。

第十二章
宋琳：丽娃河畔的纳喀索斯

> 有什么能够在水之外，为它
>
> 划定边界？
>
> ——宋琳：《十只天鹅》

第一节　水性品质与河流

宋琳诗歌的水性品质是显而易见的。留心一下他的诗集就不难发现，宋琳的诗不仅有一种流水般的清澈和恍惚的风格，而且他偏爱使用水流的场景和隐喻。河流、湖水或海，总在其诗中反复出现。《在拉普拉塔和渡船上对另一次旅行的回忆》《博登湖》《保罗·策兰在塞纳河》《读水经注》《脉水歌——重读水经注》《从盐根海岸看黑曜绝壁》《江阴小调》《西湖夜游》《伸向大海的栈桥》《上海的一条河》……对于《水经注》毫不厌倦地反复阅读，也提示了他对水系的特殊癖好。

你们，百川的名字，浩浩水波

从一条河引申出另一条

遥远如来自某个极地

源头是谜，它的譬喻也是谜

——《读水经注》

这同时也是宋琳诗歌的一个譬喻，其中隐藏着宋琳诗歌的源头和谜底。他写了那么多的河流，写了"百川"，为的是找到一条"原初的河"。而我坚信宋琳的这一"水流心结"源自他的诗歌生活的策源地——丽娃河。丽娃河曾经是一条妖媚的水流，她贯穿华东师范大学校园，以其特有的阴柔气质和梦幻风格，养育了华东师大的诗歌精神。宋琳则是一匹游荡于丽娃河上的抒情之猫。目睹过1980年代华东师大校园景象的人，都会记得这个诗歌幽灵四处徘徊的情形。已不那么清澈的丽娃河水，照出了这位抒情的纳喀索斯的形象，这也是1980年代校园抒情诗人共有的形象。对于"自我"的迷恋和浪漫主义品格，构成了那个时代的抒情的基本面貌。

从丽娃河引申出苏州河，又从苏州河引申出塞纳河，以及一切河流。然而，这所有的水流，都可看作是"原初的河"——丽娃河的变形和影子。"百川"不过是这一特殊河流的一百条注释。

一个人，一条河。那个注释家

知道自己越来越近了

却对着川流中不动的影子大惑不解

于是贴近并且听着

采采流水……

——《读水经注》

　　通过一条普通的河流，冥想大地上的一切河流和水系，这不仅是诗人的天分，同时也是哲人的禀赋。学生时代的宋琳，曾以迷恋哲学、热衷思辨而著称，他早期著名的诗篇《致埃舍尔》，显示出他在哲学方面的癖好，他因此而获得了一个"哲学狐狸"的诨号。关于哲学，宋琳这一代人正从老生常谈的课堂上和教科书中的"唯物辩证法"的魔咒中摆脱出来，热衷于寻找新的思辨游戏。通过博尔赫斯和埃舍尔，进而是毕达哥拉斯和芝诺，他们开始习得关于循环、重复和悖谬的知识，关于错综如迷宫的时空悖论和无限增值的"镜像"观念。

十二座一模一样的桥上，
没有哪一座不是车水马龙。

晚钟震响，众鸟敛迹，
尖顶隐入灰暗的天空。

目光茫然，风中最后的树叶
颤抖着，不知落向何处。

强烈感觉到分裂的自我，

仿佛十二座桥上都站着你。

——《漂泊状态的隐喻》

这首斯蒂文斯风格的诗，包含着建立在悖论基础之上的对古老的"一"与"多"的关系的辩证法。"多"源于"一"，"一"衍生"多"，十二座桥都模仿着那座"唯一的"桥，正如"百川"源于同一条河流。从"众多"的形象中看到原初的"单一"，我们可以将它理解为诗人寻找自我认知的镜像的尝试。事实上，无论是屈原还是朱湘，也无论是华兹华斯还是保罗·策兰，对于一位现代诗人来说，都是诗人自我形象在历史的逝川上投下的模糊的影子。或者反过来说，这位生活在20世纪的诗人，则无非是遥远过去的水畔吟咏者的一个片面的镜像。所有的水畔吟咏者，也都在注释着同一个人。类似的玄学经验，我们还可以从与宋琳同时代的欧阳江河的诗歌和马原的小说中看到。

然而，"采采流水"之上，那只贴近的耳朵又能够听到什么？倾听，是宋琳诗歌的基本姿态。但他并非一个耳听八方的人，相反，对于日常的生活世界的声音，宋琳表现得相当迟钝。宋琳的倾听对象，是那耳蜗中心的风暴，水流深处的喧嚣，通常听不见的纯粹的声音。正如他在描述众多河流的时候，总是指向那唯一的源头一样，宋琳追求一种听觉的"纯粹性"。在他看来，如果没有一种穿透感官之喧嚣的纯粹听觉，我们只能听到一些嘈杂破碎的声响，从根本上说，依然是一个聋人。

那里升起一棵树。哦，纯粹的超升！

哦，奥尔甫斯在歌唱！哦，耳中的高树！

万物沉默。但即使在蓄意的沉默之中

也出现过新的开端，征兆和转折。

　　　　——里尔克：《致奥尔甫斯的十四行诗·1》（林克译）

　　里尔克是一个带有浓重宗教情怀的诗人，他在一定程度上复活并重塑了古老的"奥尔甫斯教"的核心教义。奥尔甫斯（或里尔克），这位歌唱者和抒情者的神，在整个1980年代，强有力地统治着中国诗坛的时期，正如诗人臧棣所说："在对中国诗人产生影响的过程中，里尔克几乎销蚀了文化传统的异质性，或者说轻巧地跨越了通常难以逾越的不同文化传统之间的鸿沟。"（臧棣：《汉语中的里尔克》）对于中国诗人来说，里尔克的那些充满了神秘主义气息的赞美和祈祷，代表了纯诗的最高境界。宋琳的组诗《死亡与赞美》，正是在这样一种语境下的产物。赞美和祈祷的言辞，其功能超出了语词的意义域，直接指向超验的神秘世界。它同时也是诗人返回内心的路径。克服感官的物质性的喧嚣，实现"纯粹的超升"，达到纯粹声音的极致。

　　如果说，祷告和赞美是诗人在向最高存在吁求价值和意义的话，那么，人类言说的反面——"沉默"，则在现实的处境中，为言说的价值领域划定了边界。而在声音的深处，是永恒的沉默。宋琳对这一"沉默"与"声音"的辩证法深感兴趣，这也是他的诗学的核心内容。他的倾听与言说的艺术，在俄国诗人艾基（Gennady Aygi，1934—2006）的"沉默诗学"中得到了强有力的呼应。在艾基看来，沉默才是存在的本质属性，万物鸣响喧嚣，但最终都将归为沉寂。人类的言辞也是如此。若非真正领悟到沉默的价值，则不懂得言说的意义。宋琳一度迷恋艾基的诗学，他曾经翻译过艾基的诗作，并与张枣一起以《今天》杂志社编辑的身份，采访过艾基。在论及艾基的时候，宋琳显然不会忽略艾基有关沉默的奇思妙想，他写道："艾基的语言策略是什么呢？在熙熙攘攘的现代潮流中他坚持以提高难度的抒情自处，他的诗歌为语言最大程度地保留了沉默的古老属性。"（《谛听词的寂静——关于艾基的沉默诗学》）

> 这是嘴唇和水的歌声
> 要是我能够，我将记录下水位
> 同时抓住一只惊慌的天鹅
> ……
> 耳朵，酿造大风暴的小小场所
> 通过你，我到达水的听力和沉默
>
> ——《倾听》

第二节　语词之杯

　　1991 年初夏，宋琳刚从一个特殊的地方出来。他就像一个贪婪的饥民，热切地攫取失去的时光。那个时节，也是宋琳诗情勃发的季节。有一段时间，这匹抒情的野猫每天都会在午夜时分打我宿舍的窗口路过。"张闳，拿支烟来。"他喊道。我从窗户的铁丝护网的空隙里递过一支香烟，窗户外即刻腾起烟雾，伴随着烟雾的还有一串串梦呓般的短语和句段，这些正是他新近的诗作。仅仅隔着一个篮球场，对面是女生宿舍——第六学生宿舍。安静和黑暗使六舍变得遥远。夜雾浩渺，恍如宽广的河流。"……它宽得像忘河"（《在拉普拉塔和渡船上对另一次旅行的回忆》）。那些白天叽叽喳喳、花枝招展的女孩们，此刻已沉入黑甜乡。"她们正在梦见我们交谈。"宋琳说。

恍如一个古老的"河汉遥望"的场面，像《诗经》一般古老。它在古代诗歌中被吟唱过无数回，足以编写一部冗长的主题史。而现在，这个场面突然在世纪末的午夜，散发着黑色的精神辉光，提示着"世界之午夜"的精神处境。而这个抒情的"纳喀索斯"则从如水的月夜和少女的梦中，映照出他自己的忧郁面容。

如果说，夜雾的阻隔尚且是一隐喻的话，河流的阻隔性在宋琳笔下则变得更为突出。

　　大河前横，人依旧远在途中

　　　　　　　　　　　　　　　　——《读水经注》

这与《诗经·蒹葭》中的"溯洄从之，道阻且长。"有异曲同工之妙。水流意念，有着古老的传统。无论是在《诗经》中还是在《楚辞》中，河流总是关涉情欲和梦幻，而同时也是距离与阻隔的象征。尽管现代人在跨越河流时，并无特别的困难，但河流的阻隔性，依然以隐喻的方式存留于人类的无意识深处，象征着人生路途中难以逾越的鸿沟。如同但丁笔下的冥河，刻画着生与死之间的深刻界限。

　　保罗·策兰畅饮塞纳，越喝越渴。他喝着黑暗，从局部到全部的黑暗；他喝掉最后一个词的词根。

……

漂啊，从塞纳到约旦，从巴黎到耶路撒冷。保罗·策兰用眼睛喝，用他自己发明的喝法喝，一个人畅饮着来自天国和地狱的两条河。

——《保罗·策兰在塞纳河》

事实上，保罗·策兰"畅饮"之处，也是宋琳"畅饮"之处。同样，保罗·策兰的"渴"也真切地被宋琳所感知。"越喝越渴"，也就是策兰和宋琳共同的"焦渴"。甚至，它还是宋琳那个时代的共同"焦渴"。而这一"焦渴"的原型来自古老神话中的"天神之子"——焦渴的坦塔罗斯。这个窃取了天神的秘密并要考验天神智慧的家伙，被罚站在湖水中，水流浸到他的下巴处，但只要他一低头喝水，水流就立刻退去，显出干涸的湖底。坦塔罗斯是诗人自我形象的投影，他也象征着人类普泛性的"存在之焦渴"。

被心灵之渴折磨着的人们，靠什么样的液体来滋养？对于诗人来说，语词是存在之意义的蓄水池。浸透着文化和经验液汁的语词，被诗人汇聚成意义的水流。从这个意义上说，诗的一种拯救，对于存在之物的价值和意义陷于干涸和焦渴的拯救。由此来理解宋琳对《水经注》的不厌其烦地反复阅读，或许可以说，这正是其内心的焦渴和对人生迷途的焦虑的表征。我们看到这个人，正从有关水系的古老典籍中，徒劳地寻找摆渡人生迷津的线索。对于诗人而言，也许唯有依靠语词来解除这一精神之渴，借助诗行来涉足"天国和地狱的两条河"。

然而，坦塔罗斯式的"越喝越渴"的宿命，比一般意义上的"焦

334

渴"更让人困窘。诗人北岛道出了这一处境——

> 饮过词语之杯
>
> 更让人干渴

——北岛:《旧地》

如果没有涉足那"唯一的"和"最后的"河流,精神之渴将无从缓解。直到"喝掉最后一个词的词根",言辞的水分也将归于穷尽,它将诗人推向了"渴"的极致,将词推向意义的终极悬崖。此时,言辞也就触及了"太初的词"的词根——这是宋琳式的悖论。

> ……不死的陈词滥调
>
> 将一次横渡引向一生的慈航

——《博登湖》

在浩渺人生的水面上,诗意语词如同水面上的粼粼波光,闪烁着梦幻般的希望。那些饮过"百川"而返回到初始状态的词,看上去如同一些"陈词滥调",但同时也承诺了诗的"不死的"品质,成为唯一有望将生命引渡到丰沛的福地的"慈航"。

第三节 说吧,河流

水流还是一种诱人陷入冥想的物质。在冥想的迷茫中,时间正从我们身边悄悄溜走。水流意念与时间母题总是密不可分的。河流与时间经验之间的相关性，是人类古老的智慧关注的对象。无论是在东方还是西方，先哲们都曾在面对河流的时候，生发出关于时间流逝的感慨。

> 我想，第一个来到的人在这同一条河上，
> 必定像我一样沉思过时间。
>
> ——《上海的一条河》

像赫拉克利特和孔子那样沉思时间，这给宋琳的诗歌带来了浓重的哲理意味和沉思品格。对存在的时间性的思考，一度成为这位"哲学狐狸"的精神日课。他曾在一个特殊的无所事事的日子里，靠阅读海德格尔的《存在与时间》打发那些难熬的时光。哲学沉思的习惯，影响到宋琳的诗学观。在宋琳看来，哲学与诗有着共同的起源，它们源自人类最初的生命经验。

> 也许这就是诗：飞矢之影
> 反对飞矢的运动。遵循着
> 异想天开的逻辑，大象从容
> 穿过针眼；对于逝者，濠梁之鱼
> 有它高出一筹的理解
> 它们倏尔游动，或止息静观
>
> ——《给青年诗人的忠告》

这首玄学色彩的诗，包含了宋琳的诗与哲学同源的诗学观点。诗

与哲学共同注释着世间一切基本的物象和经验。

　　水的流动性召唤着流浪的梦想，无家可归乃是诗人的宿命。从丽娃河这个临时的家园迁徙到遥远的塞纳河畔，也都不是诗人永恒的故乡。宋琳在描绘各种各样的河流，为的是在他的诗行中，接近他的精神母体，然而在此过程中，他同时也正在一点点地失去他心中的河流。远离故国和母语的生活，实际上给他带来了另一重焦虑——时间中的自我遗忘。遥远的空间阻隔，在他的诗中里转化为时间的长度。在《脉水歌——重读水经注》《断片与骊歌》等诗篇中，宋琳仿佛要通过对时间的沉思，来填充自己与故乡之间遥远的空间距离。而在另一首诗中，宋琳借异国诗人前辈之口，说出了自己对在时间中渐渐远去的故国的感受——

沙漏。秒。最细腻的皮肤的触觉。

玉如意。痒。你读过的书中

既无页码又无标点的秘籍。

太阳的章节。月亮的章节。海的章节。

哑剧的脚本，一首比枝形吊灯更美的

佚名作者的回文诗那循环的织锦。

……

《山海经》里闻所未闻的奇异动物。

兵马俑的沉默。丹客的炉与剑。

我在日本的一块石碑前

用手掌阅读国的天朝的不朽铭文。

与布宜诺斯艾利斯的一个铜门环对应的

上海石库门上的另一个铜门环。

——《博尔赫斯对中国的想象》

这些短语，像一串时间的碎片，断断续续编织起支离破碎的时间"织锦"。穿过历史漫长的隧道，历史中的人与事走到现代，走到诗人的面前。布宜诺斯艾利斯与上海，在梦幻中重合在一起。而那些历史的话语碎片嵌入现实的言谈，呼吸着彼此的气息。"心灵这个艺术必须穿过的海峡沟通着不同的广阔水域，自身却是狭窄而又险峻，一不小心便会船翻人亡。心灵意欲为感觉的版图设立标记，于是那儿出现了语言。"（《幸存之眼与可变的钥匙——读策兰的诗》）语言在想象的领域内，显示出强大的粘连性，它把记忆的断片与现实的陌生感受连接在一起，重构了诗人的存在空间。

然而，一种陌生的语言的意外出现，提醒着诗人的现实处境——

深秋发出它的准确读音——

Passiflore，

这词义的意外波浪

使满架的藤蔓同时汹涌

拍打着回廊上空的群星

——《断片与骊歌（12）》

陌生的声音翻腾着虽然读音准确却意义空洞的声音泡沫。可以想象，在塞纳河畔或太平洋彼岸的布宜诺斯艾利斯，这些声音泡沫是何等的汹涌，它们是在宋琳与母语之间的比河流和海洋更加辽阔的精神屏障。它们是真正的"忘川"。

宋琳在谈到保罗·策兰时写道："策兰的观点异常鲜明：'一个人只有用母语才能说明自己的真相。在外语环境下，诗人是在撒谎。'（Felstiner：46）我想这间接表达了一种了不起的个人抱负，属于饮过不同的词语之源者的经验之谈。但还有什么比用凶手的语言写作抒情诗更折磨人的事？尤其是在它沦为杀戮自己的亲人和同胞的工具之后？"（《幸存之眼与可变的钥匙——读策兰的诗》）宋琳与其说是在谈论策兰，不如说是他的一个自述。在长期的异域生活中，他必须依靠母语的力量，来维持对"自我"的真实状态的记忆，对抗遗忘和"自我"的空洞化。

> 说吧，河流，
>
> 因克服羁绊而开辟出的
>
> 河床、峡谷、流域，
>
> 静静淌过乌托邦之境
>
> ——《断片与骊歌（28）》

"忘川"焦虑考验着宋琳的诗歌写作。我们看到，身处异国的宋琳，不停地在古老的汉语中，翻检遥远的记忆，感受母语的呼吸，挽救母语于淡忘。而在此抵抗"忘川"的艰苦卓绝的搏斗中，宋琳笔下的那些经过空间撕扯和时间水流冲刷的语词，反而变得如同鹅卵石一般，浑圆而且坚硬，足以垒起诗人对故国的想象和永恒轮回的时间城堡。唯有在这冥想中的时间城堡里，诗人宋琳仿佛找到了自己的灵魂居所。

第四节　纳喀索斯的倒影

但是，还有一种时间性的变异，或许是宋琳所始料未及的。通过语词的炼金术固然可以超越历史时空，可以返回到遥远的过去，却不一定能够进入现在；时间之舟逆流而上，抵达六朝时代的秦淮河或古瓜州，"轩廊外的塔，怀抱箜篌的女人"如在眼前，但却未必能够在当下的港湾停靠。带着母语回到故国，诗人会发现，这里已经不是他的故乡。记忆、梦想和诗行中曾经的故国，已经不存在了。比起诗歌中虚拟和譬喻的故国来，这里更像是另一个国度。

宋琳无疑是存在于他的诗意语词所构筑的记忆和幻想的世界里的人。许多年后，他回到中国，茫茫然若有所失，虽然他并不习惯于表现出特别的焦虑或不适应。然而，即使如我这样一直留在国内的人来看，宋琳诗中的故国记忆，也比现实的国度更为真实。在一个被日新月异的现代"鸦片"所沉醉而迷失了时间感和真实感的时代，语词存留的记忆更长久也更珍贵。

宋琳试图在诗中再现已然逝去的古老中国的生存场景，依靠汉语的诗意图景所凝固起来的古典中国，恍如宣纸上虽然褪色但仍依稀可辨的水墨画——

云梦泽上的云，销魂的雨
宋玉的解梦术满足了楚王的淫欲
清水之畔，筶篁幽幽，名士们

佯醉、打铁、冶游于林中

与残暴的君主旷日周旋

我又怎能幸免侍者的头衔

在奉命陪同皇帝北巡的游历中

梦想山川风物和美的人心

从一部水之书发现了不得已之境

我岂不愿放浪于市廛之间

像绿鹦鹉，在烛光的妩媚中

在玄奥中谈吐世道凌迟

——《脉水歌——重读〈水经注〉》

另一些与宋琳有着相同文化观和诗学观的诗人，如柏桦的《望气的人》《在清朝》，张枣的《春秋来信》等，也表现过相似的场景。如果那些古老的所谓"陈词滥调"果真是"不死的"的话，那么，古老的中国生活则可能依旧存活在诗行所建构出来的家园之中。而保持母语永恒的生命，正是诗人的伟大使命。

看啊，一切皆流。但重泉中

我的影子却如不动

——《脉水歌——重读〈水经注〉》

这位抒情的纳喀索斯，再一次回眸注视自己的倒影，但这不再只是一个自我迷恋的寓言，而是同时关涉到一种文化的历史寓言。时间在此凝固不动，正如古代"飞矢寓言"所揭示的那样。这是《易》

的时间，是循环和静止的时间，是凝固和沉寂的时间的化石。但它又在语词和记忆的缝隙间，流动不已。动与静，历史与现实，自我与镜像……这些对立的词项，在静穆的诗行中，达成了和解。诗人"我"的影子，不过是通过语词之镜所折射出来的古老母语及其所蕴含的生存智慧的细小光芒。以呼吸母语的雾气为生的当代诗人们，他们如同寥落的寒星，点缀在五光十色的现代天空中，只有当人们把目光投向更为高远之处时，方能发现他们发出的微弱而又神秘的光芒。

我再一次见到出国后的宋琳时，已经是在新世纪了。2000 年 1 月的一个黄昏，在一家破败的小旅馆里，我找到了他所住的房间。我穿过昏暗的散发着霉味儿的楼道，仿佛在穿过幽深的时光隧道，来到的不是 21 世纪的上海，而是 20 世纪 70 年代的某个县城的招待所。夕阳的余晖把整个房间映照得一片昏黄。在昏黄的光线里，宋琳则斜倚在床头，翻动着一本破破烂烂的电话簿，找到一个拨打一个，不通。再找一个，再拨，还是不通。这时，我看见他的电话本上的号码还是他出国前的七位数。

我目睹了这一荒诞而又有趣的场面。一切仿佛一个隐喻，一个深刻的浪漫主义黄昏图景。上个世纪的浪漫主义的电话已经无法与现在这个世纪接通，他留在上个世纪的某个时间里，与浪漫诗意做伴。而这个场景仿佛预言般地早在宋琳本人的诗当中预显过——

> 群山宁静的诱惑，风景中的
> 人物，如在魏晋。枯坐着缅怀

酒、农事和诗歌，眺望与地平线的

苦涩融为一体。

——《断片与骊歌（1）》

第十三章
介入的诗歌：
先锋诗歌写作诸问题

第一节　一段问题史

有没有"介入的诗歌"？这是一个十分陈旧的问题。而在所谓"介入文学"的始作俑者萨特那里，它甚至是一个业已了结的问题。萨特在阐释"介入文学"的含义时，明确地将"介入性"赋予了散文（主要是小说）和他本人所偏爱的戏剧等文学样式。在萨特看来，散文（及戏剧）首先是一种公众化的艺术活动。毫无疑问，散文（及戏剧）这一文类的成熟与近代以来的资产阶级市民社会的公共生活方式的成熟是密不可分的。散文艺术的"读/写"关系，差不多就等同于在作者与读者之间建构了一种公共交往关系。因而，散文的写作机制关涉到社会公共生活的制度。这样，"介入文学"也就是要求写作者参与到某种公共生活制度（在萨特看来，应该是民主化的生活制度）

的建设过程中去。萨特写道："散文艺术与民主制度休戚相关，只有在民主制度下才保有一个意义。"①然而，在涉及诗歌写作的时候，萨特则令人吃惊地为诗歌保留了一个置身局外的特权。

"我为什么要让诗歌也介入呢？"——萨特如是反问他的诘难者。那些诘难者显然是不接受"介入文学"这一观点。萨特在他的论文中激烈地反驳了他的论敌，但他却在诗歌写作这一问题上与他的论敌达成了共识，即承认诗歌的"非介入性"，并对诗歌的这一特性表示了充分的肯定和尊重。萨特声称，正是因为自己热爱诗歌，才不愿意让诗歌过早地"介入"也许是"肮脏的"（正如萨特在《肮脏的手》中所认为的那样）现实生活。

在萨特式的几乎是无孔不入的"介入文学"领域里，诗歌成了一块"美"的特权领地。在萨特的心目中，诗歌如同涉世未深的"大家闺秀"，纯洁美丽，天真烂漫，一旦过早地"介入"人世，似乎就大有"失贞"的危险。而本就出自市民社会的小说、戏剧之类，则如同出身卑微的"民女"，在现代社会中，它们的"堕落"反正是迟早的事。就萨特本人的诗歌阅读经验而言，他持有这样一种诗学态度倒不奇怪。从他所列举的例子来看，涉及的诗人往往是兰波、马拉美等法国诗人。这些诗人所代表的是法国诗歌写作中的强大的"纯诗"传统。比如兰波，他的写作就是一种神奇的"语词炼金术"，它能够赋予语词以一种"活性"，使"词"转化为有生命的"物"。这是所谓"纯诗"写作的最高境界，得此境界之诗人"一劳永逸地选择了诗的

---

① 萨特：《什么是文学？》，见《萨特文论选》，第135—136页，施康强译，人民文学出版社，1991年。

态度，即把词看作物，而不是符号"。① 因此，萨特就轻而易举地将诗歌写作划到了音乐、绘画等纯形式的艺术门类中去了。萨特的这些诗学见解倒是与他本人所不喜欢的俄国形式主义的诗学观点颇为接近。

当然，萨特也不会漠视诗歌史上普遍存在的"介入性的诗歌"这一事实。在诗歌史中，英国的弥尔顿、拜伦等人的诗歌和法国的贝朗瑞、雨果等人的诗歌，与其同时代的小说和戏剧相比，"介入"的程度可以说不相上下。因此，萨特特别地声称，自己所谈论的诗歌的"非介入性"特指"当代诗歌"，也就是所谓"纯诗"观念产生之后的诗歌。但是，我们只消举出 1930 年代英国的奥登、1960 年代爱尔兰的希尼或 1970 年代波兰的米沃什，就足以推翻萨特对"当代诗歌"的推论。事实上，即使是萨特所认为的最具有"非介入"之特权的艺术门类之一的绘画艺术，亦并非如他所想象的那么的"纯洁"。且不说毕加索的《格林尼卡》和后现代绘画中的"政治波普"，即使是那些被萨特认为属于"纯粹"的形式化的绘画，也未尝不包含着某种"介入性"的成分。萨特本人在贾科梅蒂的雕塑艺术中发现了一种"距离"的美学。但他的这一发现，与其说是对纯形式的领悟，不如说是这一形式对他的个人的现实生存经验的唤醒，或者说是他的个人的现实生存经验促使他领悟了贾科梅蒂雕塑的形式的真正含义。萨特谈到了他刚从纳粹集中营出来的那一天的感受：他走进一家酒吧时，突然产生了一种奇特的空间体验，这种体验恰与贾科梅蒂的雕塑中所隐含的"距离感"完全一致。② "距离"带给人一种特殊的"晕眩"和

---

① 萨特：《什么是文学?》，见《萨特文论选》，第 95 页。
② 参阅萨特：《贾科梅蒂的绘画》，见《萨特论艺术》，冯黎明、阳友权译，上海人民美术出版社，1992 年。

"惊恐"的经验，使人们对这种形式的感受与现实生存经验紧密地联系在一起了。

罗兰·巴尔特则不像萨特那样对诗歌艺术心存敬畏，他对所谓"纯诗"的写作基本上持一种怀疑的态度。但这并不意味着他就是在主张诗歌的"介入"。罗兰·巴尔特所怀疑的是语言中的"词"与"物"的关系的透明性。词有可能无法达到物，这样，马拉美式的"纯诗"的理想也就有可能落空。不仅如此，甚至散文写作在罗兰·巴尔特看来也是一种"不及物"的写作。这也就意味着他从根本上否定了写作的"介入性"。罗兰·巴尔特并不担心言辞将有可能面临意义的空洞，他干脆让词处于一种"不及物"状态中，并魔术般地将词变成了一种类似于"物自体"的东西。罗兰·巴尔特写道：在现代诗中，"字词的迸发作用产生了一种绝对客体"。[①]由此可以看出，就像马拉美的"纯诗"理想一样，在罗兰·巴尔特的心目中，也存在着一个类似的文学"乌托邦"，只不过前者是一个及物的"语词乌托邦"，而后者则是一个不及物的"书写乌托邦"。

有趣的是，在涉及散文写作时，萨特和罗兰·巴尔特不约而同地援引卡缪的小说《局外人》为例。但更为有趣的是，在萨特那里被看作是现代"介入文学"之范例的《局外人》，到了罗兰·巴尔特那里却变成了一个"中性的""零度的""不及物的"和"非介入的"写作样板。在罗兰·巴尔特看来，"这种中性的新写作存在于各种呼声和判决的汪洋大海之中而又毫不介入，它正好由后者的'不在'所构

---

① 罗兰·巴尔特：《写作的零度》，见《符号学原理》，李幼蒸译，生活·读书·新知三联书店，1988年，第90页。

成。"①萨特同样也不承认《局外人》在形式上的"介入性"，他将《局外人》在叙事风格上的冷漠、客观的特征归咎于海明威，并认为，这一风格特征乃是外在于卡缪的写作的总体风格的。卡缪的写作在总体上是"介入性"的，他只不过是借助了海明威的话语方式，来为实现其当下荒诞的现实生活的"介入"。②

至此，我们可以看出，上述两位理论家在文学写作观念上的某些共同之处：1.他们都认为，在文学的话语空间里，存在着一个"非介入"的特权领地。这个领地在萨特看来，局限于纯粹的形式化的写作范畴内，如"纯诗"。而罗兰·巴尔特则将他扩大到了整个"不及物的"和"中性化的"写作范畴内。2.他们都认为存在着一种"非介入"的写作方式，那就是所谓"中性化"的话语运作规则。萨特将这一话语方式看成是"介入性"写作之外的一个特例，而罗兰·巴尔特则将它当作文学写作的理想。

吊诡的是，罗兰·巴尔特在最后又将自己的"零度写作"的主张在一定程度上纳入"介入"的范畴。罗兰·巴尔特认为，所谓"中性的""零度的""非介入的"写作，实际上是对资产阶级的写作方式的抵制和逃离，是资产阶级的话语秩序在根本上断裂的结果。在这个意义上，"中性的写作就重新找到了古典艺术的首要条件：工具性。但是这一次形式的工具不再被一种胜利的意识形态所利用，它成为作家面对其新情境的方式，它是一种以沉默来存在的方式。"③这一吊诡的逻辑，完全属于罗兰·巴尔特式的，它为所谓的"零度写作"向"介

---

① 罗兰·巴尔特：《写作的零度》，见《符号学原理》，第102页。
② 参阅萨特：《〈局外人〉诠释》，见《萨特文论选》。
③ 罗兰·巴尔特：《写作的零度》，见《符号学原理》，第103页。

入性的写作"的转化提供了一条便捷的秘密通道。罗兰·巴尔特继续写道:"正是此时,作家可以被说成是充分地道义介入的,此时作家的写作自由存于一种语言条件的内部,其局限即社会之局限,而不是一种规约或一群公众的限制。"① 不难看出,罗兰·巴尔特帮了萨特的忙。他将萨特无法解决的形式的"介入性"问题加以解决了,并且,用不着像萨特那样回避诗歌写作的"介入性"问题,从而,从理论上挽救了萨特在诗歌写作问题上陷入窘境的"介入文学"。根据罗兰·巴尔特的观点,写作具有一种普遍的"介入性",因而,"有没有介入的诗歌?"这一问题在罗兰·巴尔特的诗学理论中是不存在的,存在的只是以什么样的方式和在怎样的前提和程度上的"介入"。

但是,罗兰·巴尔特的"介入"更主要的是一种象征性的"介入"。写作以"沉默"的方式存在,话语就像是一连串的"无主句",写作主体自身悄悄抽身走开,留下了自己的"符号—影子"来虚拟与现实打交道。写作的"工具性"究竟可用于"做"什么呢?但"做"这一动作在这里只在其"语言条件的内部"才有意义。它是一个"不及物"的动作:看上去好像在"做什么",其实它只是"做",而没有"什么"。

第二节　1989:终结与开始

对于20世纪80年代中期以来的汉语诗歌写作者而言,罗兰·巴尔特的诗学理论可以说是一场及时雨。因为,此时的诗人们也陷入

---

① 罗兰·巴尔特:《写作的零度》,见《符号学原理》,第106页。

了差不多与萨特同样的窘境。而现在，他们似乎已经找到了摆脱这一窘境的理论依据。认为诗歌可以"做什么"的想法，乃是"今天派"（以及一些所谓"朦胧诗派"）诗人的观点。他们也确实用自己的诗歌"做"了一些什么。而在更晚一些的诗人们看来，"今天派"所做的，倒不如什么都不做。或者说，"今天派"虽然在社会政治方面做得很多，但在诗歌艺术本身做得却很少。"今天派"的诗歌曾经以其前所未有的"介入性"，给当时的中国社会以极大的精神震撼。它的政治抗议的主题和英雄主义风格，鼓舞了整整一代人的精神激情。但是，年轻一代的诗人们很快就发现了"今天派"诗歌的"介入性"中所包含的浓厚的政治意识形态色彩，而在抒情方式和美学风格上，这些诗歌则往往显示出某种粗暴化和简陋化的倾向。他们甚至发现了这种粗暴和简陋的美学与"文革"美学之间的相似性。舒婷的抒情诗在某种程度上可以说是对这种美学缺陷的补偿，或者说是另一方面的补充。舒婷的诗在其情感性质上（但不是抒情方式上）显得较为纤细和朦胧，因而，比较适合于"花季"少女们阅读。而且，它的确很快就同港台流行歌星的彩色照片一起，被供奉在新一代的"花季"少女们的梳妆台上。

欧阳江河在《'89 后国内诗歌写作：本土气质、中年特征与知识分子身份》一文中，总结了他们这一代诗人自 80 年代中期以来所经历的精神转变。欧阳江河写道：

> 抗议作为一个诗歌主题，其可能性已经被耗尽了，因为它无法保留人的命运的成分和真正持久的诗意成分，它是写作中的意识形态幻觉的直接产物，它的读者不是个人而是群众。然而，为

群众写作的时代已经过去了。①

　　一方面是对于一种普泛化的"人的命运"的关注，另一方面又是对于写作中的个人性的追求，在普泛化的"人"的形象与个人之间，曾经作为中介的现实政治被取消了。只有写作活动本身才成为连接这二者的桥梁。新一代诗人相信只有这样才是诗歌艺术的纯洁性和"真正持久"的美学价值的保证，是诗歌写作的新的可能性。因而，拒绝"政治性介入"，成为新一代诗人的基本姿态和新的艺术信仰。

　　在这样一种新的艺术原则的指引下，1980年代的诗歌产生了一些重大的改变。首先是诗歌的主题内容的变化。以往的"政治意识形态"内容被替换为"文化精神"。这一方略自江河和杨炼的后期的一些诗歌（如江河的《太阳和它的反光》，杨炼的《诺日朗》《自在者说》等）开始，至"整体主义"诗歌中达到了高潮（如宋渠、宋玮的《大曰是》、石光华的《和象》、刘太亨的《生物》，以及不属于"整体主义"的诗人钟鸣的《树巢》等）。诗坛涌现出一大批"文化巫师"般的人物。他们为自己的诗歌寻找了一批新的"象征物"——大地、小麦、高粱、葡萄（这使人感到好像是到了一处乡镇的集贸市场）、上古文明的遗址和器物残余、创世的物质元素（金木水火土之类），并用它们取代了以往的革命诗歌中的"象征物"——红旗、铁锤、镰刀、向日葵，等等。借助于古老的文化幽灵的神秘魅力，他们的声音显得十分奇特，而且富于魅惑力，因而，它很快也感染了理论界和小说界。一时间，文坛一派喃喃的"文化咒语"之声，仿佛正在举行一个

---

① 欧阳江河：《'89后国内诗歌写作：本土气质、中年特征与知识分子身份》载《今天》（纽约）1993年第3期。

盛大的招魂仪式。

新的写作原则的另一个维度则是对一种所谓"纯诗"的追求。"纯诗"的关键在于写作中的"个人化"倾向和个人的"非介入"的立场。在诗学倾向和写作方式上对"个人化"特征的强调，被认为是诗歌的美学纯粹性的保证。诗人们尽量寻找一些纯粹的、不带有任何意识形态色彩的"象征物"：玫瑰、缪斯、豹子、天鹅，以及（一种往往是非具体的、作为集合名词的）鸟，以及一些抽象玄奥的、带有本体论色彩的词汇（如时间、虚无、黑暗绝望、死，等等），或一些更为奇特的意象系统和风格（比如，巴洛克式的繁复的意象系统和装饰性风格），来作为诗歌的"个人化"的标志。可是，诗歌往往因为诗人们所认为的"纯粹的"意象过于接近，从而使写作反而丧失了"个人性"，或者，由于对"个人化"的意象的滥用和对"公共性"意象的刻意规避，而使诗歌几乎完全丧失了可交流性。

臧棣在谈到所谓"后朦胧诗"写作中的"个人化"倾向时，指出：

> 写作的个人化特征反倒被粗俗地神话化了。……在1984年前后，新一代诗人沉浸于写作的个性无限制地进入表达的喜悦中，无暇进行任何自省。这时，写作的可能性实际上被写作的个性无限进入表达悄悄替换着，对写作的可能性的洞察淹没在写作的个性的无限发泄之中。[1]

---

① 臧棣：《后朦胧诗：作为一种写作的诗歌》，载《中国诗选》，第1辑，第341页，成都科学技术出版社，1994年。

诗人们对于过度的"个人化"的迷信，在另一种意义上看，他们实际上也为此而受到了惩罚。因为，诗人实际的社会政治处境在进一步恶化。他们的诗歌几乎得不到公开发表，他们只能以一种类似于"萨米兹达特"①的方式发表自己的诗作。他们的写作活动极其活跃，但他们与现实生活和普通读者之间的联系的渠道则几乎完全被阻断，直至1986年才有过一次公开的露面。②接下来，只是依靠几位诗人的"死亡事件"，才间或引起人们对"诗"这一事物的短暂的兴趣。尽管诗人们总是表示，他们并不在意读者的多寡，不在意自己的作品被接受的程度，但是，读者的冷漠反应（无论其究竟是出于何种原因）对于任何一位写作者来说，都应该说是一种相当严厉的惩罚。

另一方面，当代诗在对词的"个人化"选择的同时，词与物之间的直接联系却在逐渐丧失。词在转化为诗歌意象的过程中，往往脱离了其物质性基础而被抽象为一种指向某种超验价值的"所指"。欧阳江河将这种词的自动转译和"升华"现象称之为当代诗歌写作中的"圣词"现象。"问题是词在自动转译中作出的造物主许诺无法兑现，却带来了种种期待，要求，英雄幻觉，道德神话，它们共同构成了集体精神成长史的消费奇观，并且最终转化为一种以焦虑为主要特征的社会症候。"③依靠这种"圣词"，诗歌似乎获得了一种话语存在的优先权。然而，这种"圣词"却阻断了诗人言辞与现实生活之间的密切

---

① "萨米兹达特"（Самиздат）意为"自发性出版物"，是产生于斯大林时代的苏联的一种地下出版物。在斯大林之后的五六十年代发展迅猛，成为当时苏联持不同政见者和文学异端的主要言论阵地。

② 1986年，《诗歌报》与《深圳青年报》联合举办了一次"1986年中国现代诗群体大展"，结果，本来看上去似乎是一派沉寂的诗坛，忽然一下子冒出了差不多上百个自发的民间诗歌群体。

③ 欧阳江河：《当代诗的升华及其限度》，载《今天》（纽约），1996年第1期，第165页。

关联，同时，所谓"个人性"事实上也消失在这种普遍性的精神"升华"之中，而成为一种"一般书写"。这样，"圣词"的话语优先权也就因之而转化为一种对话语权利的垄断。欧阳江河警惕地察觉到"圣词"中所隐藏的这一话语特权，并认为它是一种在美学上带有"极权主义"性质的倾向。① 而萧开愚则干脆将其称之为一种带有"纳粹"色彩的话语方式。②

　　从这一意义上来看，诗人们也未必（如他们自己常常表白的那样）对失去读者完全无动于衷。从诗人们对"读者—庸众"的激烈的批评（甚至是仇恨）的态度，则可以看出，他们并不甘心自己正面临的现实的处境。现实激起了诗人们的反抗情绪。这种情绪在"非非派"那里表现出前所未有的激烈，甚至可以说是近乎歇斯底里。通过夸张的言辞和话语强度，这种情绪得到了极度的强化，并在诗歌中积蓄了一种破坏性的能量。从"非非派"的理论宣言中，我们不难嗅到一种熟悉的气息——"造反"。它从精神气质到文体风格都酷肖一份"红卫兵"的传单（当然，他们在实际进行创造的时候，与其理论宣言并不完全一致）。"非非派"的诗学逻辑实质上是各种"造反理论"与罗兰·巴尔特诗学的混合物。"造反"是"非非派"的精神本质，罗兰·巴尔特是其诗学基础。这两种看似风马牛不相及的东西，在"非非派"那里的一段奇妙的姻缘关系令人深思。从中我们也能看出，现代西方的先锋主义文化（哲学、艺术）思潮与"毛主义"之间

---

① 参阅欧阳江河：《当代诗的升华及其限度》，载《今天》（纽约），1996 年第 1 期，第165 页。

② 参阅萧开愚：《理由与展望——从上海看中国诗歌》，载民间诗刊《标准》（北京），1997 年创刊号。

的千丝万缕的精神联系。① 不过，"非非派"的诗歌造反无论如何也只是一种在想象界和符号界中发动的、没有任何"社会乌托邦"思想基础的、象征性的"造反"，因而，它看上去更像是一种"政治撒娇"。另一个诗歌流派——"撒娇派"——的诗学理论，则揭下了蒙在"非非派"表面的玄学面纱，将"非非派"的这种不自觉的和遮遮掩掩的"撒娇"以戏谑的方式加以自觉化和公开化了。

臧棣在《后朦胧诗：作为一种写作的诗歌》一文中指出："写作的可能性是后朦胧诗的起点也是它主要的写作内驱力之一。"② 然而，虽然所谓"后朦胧诗"发端于 1984 年前后，但它在 1989 年之后却经历了一次写作上的根本性的转变。1989 年的社会变动，粉碎了诗歌的种种梦想。"文化巫术""诗歌神话""好诗主义"和诗歌"造反"运动至少在理论上均归于终结。或者说，既有的诗歌理想在现实的冲击下变得完全没有意义了。几位诗人的相继自杀，成为这一变化的令人心悸的证据。经过了短暂的政治"休克"之后，诗人不得不重新思考诗与现实之间的关系。但等他们真正意识到这一点时，现实已然发生了巨大的变化。一切都恍若隔世。诗人们很快就发现，曾经有过的写作

---

① 这种联系，不仅体现在罗兰·巴尔特等人的诗学理论中，而且（也许是更主要的）还体现在法兰克福学派和其他"西方马克思主义"的社会批判理论，以及某些"后现代主义"文化和艺术思潮中。而当下中国的知识分子在进行他们的文化批判和政治批判的时候，往往会借用这些现代西方的批判理论。因此，无论这一联系对于西方现代文化具有怎样的意义，对于当下中国的知识分子而言，对这种联系的重新理解，则是他们的社会文化批判活动的基本前提。否则，知识分子的批判必将陷入一种难以摆脱的逻辑困境之中：他们不得不依赖于批判的对象才能进行其对对象的批判，也就是说，他们批判的理论武器来自其批判的对象。这样，从批判的话语结构方面看，批判话语的主体正好处于其对象的同一位置上。其批判的有效性也就变得十分可疑。这一逻辑困境恰好也表明了当前中国的批判性知识分子在其精神存在上的荒诞处境。

② 臧棣：《后朦胧诗：作为一种写作的诗歌》。

方式基本上已完全"失效"了。不是说诗艺上的失效，而是在与现实之间的关系方面，也就是在理解和表现我们这个时代方面的失效。欧阳江河这样写道：

> 所有这些以往的写作大多失效了。我不是说它们不好，就作品本身而言，它们中的某些作品相当不错，但它们对当前写作不再是有效的，它们成了历史。①

今天，我们面对的是一个前所未有的复杂而又暧昧的时代。它的暧昧性甚至远远超出了我们的想象力。面对这个时代的现实生活，诗人究竟能说些什么呢？诗歌是否真的已经丧失了表达的能力了呢？抑或是诗歌写作者完全丧失了表达的兴趣呢？如果说，在1980年代中后期，汉语诗人所面临的最大的诗学难题（同时也是一个精神难题）是所谓"写作的可能性"问题的话，那么，1989年之后，特别是到90年代中期，这一问题在许多诗人（特别是那些在写作方面有着比较独立的"自我意识"的诗人）那里就不再显得那么严重了。严重的是，诗歌这一事物在现实生活中所存在的位置及其意义开始变得可疑了。

第三节 1990年代的诗歌的"介入性"

那么，1990年代的诗歌写作的核心问题或首要问题是什么呢？它是否有可能根本就没有什么核心问题可言呢？很可能正是这样。——

---

① 欧阳江河：《'89后国内诗歌写作：本土气质、中年特征与知识分子身份》。

这一点，也许正是 1990 年代的诗歌写作（甚至也可以包括小说以及其他样式的文学写作）与 1980 年代之间的一个重大差别。所谓"介入性"问题，只不过是诸多诗学问题中我所较为关注的一个问题。就诗歌写作本身而言，"介入性"问题肯定不是一个"本质"问题（如果我们认为诗歌写作应该有一个"本质"问题的话）。但这并不意味着诗歌写作在本质上不具有任何"介入性"或者完全不需要"介入"。作为诗歌写作者的个人，当然完全有权力选择"不介入"，而这也不意味着"介入"的诗歌就一定会在其"介入"的过程中丧失其艺术性。谢默斯·希尼在论及诗歌的力量时，指出："诗歌首先作为一种纠正方式的力量——作为宣示和纠正不公正的媒介——正不断受到感召。但是诗人在释放这些功能的同时，会有轻视另一项迫切性之虞，这项迫切性就是把诗歌纠正为诗歌，设置它自身的范畴，通过直接的语言手段建立权威和施加压力。"① 在希尼看来，文学写作对现实的"介入"就是"纠正"，而不是其他任何方式（比如，默认、逃避、顺应或谄媚等）。另一方面，诗歌之所以具有这种"纠正"的功能，并不仅仅取决于写作者个人的道德立场和精神倾向，而更重要的乃是诗歌自身就其根本而言，即具有这种"纠正"的力量。真正的诗歌永远在其语言空间内有力地保护了人性的丰富性和复杂性。而这难道不正是现实政治和其他文化制度的最终目的吗？如果这些制度不以此为目的，那么，它们就是有待"纠正"的事物。正如帕斯曾经建议的那样，不仅政治家（他曾建议美国总统和墨西哥总统）要读诗，而且，"社会学家和所谓的政治科学（这里存在着一个术语上的矛盾，因为

---

① 谢默斯·希尼：《诗歌的纠正》，黄灿然译，载《外国文艺》（上海），1996 年第 5 期。

我认为政治的艺术性比科学的艺术性更强）专家们也需要了解诗歌，因为他们总是谈论结构、经济实力、思想的力量和社会阶级的重要性，却很少谈论人的内心。而人是比经济形式和精神形式更复杂的存在。人是有七情六欲的人；人要恋爱，要死亡，有恐惧，有仇恨，有朋友。这整个有感情的世界都出现在文学中，并以综合的方式出现在诗歌中。"①

当然，事实上现实生活却不是这样，现实生活的发展总是要以牺牲人性的美学为代价。而"介入"的文学也常常面临着丧失自身艺术性的危险。因而，诗歌在介入现实的时候所可能面对的危险是双重的：对现实的"纠正"功能丧失的危险和自身美学功能丧失的危险。1990 年代的汉语诗歌正是面对这双重危险的写作。更值得注意的是，在 1990 年代的汉语诗歌中，"介入性"因素及其强度都在不断地增加。下面，我将选取几位有代表性的诗人来分析一下 90 年代的诗歌在"介入性"方面的一些特征和所存在的问题。

Ⅰ 作为理论家的欧阳江河，在其论文《'89 后国内诗歌写作：本土气质、中年特征与知识分子身份》中对 1980 年代的诗学立场作了一次全面的清理，并在此基础之上表达了 1990 年代的诗歌写作的基本倾向。欧阳江河在以下几个方面对 1980 年代诗学观点的辨析和纠正：本土气质、中年特征和知识分子立场。这一切，可以看作是我们这个时代部分诗人在与现实打交道过程中的自我认同的个人身份标志。事实上，欧阳江河在这里有意无意地触及了诗歌写作的"介入"的可能性问题。欧阳江河从自己的立场出发，为"介入"的写作界定

---

① 帕斯：《诺贝尔奖不是通向不朽的通行证》，见帕斯：《太阳石》，第 347 页，朱景冬等译，漓江出版社，1992 年。

了若干基本原则和策略，也是对诗歌写作的姿态的认定。本土气质是对母语的现实的关注和认同，中年特征则是强调诗歌写作中的理智成分和对过分夸张的激情因素的克制，而知识分子身份则有可能为诗歌写作之"介入"的自由状态提供了某种保证，它使现实成为一个可供写作者自由出入的空间。

在诗歌的话语方式问题上，欧阳江河强调对"圣词"的抵制。他提出一个"反词"立场。"反词"使"圣词"的不可动摇的意义结构出现松懈，它为词的意义提供了另一种可能，这样，也就意味着对个人精神生存空间的拓展。它发现了事物存在的复杂性和可能性，从而有可能在话语的内部抵制和纠正类似于"圣词"所带来的话语极权主义倾向。欧阳江河赋予"反词"修辞以一种至少在话语的层面上类似于希尼所说的"纠正"的功能。

"反词"理论将现实中的对抗姿态转向了语词的内部空间。毫无疑问，在话语领域内的变革是知识分子的特权。在欧阳江河的诗学中，我们可以看到一种建立知识分子话语方式的努力。这种努力所具有的巴尔特式的逻辑残余是显而易见的。存在一种"知识分子话语方式或立场"吗？如果存在的话，会是怎样的？它与政权、民众及社会其他各阶层的话语之间有着怎样的关系？是对抗、纠正？还是合谋、利益分享？这些问题并不都是充分自明的。在中国，"知识分子"阶层往往是一个面目模糊、立场暧昧、身份可疑的集团。他们比农民阶级集中，比工人阶级松散，比中产阶级贫困，比官僚集团灵活；好反叛却又畏葸，尚独立却又热衷于群体运动。不过，无论如何欧阳江河的诗学理论一方面为诗歌的"介入"提供了一个十分重要的理论依据。而另一方面，他所强调的又是以疏离的方式来介入。他将"知识分子身份"这样一个重要的"介入性"写作的范畴界定为罗兰·巴尔特式的"零度写作",这本身就是一个矛盾。"零度写作"的基本前提必须是作为社会身份的"知识分子"的隐匿(福柯称之为"死亡")。因此,所谓"知识分子身份"一说在理论上仍然是一个甚为可疑的身份。

作为一位诗人,欧阳江河则是一个在诗歌的主题和风格上多变的诗人。他曾经写过像《悬棺》这样的"文化神话"式的诗,到1980年代后期的《汉英之间》《最后的幻象》等作品中则显示出了对经验悖论的兴趣。而在《玻璃工厂》一诗中,他又进一步将这种经验加以"玄学化"——

> 从看见到看见,中间只有玻璃。
>
> 从脸到脸
>
> 隔开是看不见的。
>
> 在玻璃中,物质并不透明。
>
> 整个玻璃工厂是一只巨大的眼球,
>
> 劳动是其中最黑的部分,
>
> 他的白天在事物的核心闪耀。

这种"绕口令"式的矛盾修辞,充满了机智和狡黠,并且,"悖论"状态也许可以看作是我们这个时代的精神上的某种特质或"病症"。因而,欧阳江河的诗有一种复杂的外表,但它们更接近于一种戏谑的、看上去有些玄奥的语词游戏。

> ……警车快得像刽子手
>
> 追上子弹时转入一个逆喻，
>
> 一切在玩具枪的射程内。车祸被小偷
>
> 偷走了轮子，但你可以用麻雀脚
>
> 捆住韵脚行走，……

（《感恩节》）

通过这种言辞的意义上的悖反功能，欧阳江河赋予诗歌以一种抗拒力，在修辞学的意义上抗拒着词的意义的"自动指涉"，使语义扭转，朝向相反的方向发展。然而，问题是，现实生活并非仅仅是一个"玄学"意义上的悖谬，而是真实的悖谬、矛盾、荒唐和残酷。面对这样一种现实，"反词"立场仅仅是一个虚构的对抗。

进入 1990 年代，欧阳江河继续保持着对"玄学"的热衷。不过，他的这种悖论的"玄学"也逐渐显示出一定程度上的现实针对性。如《纸币、硬币》《计划经济时代的爱情》和《关于市场经济的虚构笔记》等诗。

> ……录音电话里
>
> 传来女秘书带插孔的声音。
>
> 一根管子里的水，
>
> 从 100 根管子流了出来。爱情
>
> 是公积金的平均分配，是街心花园
>
> 耸立的喷泉，是封建时代一座荒废后宫
>
> 的秘密开关：保险丝断了。

（《计划经济时代的爱情》）

　　欧阳江河的这一类诗的现实讽喻性是显而易见的。它们也许可以被称为"讽喻诗"。但这依然是一种对语词的扭曲的使用所达到的讽喻性。

　　与欧阳江河比较接近的是钟鸣。但钟鸣热衷于一种对更加复杂、玄奥的精神现象的探秘。与之相对应的是他的奇特而又诡黠的文体。这一点事实上在他的随笔中体现得更为充分。在他的这些复杂的语言现象的背后，则有包含着某种怀疑论色彩的、并有些尖刻的讽喻性。他的著名的《中国杂技：硬椅子》一诗通过对一种杂耍表演的描述，表达了对色情与政治的相关性的思想，以及对制度化的权力反讽。在钟鸣的诗中，言辞的意义不只是处于一种对立和悖谬的状态，它们往往表现为一种极不稳定的特征：含混、滑动、飘移和变幻不定，因而，有一种像变色龙一样的令人眩晕的迷惑性。

　　Ⅱ　以语言形式的复杂性和内在的紧张性，来抵御现实生活的简单粗暴和外部世界的压力，这显然是1990年代汉语诗人"介入性"写作的一种十分重要的方式。许多优秀的诗人，如臧棣、西川、翟永明、韩东、朱文、张曙光、孟浪、韩博等，都在不同程度上体现了这一特点。毫无疑问，外部的现实首先是一种"汉语的现实"。改造一种话语方式也就意味着改造了一种生存方式，同样，赋予语言一种可能性，也就意味着获得了一种生存的可能性。但语言对于存在的间接性（和可能的"不及物性"），有可能消耗了诗接触现实的有效性和力量。

　　相比之下，萧开愚的诗歌与现实之间的关系则显得更为直接，差不多是一种短兵相接的状态。自 1990 年代以来，萧开愚写了一批篇幅在 100 行左右的"中型诗"，如《公社》《国庆节》《台阶上》《动物园》和《来自海南岛的诅咒》等。这些诗除了在规模方面的一些特点之外，更为重要的乃在于其叙事性成分的增加。叙事性在这一类诗歌中的作用十分重要。但它不是"叙事诗"。这些诗往往以人物的某种现实生存活动作为动因，并叙述这一活动的变化。对活动的场景的描述与人物的内心独白交织在一起，构成了人物的精神活动与现实生存处境之间的对话。比如《台阶上》一诗看上去就像是一部存在主义的小说。它记录了一个洛根丁式（洛根丁为萨特小说《恶心》中的主人公）的主人公对于生存世界的感想和沉思。诗人借此来表现人物（诗人自己或现实中的某个人）与我们这个时代之间的联系及其生存境遇。由于诗所具有的对现实生存境遇的直接描述和批判的特征，我将这一类诗称作"境遇诗"。比如萧开愚的《动物园》一诗——

> 时髦女士摆脱黑暗的连续的高压，
> 邀请我离开与他们肉搏战的房间，
> 我们乘公共汽车去动物园。
> ……

在一般抒情诗中，是依靠主体之情绪的强制性的诱导来推动诗歌话语的运行。而在这一类诗中，诗依靠所描述的事件的发展和场景的变换来推动。主体的情绪的逻辑受制于事件和场景，随着后者而变化。这样，诗歌在内容的发展上就充满了一种不确定性和变化的可能性。诗歌在介入和表现现实事件的过程中，既避免了一种冷漠的、缺乏激情的旁观和理性思考的姿态，又不至于在介入过程中丧失了主体的个人化的情感和立场。对激情的克制，这正是萧开愚诗歌的一个十分重要的原则。

萧开愚接下来写到了"我"与时髦女士一起逛动物园的过程，以及他们之间的不甚投机的交谈——

> 她突然用肩膀撞击我的肩膀，
> "你呢，没有搂抱过宠物，
> 喂它们细粮抚摸它们的皮毛？"
> 我知道游览动物园就像读南美小说
> 隆重而野蛮，但我脱口说道，
> "养过，好几头水牛和黄牛。"
> 我耗费了大量的白天和夜晚
> 给他们洗澡，梳他们的尾巴和绒毛，
> 喂他们盐水、干草和青草。
> 当我抚摸他们皮毛鲜亮的画卷，
> 我为我的青春由温顺的牲畜来展示
> 默默地愤怒，久久地骄傲。
> 那些母牛和公牛犁开过公社的土地！
> ……

一面是代表着时代特征的时髦女士的谈话，一面是代表着诗歌精神的诗人"我"内心活动。"我"与时髦女士共同进入现实的动物园，并力图谋求与时髦女士之间的沟通，但他们的交谈总是在不经意中悄悄地产生了某种错位。例如，他们在称呼动物的时候，所用的代词就大不相同。时髦女士称她的宠物为"它们"，而"我"则称自己的"宠物"为"他们"。这是两种不同的生存经验和话语方式。然而他们在交流。这种交流暧昧而又紧张，有时又像是一场搏斗，一场不可避免的经验和精神的撞击，就像两位主人公的肩膀的相互撞击一样。萧开愚在这里表现了诗人的现实处境：他与现实之间的若即若离、阴差阳错的关系，一种不大不小的"间距"。诗人正是在对这样一种"间距"的关注中，才保证了"介入"的可能性和有效性，并为诗歌对现实的理解和对现实生存的可能性的发现提供了某种保证。

孙文波也善于写"中型诗"，并在精神倾向上与萧开愚的这一类诗歌比较接近。如他的《搬家》《祖国之书，或其他……》《梦中吟》等。孙文波似乎更关注个人的日常生活，但他又能够将日常生活中的那些无关紧要的事件和场景，赋予一种存在论的含义。

"境遇诗"通过对现实事件和戏剧性的场面的描述，诗歌的话语主体与这些事件和境遇的直接打交道。在这里，话语主体的活动不仅仅是一种思想或意识"游戏"，更不是一种简单的立场选择或价值评判，而是一种"行动"。"行动"使主体直接进入现实事件的内部，而使现实事件的运行的方向产生了某种程度的扭转——或用希尼的话来表达——"纠正"，而不仅仅是情绪上或语义上的扭转或"纠正"。在这种情况下，语言的"介入性"发挥了作用。这是诗歌的力量的表现。"境遇诗"表明，诗尽管未必能"做"什么，但诗仍然能够"行动"，并在"行动"中显示出一种"纠正"的力量。

在萧开愚的近作《向杜甫致敬》中，诗人表达了自己对诗歌前辈杜甫的毫无保留的崇敬。萧开愚在这里确定了自己的诗歌精神的民族渊源。他希望复活杜甫的传统。杜甫的传统即是汉语诗歌中的"现实介入性"的传统。在这首长达 2000 行的诗中，我们听到了一种呼吁。但这不是像在海子的诗中那种对一个虚构的、不存在的神祇的呼吁，而是一种现实的呼吁：对现实生活中的人性的权利和诗意的呼吁。它同时也更是一种对诗人自身现实职责的呼吁和对诗歌话语的道德承诺。

> 这是另一个中国。
> 你的声音传播着恐惧
> 生存的和诗艺的；
> 你的声音，从草堂祠
> 从竹林和那些折扇般的诗集
> 传到一个孩子的心底：
> "不要这样，不要！"

（《向杜甫致敬》）

在萧开愚的这些诗歌中的呼吁，仿佛是民族的祖先的亡灵的召唤在现代的回响。"生存的和诗艺的"，这正是诗歌写作所面临的最严重的考验，它们是一个问题的两个方面。在今天，诗歌的"介入"无疑是困难的，但却不是没有可能的。"介入"的困难性不单单来自诗艺的方面，也不单单来自生存的方面，而是来自这二者之间的现实相关性。毫无疑问，"介入"需要一种道德的力量，同样也需要一种美学的力量。对于诗歌来说，"介入"的道德，首先是一种对于语言的道德。而"介入"的美学则是通过"介入"的道德实践才能实现其价值。对于诗歌而言，缺乏道德承诺的美学，是一种"不及物"的和苍白无力的美学；缺乏美学前提的道德承诺，则有可能被权力所征用，而转向人性的反面。在"介入"行动中，诗歌的道德与美学才有可能真正被统一起来。"介入"的诗歌以它诗意的目光表达了对现实生存的深厚关怀，同时，诗歌自身也通过这种关怀而获得力量。

第十四章

贫乏时代的抒情诗人

第一节 多多：孤独骑士的精神剑术

它们在这个世界之外

在海底，像牡蛎

吐露，然后自行闭合

留下孤独

可以孕育出珍珠的孤独

留在它们的阴影之内

这是多多在《它们——纪念西尔维亚·普拉斯》中的诗行，在向前辈诗人致敬的同时，也画出了一幅诗人自己的肖像。这颗 20 世纪中国文学里的孤独的诗歌珍珠，至今依然留在汉语深海的浓重阴影当中。

如同那些自我孕育着珍珠的贝类，多多及其同时代诗人在"文革"时代的幽暗中，完成了精神上的自我启蒙。启蒙的光芒首先来自诗歌。自发的民间文艺沙龙里的秘密读物，有如妖冶的花朵，装点了青春颓废的梦。在半是颓废半是叛逆的文学历险中，年轻的诗人修造了一条通往精神王国的隐秘的通道。在那里，他与西方和苏俄的现代派诗人相遇，波德莱尔、艾略特、马拉美、茨维塔耶娃、曼杰利施坦姆、帕斯捷尔纳克……这些遥远的文学星光照亮了他的精神旅程。

在同时代诗人中，多多较早懂得诗歌语言的技艺性。他在诗歌的学艺阶段，对语言的技艺的操练是一种精神的搏击训练。这位年轻人，梦想着在语言搏击中成就自己的英雄般的功业，就像一位浑身胄甲角斗士，为了在未来的角斗场上赢得致命一击，勤勉地练习着自己的剑术。为此，他从一开始就在寻找自己的精神对手。当时，这些年轻的"诗歌骑士"们之间流行一种半游戏性质的所谓"诗歌决斗"，他们互相交换诗作，比试诗艺。诗歌艺术在他们那里，成为自我教育的手段。就这样，一代诗人在艺术竞技中长成。

更为强大的对手在外部世界。"文革"时期的话语的闭合性，是那个时代精神闭合性的严重征兆，革命的坚硬话语构成了汉语文学写作的坚固囚笼。多多及其同时代诗人的写作，必须磨砺更加锋利的言辞，方能把自己解放出来。

一个阶级的血流尽了

一个阶级的箭手仍在发射

那空漠的没有灵感的天空

那阴魂萦绕的古旧的中国的梦

当那枚灰色的变质的月亮

从荒漠的历史边际升起

在这座漆黑的空空的城市中

又传来红色恐怖急促的敲击声……

　　这些冰冷坚硬的诗句，强烈敲击着精神囚笼坚固的墙壁。尽管当时并没有人听到它的回响，但它依然是一个时代的精神解放的先兆。

　　这些语言和精神的双重囚徒们，挖空心思地寻找各种可能的精神通道。在多多早期的诗歌中，有一首叫作《当人民从干酪上站起》。"干酪"，这个闻所未闻的食物，跟饥饿的人民有什么关系呢？我们完全有理由指责诗人以妄想和谎言来成就自己虚假的诗意。可是，另一方面，"人民"一词又何尝不是这样？人民的虚幻性跟虚幻的干酪正相匹配。正是在这种双重的谎言里，诗意悄悄地显露，这个时代的真相也是如此。当一个不存在的事物出现在人民面前，奇迹会有可能发生。诗歌的力量就在于，它向人民昭示了一种世界的可能性和对可能世界的想象的权利。诗歌会给人民以自由想象，尽管这种不可靠的自由很可能只是一种幻觉。

　　多多自称为有专业水准的男高音歌手，深谙意大利美声技巧，自然也就懂得呼吸对发声的重要性。与此相类似的是，他的诗歌艺术则可以看作另一种意义上的"呼吸"，一种精神性的"呼吸"。在对于内在精神渴望的强有力的挤压下，多多把汉语抒情推到"高音C"的位置上，以一种精确而又纯粹的、金属质的声音，表达了自由而又完美的汉语抒情技巧。

然而，当他流落异国他乡之际，伴随着"自由"而来的，却是脱离了母语家园的无根的漂泊感。他把自己诗歌筑造成精妙华美的语言建筑。这就是他全部的家园。日复一日，他孤独地守望语言的故乡。

　　记忆，瞬间就知道源头

　　词，瞬间就走回词典
　　但在词语之内，航行

他只能在话语的内部引发对抗，方能感受到母语的字句在他内脏中的剧烈撞击，提醒着他的话语的血缘。《锁住的方向》与《锁不住的方向》，这一组自相矛盾的诗，表达了言辞内部相互撞击的情形。这个被分成两半的诗歌骑士，在语言的锁链中，进行着一场束缚与解放的游戏，如同武侠小说中，孤独拳师的"双手互搏"的搏击游戏。这是一场没有对手的搏斗，像埃舍尔画中吞噬着自己的尾巴的怪龙，既是外部世界诡异繁复的纠结和循环的表征，也是精神内部的痛楚的自我纠缠和咬啮。"渴望，是他们唯一留下的词"，或者"漂流，是他们最后留下的词"，这些互为镜像的方向的语句，映照出语言流亡者的精神面貌，同时也把汉语推向了危险边缘，把语言置于极端孤立的状态，考验着现代汉语的精神表达力和自我拯救能力的极限。从这个意义上说，多多是诗歌国度里最勇敢的骑士。

第二节　胡宽：致命的呼吸

在胡宽的生命中，只有诗。但胡宽与诗坛无关。

在他去世之前，除了少数几位亲友之外，很少有人知道胡宽这个人，更少有人知道诗人胡宽，而懂得诗人胡宽的意义的人则寥寥无几。尽管这几年诗人们出版个人诗集的机会越来越多，但这样的机会却从来没有降临到过胡宽的头上。据我所知，他在生前甚至从未发表过任何诗作。（由此，我们也可以看出胡宽写作的纯粹性。）当我面对这本诗集的时候，我感到自己正在面对一个文学奇迹。如果没有西安的"胡宽遗作编委会"编辑出版了这本《胡宽诗集》的话，我们恐怕就永远失去了这份珍贵的艺术遗产。

胡宽死于1995年，死于严重的慢性支气管哮喘发作，时年43岁。而关于他的生平更详尽的情况，我们则所知甚少。不过，这并不重要，重要的是诗的精神并未随诗人的故世而消失。这应该是一件值得庆幸的事情。一个真正的诗人总是用他的诗行来呼吸，诗就是诗人最好的传记资料。因此，只需通过诗歌的声音我们就有可能分辨出诗人的面貌。对于诗人胡宽来说，尤其是这样。

胡宽从1979年开始诗歌写作。对于中国当代诗歌来说，那个时期意味着什么？——整个诗歌的天空，"今天派"的光芒普照，几乎任何一位诗歌习作者都还在"朦胧"的格子上蹒跚学步。而胡宽几乎没有学艺阶段，他从一开始就显示出其非凡的独创性，并且，他几乎从一开始就是一个成熟的诗人。而他的同时代的诗人以及更晚一些的"新生代"诗人，则花了相当长的时间才勉强达到了同等的成熟程度。胡宽的诗预示了诗歌写作新的样式的诞生。一些评论者在胡宽笔下发现了某种"后现代主义"特征。如果我们仅仅将所谓"后现代主义"视作某种艺术特征的综合体的话，那确实可以将从胡宽的诗中找到若干"后现代"艺术因素。但并不能因此就认为胡宽是一个"后现代"诗人。在胡宽开始写作的年代，这些个"主义"尚未从异域批发过来。从写作上看，直到80年代中期以后，"新生代"诗人才勉勉强强开始烘烤他们的半生不熟的"后现代"诗歌披萨。

胡宽的写作经验直接来自他个人的生存处境和对本土的现实生活的感受。胡宽的第一首诗写于1979年的冬季。

> 欲望的树，朝向慵倦的天空，
> 摇动着枯萎的手：
> "够了，够了，这厌烦的日子，
> 永无休止的单调，
> 我已经不愿再默默地忍受。……"

(《冬日》)

岂止是单调。对于一个哮喘症患者来说，冬日简直就是一场灾难。而在这样一个不祥的季节里，诗人开始了自己的呼吸。

我对胡宽的疾病感兴趣。他的肺，他的支气管，他的呼吸。一种"卡夫卡式"的疾病，克尔凯戈尔所说的"致命的疾病"。自由的空气从痉挛的呼吸道中艰难地出入，给人带来了窘迫和窒息。

> 有一只臭手

正慢慢地捏住了我的咽喉

我的咽喉

咽喉

(《034 阴谋破产》)

这是对我们这个时代的诗歌处境的一种暗示？抑或是对胡宽的诗歌风格的一个预告？这个患病的诗歌之蚌注定要终生经受痛苦的折磨，既是肉体之痛，也是灵魂之痛。他却又在死后为我们留下了闪光的艺术。——这似乎就是关于我们这个时代的艺术家生活的一个隐喻。是的，是隐喻，不是神话。诗人之死很容易被活着的人改造为神话。活着的人需要神话。神话可以使他们暂时摆脱一下沉闷平庸的日常生活的压力，在精神"升华"的幻觉之中愉悦身心，直到下一个刺激性的事件的来临。但我坚信任何神话都与胡宽无关。

我要去

　　真理的厕所

　　　　参观发泄

（这还不够神圣吗？）

　　　　　　或者是寻找

　　　　　　　　牢固的归宿。

每一只青蛙

　　都会做出这样的选择。

(《不是题目的题目的题目》)

事实上，我们正处在一个不断制造文化和社会生活"神话"的时代。20世纪的文明史，几乎就是一部各种"神话"替换的历史。而每一次替换，都给人类的生存带来了巨大的灾难。"神话"的产生暴露了人类精神的原始和蒙昧的一面，同时也暴露了人性的孱弱和虚伪。当同时代的诗人还沉浸在"神话式"写作（抒情神话和文化神话）的幻觉中的时候，胡宽诗歌的讽刺的锋芒却早已指向了人类的精神神话的心脏。胡宽的语言就像一把犀利的手术刀，剥开了事物的种种伪饰，种种"神圣的"假面，直达人性之深处的"病灶"。在那里，他剥离出人类精神的巨大毒瘤。胡宽从根本上来说是一个"渎神者"。

《土拨鼠》是胡宽早期的代表作之一。它讽喻性地表达了诗人对我们这个时代的独特理解以及对人性的深刻洞察。在这首诗中，诗人以一种光芒四射的语言描述了这种神奇的啮齿动物。土拨鼠有其高度发达的文明和生存哲学，"土拨鼠正跻身于先进种族之列"。然而，从土拨鼠千奇百怪的习性中，我们却看到了人类自己的影子：我们的尖嘴、我们的利爪、我们的文明的伪善和无聊，以及我们的全部兽性。

诗人对于文明世界和人性的洞察是超乎寻常的，他似乎具有一种先知般的特殊的敏感，就像他自己笔下的土拨鼠一样，过早地嗅出了我们这个"卡夫卡式"的世界里潜在的荒诞和危险。站立在文明的废墟之上的孤独的先觉者的目光，穿透了事物平凡的或花哨的表面，直达其隐藏在背面的荒诞。在这一点上，只有更晚一些时候的小说家王小波与他十分相像。然而，同样也只有在他离开了这个世界之后，我们才真正发现他的意义。我们听到的是他暗哑的声音的空洞回响。难道我们就不能使自己的听觉变得更敏感一些吗？

正如其写作活动的独立性一样，胡宽对诗歌本身的理解也是独特的。胡宽这样表达了他的写作理想：

> 超越
>
> 　最风行的梦——意识流
>
> 超越
>
> 　酩酊大醉的思索
>
> 超越
>
> 　浑浑噩噩的形势传声筒
>
> 超越
>
> 　盘踞在肺叶里的凶恶的支气管哮喘
>
> （《银河界大追捕》）

胡宽确实实现了自己的这一理想，他通过诗歌超越了时代，也超越了自身的命运。他的想象方式和语言不仅完全摆脱了当时诗歌的成规，甚至摆脱了以往任何一个时期的成规，形成了一种独特的个人风格，同时也显示了一个自由艺术家的独立的人格精神。"一堵墙，一堵质朴的城墙 / 也会无缘无故地卖弄辞藻"（《广告与诚实》），但胡宽的诗没有丝毫矫揉造作之处，它与当下大众文化的"休闲品格"格格不入，也与知识分子文化貌似优雅的"高蹈品格"无关，更重要的是，它也不像那些自以为是的"民间写作者"，以"民间身份"为标榜而骨子里却觊觎着权势。

对于胡宽个人而言，现实世界是一种绝对封闭的、孤独的生存空间。然而，胡宽却在这样一个空间里展开了其几乎是没有任何限制的幻想。也许唯有幻想才能超越现实生存的限制性。因此胡宽的诗的最大特征就是其独特的幻想性，而且不是一般的想象，而是一种将人的精神活动和想象力推向极限的、近乎疯狂的妄想。从表面上看，胡宽的诗具有某种"超现实"的妄想风格，然而，似乎唯有这种"超现实"的幻梦，才能真正表现出我们这个世界的荒诞和混乱。这是一种"患病"的写作，但它却包含了对"患病"的时代的疗救的可能。这一点正是胡宽写作的吊诡之处，它从某种程度上也是对我们这个时代的写作艺术的内在矛盾的深刻揭示。这就是我们这个时代的"写作辩证法"。胡宽的诗充分体现了这一自相矛盾的"写作辩证法"。他的诗看上去显得十分的混乱，简直可以说就是"乱写"。正是通过这种"乱写"，他的诗才得以有效地介入到现实生活的深层，使各种各样的话语的混杂并陈，反映了我们这个时代的精神生活和话语现象的混乱状况。另一方面，他通过"乱写"，破坏了制度化的话语秩序。这一点正是艺术民主精神的精髓。正如布罗茨基所说那样："诗歌是最民主的艺术，它永远从乱写开始。"

习惯于阅读古典抒情诗的读者很可能对胡宽的诗中大量出现的荒诞的情节会感到不适应。比如，《护身符》一诗看上去就像是一出贝克特式的荒诞风格的"情节剧"。

蝇拍　　起来吧

魑魅翁　战鼓咚咚响

蝇拍　　鸡叫了

魑魅翁　这儿的环境真差极了

蝇拍　　洗脸水别碰翻了

魑魅翁　告诉你，我浑身酸疼，困乏无力再说有哪个混账会考虑我的待遇问题，我的这间墓室倒也不错，没有别的东西来捣乱，恶意中伤之类的事也还没有发生。

(《护身符》)

这是最典型的胡宽文体，是胡宽诗歌艺术的独创性之一。这似乎与抒情在荒诞的现实中的处境是一致的：现实总是与诗的抒情格格不入，荒诞的情节总是在不断地阻断着诗在抒情上的流畅性。这给胡宽的诗带来了一种特殊的节奏。强烈的内在的紧张，密集的意念、强烈的情绪、激烈的语气和迅捷跳跃的语速，简直让人感到喘不过气来，正像他的呼吸一样。这些文体上的特征正是我们识别诗人个性特征的一个十分重要的指标。而其尖刻的言辞和锋芒毕露的讽刺，使得他看上去又与马雅可夫斯基有几分相像。但那位苏维埃时代的伟大诗人是革命的"男高音"，他有着革命所需的巨大的"肺活量"和高亢的嗓门，因此，极容易在革命群众中产生共鸣。胡宽的诗歌声音并不高亢，却极其尖锐，一种刺耳的金属音，就像是"重金属"摇滚音乐。它只能给听者带来一种听觉上的不适。

他的绝笔之作《受虐者》是对其整个写作生涯的一个总结。诗借一个襁褓中的婴儿的经验表达了诗人与现实之间的紧张关系。它就像是一部关于当代的个人精神的"史诗"。在这首诗中，胡宽的写作艺术达到了巅峰状态。读到这首诗就好像是走进了一处苍莽的言辞灌木丛，那里歧义丛生，令人迷惑不已。闪烁不明的譬喻和突如其来的反讽让人猝不及防。它们就像一根根坚硬的棘刺，不断地刺痛我们，使我们感到从肉体上到灵魂深处的不适和疼痛。但是，我以为要充分理解这首诗的深刻含义和完美的艺术性，尚为时过早。

胡宽创造了我们这个时代伟大的"噪音艺术"。在我们这个时代的"文化大合唱"中，它是制度化的文明亟待消除的"噪声污染"。这个"噪音"持续地刺激着我们的听觉，不让我们休息，不让我们有片刻的舒适。从这些诗行中，我们可以感受到诗人内心震荡。这震荡也波及我们这些生者的内心。他的诗看上去就像是一场搏斗，一场精神的搏斗。在精神与语言之间、自我与现实之间的短兵相接的搏斗中，这些诗淋漓尽致地展示了现实生存的荒诞和残酷，同时，也展示了诗人个人强大的意志力。他的诗是一种来自灵魂的呼吸道的阵阵令人颤栗的痉挛，而同时又在这颤栗中建立起了对我们自身本性的密切关注，并唤醒了我们内心的渴望：对灵魂摆脱肉体的约束，想象力摆脱现实的禁锢的渴望，以及对更加自由的呼吸的渴望。

第三节　萧开愚：简朴的力量

我们这个时代的阅读习惯对于萧开愚的诗歌来说是不合适的。他的诗并不提供这个时代的人们所嗜好的一切：声嘶力竭的叫嚣，戏谑的嘲讽，夸张的吁告和充满异国情调的优雅。这些嗜好乃是基于这个时代的人对于情感宣泄和享受的需求，而阅读萧开愚的诗歌所需要的，首先却是耐心。这一需要为阅读对象本身的特性所规定。

在一暧昧而又狂乱的时代，诗人的存在是艰难的。如果他们不打算向时代献媚的话，那么，就很容易会采取一种退却和拒绝的姿态，或者会变得尖刻和狂躁。这些，正是我们这个时代的诗歌的一些基本特征。萧开愚的诗歌是富于"介入性"的，但他并非以一种简单、粗暴的拒绝和诅咒的方式介入，而是表现出了惊人的沉着和耐心。在他的近作《动物园》一诗中，我们可以看到，他甚至耐心地谋求与"时髦女士"对话。这场对话显然很难有什么积极的结果，但仍然是充满诚意的。"我"与"时髦女士"这两位交谈者之间的隔膜，恰好勾勒出了诗歌与现实生活之间的距离（而不是抹煞这一距离），并使诗人的"介入"行为有所发现，至少是发现了这个时代的美妙与野蛮，以及这两者之间的相互纠结的、奇妙而又复杂的关系。这，正如参观一个真实的动物园时的收获一样。

"交谈"是萧开愚诗歌中很常见的场面，特别是在他的那些篇幅较长的作品中。"交谈"表达了诗人对于现实生活"介入"的愿望。然而，更为重要的是，只有在交谈中，我们才更像一个中国人，一个操汉语说话的人，而不是像在写文章时那样，一副翻译家的腔调。作为一名现代的汉语诗人，萧开愚所关注的现实，首先是——如他本人所称——"汉语的现实"。诸如"汉语特性"之类的问题，从他刚一开始写诗起，就成为其所关注的最基本的诗学问题之一。如《雨中作》等早期诗作，读起来就有汉魏古诗一般简朴有力。下列诗句则真正显示出了汉语的灵活性和节奏感——

> 筒子河从不在白天流淌，
> 星空从不在夜里望见。
> 北京，更多的揭秘：
> 多少新人物，多少旧家具。

（《北京》）

孙文波曾在萧开愚的诗中发现了"节俭"（孙文波称之为"省略"）

的修辞原则①。这无疑是一个十分准确的发现。但更需要说明的是"节俭"修辞对萧开愚诗歌的意义。从萧开愚的诗歌中，我们可以看出，他很少使用修饰词，也很少描述纯粹装饰性的事物和场景。他的许多诗篇的开头常常是直截了当的。例如：

这张照片的分量超过失去的时日。

（《照片》）

我所知道的庄园是
两个女人的和平，
更多的女人的初春。

（《庄园》）

这种"节俭"的笔法，不仅没有损害诗歌意义的丰富性，相反，它十分有效而又充分地发挥了语句的表达力，使语句的语义空间变得更为宽裕、广阔。"节俭"是真正中国化的作风。在中国人看来，"节俭"——无论是经济学上的还是诗学上的——是一种美德。"节俭"修辞省略了装饰性，留下的则是"风骨"。它给萧开愚的诗歌带来了一种近乎"瘦硬"的风格。这一点，在他的近作《向杜甫致敬》一诗中表现得尤为突出。

节俭和硬朗，这也正符合萧开愚本人的交谈原则。熟悉萧开愚的人士也许都会注意到，他特别专注于严肃的交谈，说话时十分用力，

---

① 参阅孙文波：《诗歌、语言的精神形式》，载民间诗刊《现代汉诗》，1993 年秋冬合卷。

就像他写诗的时候一样，似乎总在努力搜寻更准确和更有力的言辞。在这个方面，萧开愚显然也是不合时宜的，他的这种谈话风格与我们这个"闲聊"的时代之间形成了极大的反差。不过，我宁愿相信，萧开愚的"节俭"风格未必是故意要使那些惯于奢靡的人士感到难堪，而只是他的个人习惯的自然流露而已。在一位来自内地乡间的诗人身上，较多地保持着古老中国的品质，这是不足为怪的。

"节俭"给萧开愚的诗歌带来了"力量"，这是他在写作上的一个类似于经济学意义上的成功。但是，"力量"在政治学意义上却充满了危险。至迟自"五四"以来，现代汉语诗人一直把"力量"当作诗歌的本质和最高目标。诗为寻求强力，往往不断地与各种形式的"革命"结盟。直至"文化大革命"期间，汉语诗歌终于达到了一种令人眩晕、令人恐惧的"力量"巅峰。而整个80年代的诗歌写作——从"今天派"到"非非派"——就其所积蓄的力量而言，甚至足以发动第二次"文革"。即使在现在，这个诗歌在总体上早已失去了读者的年代，许多诗人在诗歌的力度上仍未见有所衰减。喧嚣的日常生活成为这些诗人"武器化"写作的打击目标。然而，这些诗人的自己的"声音"却像生活本身一样的喧嚣。萧开愚对这种"力量"的危险性有着十分的敏感。他总是很仔细地从"音量"上来分辨诗歌的"力量"的强度。

作为一位四川籍诗人，在四川这个最大的诗歌"山寨"中，萧开愚很容易地发现了他的同乡们说话的特点。他说："最让人吃惊的，首推四川诗人说话的音量，他们简直是在吼叫、咆哮。"[①] 在一首诗中，他则写到同样的发声：

[①]《生活的魅力》，载《诗探索》，1995年，第2期，第157页。

广场带上它的眼睛和咆哮

来到昏暗的卧室，

被窝；（呵，裤衩和蝶翅。）

多少家庭落实政策。

（《北京》）

在这里，萧开愚揭示了"咆哮"之声与政策及权力之间的隐秘关联。而在一篇论文中，他干脆将这种声音与"纳粹色彩"联系在一起①。这样说，也许是言重了，但也并非故意危言耸听。事实上，当下许多诗人并不是以诗人身份（而是以商人身份）介入现实生活，却自恃文学的批评特权。他们在情绪上反抗着极权的暴力，却在自己的话语空间内维护了暴力的存在。同样，他们在情绪上嘲讽、挖苦"商品化时代"的平庸，却在自己的作品中响应了这个时代的粗俗、肤浅、浮夸和无聊。正因为如此，他们的那些粗暴地诅咒这个时代的作品，却恰恰赢得了这个时代的喝彩。而萧开愚在与这个时代打交道的过程中，则似乎显得格外谨慎和富于耐心，并尽量避免任何形式的简单和粗暴的作风。他对自己的写作提出了这样的要求："宁愿牺牲诗歌的强度、力度和感染力，也要从思想和意志中排除那种耀眼的纳粹色彩。"②

有必要再次注意到萧开愚的"交谈"姿态。是交谈，不是训话、演讲和朗诵，也不是闲聊。"交谈"的姿态，首先是一个平等的姿态，并要求谈话的双方有彼此倾听的耐心。与此"耐心"的要求相一致，

---

①《理由和展望：从上海看中国诗歌》，载民间诗刊《标准》，创刊号，1996年。
② 同上，第153页。

萧开愚的诗歌出现了大量的叙事性的因素。叙事，这对于每一个诗人来说，都是一个考验：既是诗艺上的考验，也是耐心上的考验。对于一个汉语诗人来说，尤其如此。萧开愚的近期诗作，从《几只鸟》《塔》到《动物园》《来自海南岛的诅咒》，其叙事的成分明显增加。但它们不是叙事诗。因叙事成分的增加，分散了诗歌中往往容易过分密集的抒情性词汇，也就在一定程度上冲淡了有可能是过于强烈的情绪因素，使得抒情在诗中的出现，是必要的和有所节制的，而不是随意的宣泄。另外，在抒情诗中大量出现的叙事性的因素，凸显了抒情主体的现实境遇。它使得主体的情感和情绪不仅仅是一种心理上的现象，而同时还是一种现实境遇中的生存感受。更重要的是，叙事还使"交谈"成为一个过程，它为"交谈"设置了"语境"，为交谈者之间的交流和理解，提供了必要的条件。即使是像《动物园》中的"我"与"时髦女士"之间的那场充满隔阂的、失败的交谈，我们也能看到诗人在为"理解"所作出的努力。

富于耐心的"交谈"的姿态，并不意味着萧开愚放弃了自己作为一个诗人的现实批判立场，相反，萧开愚的诗歌对于现实的批判是十分有力的。这是因为，这种批判首先是切实的，而不是徒有其表的。正如他在一首诗中所写的：

> 请你回到山坡冰冷的汗液
>
> 和松弛的没有知觉的自我控制中间，
>
> 反而可以作出判断而不仅仅是忍受。

（《山坡》）

显然，卓有成效的批判所依靠的绝不是狂暴的激情，而是准确的判断力和理解力。这一点，对于我们这个时代的批判工作来说，显得尤为重要。在《中江县》《公社》等诗作中，诗人是通过客观的描述和深刻的理解力来完成对事物的批判的，而在《动物园》一诗中，那些充满了同情的理解和机智的发现，使得诗人对自己的时代的批判真正达到了入木三分的程度。甚至，在《来自海南岛的诅咒》这样一种看上去十分极端的批判性的作品中，我们也没有听到任何狂暴的咆哮声。

这是萧开愚的宽厚之处。这种宽厚，也许出自更高的悲悯之心。"悲悯"带给诗人的是真正强大的精神力量。它甚至能够战胜一切暴力。然而，这种"悲悯"也仍是中国式的。它是这个民族的古老文明的遥远带给"回声"——

这是另一个中国。

你的声音传播着恐惧

生存的和诗艺的；

你的声音，从草堂祠

从竹林和那些折扇般的诗集

传到一个孩子的心底：

"不要这样，不要！"

（《向杜甫致敬·Ⅱ》）

第四节　两代人的"花房姑娘"

我独自走过你身旁

并没有话要对你讲

我不敢抬头看着你的，噢～脸庞

你问我要去向何方

我指着大海的方向

你的惊奇像是给我，噢～赞扬

你带我走进你的花房

我无法逃脱花的迷香

我不知不觉忘记了，噢～方向

你说我世上最坚强

我说你世上最善良

我不知不觉已和花儿，噢～一样

你要我留在这地方

你要我和它们一样

我看着你默默地说，噢～不能这样

我就要回到老地方

我就要走在老路上

这时我才知离不开你，噢～姑娘

——崔健:《花房姑娘》

愤青的"花房姑娘"

1980年代中期发出的"一无所有"的吼叫声,已然成为遥远的呼唤,但至今我们依然能够感受到它巨大震荡的余波。与海子的诗歌、马原的小说、张献的戏剧、陈凯歌的电影、谭盾的音乐、徐冰的美术等文化现象一样,崔健的摇滚乐是1980年代中期文化界的一次严重事故。这一系列事故带来的文化后果是:制造了难以弥合的文化断裂。而这一切在今天又构成了关于1980年代的文化神话。从某种程度上说,当下许多文化风潮,无非是那一次文化震荡的直接或间接的回响。

现代摇滚乐与青年文化反叛运动是一对孪生兄弟,1960年代美国文化即证明了这一点(约翰·列侬、平克·弗洛伊德的摇滚乐与"垮掉的一代"的艺术和嬉皮士运动)。正如1960年代的美国青年文化运动一样,个体的自由意志与意识形态化的文化制度的冲突,是中国80年代中期最具挑战性的文化冲突。但它基本上仍属于"绿色"文化革命。

在1980年代,"愤青"一词尚未流行,但那时的文化青年除了学生干部和积极分子之外,几乎一律是"愤青"。愤怒的青年的声嘶力竭的叫喊,摇滚乐成就了一代文化英雄(而不是文化明星)。这是1980年代的愤怒的青年的声音。在崔健破碎、嘶哑的声音中,我们可以听到一种生命力被压抑的焦虑、无可奈何的哀伤、无名的愤怒,狂躁的野性的力量。这显然是文化剧烈震荡和断裂的先兆,其积蓄的社会政治能量却不可低估。人们很快就领略到其爆炸性威力。

在当时,崔健的摇滚精神被1988年的"10万大学生下海南"这

388

样的事件所印证。这是一次真正的集体大逃亡，10万年轻人像冲出笼子的鸟儿一样，飞向一个被想象和渴望所虚构出来的自由天空。这一事件表明，对于自由的幻想和渴望，是1980年代文化青年的共同夙愿。而"流浪"则是他们唯一的选择。凯鲁亚克的小说《在路上》，是美国青年反叛制度化文化的标本。"在路上"的意识，是青年一代走出坚硬的制度化文化困境的宣言书。"流浪意识"也始终贯穿着崔健的摇滚乐。崔健的一曲《一无所有》，就唱出了一代人的心声。

在崔健的所有歌曲中，《花房姑娘》称得上是最抒情的一首。比起他的那些怒吼式的歌曲来，《花房姑娘》中多了一点柔情的东西。正是这一点点柔情，透露出了1980年代青春情感生活的冰山一角。

在处理柔情的方面，1980年代的艺术普遍面临考验。《花房姑娘》中的情爱体验，看上去是一种粗野与温情、狂躁与哀伤的奇妙的混合物。真挚而又强烈的情感与压抑的文化环境和笨拙的表达方式，造成了歌曲中诸情绪元素之间的极度不协和的关系。从嘶哑的歌声中，可以听出一种内在的紧张感和撕裂感。这是80年代的愤怒的青年的声嘶力竭的声音和他们情感饥渴和焦虑的证明。

小资的"花房姑娘"

2000年，香港歌星林志炫重新演绎了《花房姑娘》，新一代的歌迷得以间接地领略了这首80年代的抒情歌曲经典之作的风貌。

林志炫版的《花房姑娘》是一部MTV。我们看到这位形容俊美的歌手，徜徉在某个现代都市的林荫街道上，深情而又忧伤地歌唱道："你问我要去向何方／我指着大海的方向／你的惊奇像是给我／噢～赞扬……"我觉得，如果把最后一句改为"你的惊奇像是给我／

噢～耳光"，似乎更为贴切。从 MTV 中的现场看，此时此刻若真的"指着大海的方向"，肯定是脑子进水的，"耳光"伺候在所难免。拥有一位"野蛮女友"，应该更符合当下青年的口味。如今，坚强，已不是男子的优良品质。一个标准的好男人要求有温柔、体贴的性格，即使在迫不得已需要显示阳刚之气的时候，所要的也是"扮酷"。坚强显然是多余的。同样，善良，也已不是姑娘的美德。就算不过分"野蛮"，靓、发嗲、扮蔻，才是美眉们必修的功课。这样，后面所唱的"你说我世上最坚强／我说你世上最善良"，则不免有些不合时宜了。

在旋律方面，林版的《花房姑娘》增加了一些装饰性成分，修补了崔版的坚硬、撕裂和粗粝的部分，使之显得平滑、流畅，再加上近乎完美的配器，这样，整首歌听上去更为丰满、柔美、华彩。而歌手特有的清丽而且有些甜腻的歌喉，也更适合悠扬的抒情，这显然是崔健沙哑、粗犷的嗓音所不能比拟的。林版的《花房姑娘》唱出了新世纪"小资"的心声。

这样，重新装修过的《花房姑娘》，比起崔健的原版来，更柔和，更温情，也更具亲和力，更容易被消费。一般而言，新世纪的青年在物质方面显然不是"一无所有"，制度化文化的压抑感也不是忍无可忍的。流浪意识在新《花房姑娘》中被温和的旋律所弱化。流浪，并非迫在眉睫的事变，或别无选择的途径。但它依然是可能的。鉴于"流浪"所具有的浪漫属性，它随时可能变成"小资"青年的文化消费的对象，变成时尚的一部分。诸如"大海"之类所蕴含的象征性意义，也在这里被消费掉。一种虚拟的流浪感，让"小资"们自我感动。它看上去更像是郊游、远足之类活动的变种，是对刻板的、无激情的生活的余兴和小点缀。

在情感方面同样不能说是"一无所有"。从大众传媒中我们可以看到，小资作者孜孜不倦地教导人们调情，电视节目主持人公开调情示范。我们似乎处在一个情感过剩的时代。然而，这个时代的荒诞之处也在于此：一方面是调情过剩，另一方面又是情感的极度匮乏。

值得一提的是，MTV 这种形式也使艺术品更便于消费。它可以进入 KTV 包房，成为卡拉 OK 的必备曲目。在卡拉 OK 这一个硕大无朋的胃囊里，将任何音乐都可以囊括其中，经过夜间的糜烂和消化，排泄出来的是聒噪的声音渣滓。在这种语境下，歌唱的与其说是"花房姑娘"，不如说更像是"歌厅小姐"。

第五节　抒情的荒年

对于当代中国诗歌而言，海子之死是一个象征性的事件。这个抒情王子以其青春的肉身与冰冷坚硬的现代物质机器（现代化的象征？）接触，迸发出最后的光芒，照亮了晦暗窒闷的诗歌与时代，同时，也宣告了一个时代——一个浪漫抒情的时代——的终结。接下来有更多的青春生命（从政治学意义上）证明了这一点。几年之后，另一位更极端的抒情诗人则以更令人恐怖的方式，对此作出了更具说服力的补充说明。

这种补充的说明太多了，而且往往太残忍了。

海子之死使我们看到，抒情的黎明是如此之短暂，它紧接着就是黄昏。过于早熟的麦子迅速倒伏，使抒情的农业歉收。

在今天，我们的抒情确实遇到了难处。曾经积蓄了太多的激情，最终在"行为艺术"的广场上达到了令人眩晕的高潮，旋即又跌入了寒冷而又恐怖的深谷。这一切几乎耗尽了我们的全部的元阳。另一方面，在90年代的消费文化的浪潮中，进一步使残存无几的诗意的激情耗散一空。更多的人靠吃海子的余粮度日。他们夸下海口，让更多的精神的"西北风"从口腔呼啸而出。所剩无几的"麦子"被高扬到了"神话"的高度。这些扬场的好把式，应该打发他们到打麦场去劳动。

"非非"的"晒谷场"　在"非非"的"晒谷场"上，麦芒与蝗虫一齐飞扬。激情的唾沫横飞，遍播"造反"的种子。面积广大，但产量不高。收上来的是"后现代"的秕子，及时地供奉到德里达的餐桌上，让这个洋人尝到了东方的鲜味。唉，贫瘠的年成，让我们寅吃卯粮。

"非非"们的热情不可谓不高。他们的写作是一种"热"的写作。语言发着高热，神志谵妄。而依靠他们特有的高热语言，可以煮熟任何食物。在"非非"的诗学"菜单"上，"造反哲学"、罗兰·巴尔特和"语录体"的词句是必备的原料，烹调出来的是一批又一批的理论口诀，就像是巫师的咒语。这些诗歌"巫师"不停地发出过多的唇齿音，咝咝作响，听上去使人觉得鬼气拂拂。一方面是语言的狂热，另一方面，情感却早已降至冰点。寒热交替，诗歌一病不起。

"口语"的"餐桌"　"口语派"的写作与其说是抒情，不如说是对于抒情的反动。"口语"产生于现实生活，而我们的现实生活又有何情可抒？"口语派"在日常生活中发现了无聊和荒诞，也发现了其戏剧性。"口语派"宁愿浸泡在日常生活的琐屑之中，宁愿关注厨房和餐桌上的事物。它使得高蹈派的沙龙式的优雅变得滑稽可笑，抒情的神话沦为空虚。而对于"非非派"的空洞的热情也不啻当头一瓢冷水。"口语派"在"他们"的餐桌上念着自己的"绕口令"。但末世的温度使他们的诗歌变成了"冷盘"——冷漠的"即事诗"。一种"冷"的写作。这使得那些在火锅桌旁泡大的四川籍诗人感到大为不满。他们之间的争吵正在激烈地进行。他们彼此冷嘲，或者热讽。

"知识分子"的"粮仓" 知识分子的胃口从来都很小，而且总是像仓老鼠一样善于精打细算。因此，即使是在计划经济的配给制的年代，他们也不会饿死。知识分子食不厌精，他们的口粮有着十分合理的营养成分，仿佛是依照科学的营养配方而制成的，观赏性也很强，甚至有"巴洛克风格"。但口感不佳，没有粮食的香气，就像是一种人工合成的淀粉和蛋白质的混合物。知识分子吃着这种"中性"的食粮，致使他们的体质很轻。他们轻而易举地登上"玄学"的舷梯。"玄学"的直升机在现实的上空盘旋，忙于收割天上的荞麦——一种象征性的作物，而地上的食粮却无人收割。

知识分子十分清楚热情的分量和危险，他们总是能够及时而有效地加以必要的节制，使之有一定的热度，但不至于过分。一种"温"的写作。真正说来，这确是一种真正的抒情的"艺术"。但过于"艺术化"的抒情，却总使得其情感变得很可疑。

哦，抒情的荒年！抒情者依靠秕谷来歌唱，他们饥肠辘辘。

附：就抒情艺术问题答《南方都市报》记者问

*近年来的诗歌写作中，抒情的位置相当尴尬，不少诗写者认为

在剧烈而迅速变动的社会现实面前，抒情是柔弱无力的，抒情被视为落伍；而流传人口的依然是那些优美的抒情诗，如海子和食指的短诗。不少读者们反映，现在的诗歌失去了感染人心的力量。而另一些诗人提倡情绪克制的"冷抒情"。您怎么看待当代诗歌写作中的"抒情"？

▲ 抒情问题始终是诗歌的根本问题。自20世纪80年代末以来，这个问题变得复杂起来。抒情的可能性受到了严重的挑战。海子之死，在某种程度上象征着古典抒情的终结。既是古典情感方式的终结，也是古典抒情诗的终结。我曾在一篇叫作《抒情的荒年》的短文中描述过这一情形。从表面上看，这似乎是抒情手段的终结，但其深层原因乃在于现代生活方式中的抒情性因素的衰变。现代人的情感生活陷入了前所未有的困境：一方面是现代人的情感生活的贫瘠，另一方面却又是滥情倾向的日趋严重。情感成为一种一次性的消费品，等到诗歌来表达的时候，它已经成为情感的残渣。这样，抒情就变得很可笑了。从这个意义上看，反倒是所谓"冷抒情"或"反抒情"，才可能或多或少成为挽救情感的力量。这是一个令人尴尬的人类精神悖论。在我看来，在现代生活的基本方式和价值原则没有改变的情况下，诗歌自身无力改变"抒情荒年"的局面。

＊"叙事"被不少诗评家和诗人当作20世纪90年代以来，诗歌的新特点和诗歌进步的标志之一。可在诗人们进行宏大或者精细的叙事的同时，读者们却哈欠连连。有人认为，诗歌的本质是"抒情"，而"叙事"并不是诗歌所擅长的，其他文体可能更能把"叙事"的魅

力更充分地展现出来。您怎么看诗歌写作中的"叙事"?

　　▲ 哈欠有时也是难免的。当然,诗歌不是咖啡,本来就不是用来提神的。不错,"抒情"是诗歌的本质。现在的问题是,"抒情"非但不能挽救诗歌,反而使诗歌堕落为港台电视言情剧的台词。在这个意义上,"叙事性"因素是诗歌向其他文类租借来帮助"抒情"的。从理论上说,"叙事性"(乃至情节、场景等"戏剧性")因素,它倒不是来展现"叙事"功能的,而是帮助诗歌寻找到抒情的限度,寻找到一种更为有效的抒情。理论上说是这样,具体做起来就不一定是那么一回事了。这取决于诗人本身的能力。诗人的理性不够,抒情就可能滥情化;诗人的情感强度不够,对抒情的抑制就可能导致冷感。滥情招致嘲笑;冷感招致哈欠。这都是令人尴尬的事。

　　* 现在众多20世纪80年代诗坛的少年才俊纷纷转过头来批评"青春写作",认为依靠青春激情抒写的作品缺乏艺术性和思想性,他们一方面否定那些"青春写作"的诗人,如海子,并认为年轻诗人的写作简陋、轻浮,处于学徒期;另一方面否定自己青年时代的作品,如西川不愿意提及自己的《在哈尔盖仰望星空》,甚至不少诗人祭出"中年写作"的大旗。可是回首所谓的诗歌史,无数杰作出自诗人的青春期。有人提出疑问,每种生命状态都有属于自己的诗歌,彼此无法取代;有没有必要用"中年"的状态和标准来评价"青春写作"?与此同时,随着网络的普及,写作和发表似乎越来越容易,年轻的人们以一日数诗的速度抛出自己的作品,他们的口号是"青春无极限"。您怎么评价这些现象?

▲ 年轻一代对"青春"的自信，这让我兴奋。但我对当下生活中的"青春"有点怀疑。我在大学中文系当老师，给学生们讲授自"今天派"以来的诗歌，也就是我的青春时代的诗歌。我一点也不怀疑他们的理解力，我怀疑的是他们的青春激情，他们的生命力状态。他们很懂事地倾听和理解，并仔细地做笔记，但我怀疑他们能否理解80年代的那种生命激情，从北岛到海子的那两代人的激情。

至于"中年写作"，如果仅仅将它作为一个比喻来理解，还是有道理的。按我的理解，它并不是说中年人的写作，而是指一种理性的、反思的、批判的、沉着的和低热度的写作，是对"青春写作"所指涉的热情宣泄式写作的一种纠正。其实，这是一种危险的写作。稍微过分，就可能陷于一种冷漠的、麻木的状态。这在某种程度上说，是一种更高难度的写作。提出这一概念的诗人们，在理论上懂得了，实际上却没有能力做到。另一方面，夸张"青春无极限"，有点像年轻人喜欢夸张自己的性能力一样。"一日数诗"在写作的青春期并非难事，连我这个很失败的诗歌写作者，当年都有过这种状态。这要看一个诗人对自己的写作有什么样的要求，有怎样的写作理想。大多数人在经历了这段如狼似虎的阶段之后，就会进入一个抒情"不应期"。接下来兴趣就会转向其他方面。至少，我本人的经验是这样。

更重要的是，激情与理性，这一对矛盾在具体的诗人那里，情况大有不同。有情绪过热的诗人，有性情沉郁的诗人，不同的诗人要求克制的东西都不一样。所谓"中年写作"或"青春写作"，并非对任何类型的诗人都是合适的。我的想法是，什么样的生命状态写什么样的诗。让一个青春期的人写中年状态的诗，未免老气横秋。同样，让一个中年状态的人乱吐口水，嗷嗷乱叫，装疯卖傻，过分了的话，也是很烦人的。任何一种写作，都是有限度的写作，一个优秀的写作者，就是那些懂得写作限度何在，同时又能够恰当地挑战限度的人。

*随着时代社会的进步，具有独立的社会批评立场的知识分子的角色日益受到重视，有人强调诗歌写作中的知识分子立场，提出所谓的知识分子写作；有人认为诗歌不必作茧自缚，"诗人高于知识分子"。您怎么看待诗歌写作和知识分子的关系？

▲ 我们先从理论上来探讨一下这个问题。在古代，这两类人总是合二为一的。毫无疑问，诗歌首先是一种生命激情的展现，是抒情，但诗歌同时还是一组话语，它不等于无词的、单纯抒情的喊叫。既然诗歌是一种言语行为，那么，其言辞就具有某种精神意义和伦理价值，这种言辞本身所包含的意义和价值，是由一个公共的知识系统所提供的，它是一种公共的精神财富。所以，诗人的书写和言说，不可避免地包含着知识，而诗人也在某种程度上属于知识分子范畴。但人类所有的知识都指向人的精神的完美性，这种精神的完美性在诗歌形式中得到了最充分的实现。如果换一种说法，也许更准确，"诗高于知识"。或者可以说，知识分子是诗人的基本底线，诗歌是知识的最高形态。真理永远是诗意的。而伟大的诗篇总是包含着现实的道德承诺和价值批判。

从这样的理论前提下来看，所谓"知识分子写作"，纯属扯淡。把"知识分子写作"作为一种特殊的写作而提出来，要么是我们的知识出了问题，要么是写作出了问题。任何写作都是知识分子的行动，否则，就不是写作。一个官员在起草文告，那能叫写作吗？难道能说那位起草文告的官员正在成为一位诗人或作家吗？同样，诗人否认自己的写作的知识分子特性，也就变得多余了。

接下来让我们来看一下实际的情况。在当下中国，"知识分子"这一名称在某种特殊的语境下，很可能是一个贬义词。我成天生活在知识分子堆里，完全清楚"贬义"的成因。迂腐而又矫揉作态、平庸而又自以为是，他们为那些虚伪的知识而忙碌，学院成了一个巨大的"知识垃圾"制造工场。如果以这样的"知识分子写作"作为写作理想，我宁愿是一个文盲。

可是诗人呢？当下中国的诗人的情况又怎样？在我看来，比上述知识分子的情况好不到哪里去。诗人们有不少本身就是学院知识分子的"余数"。有时他们表现得比知识分子更渴望纳入某种知识系谱当中。比如，对某种口号的发明权的争夺，对诗歌知识的阐释权的争夺，对进入文学史的强烈诉求，等等，这一切，都是近年来这种诗坛纷争的直接或间接的动因。对此，我在以前的文章中已经表示过强烈的失望，不想再多说了。

第六节　当代诗歌的"外省精神"

> 他的身体的各省都叛变了。
>
> ——W. H. 奥登

如果我们把发端于"文革"期间的"今天派"诗歌，看作是"文革后"新文学的源头，恐怕不会有太多的争议。同样，我们把"今天派"诗歌看作是中国当代独立写作的精神样板，也不会有太多的争议。但我们同时也发现这样一个事实："今天派"乃至整个"朦胧诗派"在艺术上最成熟的，是一群集中在京城的政治"贵族"阶层的后裔，他们得益于其阶层特有文化特权，较一般公民更早和更充分地获得了政治上和艺术上的启蒙。在他们能够进行现代主义艺术探索的时候，外省的写作者基本上还处于 19 世纪甚至更遥远的幻梦中。可见，当代中国的独立写作运动从一开始就陷入一种畸形的发育状态。而这种发育畸形的后遗症比其本身还要严重。

这一恶劣局面直到 1980 年代中期方得以改变。先是其他经济型城市的文化复苏和转型，激活了当代诗歌中的城市意识，继而是四川盆地的诗人奇迹般地崛起，并引发一连串文化骚乱。这个国家庞大的文化躯体终于在漫长的沉睡中苏醒过来。这就是当代文学写作中"外省精神"的最初觉醒。

但这种觉醒并未彻底改变外省写作的边缘性地位。文化地缘上的偏远处境及其相关的资讯上的薄弱，依然是外省诗人难以摆脱的焦虑，更为强烈的焦虑则来自外省写作在话语权力格局中的弱势地位。因此，即使外省诗人在艺术上更具有原创性和活力，但他们依然是文化上的"外省"。作为补偿的是，外省诗人对于文化中心区域的强烈的趋同心理。从一个简单的事实便可以看出一些眉目：一旦有了迁徙的机会，80 年代中期新一代的外省诗人便纷纷移居京城。对于作为政治、文化和经济"中心"地位的大都市迷恋和崇拜，就像是昆虫的"趋光性"一样，是外省诗人的精神本能。其后果是双重的，一方面养成了外省对于中心城市的文化依赖心理，另一方面是供养了一批寄生在诗歌上的大都市学院诗评家，靠了他们的"钦点"，把诗歌送进文学史的坟墓。

这样一种局面至今依然未能完全改变，近年来频频发生的各种诗歌争论，可以看作是这一文化倾向的残余。这些争论大多是围绕着争夺诗歌写作的话语高地的斗争，而且集中在像北京这样的文化中心区域。许多外省诗人也主动或被动地卷入其中。尽管在相当长的时间内，诗歌写作在整个文化格局中几乎已是彻底地被边缘化了，但写作者却始终未能摆脱强烈的"中心主义"意识。

但另一些迹象则显示出某种新的趋向。一些外省的诗歌写作者的独立形象终于开始显山露水。首先是一批诗歌刊物，《北回归线》《阵地》《终点》，等等。这些创办于90年代的外省刊物，最初几乎默默无闻，它们似乎并无争夺话语中心权力的雄心，在坚持整整一个年代之后，一种可以被称为"外省精神"写作倾向，正在逐步形成。如今，诗歌写作中的"外省"概念已经成为一个不可替代的独立概念。

在现代文化格局中，由于地理位置和文化条件的限制，外省文化总是很难避免其视野上的狭隘和形式上的保守，这对于诗歌艺术而言，往往是致命的缺陷。但随着20世纪末以来的互联网的普及，这一状况必将得到改变。在互联网时代，文化中心区域已不可能独享文化资源，其文化影响力的优势也就不那么显著。这一点，从互联网上的诗歌网站的地域发布就可以明显看出。

毫无疑问，来自文化中心区域的主流写作依然占据着核心位置，但显然已不具备支配性。但这种支配性却依然是主流写作最愿意陶醉其中迷梦。麇集于"三里屯"，很容易就有了支配全中国的幻觉，这使得一些诗人热衷于将私人性的恩怨放大为影响整个诗歌史的大事变。这种自我迷醉很有快感，外省诗人当然缺乏这样的"快感"。因为缺乏"快感",所以不易陷于自我迷醉。外省写作利益更少,在利益方面的争夺也就不那么激烈。我们已经看到,那些文化中心区域的陷于利益和话语权力争夺的诗人们,其写作正在走向越来越狭隘、越来越狂躁和越来越枯竭的迷途。相对而言,外省则不仅拥有更广阔的地域,同样也拥有更广阔的写作空间和更丰富的艺术资源。而就我所看到的诗歌总体状况而言,外省的写作反倒会显得更宁静,更丰富,更纯粹,也更充满希望。

在我看来,外省写作应该有这样的自信:外省写作在与主流写作的距离和差别(而不是趋同)中,显示出自身独特的品质和意义。从某种程度上说,它更充分地体现了诗歌艺术的本质精神:独立的和自由的写作。

图书在版编目(CIP)数据

新时期先锋文学研究/张闳著.—上海:上海三
联书店,2023.9
ISBN 978-7-5426-8183-6

Ⅰ.①新… Ⅱ.①张… Ⅲ.①先锋文学-文学研究-
中国-当代-文集 Ⅳ.①I206.7-53

中国国家版本馆 CIP 数据核字(2023)第 143055 号

新时期先锋文学研究

著　者/张　闳

责任编辑/苗苏以
装帧设计/徐　徐
监　制/姚　军
责任校对/王凌霄

出版发行/上海三联书店
　　　　(200030)中国上海市漕溪北路 331 号 A 座 6 楼
邮　箱/sdxsanlian@sina.com
邮购电话/021-22895540
印　刷/上海展强印刷有限公司

版　次/2023 年 9 月第 1 版
印　次/2023 年 9 月第 1 次印刷
开　本/640 mm×960 mm　1/16
字　数/300 千字
印　张/25.5
书　号/ISBN 978-7-5426-8183-6/I·1821
定　价/98.00 元

敬启读者,如发现本书有印装质量问题,请与印刷厂联系 021-66366565